역경에서 찾는
인생의 나침반

역경에서 찾는 인생의 나침반

발행일   2025년 1월 3일

원전   역경   해설   심중식
펴낸이   손형국
펴낸곳   (주)북랩
편집인   선일영   편집   김은수, 배진용, 김현아, 김다빈, 김부경
디자인   이현수, 김민하, 임진형, 안유경   제작   박기성, 구성우, 이창영, 배상진
마케팅   김회란, 박진관
출판등록   2004. 12. 1(제2012-000051호)
주소   서울특별시 금천구 가산디지털 1로 168, 우림라이온스밸리 B동 B111호, B113~115호
홈페이지   www.book.co.kr
전화번호   (02)2026-5777   팩스   (02)3159-9637

ISBN   979-11-7224-441-5 03800 (종이책)   979-11-7224-442-2 05800 (전자책)

(주)북랩 성공출판의 파트너

북랩 홈페이지와 패밀리 사이트에서 다양한 출판 솔루션을 만나 보세요!

홈페이지 book.co.kr   •   **블로그** blog.naver.com/essaybook   •   **출판문의** text@book.co.kr

---

작가 연락처 문의 ▸ ask.book.co.kr

작가 연락처는 개인정보이므로 북랩에서 알려드릴 수 없습니다.

고난을 넘어 삶의 방향을 바로잡는 32가지 지혜

역경에서 찾는
인생의 나침반

심중식 해설

북랩

추천사

한 해가 저물어가는 밤, 귤빛 등불 아래 펼쳐 든 책 한 권이 마음에 잔잔한 파문을 일으킵니다. 다석 류영모 선생의 깊은 사상과 주역의 오묘한 지혜가 만나 빚어낸 이 책은, 마치 오랜 벗과 나누는 따스한 대화처럼 우리의 영혼을 어루만져 줍니다.

저자 심중식 선생은 단지 이러한 사상을 개념적으로 이해한 것을 넘어, 다석 류영모, 현재 김흥호 두 분 선생의 제자로서 삶 전체를 스승들의 전통에 따라 고집스럽게 살아온 수행자입니다. 그렇기에 이 글은 더욱 신빙성을 가지며, 깊은 울림으로 다가옵니다. 마치 선생의 삶 자체가 주역의 가르침을 생생하게 증명하는 듯합니다.

저자는 마치 숙련된 안내자처럼, 우리를 주역의 심오한 세계로 이끌어 줍니다. 팔괘와 괘상의 의미를 풀어내는 그의 솜씨는 마치 예술가의 섬세한 터치를 보는 듯합니다. 다석 선생의 철학을 바탕으로 주역을 재해석하여, 현대 사회를 살아가는 우리에게 필요한 삶의 지혜를 제시합니다.

단순히 주역의 해설에 그치는 것이 아니라, 삶의 본질적인 질문들을 던지고 그에 대한 답을 찾아가는 여정을 함께 합니다. '나는 누구인가?', '어떻게 살아야 하는가?'와 같은 근원적인 물음에 대해 깊이 사색하게 하고, 깨달음의 길로 인도합니다.

이 책은 단순한 지식을 전달하는 것을 넘어, 독자 스스로 삶의 주인공이 되어 주체적으로 살아갈 수 있도록 용기를 북돋아 줍니다. 변화무쌍한 세상 속에서 방황하는 이들에게 삶의 나침반이 되어줄 것이며, 참된 자아를 찾고 의미 있는 삶을 살아가도록 이끌어 줄 것입니다.

책장을 넘길 때마다 펼쳐지는 지혜의 향연은, 읽는 이의 마음에 깊은 감동과 깨달음을 선사할 것입니다. 한 시대가 저무는 저녁때, 이 책과 함께 삶의 의미를 되새기며 영혼의 풍요로움을 만끽하시기를 바랍니다.

한국과학생명포럼 대표
시원始源 **김흡영** 교수

나를 찾아 떠나는 길

  힘들고 외로울 때면 거울을 보자. 누군가의 도움이 필요한데 아무도 연락할 사람이 없다. 홀로 화장실에 들어가 거울을 본다. 고통스럽고 슬픈 얼굴을 보면서 '네가 정말 외롭고 힘들구나. 괜찮아, 내가 있잖아.' 스스로 속삭이며 위로한다. '하늘은 스스로 돕는 자를 돕는다고 했지? 내가 날 위로하고 돌보지 않으면 누가 돕겠어? 모든 것은 변할 거고 이제는 잘될 거야. 찌푸린 얼굴을 활짝 펴고 크게 한번 웃어보자.'

  우리는 날마다 거울을 보며 자기 자신을 돌본다. 얼굴에 더러움은 없는지, 옷매무새는 단정한지 스스로 돌아보듯, 우울하고 지친 마음도 스스로 위로하며 달랜다. 항상 밝고 환한 나 자신을 보게 되면 그보다 기쁘고 행복한 것은 없다. 이처럼 행복의 근원은 내 안에 있고, 그렇기에 우리는 본래부터 밝고 깨끗함, 건강함과 아름다움을 추구하는 천성이 있다. 내가 태어나기 전부터 본래 가지고 있는 깨끗하고 참되고 아름답고 밝은 빛을 추구함인데 그 궁극을 일러 거룩하다, 또는 성스럽다고 한다.

'거룩하다'는 우리말은 '거울'에서 나온 듯하다. 왜냐면 거울의 옛 말이 '거우루'이기 때문이다. '거우루'가 줄어서 거울이 되었는데 거룩하다는 말도 '거우루'에서 나온 말이 아닌가 싶다. 여하튼 거울을 보면서 추구하는 바가 깨끗하고 참되고 아름다운 것인데 그런 진, 선, 미가 합쳐 하나로 된 궁극의 빛, 그 깊은 근원의 성스러움이다. 거울을 들여다본다는 것은 이런 궁극의 빛과 성스러움을 향한 내 면의 움직임이지 않을까.

날마다 새롭게

탕임금은 자신의 세면대 거울에 다음 글귀를 써 놓았다고 한다.

"진실로 하루가 새롭거든 날마다 새롭게, 또 새롭게 하라."

날마다 거울을 들여다보면서 자신을 새롭게 하여 새로운 하루를 맞이하라는 것이다. 그래서 어제보다 나은 오늘이 되도록 살아야 새로운 하루가 된다는 교훈이다. 거울을 보는 보다 깊은 의미는 아름다운 외모를 꾸미는 것이라기보다는 이처럼 내면의 덕을 아름답게 키우자는 것이다.

그런데 이런 내적 의미를 망각하고 외적 미모에만 치중하면 속은 오히려 추하게 된다. 보이는 외모에만 관심을 쏟다 보면 내적 성찰에는 소홀하기 때문이다. 그래서 허무와 무의미의 늪에 빠진 우울과 분노를 감추고 화려하게 회칠한 무덤 같은 위선자로, 때로는 좀비처럼 살아간다. 그렇게 되지 않기 위해서 우리는 날마다 거울을 들여다보며 내면을 돌봐야 한다. 거울에 비친 속사람이 얼마나 밝고 깨끗하고 참되고 아름다운지 살펴야 한다. 모든 성인의 가르침이 이것이다. 거울을 통해 너 자신을 보라는 말이다. 우리의 속사람은 날마다 새롭고 성하게 살아 있는가? 그런데 자기 자신을 성찰하고 돌보는 일이 쉬운 게 아니다. 그래서 시인 이상(1910-1937)도 "나는 거울 속의 나를 근심하고 진찰診察할 수 없으니 퍽 섭섭하오" 하며 탄식했다.

나를 비춰주는 모든 것이 거울이라 볼 때, 자기의 참모습을 보고 깨친 사람은 무엇이나 거울이 아닌 것이 없다. 자연 만물이 모두 나를 비추는 거울이요, 이웃 사람들이나 심지어 원수들도 나를 비추는 거울이다. 모든 타자가 곧 나를 비추는 거울이다. 만물이 다 거울이라 깨닫고 나 역시 텅 빈 거울이 될 때 세상은 얼마나 밝고 빛나는 중중무진重重無盡의 세계, 즉 참되고 빛나는 깨끗한 아름다움이 가득한 거룩한 땅이요 정토가 되겠는가. 요한계시록에서는 빛으로 충만한 그런 세계를 해와 달빛이 소용이 없고 문마다 진주요, 길마다 유리알 같은 순금이라 표현했다.

그런 거룩하고 아름다운 세계상을 알려주자는 것이 성인의 뜻이요 그걸 기록한 책이 경전이다. 이렇게 깨끗하고 빛나는 본래의 거룩한 아름다움을 비춰주는 책을 경經이라 할 때, 기독교의 바이블만이 경이 아니라 천명을 받은 성인들의 말씀을 기록한 책이라면 모두 경이다. 예수님의 가르침도 경이요 공자의 가르침도 경이요 노자의 가르침도 경이다. 올바른 인생의 길을 가리킨다고 길 경이란 글자를 쓴다. 그런데 이런 길 경經을 거울 경鏡이라 보아도 좋다는 것이다. 그 길이 곧 나를 비춰주고 나를 찾아가는 길이기 때문이다. 성경은 나를 비춰주는 가장 맑고 밝은 깨끗한 거울이다.

동양의 경전 가운데 가장 현묘한 경전의 하나로 꼽히는 것이 역경易經이다. 역경이 현묘하다고 하는 것은 책이 현묘하기 때문이 아니라 나의 현묘함을 보여주기 때문이다. 거룩함과 성스러움을 달리 말하여 현묘玄妙라고 한 것이다. 현묘의 세계를 보는 것이 곧 나를 보는 일인데 그 길로 안내하는 책이 역경易經이다.

말세의 역경逆境에서 나온 역경易經

역易은 동북아 문명의 시조 격인 복희씨가 처음으로 창안했다고 한다. 태극에서 음양이 나와 사상과 팔괘로 이어지는 이진법의 수리체계와 기호체계를 만들어 우주 만물의 상징을 나타냄으로써 현묘함의 세계상을 드러낸 것이다. 보편적인 수리체계와 기호의 상징을 어떤 언어와 사상으로 풀어내느냐에 따라 다양한 역사관과 세계관이 나타날 수 있는데 지금까지 역에 관한 세 가지 풀이가 있었다고 한다. 즉 하夏나라에서는 연산역連山易이 있었고, 앞서 말한 탕왕이 세운 상商나라에서는 귀장역歸藏易이 있었고, 이어서 주周나라를 세운 문왕에 의해 주역周易이 성립되었다고 한다. 이 세 역

易이 모두 말세라는 역경逆境에서 나온 것이다. 하나라 걸桀왕의 폭정에서 견디다 못해 역성혁명을 일으켜 상商 왕조를 세운 사람이 탕 임금이요, 또 상나라 주紂 왕의 폭정으로 모두가 신음할 때 새로운 천명을 받아 왕도정치를 구현하자고 주나라를 개창한 분이 문왕이다. 이처럼 권력과 사회의 변동기에 새로운 혁명과 더불어 나온 말세 사상을 반영한 것이 역易이다. 역사의 수레바퀴에서 수많은 씨알의 피와 눈물의 희생이 쌓여가는 깊은 절망과 탄식 가운데 희망의 노래가 터져 나오는 것이 역易이요, 비참한 현실 속에서 위로와 치유의 꽃으로 피어난 것이 역易이다. 그래서 역易은 거스름의 역逆이요 역경을 극복하는 반역反逆의 역이다.

역경逆境에서 나온 역이기에 역에는 역경이라는 말세의 처세가 녹아있다. 핍박하는 권력자들이 알지 못하도록 은유와 상징으로 소통하며 시대를 거슬러 새로운 운동을 시작한 것이기 때문이다. 역에는 또 생로병사라는 역경에 처한 씨알의 아픔을 치유하는 모든 처방이 들어있다. 그 덕분에 점복서나 예언서로 전해진 것이다.

역경의 지혜를 찾아서

나라의 백성과 세상의 씨알이 견딜 수 없는 고난을 겪을 때 새로운 해방운동으로 나타난 사상이 역易인데 하夏나라의 역이나 상商나라의 역은 사라지고 말았다. 다만 주周 나라를 세울 때 만들어진 주역周易만이 남아 전해졌다. 주역은 비록 주나라 유교 경전이지만 앞서 나온 연산역이나 귀장역을 이어서 나온 것이기에 유교의 틀에 갇혀 있는 것만은 아니다. 그래서 우리나라 김일부(1826-1898) 선생은 새로운 역으로 정역正易을 시도했다.

처음 역을 만든 복희씨나 상나라를 시작한 탕임금 모두 동이족으로 한민족의 뿌리라 볼 수 있다. 특히 갑골문에서 시작한 역易은 우리 고조선 문화의 근원이요 우리의 뿌리를 보여주는 거울이다. 우리는 이 거울을 통해서 우리의 뿌리를 보고 자기 자신을 볼 수 있다. 그 거울을 들여다보는 방법을 안내하자는 것이 이 책의 목적이다.

역이라는 경으로 나 자신을 들여다보는 그 길을 안내했던 분으로 필자에게는 다석 류영모와 현재 김흥호 두 선생님이 계셨다. 두 분의 가르침을 바탕으로 좀 더 쉽게 역경으로 안내하는 길라잡이로 정리해보는 것인데 혹여 사족이 되지나 않을까 염려스럽다.

상극의 원수가 화합하여 하나가 되는 귀일歸一

역경의 지혜를 한마디로 말하면 하나를 알자는 것이다. 만물이 모두 다 달리 보이지만 근원에서는 모두가 한 뿌리요 하나다. 본래의 그 하나됨을 알고 하나로 복귀하여 돌아가는 것을 귀일歸一이라 한다. 하나 됨의 세계를 기독교에서는 사랑이라 한다. 원수를 사랑하라, 이것이 기독교의 핵심이다. 진실로 사랑을 알면 원수가 변하여 친구가 되고 천사가 된다. 모든 것을 관계성으로 보는 동양에선 원수라 하지 않고 상극相剋이라 한다.

하나를 모를 때는 상극이라 하지만 눈을 뜨고 하나를 알면 서로 돕고 사랑하는 상생相生이 된다. 즉 하나를 알고 하나가 되면 모든 분열과 갈등의 대립이 지양되어 상극이 상생으로 변화된다. 그래서 모순과 대립이 하나가 되는 그 하나의 세계를 알고 상극상생相剋相生을 체험하도록 안내하는 길라잡이로 32개의 주제를 뽑았다. 즉 역경의 64괘를 대립이나 모순, 상반되는 두 괘를 짝으로 묶어서 32가지 사태를 생각하고 그 분열상을 극복하는 32개의 지혜를 찾아본 것이다.

자기를 치유하지 못하고 세상을 치유할 수 없다. 자기분열과 세상 분열은 둘이 아니기 때문이다. 그래서 분열을 극복하는 이런 지혜를 갖게 되면 모순과 갈등으로 인한 개인과 사회의 모든 문제를 해소하는 데 얼마나 도움이 되겠는가. 크게 보면 남북 동서 상하 간의 갈등이지만 세분하면 수십, 수백 가지가 된다. 무엇보다 우리의 당면 과제는 남북으로 갈라져 적대적으로 대립하고 있는 민족의 통합과 화해 그리고 통일을 이루는 일이다.

우리가 하나가 되려면 먼저 사람들의 마음과 생각과 뜻을 함께 담을 수 있는 그런 철학과 사상이 필요하다. 그래서 모두가 하나가 될 수 있는 귀일歸一의 철학, 가칭 한사상, 또는 k-철학을 이뤄가는 데 바로 역경의 지혜와 틀이 큰 역할을 할 수 있지 않을까 기대한다. 우리의 철학, k-철학이 나오기까지 앞으로 몇 세대가 걸릴지 모르나 그 기초작업이 다석 류영모(1890-1981) 선생에 의해 이뤄졌고 그 뜻을 이어가기 위해서 일생을 헌신하며 기도하신 분이 현재 김

홍호(1919-2012) 선생이셨다. 피땀으로 기도하며 갈고 닦은 지혜의
말씀으로 넓고 크고 깊은 현묘의 뜻을 밝혀주신 두 분 선생님과 그
뜻을 이어가는 후학들에 의해서 인류를 살리는 k-철학과 k-사상이
나올 것이다. 그래서 통일된 나라, 빛나는 나라, 깨끗하고 아름다
운 한겨레가 귀일의 뜻으로 새로운 인류문명을 열어가는 등불이
되리라는 희망으로 이 글을 적어본다.

　　책이 나오기까지 희생과 고통을 감수하며 지켜주고 도와준 가족
들과 주변의 모든 분께 고마움을 전하고 싶다. 유튜브 채널에서 함
께 주역을 소개했던 아주경제 곽영길 회장님 덕분에 원고를 시작
하게 되어 감사드리며, 책의 제목과 방향을 제안해주신 한겨레 휴
심정의 조현 기자님, 추천사로 격려해주신 과학생명포럼 대표의
시원始源 김흡영 교수님, 원고 교정과 응원의 기도로 도와주신 김
종란, 변정자 선생님, 그리고 동광원 귀일원 어르신들과 계명산 형
제자매들, 특히 박용순 장로의 성원에 감사드리며 출판을 위해 수
고해주신 모든 분께 감사를 올린다.

2024. 11.

귀일연구소장

평산 **심중식**

차례

1. 역易의 기초 익히기

◆ 방황하는 인생

괴테의 말처럼 지향을 가진 인생은 헤매기 마련이다. 흔히 갈 길을 몰라서 방황하는 자신이 괴롭다고 한다. 남들은 모두 제 길을 부지런히 가고 있는데 나는 왜 방황하고 있을까. 이렇게 방황하고 있다는 사실이 역설적으로 자기의 길을 찾고 있다는 증거이다. 자기의 길이 있다고 믿기에 그 길을 찾아 방황하는 것이지 길이 없다면 방황도 없다.

방향을 찾기 위해서 나침반을 올려놓으면 바늘은 떨면서 이리저리 흔들린다. 한참 지나서 남북을 가리키지만 그래도 여전히 떨림을 멈추지 않는다. 지남철이 방향성을 가지고 있기에 움직이며 흔들리는 것처럼, 지향을 가진 인생은 늘 방황하기 마련이다.

그럼 나는 어떤 지향을 품고 살고 있는가. 사람마다 타고난 지향이 있는데 그것을 스스로 알아채기가 쉽지 않다. 조숙한 인물도 있겠지만 대개 인생의 절반쯤 방황하며 헤매다가 지나온 길을 돌아보며 자기 삶의 방향을 어렴풋이 짐작하게 된다. 공자가 말하는 입지立志라는 것이다.

자기의 지향을 알고 뜻을 세우는 일에 도움을 받는 방법은 무엇일까. 스승을 찾는 것이다. 자기가 좋아하는 분야의 스승이나 멘토를 찾아가 묻고 배우면서 자기의 길을 찾게 된다.

◆ 인생의 길을 찾는 법

세상을 살아가는 인생의 길은 단순하지도 않고 합리적이지도 않다. 물컵에 잉크 한 방울을 떨어뜨리면 브라운 운동으로 분자들이 뒤엉키듯이, 세상은 카오스적 혼돈의 복합체이지 당구대의 공처럼 예측 가능한 것이 아니다. 그래서 불확실성의 장래를 염려하며 날마다 나름대로 길을 선택하며 살고 있다. 그러다가 궁지에 몰려 어느 길로 가야 좋을지 모르는 두려움에 빠질 수 있다. 아무리 합리적으로 생각하고 논리적으로 추론을 해도 올바른 판단을 내릴 수 없는 경우가 발생한다. 긴급히 결정을 내려야 되는데 전체 상황을 다 알 수도 없고 미래를 예측할 수도 없다. 그래서 신의 뜻을 묻고자 기도하지만 기도할 때마다 응답이 오는 것은 아니다. 그래 별수 없이 제비를 뽑거나 점치는 것으로 결정하게 된다.

옛날에 왕이 전쟁이나 기근 홍수 등 재난이 발생하면 대신들과 의논하고 합리적으로 최선의 대책을 강구(講究)한다고 하지만, 사람으로서는 어찌할 수 없는 어떤 막다른 길에서는 점을 쳐서 하늘의 뜻을 물었다. 점치는 방법으로 두 가지가 있었다. 동물의 뼈나 갑골이라는 거북의 등껍질에 질문을 적고 불에 구워서 뼈가 갈라지는 모양을 보고 길흉을 판단했는데 그 거북 등에 새겨진 질문이 갑골문으로 남아 있다. 갑골을 구하기 힘들어지자 풀막대기를 이용하여 점치는 방법을 고안했다. 그래서 뼈를 이용한 방법을 복卜, 풀막대기를 이용한 방법을 서筮라 하는데 이 둘을 아울러 복서卜筮, 또는 점서占筮라 한다.

오랫동안 갑골을 써서 점을 쳤는데 그 갑골문의 점괘를 모아서 길흉吉凶과 도덕의 의미를 체계화하여 형성된 것이 역易이었다. 길吉이란 생명과 평화의 행복으로 가는 길(way)이요, 흉凶은 고통과 죽음에 이르는 불행이다. 길흉을 알고자 점을 쳤는데 하늘의 뜻에 순종하고 일치하는 길은 행복하여 길하게 되고, 하늘의 뜻에 거슬러 행하면 마침내 망하고 흉하게 된다는 생각이 자리 잡았다. 천명을 거스르면 흉이요, 천명에 순응함이 행복의 길이라는 점을 깨닫고, 천명과 일치하는 길(way)을 마땅히 사람으로서 행해야 할 도덕으로 여기게 되었다. 경험을 통하여 똑같은 점괘라 하더라도 거기서 하늘의 뜻을 바르게 찾아 겸손하게 따르는 자에게는 행복이 오고, 오만한 마음으로 풀이하여 그만 천명을 헤아리지 못하면 망하게 된다는 것이다.

이렇게 우리 조상들은 수천 년 동안 어떻게 행동해야 사람이 행복하게 되는지 하늘의 뜻을 묻고자 점을 쳤는데, 그 과정을 통해서 인간으로서 마땅히 행해야 할 바는 천명을 알고 거기에 순응함이라고 여기게 되었다. 모두가 하늘의 뜻에 따르며 일치할 때 세상은 평안하고 행복하게 된다는 지혜를 터득한 것이다.

이렇듯 역이란 인류의 역사적 경험 속에서 이뤄진 지혜의 산물이다. 수많은 점을 치고 풀이하는 시행착오를 겪으면서 천명을 헤아리는 지혜를 얻게 된 것이다. 이렇게 형성된 역의 지혜를 얻으면 새로운 인생길을 열어 갈 때 많은 도움을 받을 수 있다. 천명을 알기 위한 점서에서 비롯된 것이 역이지만, 어느 순간 역의 지혜를 통하여 하늘의 뜻을 분별할 수 있게 된 것이다. 하늘의 뜻을 분별할 수 있다면 성인이다. 그렇게 되면 이제는 점을 칠 필요가 없게 된다. 천명과 천도를 뚜렷이 알지 못할 때 점을 치곤 했으나 역의 지혜로 하늘의 뜻이 늘 분명히 나타난다면 점을 칠 필요가 없는 것이다. 이렇게 역이란 점치는 책으로 출발하여 점을 벗어나는 지혜의 길, 성숙한 인격으로 사는 성인의 길을 보여주게 되었다. 역을 통하여 우리는 누구나 천명을 깨닫는 지혜로 자기 정체성과 지향성을 유지할 힘과 능력을 얻게 될 것이다.

◆ 팔괘와 태극기

역에 입문하려면 간단한 몇 가지 기초 단어를 배워야 한다. 영어를 배우려면 알파벳 28자를 익혀야 하듯 주역을 알려면 팔괘를 알아야 한다. 팔괘는 8개의 기호를 말한다. 팔괘를 두 번 겹치면 64개의 괘가 나오는데 그 이름을 익혀야 한다. 이렇듯 8개의 기호를 익히고 그 이름과 뜻을 아는 것이 주역의 기초다. 우리나라 사람들은 팔괘 가운데 4개는 이미 알고 있다. 우리나라 태극기 덕분이다. 태극기를 알면 역경의 기초를 터득한 것이다.

우리나라 행정안전부 홈페이지에서 태극기의 의미를 다음과 같이 설명한다.

우리나라 국기(國旗)인 '태극기(太極旗)'는 흰색 바탕에 가운데 태극 문양과 네 모서리의 건곤감리(乾坤坎離) 4괘(四卦)로 구성되어 있다.

태극기의 흰색 바탕은 밝음과 순수, 그리고 전통적으로 평화를 사랑하는 우리의 민족성을 나타내고 있다. 가운데의 태극 문양은 음(陰: 파랑)과 양(陽: 빨강)의 조화를 상징하는 것으로 우주 만물이 음양의 상호작용으로 생성하고 발전한다는 대자연의 진리를 형상화한 것이다.

네 모서리의 4괘는 음과 양이 서로 변화하고 발전하는 모습을 효(爻: 음 --, 양 —)의 조합을 통해 구체적으로 나타낸 것이다. 그 가운데 건괘(乾卦)는 우주 만물 중에서 하늘을, 곤괘(坤卦)는 땅을, 감괘(坎卦)는 물을, 이괘(離卦)는 불을 상징한다. 이들 4괘는 태극을 중심으로 통일의 조화를 이루고 있다. 이와 같이 예로부터 우리 선조들이 생활 속에서 즐겨 사용하던 태극 문양을 중심으로 만들어진 태극기는 우주와 더불어 끝없이 창조와 번영을 희구하는 한

민족(韓民族)의 이상을 담고 있다. 따라서 우리는 태극기에 담긴 이러한 정신과 뜻을 이어받아 민족의 화합과 통일을 이룩하고, 인류의 행복과 평화에 이바지해야 할 것이다.

우리나라 태극기에 담긴 의미를 온전히 알기 위해서는 주역을 알아야 한다. 행정안전부에서는 태극 문양을 설명하면서 우주 만물이 음양의 상호작용으로 생성 발전하는 자연의 진리를 상징한다고 하였다. 즉 태극에 관한 설명은 생략했다. 태극 문양에는 태극과 음양, 그리고 무극이라는 세 요소로 구성된 것이다. 태극과 무극, 그리고 음양이라는 세 요소의 관계에 대한 해석이 역의 형이상학이요 궁극이다.

역의 궁극에 이르기 위해서는 누구나 알 수 있는 음양에서 출발하여 사상, 팔괘, 64괘를 공부해야 한다. 그리고 이어서 다시 음양으로 돌아와 태극으로 올라가고 태극에서 무극으로 올라가는 것이다.

태극에서 나온 것이 음양이다. 음양의 기호를 효爻라고 하는데 음효는 --, 양효는 —로 표기한다. 음효와 양효를 두 겹으로 겹치면 4가지 모습이 나타난다. 그것을 4상이라 한다. 즉 태음 소양 소음 태양이다. 조선 말기 이제마(1837-1900)는 주역의 사상으로 사람의 체질을 분류하여 같은 병이라 해도 각기 다른 처방을 해야 한다고 주장하였다. 그래서 우리 체질을 소음이니 태음이니 하면서 사상四象으로 분류하는 일에 익숙하게 되었다. 자연이 시간에 따라 변화하는 모습도 춘하추동이라는 4가지다. 음양의 조화로 시간에 따라 만물의 변화를 일으키는데 그 모습이 대표적으로 4가지라는 것이다.

음양의 효를 3겹으로 하면 8가지가 나온다. 그것을 팔괘라 한다. 8개 괘마다 이름이 있는데 건(☰), 곤(☷), 감(☵), 이(☲), 진(☳), 손(☴), 간(☶), 태(☱)라고 한다. 팔괘의 이름과 모양을 암기하는 일이 주역공부의 기초가 된다. 우리나라 태극기에 있는 건곤감이 4괘를 알고 있으니까 나머지 진손간태 4가지만 외우면 된다. 간단히 팔괘의 의미를 배워 숙지해 보자.

◆ 8괘의 의미

· 건乾(☰): 양효가 세 번 겹쳐 있어 밝고 강한 하늘(천天)이다.
· 곤坤(☷): 음효가 세 번 겹친 온순하고 부드러운 땅(지地)이다.
· 감坎(☵): 양효가 음 가운데 빠져서 내강외유의 물(수水)이다.
· 리離(☲): 음효를 양이 감싸고 있어 외강내유의 불(화火)이다.
· 진震(☳): 벼락진, 번개(뢰雷)가 땅에 떨어지듯 양이 맨 밑에 있다.
· 손巽(☴): 공손한 바람(풍風) 땅에서 약하나 공중에서 사납다.
· 간艮(☶): 그칠 간, 산(山)처럼 멈춰 있다.
· 태兌(☱): 기쁠 태, 바다 호수(택澤)처럼 기쁘게 열려 있다.

그래서 건乾은 천天이요, 곤坤은 지地요, 감坎은 수水요, 이離는 화火요, 진震은 뢰雷요, 손巽은 풍風이요, 간艮은 산山이요, 태兌는 택澤이다.

이상의 8괘를 두 번 겹치면 64괘가 나온다. 3효로 이뤄진 8괘는
소성괘, 6효로 이뤄진 64괘는 대성괘라고 한다. 64개의 대성괘를
하나씩 살펴보면서 그 괘상과 이름과 각 효의 의미를 살피며 우주
자연의 이치와 인생과 세상의 지혜를 궁구함이 주역공부라 하겠다.

더 알아보기

◆ 주역周易 공부의 의미

역은 축적된 역사적 경험과 문화를 바탕으로 뛰어난 지혜를 얻은
성인이 여러 역사적 사실을 바탕으로 64가지 상황적 이야기로 체
계화한 것이다. 물론 한 사람이 단번에 저술한 것이 아니고 수백
년에 걸쳐 여러 편집사의 손에 의해 오늘날 보게 되는 텍스트로 정
리되었을 것이다.

따라서 역에서는 성인의 마음이 나타나 있는데 성인의 지혜를 기
호와 상징으로 표시한 것이 역의 특징이다. 즉 우주 변화의 원리를
음양의 두 기운으로 보고 이것을 이진법의 숫자와 기호로 표시하
여 자연의 성질을 표시하였고 이를 통해 만물의 상호 관계와 역동
성을 바라보는 지혜를 얻고자 하였다. 역에는 이처럼 우주적 지혜
를 드러내고자 하는 성인의 마음이 나타나 있다. 그래서 역경이라
한다. 이렇듯 역이란 하나의 경전으로서 성인의 마음과 뜻을 드러
내자는 책이기에 역을 공부하는 우리는 누구나 성인의 마음을 통

해서 보는 우주와 만물의 이치를 볼 수가 있다.

송나라 시절 신유학자들은 주역을 유교의 가장 높은 경으로 숭상하면서 그 내력을 설명하길 옛날 태고의 복희씨부터 전해오던 것을 주나라의 문왕과 주공이 체계화하고 공자가 거기에 철학적 설명을 덧붙였다고 한다. 공자 당시에는 종이가 없을 때라 대쪽에 부호와 글자를 새기고 글을 새긴 대쪽을 모아서 가죽끈으로 묶어 죽간竹簡(대나무 책)이라는 책으로 만들었다. 죽간으로 된 책을 묶은 가죽끈이 세 번이나 끊어질 정도로 공자는 주역을 읽고 또 읽었다고 한다. 그래서 공자의 위편삼절韋編三絶이라는 말이 유명하다.

앞서 말했듯 역이란 본래 점을 치는 내용이었다. 그런데 주나라 문왕과 무왕의 정치철학을 체계화하고 공자의 해설을 거쳐 유교의 경전이 된 것이다. 유교는 한무제(BC159-BC87) 때의 유학자 동중서董仲舒에 의해 크게 진흥되었다고 한다. 무제는 동중서의 건의에 따라 태학을 설치하고 오경五經을 가르쳐서 관료를 양성했다고 한다. 오경이란 역경, 시경, 서경, 예기, 춘추를 말한다. 당나라 때 공영달孔穎達은 오경의 주석서인 『오경정의』를 펴냈으며 오경을 공부한 학자들을 오경박사라 했다. 백제도 태학을 설치하고 오경박사를 두었으며 오경박사를 일본에 파견하여 유학을 전했다고 한다. 이처럼 유교 경전은 삼국시대부터 우리 땅에 전해졌다. 그래서 주역은 논어와 효경 등과 함께 널리 읽히고 알려졌다.

그런데 유교의 학문을 연구하는 새로운 기풍이 중국 북송시대에 일어났다. 공자의 가르침을 따르던 유생들이 불교와 노장사상의 영향을 받아 유교의 경전들을 새로운 관점에서 연구하고 풀이하여 현대적인 해석으로 체계화한 것인데 인간의 본성과 우주의 원리를 이理와 기氣로 파악하는 학문이라 하여 성리학性理學이라 한다.

성리학은 주돈이周敦頤(1017-1073), 즉 렴계濂溪로부터 비롯되었고 그의 제자인 정호程顥와 정이程頤 두 형제를 통하여 계승되었다. 주희朱熹(1130-1200)는 정이程頤(1033-1107, 이천) 정호程顥(1032-1085, 명도) 두 형제를 스승으로 삼아 유학을 새롭게 체계화했다. 그래서 성리학을 정주학, 또는 주자학이라 하기도 한다. '주자朱子'라는 칭호는 주희를 공자처럼 성인으로 존경한다는 뜻이다.

고려 중기에 안향安珦(1243-1306)이 성리학을 받아들여 유학자를 길렀는데 이들이 신진 사대부가 되어 새로운 나라 조선왕조를 여는 세력이 되었다. 성리학을 완성한 주자는 경전을 풀이하면서 사서삼경四書三經을 정했는데 삼경은 시경 서경 주역이고 사서는 논어 맹자 대학 중용이다. 그래서 성리학에서 말한 삼경의 하나가 주역, 또는 역경이다.

역경易經에서 역은 바뀔 역이고 경은 성인의 말씀을 담은 책이다. 그래서 영어로 번역할 때 BOOK OF CHANGES, 변화의 책이라고 한다.

◆ 주역을 왜 변화의 책이라 하는가?

주역은 세상의 변화를 다룬 책이다. 세상에 변하지 않는 것은 없다. 인간도 변하고 땅도 변하고 우주도 변한다. 인간의 변화를 생로병사라고 한다. 이런 인간과 세상의 변화에 관한 성인의 말씀을 적어놓은 책이 주역이다. 계속 변화되는 세상에서 우리가 살아가는 의미와 목적이 무엇이며 어떻게 살아야 하는지 그 지혜를 알려주자는 것이다.

◆ 주역을 왜 공부하는가?

변화되는 세상에서 주체적이고 능동적으로 대처하며 살아가는 지혜를 얻자는 것이다. 변화에는 능동적 변화와 수동적 변화가 있다. 계란이 병아리로 변하는 것은 능동적 변화라면 계란이 깨져서 계란프라이가 되면 수동적 변화다. 물고기가 살아있으면 물을 거슬러 올라가지만 죽으면 물을 따라 흘러간다. 거스름이 능동적 변화라면 흘러감은 수동적 변화다. 세상을 살아가면서 능동적 주체로 살 것인가 아니면 피동적 좀비로 살 것인가. 주역의 지혜란 그 능동적 변화의 삶을 살아가는 능력이다. 그런 지혜를 얻으려면 3가지를 알아야 한다. 그래서 역에는 세 가지 뜻이 들어 있다. 변역變易, 불역不易, 간역簡易이다. 간역을 간이 또는 이간易簡이라 한다.

◆ 이간易簡이란 무엇인가?

변역은 모든 것이 변한다는 뜻이다. 불역은 변화 속에는 변하지 않는 법칙이 있다는 뜻이다. 그리고 이간易簡은 우주와 세상의 변화 속에서 불변의 이치를 얻으면 쉽고 간단하게 살 수 있는 능동적 변화의 힘을 얻게 된다는 말이다. 그것을 이간易簡의 지혜라 한다. 그래서 주역을 공부하는 목적은 한마디로 이간易簡의 지혜를 얻자는 것이다. 이간易簡에 대해서 공자가 설명한 말이 있다.

하늘의 빛을 받아 빛으로 보면 알기가 쉽고 땅의 힘을 얻어 그 힘으로 살면 간단하게 처리할 수 있다. 하늘의 이치는 쉬우니까 알기 쉽고, 땅의 움직임은 간단하니까 따르기 쉽다. 그래서 이런 이간易簡이 되면 천하의 이치를 얻은 것이다. 천하의 이치를 얻으면 세상 한 가온에서 지위를 이루게 된다.

(건이이지乾以易知 곤이간능坤以簡能 이즉이지易則易知 간즉이종簡則易從 이간이천하지리득의易簡而天下之理得矣 천하지리득이天下之理得而 성위호기중의成位乎其中矣)

◆ 이간易簡에 대한 공자의 말을 쉽게 풀어서 설명하면?

하늘의 빛을 받아 체득하면 어디서나 밝아서 알기 쉽다. 해도 하늘에 있고 달도 하늘에 있고 별도 하늘에 있다. 하늘은 빛이다. 하늘을 쳐다보고 빛을 모를 사람은 하나도 없다. 누구나 다 하늘의 태양을 볼 수 있다. 우주의 빛을 가지고, 즉 진리를 깨닫고 살면 무엇이나 알기가 쉽다. 또 땅은 힘이다. 빛을 받으면 자기의 입장을 가지게 된다. 자기가 서 있는 곳, 입장을 땅이라 한다. 입장을 갖게 되면 땅처럼 힘을 쓸 수가 있다. 그래서 간능簡能(간단하게 처리할 수 있는 능력)이다. 땅처럼 힘을 얻으면 간단히 행할 수 있다. 빛을 가지고 쉽게 알고 힘을 가지고 간단히 행할 수 있는 이런 이간易簡이 되면 천하지리天下之理, 천하가 변화되는 삶의 이치를 얻은 사람이 된다. 변화의 이치를 얻으면 성위호기중成位乎其中, 어디서나 그 중심을 잡고 자기의 지위를 이룰 수 있다는 말이다. 달리 말해서 진리를 깨달은 사람이 되면 자유인이 될 수가 있다. 세상 한 가운데서 자기의 자리를 이루고 살 수 있다는 성위호기중成位乎其中을 한마디로 자유라 할 수 있다. 진리를 깨달으면 어디에 있든지 그 가온을 잡아 자기의 지위를 이루고, 자유를 누릴 수 있다.

진리를 깨닫고 지혜를 얻으면 자기의 이상을 실현할 수 있다. 과학자는 변화하는 사물의 이치를 깨닫고 기계를 만들어 세상을 움직인다. 혹 정치하는 사람이라면 경제와 사회의 이치를 알아야 한다. 이치를 알고서 변화에 대처하면 무슨 문제든지 현상을 쉽게 이해하고 문제를 간단히 해결할 수 있다. 그런 사람을 성위호기중成位乎其中이라 했다. 한마디로 중용中庸이다. 중용에서 중中이란 이치를 깨달은 지도자가 되었다는 뜻이고 용이란 원리를 가지고 변화에 잘 대처하는 지혜와 능력을 가졌다는 뜻이다. 지도자의 조건이 이간易簡이다. 진리를 깨닫고 체득하여 지혜의 능력을 얻은 사람이라야 나라와 집단을 올바로 이끄는 훌륭한 리더쉽을 발휘할 수 있다는 말이다.

◆ 역의 형식과 내용이 독특한 점은 무엇인가?

주역의 형식은 간단한 그림과 글로 되어있다. 그림을 괘卦라고 하는데 사실은 이진법의 숫자를 음양으로 표시한 것이다. 자연의 성질을 숫자의 그림으로 그려서 괘라고 한다. 역은 괘도처럼 그림을 그려놓고 거기에 글씨를 써서 설명한 것이다. 그림을 설명하는 말을 사辭라고 한다. 그러니까 주역은 괘와 괘사卦辭로 이뤄진다. 괘라는 그림을 풀이한 말씀이 괘사다.

동양화를 보면 사군자나 산수화를 그려놓고 그림 여백에 제목과 내용을 간단히 적어놓는다. 주역도 마찬가지로 괘를 그려놓고 그것을 설명하는 말씀인 괘사를 붙여놓았다. 말하자면 주역은 괘도 같은 그림책이요 요새로 말하면 컴퓨터로 글과 그림을 사용하여 설명자료를 만들 때 사용하는 파워포인트 같은 형식으로 되어 있다.

그림과 같은 상징의 괘를 그려놓고 거기에 간단히 설명을 붙여서 성인의 뜻을 밝히는 것이다. 그 보이지 않는 성인의 뜻이 어떤 형상으로 나타나 보이면 그것을 상象이라 한다. 그 상을 보는 내면의 눈을 관觀이라 한다. 그러니까 주역은 괘를 그려놓고 거기서 상을 보는 것이요 그 괘의 상을 보고 설명한 성인의 말씀을 통해서 다시 한번 보이지 않는 그 상을 확인하는 것이다. 이렇듯 보이지 않는 형이상의 세계를 상을 통하여 전하자는 것이 주역이요 그 형식과 방법은 괘와 사를 혼합한 독특한 것이다.

◆ 역에서 사용하는 그림은 무엇을 상징하는가?

역이 사용하는 그림은 자연현상을 숫자로 그려놓은 것이다. 숫자는 이진법의 두 기호를 사용한다. 세상은 음양陰陽, 또는 플러스와 마이너스라는 두 축의 상호작용을 통해 움직이기 때문이다. 그래서 3차원으로 하여 부호를 그리면 추상적 그림이 되는데 8가지가 있다. 자연의 역동적 근원을 음양陰陽으로 보고 음(--)과 양(一)이라는 이진법을 사용하여 3차원으로 확대하면 8가지 숫자가 나온다.

이진법으로 0부터 7까지 숫자를 기호로 표시하여 팔괘라 한다. 팔괘에 음양의 분포를 보고 자연의 특징과 연결지어 하늘(건☰), 땅(곤☷), 물(감☵), 불(이☲), 우레(진☳), 바람(손☴), 산(간☶), 호수(태☱) 이렇게 8가지 자연현상을 나타낸 것이다.

1882년 고종황제의 명에 따라 국기를 제정하여 사용하게 된 우리나라 태극기는 전통적으로 사용하던 태극도와 팔괘도를 결합하여 좀 더 단순한 모양으로 도안한 것이다. 최초의 도안자는 김옥균이라 하는데 고종황제는 일본 수신사로 떠나는 박영효에게 다른 나라 국기를 참조하여 필요하면 수정하여 사용해도 좋다고 윤허했다고 한다. 그때부터 우리 태극기는 동그란 태극도가 중심에 그려져 있고 네 모서리에 '건곤감이乾坤坎離'라는 네 가지 괘를 그려놓았다. 그러니까 팔괘 가운데 '진손간태震巽艮兌'를 생략한 것이다.

건곤감이乾坤坎離 진손간태震巽艮兌, 이것을 8괘라 하는데 팔괘를 암기하면 주역의 입문자다. 영어를 배울 때 먼저 알파벳을 배우듯 주역의 알파벳은 8괘다. 8괘를 알고 팔괘에 익숙해지면 주역은 아주 쉽고 간단하게 된다.

앞서 말했듯이 괘사卦辭는 그림을 풀이한 말씀이다. 건乾을 그려놓고 이것은 하늘이라 한다. 곤坤을 그려놓고 이것은 땅이라 한다. 그리고 땅의 이치, 하늘의 이치, 하늘과 땅이 있는 이치를 설명하는 말을 괘사卦辭라 한다. 괘사를 공부하면 이치를 알게 되고 이치를 알면 간단하고 쉽게 산다. 이치란 하나이기 때문이다. 하나의 이치, 하나가 되는 이치를 알고 간단하고 쉽게 살면 곧 이간易簡의 지혜를 얻은 것이다. 이런 지혜를 얻자는 것이 주역을 공부하는 목적이다.

❖ 마무리

우리는 주역이 무슨 책이며 왜 역을 공부해야 하는지 알아보았다. 역을 공부하는 목적은 우리 모두가 성인의 마음을 알고 성인의 지혜를 얻자는 것이다. 주역의 형식은 괘사로 되어있고 괘에는 8가지가 있다. 8괘는 음양을 기초로 하는 이진법을 3차원으로 표시한 것이다. 숫자로 상징되는 8괘는 또한 음양의 배열과 성질에 따라 8가지 자연현상과 연결이 되어있다. 주역공부의 기초는 영어의 알파벳처럼 8괘를 숙지하는 것이다.

2. 사상과 8괘 및 팔괘도

앞에서 음양에서 출발하여 사상과 팔괘로 이어지는 역의 체계를 설명했지만 좀 더 깊이 알아보기로 한다.

◆ 역의 체계

8괘는 음(--) 양(—)의 조합을 3겹으로 표시하여 나온 것이라 했다. 음양이 한 겹일 때는 음효(--)와 양효(—) 둘이 된다. 효를 2겹으로 하면 4가지가 나온다. 네 가지를 사상四象이라 한다. 효를 세겹으로 하여 나오는 8가지는 8괘라 한다. 이 8괘를 겹치면 모두 64괘가 된다. 달리 말해서 음양의 기호를 6겹, 즉 6층으로 만들면 모두 64괘가 된다. 2의 3제곱은 8이고 2의 6제곱은 64이기 때문이다.

8괘와 64괘를 구분하기 위해서 8괘는 소성괘小成卦라 하고 64괘는 대성괘大成卦라 한다. 주역은 음을 나타내는 끊어진 금을 음효,

이어진 금을 양효라 하는데 음효와 양효라는 2가지를 가지고 만든 이진법이다. 그래서 모든 것을 0과 1이라는 이진법으로 계산하는 컴퓨터 방식과 같은 것이다. 다만 컴퓨터는 초기 1970년대 8비트, 즉 8층이 기본이었지만 주역은 6층이 기본이다. 오늘날 컴퓨터는 대개 64비트이다.

음과 양, 두 기호를 섞어서 2겹으로 조합하면 4종류가 나와서 사상四象이라 하는데 우리나라 사람들은 4상이라 하면 다 안다. 우리나라 한의학은 허준의 동의보감에서 비롯하여 이제마의 사상의학으로 체계화된 것인데 사상의학에 따르면 사람의 체질을 4상으로 분류하여 각기 처방이 달라진다고 한다. 같은 증세라도 태음 태양 소음 소양 이렇게 체질을 분류하여 처방을 달리한다는 것이다.

이처럼 우리의 체질을 사상으로 보거나 우주를 지수화풍地水火風으로 보거나 인격을 인의예지仁義禮智, 또는 지혜 용기 절제 정의로 보거나 모두 넷으로 보는 것이다. 나라를 볼 때도 경제국방, 정치외교, 사회복지, 문화교육 이렇게 네 범주를 보는 것이다. 칸트의 인식론도 수량, 성질, 관계, 양태라는 4가지 범주로 본다. 생물학에서 단백질의 합성도 기본이 4가지요 유전자의 DNA를 구성하는 기본 요소도 4가지다. 무엇이나 이처럼 생성 변화로 움직이는 현상과 그것을 인식하는 범주로서 기본적으로 4가지가 있다는 것이다. 그것을 좀 더 세분하면 8가지가 되고 더 세분하면 64괘가 되는 것이다.

◆ 팔괘와 팔괘도八卦圖는 다른 것인가?

그렇다. 팔괘는 8가지 괘를 지칭하는 말이고 팔괘도는 그 8가지 괘를 하나의 원으로 둥그렇게 배열한 그림을 지칭하는 말이다. 음양과 팔괘에 대하여 다시 한번 복습해 보자.

역에서는 세상과 자연의 모든 변화와 생성과 운동의 바탕에는 음과 양이라는 두 가지 기운의 상호작용에 의해 이뤄지는 것으로 본다. 즉 음양이 상호 대립 모순관계, 또는 길항의 상극 상생관계를 통하여 생명과 운동의 변화가 일어난다는 것이다. 그 음양관계의 중심을 태극太極이라 한다.

음양陰陽을 기호로 표기할 때, 음은 끊어진 금, 양은 이어진 금이라 했다. 이 두가지 기호를 조합하여 2차원이 되면 사상四象이 나오고 3차원이 되면 8괘가 된다고 하였다. 이를 컴퓨터에서 사용되는 이진법으로 생각할 때 음은 0, 양은 1이라 보면 된다. 그래서 곤괘坤卦를 이진법으로 표시하면 000이 되고 건괘乾卦는 111이 된다.

음양의 조합에 따라 이렇게 8가지 괘가 나오는데 그 성질을 보고 이름을 붙인 것이 '건곤감이진손간태'라는 것이다. 건은 하늘, 곤은 땅, 감은 물, 이는 불, 진은 우레, 손은 바람, 간은 산, 태는 호수다. 음양의 배합과 추이에 따라 이렇게 8괘로 변화되는데 이런 변화를 자연의 변화와 연결지어 공간으로 배열한 최초의 사람이 복희씨라고 한다. 복희씨는 동서남북 사방과 팔방의 방위를 8개의 괘와 연결시켜 배열하였다. 그렇게 배열된 팔괘도를 복희팔괘차서도, 또는 간단히 복희팔괘도라 한다.

그리고 주나라 문왕은 복희씨의 공간적 배열을 바꾸어 새롭게 시간을 기준으로 배치하였는데 그것을 문왕팔괘도라고 한다. 복희팔괘도는 선천팔괘도, 문왕팔괘도는 후천팔괘도라 하기도 한다. 선천 후천은 앞 시대와 뒷 시대라는 뜻인데 주나라를 기점으로 시대가 달라졌다는 것이다.

주나라 문왕이 팔괘의 시간적 배열을 생각한 것은 자연의 변화 때문이다. 자연의 변화는 사계절로 대표되지만 좀더 세분하면 24절기가 된다. 24절기를 3개씩 괘에 할당하면 계절의 순환을 팔괘로 표시할 수 있다. 이렇게 1년의 변화를 원으로 하여 팔괘로 배열한 것이 문왕팔괘도라고 한다.

최근에 우리나라 김일부는 새로운 후천개벽을 위한 팔괘도를 만들었는데 그것을 정역팔괘도라 한다. 이렇게 팔괘도에는 복희팔괘도와 문왕팔괘도, 그리고 정역팔괘도가 있다.

◆ 팔괘도八卦圖의 종류에 따른 그 특징은 무엇인가?

이렇게 8가지 괘를 원으로 배열하는 방법으로 복희팔괘가 있고 문왕팔괘가 있고 우리나라 김일부의 정역팔괘가 있는데 그 밖에 다른 배열방법도 여러 가지로 생각해 볼 수 있다. 그러나 그런 배열에 어떤 의미를 줄 수 있으려면 각 괘의 성질과 어떤 관련성을 가져야 된다.

팔괘도에 이같이 3가지가 있는데 그 깊은 세계는 말할 수 없이 크고 신비하다. 들여다보고 생각할수록 심연을 보는 듯 깊어진다. 그래서 알기도 어렵고 설명하기도 어렵다. 그러나 그것을 누구나 이해할 수준에서 알기 쉽도록 간단히 설명해 보자.

팔괘의 배열방법으로 수백 가지가 나올 수 있으나 그 가운데 시대의 뜻을 드러내는 배열을 찾는 것이 중요하다. 복희시대, 문왕시대, 그리고 조선시대라는 역사적 상황에 따라 시대의 뜻을 드러낸 배열을 찾은 것이다. 시대의 뜻을 누가 아는가? 순수한 마음으로 역을 궁구하는 사람에게는 하늘이 시대의 뜻을 팔괘의 배열로 계시하여 보여준다는 것이다. 그러니까 시대마다 계시된 팔괘도의 모습이 다르다. 예를 들어 복희 팔괘는 수렵 채집시대의 반영이고, 문왕 팔괘는 농경시대의 반영이라면, 정역팔괘는 후기 산업시대의 반영이다. 그래서 팔괘도는 새로운 시대의 개벽을 알리는 상징적 의미를 내포한 메타포라는 것이다.

옛날부터 복희의 팔괘는 선천先天 팔괘요 문왕의 팔괘는 후천後天 팔괘라 했다. 이는 문왕 시대를 기준으로 하는 말이다. 우리나라를 기준으로 하면 문왕팔괘가 선천이요 김일부가 배열한 정역正易 팔괘도는 후천이다. 조선시대라는 선천이 끝나고 후천이라는 새로운 시대가 개벽된다는 것이 정역이다. 후천의 새 시대가 되면 모든 것이 바뀐다. 남녀의 지위, 귀천의 지위, 천지의 지위가 바뀐다. 기존의 모든 권위와 지위와 역할이 바뀌게 되어 새로운 가치와 질서로 변혁되는 새로운 세계가 열린다. 이렇게 모든 것이 바뀌어 새롭게 개혁되는 혁명의 때와 원리를 알려주자는 것이 역이다.

선천과 후천을 개인으로 말하면 복희팔괘도에는 내가 태어나기 전의 모습이 있고, 문왕팔괘도는 현재의 내 모습이 있고, 정역팔괘도에는 장차 나타날 나의 모습이 그려져 있다고 보는 것이다. 그런 역사와 발달의 단계로 3가지 팔괘도를 생각해 보는 것이다. 또는 세 가지 팔괘도를 각각 우주관 역사관 인생관을 나타낸다고 보아도 좋을 것이다.

관觀이란 보이는 세계를 그리는 것이 아니라 보이지 않는 세계를 직관하는 체험을 말한다. 과학의 우주론은 보이는 세계를 관찰하고 계측하여 엄밀하고 객관적인 수학적 체계로 이론화하는 것이지만 우주관은 보이지 않는 우주 전체와의 교감을 통해 직관하는 근본체험을 상징으로 드러낸 것이다. 그런 관을 가질 때 다석은 가온찍기라 했다. 가온찍기도 셋이 있다. 하나님을 만나는 가온찍기를 우주관이라 하고, 그리스도를 만나는 가온찍기를 세계관, 성령의 얼을 만나는 가온찍기를 인생관이라 한다. 그래서 천지인 삼재라 한다. 그리고 그 셋이 또 하나라는 것이다. 그 하나의 도리를 알아야 한다.

◆ 8괘와 팔괘도의 구성을 통해 얻는 역의 지혜란?

만물의 성질을 8가지로 분류한 것을 8괘라 했다. 음양의 조합에 따라 8가지가 나오는데 만물의 성질에 맞춰 이름을 붙인 것이다. 건괘는 하늘, 곤괘는 땅, 감괘는 물, 이괘는 불, 진괘는 우레, 손괘는 바람, 간괘는 산, 태괘는 호수라 한다.

먼저 건괘는 모두가 양효로 되어있다. 아래도 양이고 중간도 양이고 위도 양이다. 이와 반대로 곤괘는 모두 음효다. 이렇게 건의 양효와 곤의 음효가 섞이고 조합되어 다른 6가지 괘가 나온다. 우주와 자연을 생각할 때는 건乾(☰)을 하늘이라 하고 곤坤(☷)을 땅이라 한다. 세 개의 금 가운데 이어진 강한 금이 홀수이면 양괘이고 이어진 강한 금이 짝수이면 음괘가 된다. 이것도 독특하다. 강한 것이 하나 있는 괘를 양괘라 하고 강한 것이 둘이 있으면 음괘가 된다. 음괘에 양의 성질, 즉 강한 성질이 더 많다는 것이다. 물(☵)은 가운데 강한 금이 하나 있으니까 양이고 불(☲)은 양 끝에 강한 금이 두 개가 있어서 음이다. 양을 나타내는 물은 속이 강하다고 가운데 하나가 양효이고 양 끝이 음효인데 음을 나타내는 불은 겉이 강하다 하여 양 끝이 강한 양효이고 속이 부드러운 음효로 되었다. 말하자면 음 괘 속에는 양의 기운이 더 많고 양 괘 속에는 음의 기운이 더 많다. 이처럼 음양으로 나누면서도 음양을 이분법으로 분리하거나 단절할 수 없는 자연의 이치를 드러낸 것이다. 음양은 홀로 존재할 수 없고 늘 다양한 상호 작용으로 그침 없이 얽혀서 공존 공생 공멸하는 것이다. 대립의 상극 가운데 상생의 기운이 작용하여 음과 양이 길항하고 갈마들며 움직이는 것이다.

비근한 예로 우리 몸의 소화 과정을 보면 먼저 침샘에서는 알칼리성의 침이 나오지만 위胃에서는 강한 산성의 위산이 나오고 이어서 십이지장에서는 다시 알칼리성의 담즙과 소화효소가 나와서 중화가 된다. 이처럼 음양은 어디서나 길항작용과 갈마듦의 역동적 과정으로 상생하는 상보적 관계라는 것이다. 주역은 이런 음양의 원리를 알고 세상을 보는 지혜의 눈을 떠야 평화의 세계를 이룰 수 있다는 것이다. 평화란 음양이 조화와 균형을 이루는 건강한 생명 활동이다. 따라서 평화를 위해서는 음양의 조화와 균형을 볼 수 있는 지혜과 모든 것을 하나로 포용할 수 있는 능력이 필요하다.

◆ 3개의 눈을 뜨고 살아야 지혜로운 자

 실제로 우리는 모두 3개의 눈을 가지고 태어난다. 우리 뇌의 구조가 좌뇌와 우뇌 그리고 간뇌가 있듯이 개별적 사물로 분별하는 눈과 서로 연결된 사이의 음양 관계를 보는 눈 그리고 이 두 개를 알아차리고 통합하는 눈이다. 우리 몸에 좌우 두 개의 눈을 가지고 세상을 보면서 둘을 균형과 조화로 종합하는 또 다른 하나의 눈을 가지고 있다. 제3의 눈이라 할 마음의 눈이다. 주역의 지혜도 이것이다. 음양의 세계인 팔괘를 알아야 하고, 이어서 팔괘가 음양으로 상호작용하는 팔괘도를 알아야 하고 상호작용의 조화와 균형을 창조적으로 종합할 수 있는 지혜를 가져야 한다. 우리는 누구나 이처럼 세 개의 눈을 가지고 태어나는데 외눈박이처럼 사는 이가 너무 많다. 부목맹구浮木盲龜라는 눈먼 거북 이야기가 나오는 이유다. 세상 물욕을 추구하는 눈만 사용하다 보면 그만 영적인 눈이 모두 퇴화하고 만다는 것이다. 그래서 우리는 보통 세 눈은커녕 양 눈으로도 보지 못하고 외눈박이로 사는 것이다.
 우리는 양 눈으로 보면 사물의 입체와 공간이 보인다. 즉 물리적인 물체를 바라볼 때 입체와 공간을 보게 되는데 대개 물체만 바라볼 뿐 공간과의 관계를 보지 못하는 경우가 많다. 하물며 한 눈으로 볼 수 없는 역사적 사건이나 우주적 사태를 바라볼 때 얼마나 단편적이겠는가. 그러니까 주역에서 팔괘가 평면적 사고를 떠나 입체를 보는 훈련이라면 팔괘도는 팔괘들 사이에 존재하는 관계의 공간을 보는 훈련이다. 그래서 마음의 눈을 뜨게 되면 입체와 공간의 역동적 아름다움을 보게 된다.

바다에 가서 무엇을 바라보는가? 파도의 움직임에 집중하다 보면 바다를 보지 못하는 한편 또 멀리 바다를 바라보면 파도를 보지 못한다. 그런데 실상은 파도와 바다를 움직이는 우주의 기운인 바람과 그것을 바라보는 마음이다. 수많은 파도의 물결이 나타났다가 사라지는 바다를 바라보며 바람과 물과 파도가 일으키는 아름다운 풍광과 자연의 교향곡에 심취하여 갈매기처럼 바람을 따라 춤추며 날아다니는 자유와 기쁨의 공간인 텅 빈 마음의 하늘로 안내하는 코드가 주역이라 하겠다.

❖ 마무리

2강에서 우리는 사상과 팔괘를 알아보고 음양과 팔괘의 성질에 따라 자연현상과 어떻게 연결되는지 살펴보았다. 팔괘를 소성괘라 하고 64괘는 대성괘라 한다. 또 팔괘의 배열인 팔괘도는 3가지가 있는데 복희팔괘도와 문왕팔괘도 그리고 정역팔괘도가 있다. 이 세 가지 눈을 통해 주역의 세계를 탐험해 보자는 것이다.

주역 상경

3. 나는 무엇인가?

건위천乾爲天(1), 곤위지坤爲地(2)

개요: 참 나를 찾아서

◆ 천자문과 주역

조선왕조 시대 아동교육의 기본교재는 천자문이었다. 1천 자의 한자가 중복되지 않게 4글자씩 250구절로 된 책이다. 첫 구절이 천지현황天地玄黃인데, 아이들은 '하늘천 따지 검을현 누르황' 이렇게 외웠다. 이어서 우주가 넓고 크다는 '우주홍황宇宙弘荒'이 나온다. 이렇게 조상들은 어려서부터 천자문을 통해 글을 배우면서 맨 먼저 하늘과 땅을 생각하게 하였다. 주역도 하늘과 땅으로 시작된다. 말하자면 천자문의 내용은 주역을 압축한 것이다. 그래서 우리 선조들은 또한 주역을 학문의 마지막 단계로 간주하였다. 어려서 천자문으로 주역의 입문을 하고 늙어서 주역으로 졸업하는 과정으로 일생을 살았다. 왜 아이들에게 이렇게 하늘과 땅을 가르쳤을까. 인간의 기원이 하늘과 땅에서 비롯된 것임을 알려주려고 한 게 아닐까. 우리 조상들은 하늘과 땅의 기운으로 사람이 태어나고 자란다고 본 것이다. 우리 문화 속에는 우리가 하늘의 자손, 즉 천손이라는 의식이 배어있다. 천지와 우주를 인간의 고향으로 바라보고 아이들에게 그런 의식을 일깨워준 것이다.

◆ 하늘 건乾(☰), 땅 곤坤(☷)

역에서 하늘을 건이라 하고 땅을 곤이라 한다. 건(☰)은 금이 모두 양효로 되어있고 곤(☷)은 금 셋이 모두 음효로 되어있다. 건은 양陽을, 곤은 음陰을 대표한다. 그런데 음과 양은 모두 태극太極에서 나온 것이다. 따라서 음양은 늘 함께 있지 따로 떨어질 수 있는 것이 아니다. 그래서 음양이 둘이 아니듯 건곤乾坤, 즉 하늘땅도 또한 둘이 아니다. 사람도 천지의 기운으로 태어나서 마음이 있고 몸이 있지만 몸과 마음이 둘이 아니다. 몸이 땅이요 음이라면 마음은 하늘이요 양이다.

음양이 둘이 아니라는 것을 현대과학에서도 밝혀주고 있다. 현대물리학은 양자역학(quantum mechanics)이다. 양자역학에 의하면 원자보다 작은 입자가 서로 얽혀 있게 되면, 즉 양자얽힘(quantum entanglement)이 되면 아무리 멀리 떨어져 있어도 하나처럼 움직인다. 즉 한 쪽이 음이 되면 다른 하나는 즉시 양이 된다고 한다. 두 입자가 떨어져 있는 공간적 거리와는 상관없이 하나가 양이 되면 다른 하나는 바로 음이 된다는 것이다. 어떻게 이렇게 빛보다 빨리 정보가 전달되는지 신비할 뿐이다. 상대성 이론에 따르면 우주에서 빛보다 빠른 것은 없기 때문이다. 두 입자가 양자얽힘으로 한 쌍이 되면 상보적으로 움직이는 것이다.

주역의 음양도 이런 상보적 관계를 말하고 있다. 따라서 건괘는 양을 나타내고 곤괘는 음을 나타내지만, 그 둘은 상보적인 관계이기 때문에 하나를 알면 나머지도 알게 되는 것이다. 건괘 하나를 알면 곤괘도 알게 된다. 건곤을 알면 64괘 모두 알게 된다는 말이다. 이런 건곤을 하나로 말할 때는 태극이라 한다. 이런 태극의 입장에서 주역 64괘를 풀어보자는 것이 이 책의 특징이다.

◆ 64괘는 모두 태극의 변형이다

건곤乾坤이 하나가 되는 그것을 태극太極이라 한다. 태극이 무엇인가? 왜 태극을 찾는가? 나를 알고 싶기 때문이다. 태극을 찾는 것은 나를 찾는 일이다. 우리가 알고자 하는 것은 나를 알고자 하는 것이다. 음양이 합쳐진 것이 태극이요 그것이 또 나라는 것이다. 태극에서 음양이 나오고 음양에서 사상팔괘가 나온다 했다. 팔괘에서 64괘가 나온다. 64괘 모두가 하나의 태극이다. 태극을 아는 것이 하나를 아는 것이요 하나를 알면 태극을 알게 된다.

64괘 모두 하나의 태극의 변형이다. 건괘도 태극이 나타난 모습이요 곤괘도 태극의 모습이다. 그래서 건괘 하나를 알면 곤괘도 알게 되고 건곤을 알면 나아가서 모든 64괘를 다 알게 된다. 그래서 결국 건乾괘가 가장 중요하다고 볼 수 있다.

◆ 시간 공간 인간

모든 괘卦에는 시간時間, 공간空間, 인간人間 세 가지 의미를 함축하고 있다. 시간 공간 인간, 이런 세 가지 내용이 괘에 들어있다. 그래서 64괘를 시간적으로 배열할 수도 있고 공간적으로 표시할 수도 있고 인간적으로 나타낼 수도 있다.

건괘나 곤괘에도 시간 공간 인간이 겹쳐있다. 춘하추동으로 말하면 시간이요 천지수화로 말하면 공간이요 인의예지로 말하면 인간이다. 그래서 중립적인 말로 건이나 곤이라 한다.

건乾이라 할 때 이 건괘 속에도 시간과 공간과 인간의 내용이 함께 들어있음을 보아야 한다. 나에게 시간이 무엇인가, 나에게 공간이 무엇인가, 나에게 인간이란 무엇인가? 결국 나는 무엇인가? 하는 질문에 대한 답이 들어있다. 시간 공간 인간이 무엇인지 알자는 것이 역易이다. 시간을 찾으면 종교宗敎가 되고, 공간을 찾으면 과학科學이 되고, 인간을 찾으면 철학哲學이 된다. 우리가 왜 과학을 하고 철학을 하고 종교를 하는가? 나를 알고 내가 되기 위해서다.

건乾 괘가 제일 중요하다고 했는데 그것은 건괘를 알면 다 알기 때문이다. 우리가 피 한 방울의 검사로 내 몸의 건강상태를 다 알 수 있듯이 건괘 하나를 통해서 주역 전체를 알 수가 있다. 주역에서 무엇을 아는가? 나를 아는 것이다. 주역은 곧 나를 비춰보는 거울이다. 거울을 경이라 한다. 역경이라는 거울을 통해 나를 보는 것이다. 나는 무엇인가?

◆ 건괘의 괘사인 원형이정元亨利貞이 무슨 뜻일까?

건괘를 보면 양효를 여섯 개 그려놓고 이름을 건괘라 하고 괘에
대해 붙여놓은 설명으로 원형이정이라 했다. 즉 여섯 양효는 괘의
모습이고 괘의 이름은 건이고 괘사, 즉 건괘를 설명하는 말은 원형
이정이라 했다. 괘마다 이렇게 괘의 이름과 괘를 설명하는 괘사가
있다. 건괘와 곤괘에 대한 설명으로 원형이정元亨利貞이라는 네 글
자가 붙어있다.

원형이정이 무슨 뜻일까? 주역 전체의 내용이 한마디로 원형이
정이라 하겠다. 원형이정, 네 글자의 뜻을 알자는 것이 주역이다.
건도 원형이정, 곤도 원형이정이다. 나머지 괘들은 다 이 원형이정
의 부분을 설명하는 것이다. 원형이정, 그것은 무엇을 말하는가.
그것은 다름이 아니라 나를 말하는 것이다.

◆ 나는 무엇인가?

원형이정元亨利貞, 그것은 나를 말하는 것이다. 원형이정이 나다.
원형이정을 해석하는데 두 가지 방법이 있다. 원元, 형亨, 이利, 정貞
네 가지로 보는 방법이 있고 원형元亨과 이정利貞, 이렇게 둘로 보는
것이 있다. 정이천 선생은 넷으로 설명했고, 주희 선생은 둘로 설
명했다. 이천 선생은 설명하길 원元이란 만물의 시작이요 탄생이라
면 형亨은 만물이 자라나고 성장하는 것이고 이利는 가을의 수렴작
용으로 이뤄진 결실을 얻음이요 정貞은 만물의 완성을 깊이 간직하
는 것이라 했다.

남송의 주희朱熹(1130-1200) 선생, 즉 주자는 설명하길 원元은 큰 것

이요, 형亨은 형통하는 것이며, 이利는 마땅한 것이요, 정貞은 바르고 굳은 것이라 하여 '크게 형통하니 마땅한 것은 바름이라'고 했다. 원형은 크게 형통하여 발전하는 모습이다. 이정은 올바르고 진실한 모습이다. 주자는 이것을 점괘로 풀어서 '크게 형통하니 바르게 함이 마땅하다.' 했다.

그런데 현재玄齋 김흥호(1919-2012) 선생은 영원히 발전하는 모습과 진리와 일치하는 모습이라고 풀어서 실존적 차원으로 설명했다. 나는 무엇인가 하면 원형과 이정이다. 원형은 영생이요 이정은 진리와 일치함이다. 그래서 원형과 이정은 곧 나를 설명하는 말이라 보는 것이다. 나는 영원한 생명이다. 나는 영원한 생명인데 그저 영원한 생명이 아니다. 진리와 함께 진리와 일치하는 영원한 생명이다. 그것을 원형이정이라 했다. 다석 류영모는 또한 원형이정을 일좌식一坐食 일언인一言仁이라는 하루살이의 일도一道로 실천하며 살았다. 원元은 천지와 통하는 일좌요, 형亨은 밤낮에 통하여 사는 일식이요, 이利는 생사에 통하는 일언이요, 정貞은 유무에 통하여 사는 일인이다. 이런 일도一道의 하루살이는 몸과 마음을 하나로 통일하여 정신으로 사는 것이다.

심신일여心身一如, 즉 몸과 마음은 둘이 아니기에 몸을 바로잡으면 마음도 바로잡게 되고 마음을 바로잡으면 몸도 바로잡게 된다. 건괘는 원형이정으로 마음을 바라잡는 지혜를 말하고 곤괘 역시 원형이정으로 몸을 바로잡는 지혜를 말한다. 따라서 건괘와 곤괘에 통달하여 그 하나 됨을 알면 주역 전체의 요령을 잡은 셈이라 하겠다.

원문 해석

◆ 건위천乾爲天(1) (하늘☰과 하늘☰)

건乾이란 원형이정의 세계이다. 괘를 판단는 말이다. 위대하구나! 건乾의 으뜸 됨이여, 만물의 바탕과 비롯이 되니 이에 하늘을 거느린다. 구름을 움직이고 비를 베풀어 만물이 형태를 갖추고 자라게 한다. 마치고 시작함을 크게 밝혀서 여섯 지위가 때를 따라 이루어지고 때에 맞추어 여섯 용을 타고 올라가니 이로써 하늘을 다스린다. 건도의 변화로 각각 성품과 천명을 바르게 하여 보호하고 화합하여 크게 화합함을 이루니 이에 아름답고 올곧게 된다. 으뜸으로 뭇 만물을 내니 만국이 모두 다 평안하다.

괘상의 뜻이다. 하늘의 운행이 강건하니 군자는 이를 본받아 스스로 굳세어 쉬지 않는다.

내용 풀이

하늘 위의 하늘을 건乾 괘라 한다. 하늘 위에 또 하늘은 무엇일까? 이렇게 생각하는 것을 격물格物이라 한다. 격물의 결과 건의 뜻이 원형이정元亨利貞이라고 했다. 만물의 바탕과 시초가 건乾에서 비롯된다. 만물을 창조하는 창조력을 건이라 본 것이다. 그것을 건乾의 원, 건의 으뜸됨이다. 그래서 하늘을 통치하는 주재자가 건乾이라 한다. 하늘은 무엇인가? 요새로 말하면 우주라 할 수도 있고, 태양이라 할 수도 있고, 왕이라 할 수도 있다.

이것은 건의 원에 이어 형에 대한 설명이다. 건원이라는 근원을 가지면 원의 작용인 형, 즉 생명력을 가지고 발전하게 된다는 말이다. 원의 작용은 구름을 일으키고 비를 뿌려주어 만물이 흘러나와 형태를 이룬다. 성인은 이를 보고 종시를 크게 밝혀서 여섯 지위를 때를 따라 완성하고 때에 맞춰 여섯 용을 타고 올라가 하늘을 다스린다. 원형에 이어 이정을 설명하는 말이다. 건도는 음양인데 그 작용으로 만물이 변화되고 탈바꿈된다. 건도 변화의 힘으로 각기 성품을 바로잡고 사명을 실천한다. 품성과 사명을 지켜서 모두가 하나가 되면 큰 화평을 이루게 되니 이에 모두가 진실하고 정직한 모습이 된다.

건도乾道의 창조성으로 으뜸이 되어 만물을 산출하니 온 세상 모든 나라가 평안하고 고요하다. 창조적 지성인 성인이 나타나서 온갖 물건과 제도와 문물을 생산해 냄으로 모두가 풍족하고 행복한 세상이 된다. 농업혁명, 산업혁명, 정보혁명, 이런 모든 혁신의 핵심이 창조성이다. 이런 창조성을 건원이라 했고 문물의 발전을 형이라 한다. 이정은 모두가 진실하고 정직하다는 것이다. 즉 원형이정을 요새로 말하면, 창조성, 경영능력 즉 경륜성, 그리고 진실성과 정직성이라 하겠다. 진실한 사랑과 정직의 기쁨이 넘치는 세상을 이루자는 것인데 그 원천이 창조적 지성인 건원乾元이라고 보는 것이다.

원문 해석

◆ 곤위지坤爲地(2) (땅==과 땅==)

곤坤은 땅이니 크게 형통한다. 이로운 것은 암말의 곧음이다. 군자의 가는 바가 있으니 먼저 가면 안 되고 (스승의) 뒤를 따라가야 한다. 주인이 되어야 이롭다. 서남쪽에서 친구를 얻고 동북쪽에서 친구를 잃는다. 평안하고 정직하니 행복하다.

괘를 판단는 말이다. 지극하구나, 곤의 으뜸됨이여! 만물을 생육하여 마침내 하늘과 하나가 된다. 땅은 두터워 만물을 실어주니 그 덕은 한이 없다. 한없이 넓고 큰 빛을 품고 만물이 모두 잘되도록 길러낸다. 암말은 땅의 동물이라 땅을 지나가는데 끝이 없다. 유순하고 좋은 실력이 있다. 이런 힘과 실력으로 가는 것이 군자다.

학생이 앞서가면 길을 잃으나 스승을 따라 순종하면 행복하다. 서남쪽(음陰)에서 친구를 얻어 함께 더불어 가다가 동북쪽(양陽)에서 친구를 잃는다. 마침내 행복하게 된다. 평안함과 실력을 갖추어 행복하게 되고 또 세상을 살아가는 데 자유롭게 된다.

괘상의 뜻이다. 땅의 모습을 곤坤이라 하니 군자는 이를 본받아서 덕을 쌓아 모든 사람을 살려준다.

내용 풀이

곤坤이란 땅이다. 곤은 하늘에 신종申從하는 땅이다. 신申이란 천지가 통한다는 뜻이다. 그래서 하늘에 6번 신종申從하는 6차원의 땅이 곤坤이다. 원형元亨이란 한없이 발전한다는 뜻이고 이정利貞이란 진리와 일치한다는 뜻이다. 무엇과의 일치냐 하면 건乾과의 일치다. 건이 대아大我라면 곤은 무아無我다. 무아의 세계는 모든 종교의 핵심이다.

군자는 하늘을 본받아 자강불식自彊不息하고 땅을 본받아 후덕재물厚德載物한다. 자강불식은 스스로 강하여 쉬지 않고 발전하는 건강한 정신이요 후덕재물은 만물을 실어줄 만큼 두터운 덕을 지닌 건강한 몸이다. 땅처럼 우주를 받치는 강한 기운을 가지고 하늘의 운행처럼 씩씩하고 성실한 것이 군자의 모습이요 건곤을 통해서 보여주는 그것이 우리 인간의 이상이라는 것이다. 결국, 천지를 본받아 천지를 넘어서는 것, 그것이 곧 나라는 것이다. 그래서 일찍이 동양의 현자인 장자莊子가 말하길 천지와 나는 함께 나왔으니 만물이 모두 나와 하나라고 하였다. 예수께서도 아브라함이 있기 전에 내가 있었다고 하였으며 요한복음에서는 그가 태초부터 말씀으로 계셨다고 한다. 끝으로 송나라 성리학자 소강절邵康節(1011-1077)은 다음과 같이 말했다.

몸은 천지보다 후에 나왔으나
마음은 그보다 먼저 있었지

천지가 내게서 나왔으니

이 밖에 무슨 말을 더하겠는가?

신생천지후 심재천지전 身生天地後 心在天地先

천지자아생 기여하족언 天地自我出 其餘何足言

4. 생명의 탄생과 교육
수뢰준屯(3), 산수몽蒙(4)

개요: 태초의 말씀

◆ 탄생의 고통과 생명 돌보기

무엇이나 새로운 시작은 어렵고 힘들다. 그러나 산고의 고통이 없이 어떻게 새로운 생명을 얻을 수 있으며, 겨울의 매서운 추위가 없다면 어찌 봄의 아름다운 꽃을 바라볼 수가 있으랴. 인생의 출발도 얼마나 힘든지 모른다. 어머니 배 속에서 열 달 동안 어머니와 함께 기쁨과 슬픔 즐거움과 괴로움을 같이 하다가 마침내 죽음의 문턱까지 이르는 산고를 겪고야 세상에 나온다.

그래서 생명의 탄생을 나타내는 상징으로 물과 우레를 사용했다. 물은 죽음을 나타내고 우레는 새로운 시작을 말한다. 죽음의 바다에서 새로운 생명의 시작이 나타났다. 그것을 수뢰둔水雷屯이라 한다. 둔은 땅에서 싹이 올라올 때 너무 힘이 들어서 구부러진 모습으로 그렸다. 수뢰둔이 생명의 탄생을 말하는 것인데 천산둔 괘와 혼돈을 피하기 위해서 수뢰둔水雷屯은 수뢰준으로 읽는다.

수뢰준水雷屯 괘는 이처럼 새로운 생명의 탄생이 얼마나 어렵고 힘든 일인가를 보여주는 그림이다. 물과 우레인데 물은 생명이 나오는 바다요 우레는 생명의 시작이다. 지구의 역사를 보면 수십억 년 전에 바다에서 첫 생명이 시작되었다고 한다. 생명이 물에서 태어났다는 것이다. 우리 몸의 70퍼센트가 물이다. 지구의 70퍼센트가 바닷물로 덮여있다. 태아가 자라는 어머니 자궁의 양수도 바닷물과 비슷하다고 한다. 생명이 바닷물에서 시작되었다는 것도 신비다. 생명의 탄생은 알 수 없이 신비하고 또 위대한 우주적 사건이다. 광활한 우주에서 미생물이라도 발견하고자 아무리 찾아도 아직 지구 밖에 생물이 있다는 증거를 찾지 못했다. 그만큼 지구의 생명은 희귀하고 신비하다.

생명만이 신비한 것이 아니다. 지구의 출현도 신비하다. 태양계의 탄생도 신비다. 우주의 탄생과 모든 존재하는 것들 가운데 신비 아닌 것은 없다. 모든 신비 가운데 가장 신비한 것은 역시 생각하는 인간의 탄생이다. 생각하면 생각할수록 생각만큼 신비한 것도 없다. 생각이 무엇인가? 신비를 그리워하는 그 생각이 어디서 왔는가? 모든 생각의 근원이 신비이다. 이 신비의 세계를 말씀(Logos), 또는 도道라고 한다. 만물의 근원인 말씀의 세계를 알지 못하면 인생도 모르고 사람도 될 수가 없다. 생각의 신비를 놓치는 순간 인간은 땅으로 떨어져 그야말로 괴물이 되고 악마가 된다. 현대인의 비극은 바로 이런 이유 때문이 아닐까?

따라서 어렵게 태어난 생명이 그 신비의 근원을 잃지 않고 잘 자라나도록 돌보는 일이 중요하다. 특히 스스로 생각하는 성숙한 사람이 되도록 사랑과 지혜로 돌보며 보살펴야 한다. 사람은 저절로 인간이 되지 못하기 때문이다. 인간은 빵만으로 사람이 되지 못한다. 사랑으로 길러지고 지혜로 키워져야 사람이 된다. 산 같은 사랑과 물 같은 지혜의 교육으로 거듭나야 사람다운 사람이 된다. 이런 교육을 말하자는 것이 산수몽山水蒙 괘다.

수뢰준水雷屯을 뒤집으면 산수몽山水蒙이 된다. 이렇게 수뢰준과 산수몽은 짝이 되어 생명의 탄생과 생명을 돌보는 교육을 말한다. 인간의 생명이 올바로 자라려면 사랑의 교육이 필요하다. 그래서 생명을 돌보며 배우고 가르치는 일은 인생의 여정에 늘 함께 있는 것이다.

원문 해석

◆ 수뢰준水雷屯(3) (물==과 우레==)

준은 크게 형통하고 바름이 이롭다. 가는 바가 있음을 쓰지 말라. 제후를 세움이 이롭다. 괘를 판단해 본다. 준은 굳센 강과 부드러운 유가 비로소 만나 어렵게 태어나는 것이다. 바닷물은 부드러운 것이요 우레는 강한 것이다. 험난한 가운데 움직이니 크게 형통하여 바르게 된다. 번개가 치고 비가 내려 만물이 가득 차게 된다. 캄캄하고 어두운 혼돈의 위기 속에서 어떻게 무엇을 할까? 제후를 세워야 마땅하다. 그러나 평안할 수 없다. 괘상의 뜻이다. 구름과 우레가 있음이 준이니 군자는 이를 본받아 세상을 경륜한다.

내용 풀이

수뢰둔水雷屯인데 천산둔과 구별하기 위해 수뢰준으로 읽는다고 하였다. 수뢰水雷는 물에서 생명이 태어나는 모습이다. 그 과정이 험하고 힘들다고 둔屯이라 한다. 둔屯이란 글자는 땅속에서 새싹이 어렵게 올라오는 모습으로 얼마나 힘들던지 구부러지고 비틀어졌다.

수뢰준, 물속에 우레가 있다. 말하자면 바닷속으로 번개가 하늘에서 떨어진 것이다. 또는 구름 속에서 번개가 친다고 해도 좋다. 물속으로 번개와 벼락이 떨어짐으로 생명이 탄생하기 시작하였다. 그런데 이처럼 어렵게 태어난 생명은 태어나자마자 위험하고 고통스럽다. 태어나기도 힘들지만 살아남는 일도 힘들고 고통스럽다.

강한 것은 벼락이요 부드러운 것은 바닷물이다. 또 바닷물은 험난함이요 벽력은 움직임이다. 험난한 위기 가운데 벼락처럼 신속한 결단과 움직임이 필요하다. 2022년 서울 이태원에서 불행한 사고가 일어났는데 그처럼 군중이 몰려 위험한 상황이 되면 전광석화처럼 신속한 결단으로 지휘와 통제를 하는 위기관리 지도자가 나타나야 한다. 또 금년 폭우로 오송 지하차도에서 사고가 났다.

이렇게 위험하다 싶을 때 신속하게 판단하고 통제하는 지도자가 나와야 한다. 위험한 상황에서 미리미리 대비하는 그런 제후를 세워야 마땅하다. 그래도 안심할 수 없는 것이 재해의 위험이다. 지도자는 미리 내다보고 염려하는 마음에서 늘 편안할 수가 없다. 이런 것을 '의건후宜建侯 이불녕而不寧'이라 한다.

최고 지도자에게 필요한 것이 경륜이다. '경륜經綸'이란 무엇인가. 혼란한 세상을 잘 다스려서 평화로운 세상으로 만드는 능력을 말한다. 나라를 잘 정리해서 평화롭게 만들려면 어떤 식으로 해야 하나? 수뢰준水雷屯괘는 경륜이 무엇인지 보여준다. 준屯에는 세 가지 뜻이 있다. 생명의 싹이 돋는다. 군대가 주둔한다. 지도자를 세운다. 이 세 가지가 경륜의 내용이다. 백성의 생명을 일으켜야 하고, 나라를 안정시켜야 하고, 지도자를 잘 세워야 한다.

경륜의 핵심은 무엇인가? 먼저 죽었다 다시 살아나는 방식이다. 물[水]이란 죽음이요, 우레[雷]는 살아나는 것이다. 죽음의 물속으로 뛰어들어 번개처럼 생명을 살리는 것이다. 119 구급대만 아니라 모든 지도자의 지도 원리가 죽었다 사는 방식이다.

예수는 요단강 물에서 구세주로서의 사명을 자각했다. 그리고 복음을 전했다. 예수는 어떤 복음으로 세상을 구원했는가? 예수는 죽었다 사는 삶으로 세상을 구원했다. 그것이 예수의 복음이요 구원의 방법이다. 바울도 다메섹을 향하여 가다가 벼락과 함께 천둥치는 소리를 듣고 자기의 사명을 자각했다. 이처럼 누구나 천명을 자각하는 데서 새로운 생명이 시작된다.

군자는 이런 생명의 탄생을 보고 경륜을 생각한다. 구름 속에서

번개가 치는 것이 생명의 시작인 수뢰준이다. 이런 준괘를 보고 군
자는 천명의 자각이 천하 경륜의 진수眞髓(사물이나 현상의 가장 중요하
고 본질적인 부분)임을 깨닫고 비전을 세워 실천한다. 경륜의 방법은
진리의 힘으로 물이라는 죽음에 뛰어들어 생명을 살리는 사랑이
다. 그래서 생명은 죽음을 이기는 것이다. 죽음을 이기고 나온 생
명이 온 천하를 구원하는 것이다.

원문 해석

◆ 산수몽山水蒙(4) (산==과 물==)

　산수몽山水蒙이니 몽이 형통한다 함은 모든 게 순조롭게 잘 통해
서 길을 가는 것이다. 그렇게 형통한 길을 가려면 때를 맞춰 길러
야 한다. 내가 어린 동몽童蒙을 찾을 일이 아니라 동몽이 나를 찾아
야 한다. 그래서 서로 뜻이 응해야 한다. 괘를 판단하는 말이다. 몽
괘는 산 아래 위험이 있다는 것이다. 위험하니 멈춰야 한다. 괘상
의 뜻을 본다. 산 아래 솟아나는 샘의 모습이 몽蒙이니 군자는 이를
본받아 과업을 수행하고 덕德을 기른다.

내용 풀이

수뢰준 괘를 180도 뒤집으면 산수몽이 된다. 그래서 준괘와 몽괘는 짝이 된다. 위에는 산이 있고 아래는 물이 있는 것이 산수몽山水蒙이다. 설악산 밑에 폭포수가 흘러가는 것이다. 공자가 말하길 "인자요산仁者樂山 지자요수知者樂水"라고 했다. 어질고 덕이 큰 사람은 산을 즐기고 지혜로운 사람은 물을 즐긴다. 그래서 산수山水라 하면 그것은 어질고 큰 덕과 지혜로운 것을 나타낸다.

산이란 인간의 어질고 덕스러운 면을 나타내려는 인仁의 상징이고 물이란 지혜의 상징이라고 생각하는 것이다. 그래서 인仁을 사랑이라 하고 지知를 지혜라 하면 산수山水는 사랑과 지혜가 합해진 것이다. 산이 있고 물이 있어야 아름답다. 지혜와 사랑의 인격으로 거듭나야 아름다운 사람이다. 인간이 거듭나는 것을 유교식으로 말하자면 천명天命의 자각과 도道의 수행이다. 천명을 깨닫고 도를 닦아야 사람이 된다는 것이 유교다. 기독교는 물과 성령으로 거듭나서 성화聖化된다고 한다. 불교에서는 돈오頓悟의 깨달음과 점수漸修의 수행을 이야기한다. 돈오는 유교식으로 천명의 자각이요 점수는 교육과 훈련의 과정이라 하겠다.

산 아래 물이 있는 것이 몽매蒙昧하다는 몽蒙이다. 어리석고 사리에 어두운 것을 몽매하다고 한다. 물은 위험하다는 뜻이다. 그래서 산 밑에 위험이 있다고 한다. 산 아래 강물이 흐르고 안개가 자욱하니 위험하다. 위험하면 더 나가지 말고 멈춰야 한다.

몽蒙 괘에는 선생을 나타낸 뜻과 학생을 나타낸 뜻이 함께 있다.

가르치는 측면에서는 몽이란 선생을 의미하고, 배우는 측면에서는 학생이 몽이다. 학생이 몽매할 때, 즉 어둠에 덮여 캄캄해서 보이지 않을 때 선생이 와서 학생을 덮고 있는 어둠의 장막을 열어준다. 이것을 계몽啓蒙이라 한다. 그러니까 산에서 물이 나온다고 할 때는 산수몽山水蒙을 선생의 모습이라 생각하는 것이다. 그런데 또 산이 물안개로 가득하여 한 치 앞도 보이지 않는다고 볼 때는 산수몽이 학생의 몽매함을 말하는 것이다.

물안개로 캄캄해서 한 치 앞도 보이지 않을 때 산을 오르다 험한 계곡에 떨어져 죽을 수도 있다. 그래서 '위험하다'라는 뜻이 있다. 이렇게 물 수(☵)를 구름으로 보느냐 안개로 보느냐 또는 물로 보느냐에 따라 여러 가지로 해석할 수 있다.

선생님은 학생들에게 억지로 가르치려고 애쓰면 안 된다. 그것을 '비아구동몽匪我求童蒙'이라 한다. 선생은 학생들에게 배우라고 강요하는 것이 없어야 한다. 그럼 어떻게 해야 하나? 학생이 배우고 싶어 선생님을 찾으려고 애써야 교육이 된다. 그것을 '동몽구아童蒙求我'라 한다.

선생이 되려면 상象에서 말한 것처럼 '산하출천山下出泉'이 되어야 한다. 자기 속에서 진리의 말씀이 샘물처럼, 강처럼 흘러나와야 된다. 산처럼 흔들리지 않는 자기의 입장을 확실하게 가지고 있어야 스승이다. 자기의 입장이 확실해야 자기 속에서 다른 사람을 도와줄 수 있는 힘이 저절로 쏟아져 나오게 된다. 그것이 출천出泉이다.

산을 오르려고 하는데 안개가 가득하여 앞길이 캄캄하다. 이런 때야말로 가장 스승이 필요한 때다. 몽매한 어린 학생에게는 선생이 꼭 필요하다. 캄캄하고 어두운 데서 홀로 헤매는 것은 위험하다. 이런 때는 조용히 가던 길을 멈춰 서서 돌이켜 먼저 스승을 찾아야 한다. 어떤 스승을 찾아야 하는가? 스승의 조건은 산하출천山下出泉(산 밑에 솟아나는 샘물)이다. 산같은 사랑과 물같은 지혜를 가진 사람이라야 스승이다. 그런 스승을 만나야 학생은 자신의 인생에 주어진 과업을 수행할 수 있고 덕을 길러갈 수 있다. 이것이 몽괘의 뜻이다.

상象을 보면서 '산하출천山下出泉'이라고 했다. 즉 산 밑에서 샘물이 콸콸 쏟아진다는 뜻이다. '산하출천山下出泉', 위에는 산이 있고 아래로는 물이 흘러간다. 이것을 뒤집어서 풀이하길 '과행果行 육덕育德'이라고 한다. 과행果行은 물이 흘러가듯 과감한 도의 실천이요 육덕育德은 산처럼 높은 덕을 기르는 것이다. 물이 흘러가는 것처럼 사람은 도道를 닦아야 한다. 사람이 되는 바른길, 즉 정도正道를 닦아나가는 이것이 과행果行이다.

그래서 결국 어떻게 되나? 육덕育德이다. 산처럼 덕을 쌓아 올려야 한다. 인격이 산처럼 높아지는 것이다. 이렇게 과행果行은 물에 해당하고 육덕育德은 산에 해당한다. 사람이 자꾸자꾸 실천하고 실천해서 결국은 사랑과 지혜의 덕으로 꽉 찬 높은 산이 된다. 이것을 우리는 인仁이라고 한다. 그리고 산에서 물이 흘러나오는 것을 지知라고 한다. 인仁과 지知가 하나로 완성된 사람이 성인이다.

플라톤은 스승 소크라데스를 보면서 인과 지가 하나가 된 성인이라 하여 필로소퍼라 하였다. 사랑인 필로philos와 지혜인 소피아 sophia를 합쳐 필로소피아라 한다. 그래서 지혜와 사랑을 합친 사람이 필로소퍼라는 철인이다. 철인은 지혜를 사랑하는 애지자, 즉 철학자가 아니라 지혜와 사랑이 합쳐진 성인이라 보는 것이다. 지혜를 가지고 온 인류를 사랑하는 사람이 필로소퍼요 철인이요 성인이다. 공자의 제자들은 스승을 보면서 지와 인이 하나가 된 성인의 모습이라 하였다. 예수의 제자 베드로는 고백하길 주는 그리스도요 살아계신 하나님의 아들이라 하였다. 이것도 또한 같은 내용을 풀어볼 수 있다. 그리스도란 하늘 높이 솟은 산처럼 큰 사랑의 인격을 말함이요 하나님의 아들은 물처럼 지혜로운 분, 하나님의 말씀이 육신이 된 분이라 할 수도 있을 것이다.

◆ 새로운 출발은 배움으로부터

  무엇이나 새로운 시작은 힘들고 어렵다. 그래서 배움의 학습이 필요하다. 스승의 가르침을 듣고 이해한 것을 체득하도록 실천하는 일이다. 인생으로 태어나는 일도 어렵지만 사람이 되는 일은 더 어렵다. 그래서 인생은 학습이 필요하다. 논어의 첫 마디가 배우고 때로 익히라는 '학이시습學而時習'이다. 학이시습을 줄여서 학습이라 한다.
  사람은 태어나기 전부터 태교라는 교육을 한다. 임신을 준비하면서 벌써 교육이 시작된다. 새로운 생명의 탄생을 위해서 부모가 몸과 마음을 정결히 하고 준비하여 임신이 되면 보는 것도 바른 것만 보고 듣는 것도 바른 소리만 듣고 먹는 것도 바른 것만 먹고 행동하는 것도 바른 행동을 하도록 힘쓴다. 이렇게 인생은 태아를 위한 부모의 학습으로부터 시작된다.

인생만이 아니라 새로운 일이나 단체나 나라를 시작하려 해도 학습이 있어야 한다. 조선왕조가 개국된 것도 성리학이라는 학습 공동체가 있었기에 가능한 일이었다. 학원을 설립하려 해도 교사들의 학습공동체가 먼저 이뤄져야 된다. 직업을 바꾸려 해도 먼저 학습이 있어야 된다. 학습을 위해서는 또 스승을 찾아야 된다.

수뢰준水雷屯은 새로운 탄생과 시작의 어려움을 말했다. 어려움을 극복하고 이기는 과정에서 얻는 지혜는 무엇인가? 그것은 또한 수뢰, 즉 죽었다 사는 것이다. 죽었다가 다시 사는 그것이 지혜다. 그리고 산수몽山水蒙은 그렇게 어렵고 위험할수록 반드시 스승을 찾아서 스승과 함께 길을 가야 한다는 것이다. 그래야 위험하지 않고 마침내 어려움을 이겨내서 과업을 달성할 수 있다는 말이다. 그래서 학습과 새 출발이라는 이 둘이 늘 함께 있어야 한다는 것을 잊지 말자는 것이 수뢰준과 산수몽이 주는 교훈이 아닐까 한다.

5. 믿음과 기다림의 지혜

수천수需(5), 천수송訟(6)

개요: 친밀함과 소원함

◆ 아버지와 아들

아버지와 아들은 가장 가까운 사이면서도 친하기는 쉽지 않다. 심리학자 프로이트는 아버지와 아들의 관계를 오이디우스 콤플렉스라는 개념으로 분석한다. 엄마의 애정에 집착하는 남근기의 유아는 아버지를 경쟁자로 여긴다는 것이다. 그러나 성장하면서 아버지의 권위에 눌려 경쟁을 포기하는 잠복기를 거쳐 사춘기를 맞이한다. 이런 오이디우스 콤플렉스는 사춘기를 통해 극복하면서 아버지를 인정하고 독립된 어른으로 성장해야 건강한 삶을 살 수 있는데 콤플렉스를 극복하지 못하면 신경증에 걸린다는 이론이다.

프로이트는 또 인격의 구조를 이드(id)와 에고(ego) 수퍼에고(super ego)로 설명한다. 아이가 태어날 때부터 갖는 원초적 욕망과 감정을 이드(id)라 한다. 그런데 자라면서 욕망에 대한 통제를 받게 되는데 이런 것들이 수퍼에고(super ego)를 형성하는 것이다. 그러니까 아들에게 아버지는 수퍼에고의 역할을 하게 된다. 욕망과 수퍼에고가 충돌할 때 자신의 자아인 에고(ego)는 갈등하게 된다. 셰익스피어의 햄릿을 보면 이런 에고의 갈등이 잘 드러나 있다. 돌아가신 아버지의 환영이 나타나 복수를 부탁하니까 아버지의 뜻에 따라 왕을 죽이고 싶지만 또 다른 음성으로 살인을 하면 안 된다는 자신의 목소리를 듣는다. 이렇듯 아들에게 아버지는 모방하고 따라야 할 존경과 사랑의 대상이면서 동시에 극복하고 넘어야 할 대상이 된다. 그래서 아버지의 권위를 극복하고 넘어선 인격이 될 때 진정으로 아버지를 사랑하고 존경할 수 있게 된다. 스승을 넘어선 제자가 진짜 제자이듯이 아버지를 극복한 아들이라야 진짜 효자가 된다는 말이다.

수천수水天需 괘卦를 보면 하늘(건☰) 위에 물(감☵)이 있다는 것이다. 물이 하늘로 올라가면 구름이 된다. 그래서 하늘 위의 구름이라 한다. 또 하늘을 아버지라고 하면 물은 아들이다. 아들이 아버지의 등에 올라가 있다. 그것을 수천수水天需라 한다. 수需는 기다린다는 뜻이다. 하늘에서 비가 오기를 기다리듯 아버지는 아들을 업고 자라나길 기다린다. 이렇게 수천수는 생명에 대한 믿음과 기다림의 지혜를 말하자는 것이다.

그리고 수천수水天需 괘卦를 180도 뒤집으면 천수송天水訟이 된다. 천수송天水訟 괘卦는 하늘(☰) 아래 물(☵)이 있다. 즉 물이 하늘 위에 있으면 수천수, 물이 하늘 아래 있으면 천수송天水訟이다. 수

需는 기다림이요 송訟은 다툼이다. 믿음을 가지고 기다려야 되는데 욕심으로 기다리다 보면 요구하게 된다. 기다림이 지나치면 요구가 나온다. 요구하면 서로 다툼이 일어난다. 아버지와 아들 사이에 틈이 갈라져 다투게 된다. 이런 다툼이 일어나지 않게 하려면 어떻게 해야 될까? 수천수水天需 괘卦에서 그 지혜를 찾아보자는 것이다.

원문 해석

◆ 수천수水天需(5) (물==과 하늘≡)

수는 기다림이다. 믿음과 진실을 가지고 기다려야 빛나고 형통하고 의롭고 행복하게 된다. 큰 내를 건너가는 것이 이롭다.

괘를 판단해 본다. 수는 기다림이다. 위험이 눈앞에 있다. 강건하여 위험에 빠지지 않는다. 그 의로움으로 곤궁에 빠지지 않는 것이다. 기다리는 데 믿음을 가지고 기다리니 빛나고 형통하고 의롭고 행복하다. 무슨 뜻인가? 하늘의 지위에 올라가서 정중正中이 되었다는 말이다. 큰 내를 건넘이 이롭다 함은 무슨 말인가? 나가서 공을 이루게 된다는 뜻이다.

수천수 괘卦의 모습을 보고 말한다. 구름이 하늘 위로 올라간 것을 수천수라 하니 군자는 이를 본받아 먹는 일과 마시는 일을 편안히 즐긴다.

내용 풀이

수천수, 하늘 위에 구름이 있다. 그래서 하늘에서 비가 내리기를 기다리는 것을 수천수水天需라 한다. 왜 비를 기다리는가? 비가 와야 만물이 자라고 곡식을 얻게 된다. 비는 생명의 물이다. 비가 와서 곡식을 얻게 되고 곡식으로 밥과 술을 지어 먹고 마시는 것이 기쁨이다. 기다림에는 믿음과 진실함이 있어야 빛나고 형통한다. 기다릴 때는 그저 기다리는 것이 아니라 믿음과 진실을 가지고 기다려야 한다. 그래서 빛나고 형통하게 되며 의롭고 행복하여 큰일을 해낼 수 있다.

수需에는 '기다린다'는 뜻 외에도 '요구한다'는 뜻이 있다. 기다림도 중도에서 벗어나 지나치면 요구함이 된다. 서로 요구하게 되면 충돌하게 된다. 그래서 기다림은 자칫 요구함이 되기 십상이니 위험한 상태가 눈앞에 있다는 말이다. 수천수水天需의 수(☵)를 길을 가다가 만난 눈앞의 강물처럼 위험한 것으로 본다. 눈앞에 위험이 있음을 볼 때 어떻게 해야 하는가? '강건剛健' 해야 곤궁함에 빠지지 않는다. 강을 건너려면 물에 뜰 수 있는 법을 가져야 하고 자력이건 타력이건 물을 건널 힘을 가져야 한다. 수영 실력과 체력을 가져야 한다. 또는 타고 갈 배와 연료를 준비하면 된다.

강건이란 무엇인가? 정신이 강한 것을 강剛이라 하고, 육체가 강한 것을 건健이라 한다. 노자는 강건함을 허심실복虛心實腹이라 한다. 정신의 강건함을 빈 마음이라 하고 육체의 강건함을 뱃심이 가득 찼다고 한다. 욕심 없는 마음이라야 온몸에 원기가 가득 찬다.

나라나 단체도 이렇게 강건해야 위험과 곤궁에 빠지지 않는다. 지도자는 욕심이 없고 구성원들이 활기로 가득 차 있으면 결코 위험에 빠지지 않을 것이다. 그 강건한 정신, 즉 그 의로움 때문에 위험에 빠져서 곤궁에 처하게 되는 일은 없을 것이다. 바다를 건너가는 데 튼튼한 배가 있고 상세한 지도를 가진 선장이라면 어찌 바다에 빠지거나 길을 잃는 곤궁함이 있겠는가.

진실함을 가지고 기다릴 줄 아는 지도자는 하늘의 지위를 얻어야 한다. 하늘의 지위란 무엇인가? 수천수 괘에서 물(☵)의 가운데 획인 구오九五를 말하는데 그처럼 정중正中이 된 것을 하늘의 지위라 한다. 초구初九를 백성으로 보고, 그다음 차례로 과장, 국장, 장관으로 보고 구오九五를 대통령으로 본다. 우선 대통령부터 정중正中이 되어야 한다. 정중正中이란 무엇인가? 괘에서 홀수 번째 자리에 양이 오는 것을 정正이라 하고, 가운데 처하는 것을 중中이라 한다. 정이란 올바른 것이요 중이란 좌우로 치우치지 않고 의지함이 없이 한가운데 처하는 것이다. 수천수 괘의 5번째 자리를 보면 가운데 양효로 되어 있다. 그래서 구오九五는 정중正中이 된 것이다.

정중正中은 무엇을 말하는가? 앞에서는 강건剛健이라 하였는데 여기서는 정중正中이라 한 것이다. 강건이 개인적 차원이라면 정중은 사회적 차원이다. 올바른 정신을 가지고 입장을 바르게 세우는 것이 정正이요 하는 일마다 시대와 상황에 알맞게 처리하는 것이 중中이다. 또는 정正이란 사회에 정의의 기운이 가득한 것이고 중中

이란 온 씨알과 백성의 마음이 하나로 모이는 일이다. 지도자는 정신을 차리고 정중正中이 되어야 한다. 대통령이라면 정의의 기운이 강하여 스스로 올바로 서서 온 백성의 마음을 하나로 모으는 사랑과 지혜가 있어야 한다. 그런 사람을 진실한 지도자라 한다.

수需는 기다림이다. 자녀의 성숙을 기다리는 사람은 부모요 나라가 성장하길 기다리는 사람은 지도자다. 부모는 자녀 앞에 있는 위험을 볼 수 있고 나라의 지도자는 국가의 앞날에 위험이 다가옴을 볼 수 있어야 한다. 그런 위험의 위기 앞에서 부모에게 필요한 것이 기다림의 지혜이다. 어떻게 기다리는가? 진실을 가지고 기다려야 한다. 유부有孚, 생명에 대한 진실한 믿음을 가져야 한다. 생명은 스스로 함이요 저절로 됨이다. 자주 자립 자유로 성숙하기까지 기다려야 한다. 그래서 광형光亨, 정길貞吉이다. 빛나는 지혜로 형통케 하는 굳센 힘을 가져야 한다. 그러면 자녀들이 올바로 자라나서 행복하게 된다. 자기 스스로 삶의 주체가 되어 스스로 일어서고 스스로 날아가는 자유의 기쁨이 행복이다.

나라에서는 누가 이렇게 해야 하나, 대통령부터 해야 한다. 어디서나 올바른 지도자가 나와서 정신을 차리고 강건과 중정이 되어야 한다. 그래서 모든 씨알과 구성원들이 호응하면 나라의 어떤 어려움도 이겨낼 수 있다. 큰 강을 건널 수 있고 나가서 공을 이루게 된다. 이섭대천利涉大川이요 왕유공야往有功也니라.

수천수는 기다림의 지혜라 하였다. 진실한 믿음을 가지고 기다려야 한다. 그래서 자녀가 성인이 되고 집안이 바르게 되고 나라가 발전하고 온 세상이 천국이 되어야 한다.

정역의 저자 이정호는 수천수 괘를 기독교식으로 해석했다. 즉 진실한 예수가 나와서 믿음으로 온 인류를 죄악의 위험으로부터 구원하는 큰 공을 이루었다는 것이다. 그래서 하나님의 아들이 구름을 타고 천국에 올라가서 아버지 하나님과 함께 기쁨의 연회를 베푸는 것으로 해석했다.

수천수 괘의 모습을 보고 우리는 먹고 마시는 법을 배울 수 있다. 수는 기다림인데 몸과 마음이 자라기를 기다리는 것이다. 이때 기다림의 지혜는 먹고 마시는 일을 아무 때나 먹고 마시는 것이 아니요 꼭 정해진 때를 기다려서 먹고 마신다는 것이다. 그래서 식사를 끄니(끊이)라 했다. 먹는 것을 끊었다가 때에 맞춰 먹는 것이 식사의 법이다. 밥이 되는 것도 때를 기다려야 한다. 밥솥에 쌀과 물을 넣고 불로 끓인 다음에 밥이 익을 때까지 기다렸다가 먹어야 맛있는 밥을 먹을 수 있다. 밥솥의 물이 수증기가 되어 하늘로 올라간 것을 보고 밥이 익을 때까지 기다려야 한다. 그래야 맛있는 밥을 즐길 수 있다. 요즘이야 전기밥솥이 자동으로 해주기 때문에 편리하지만 이처럼 때의 지혜를 배울 기회를 잃어버리는 아쉬움이 있다.

무엇이나 알맞게 때를 기다린다는 것이 지혜다. 먹는 것도 때가 되어야 먹고 마시며 즐길 수 있다. 먹고 마시는 것을 편안하게 즐기는 것은 때가 되었기 때문이다. 이처럼 때를 기다려야 된다는 것이 또한 수천수에서 말하는 기다림의 지혜. 어디서나 무슨 일이나 때를 기다리는 기다림의 지혜가 부족하면 지나친 요구가 되어 서로의 틈이 벌어지고 다툼과 송사가 일어난다.

원문 해석

◆ 천수송天水訟(6) (하늘☰과 물☵)

송은 도그마의 싸움이라 믿음의 힘이 있지만 막혀있어 두려운 것이다. 중도에 길함이 있으나 마침내 망한다. 대인을 봄이 이롭다. 큰 내를 건너가는 것은 이롭지 않다.

천수송 괘를 판단해 본다. 송訟괘를 보면 위는 강하고 아래는 험하다. 위험하고 씩씩한 것이 도그마 같은 송이다. 큰 사람을 만나야 이롭다 함은 중정을 숭상해야 한다는 것이다. 큰 강을 건넘이 이롭지 않다 함은 깊은 바다에 빠지기 때문이다.

천수송 괘의 모습을 보고 말한다. 하늘과 물이 어긋나게 가는 것을 송이라 한다. 군자는 이를 본받아 사업을 시작할 때 철저한 준비를 한다.

내용 풀이

천수天水는 하늘에서 내려오는 물이다. 즉 하늘에서 내리는 비를 말하는데 이 비가 차가운 북쪽 하늘에서 떨어지면 눈이 된다. 눈이 내리면 온 세상이 얼어붙고 결빙으로 뒤덮이게 된다. 그런데 하늘의 비가 따뜻한 지방에 내리게 되면 만물을 살려주는 생명수가 된다. 따뜻한 봄에 내리는 비는 만물을 살리는 단비가 되어 초목들이 생기를 얻고 살아나지만, 같은 하늘의 물이라도 겨울철 눈으로 내리면 만물을 얼어붙게 만드는 것이다.

송訟이란 글자는 사사로움이 없는 공공公公한 말씀(言)이라는 뜻이다. 말씀(言)이 모든 만물을 살리는 생명수처럼 되면 진리眞理라 할 수 있지만 공공하다는 말씀이 세상을 얼어붙게 만들면 그것은 도그마의 이념理念이요 교조주의敎條主義가 된다. 공산주의나 자본주의나 무엇이건 하나의 사상이 주의主義(ism)가 되면 그것이 절대의 주主가 되고 그것이 가장 옳은(義) 것이 되니까 다른 사상이나 생각들은 설 자리를 잃게 된다. 그래서 하나의 주의主義 속에 빠진 사람은 그 이념에 얼어붙어서 꼼짝 못하는 것이다.

도그마의 집단은 힘이 있으나 막혀있기에 두려운 것이다. 중中이 길하다 함은 강한 것이 와서 가운데를 잡았다는 말이다. 끝내 죽고 만다는 말은 거짓된 도그마의 꿈은 이루어질 수는 없다는 말이다.

이런 뜻에서 다석 류영모는 일체의 주의(ism)를 배격하였다. 진리는 고정될 수 없는 미정고(아직 완성되지 못한 작품의 원고)라 하였다. 체계화되고 굳어진 사상이나 이념은 결코 진리가 될 수 없다는 것이다. 그래서 진리를 추구하는 사람의 입장은 늘 '모름지기'라 하였다. 문을 지키는 문지기처럼 모름을 지키는 '모름지기'라야 진정한 구도자라는 뜻이다. 그래서 이것은 진리라 하면 그것은 이미 참 진리가 아니다. 그런데 참 진리가 아닌 그것을 진리로 붙잡고 있으면 많은 생명을 억압하고 죽이는 교조주의가 된다. 모름지기 알아야 할 것이 있다면 '모름지기'다.

송訟은 다투는 것이다. 왜 다투게 되는가? 도그마 때문이다. 자기가 주인이고 자기가 가장 옳다는 생각 때문이다. 이런 도그마 속에 있는 사람에게도 믿음의 힘이 있다. 누구보다 강한 자기 확신이 있다. 그래서 자기는 누구보다 정의를 위해 열정을 바치는 의로운 사람이라는 위험한 확신이 있다. 그것을 '송유부訟有孚'라 한다. 송이라는 도그마 속에 어떤 힘이 있다는 것이다. 사탄에게도 세상을 움직이는 강한 힘이 있다.

'질窒'은 막힌 것이다. 두려워할 척惕이다. 사상과 언론의 자유가 막혀서 생각이 얼어붙은 것이다. 두려움과 공포에 사로잡혀 있기 때문이다. 동태처럼 얼어붙어서 꼼짝 못하게 되었다. 그것은 사탄에 사로잡힌 독재자가 지배하는 공포의 세계다. 그런 독재자가 다스리는 세계는 도중에 잠시 잘 되는 것처럼 보이기도 한다. 그래서 독재자는 자신의 길이 더욱 옳다고 확신하며 모두가 행복할 것이라 약속한다. 그런데 그 거짓된 진리가 어떻게 영원히 지속될 수 있겠는가? 마침내 망하고 만다. 그래서 '종흉終凶'이라 했다.

도그마에 빠져 있을 때 어떻게 해야 되는가? 자신을 구원해줄 대인을 만나야 한다. 불교적으로 말하면 좋은 선지식善知識을 만나야 미망에서 벗어난다는 말이다. 불리섭대천不利涉大川'이다. 큰 강을 건너는 일은 이롭지 않다. 다른 사람을 구원하기 전에 자기 자신부터 미망의 도그마에서 벗어나야 하지 않겠는가? 그러기 위해서는 먼저 대인을 만나야 되지 않겠는가? 평천하를 위해서는 먼저 수신이 되어야 한다는 말이다. 그래서 유교에서는 수신위본修身爲本이라 한다. 다석 류영모는 같은 뜻을 우리말로 바꿔서 '나므름 없이

제계로부터'라 했다. 예수의 말로 하자면 남의 눈에 있는 티끌을 보기 전에 먼저 자기 눈 속의 들보부터 빼내라는 말이다.

현대에 도그마가 지배하는 대표적인 사회가 공산주의다. 그래서 송訟을 공산주의라고 보면 위에는 독재자가 있고 그 밑에 독재자의 명령에 따라서 무슨 짓이라도 하는 아주 험악한 권력 집단이 있다. 독재 세력이란 대개 깡패의 집단이다. 그래서 사람 목숨을 파리 목숨처럼 가볍게 여긴다. 독재자는 강한 힘을 가지고 지배하기 때문에 그 사회는 폐쇄되고 막혀있어 두렵고 위험한 것이다. 그런 강력한 독재자가 지배하면 한때 잘 나가는 것처럼 보이는 것도 사실이다.

사탄의 세계는 결국 망하고 만다. 거짓된 도그마의 이념이 실현될 수는 없다. 그래서 결국 무너지고 마는 것이다. 로마제국, 몽골제국, 일본제국, 소련 등 모든 독재국가는 다 멸망하고 말았다.

이념의 도그마에 빠지지 않으려면 어떻게 해야 되는가. 선지식을 만나야 한다. 철인을 만나야 된다. 대인을 만나야 한다. 대인을 찾는 것은 중정中正(진리와 정의, 중도와 알맞이)을 숭상하는 것이다. 중정을 잃은 것이 도그마(dogma)요 이념(-ism)이요 천수송이다. 한번 물에 빠지면 스스로 헤어나기 어렵다. 그래서 구원자를 만나야 한다. 남의 도움 없이 자기의 힘으로 해결하려고 하다가는 더 깊은 물에 빠지고 만다.

송訟은 다툼이다. 하늘은 아버지요 물을 아들이다. 아들이 아버지의 뜻과 다르게 간다. 아버지와 아들은 친함으로 하나가 되어야 하는데 서로 어긋나면 불화하게 된다. 사람이 하늘의 뜻에 어긋나게 행동하면 하늘의 심판을 받는다. 송은 심판하는 일이다. 서로 다투면 재판을 하게 되는데 재판의 기준은 하늘의 말씀이요 또 공공의 말씀인 법률이다. 송의 뜻에는 이처럼 다툰다는 뜻도 있고, 재판이라는 뜻도 있고, 법이라는 뜻도 있고, 진리라는 뜻도 있고, 도그마라는 뜻도 있다. 모든 심판은 공공의 말씀이 한다. 사람은 법의 심판을 받는다.

그런데 군자가 바라는 것은 이런 다툼이 없고 재판이 없는 세상이다. 그래서 무슨 일을 하거나 미리미리 잘 헤아리고 준비하여 조금의 분란이 일어나지 않도록 힘쓴다. 일을 시작하기에 앞서 차질 없이 진행될 수 있도록 충분한 검토와 준비가 필요하다. 그것을 작사모시作事謀始라 한다. 무슨 사업이건 무모하게 덤벼들지 말고 미리 계획을 잘 세워서 일이 진행된 다음에 일어날 수 있는 모든 가능성에 대한 검토와 대비를 철저히 마련해 놓는다는 뜻이다.

논어를 보면 송사에 대한 공자의 말씀이 나온다. "내가 송사를 처리하는 방법이야 남들과 같겠지요. 그렇지만 우리에게 필요한 것은 송사가 일어나지 않도록 미리미리 예방하는 것입니다."

송사가 일어나면 법으로 심판을 한다. 그런데 법으로 심판을 하면 반드시 원한이 남게 된다. 그래서 심판에 이르기 전에 화해하는 것이 좋다. 그보다 더 좋은 것은 미리 불화가 일어나지 않도록 예방하는 것이다. 그래서 군자는 일을 시작할 때 다툼이 일어날 여지가 없도록 깊이 생각하여 지혜롭게 준비한다는 것이다. 무슨 일이나 진실한 믿음을 가지고 기다리라는 것과 기다리면서 미리미리 지혜롭게 준비하라는 것이 수천수와 천수송에서 말하는 내용이다.

◆ 부자유친

수천수괘에서 수需는 기다린다, 요구한다는 뜻이다. 천수송의 송
訟은 송사한다, 다툰다는 송이다. 기다리며 요구한다는 수需와 서
로 다툰다는 송訟이 서로 연결되어 있다. 서로 요구하다 보면 다투
게 되는 것이다. 서로 요구하고 다투는 대상은 무엇인가. 권력과
돈과 명예를 바라고 다툰다. 이런 것을 탐진치 삼독三毒이라 한다.
우리는 탐진치를 어떻게 처리해야 되는가? 공공의 말씀, 하나님의
말씀, 즉 진리와 일치하는 길밖에 없을 것이다.

수천수는 아버지가 아들을 업고 철이 나길 기다리는 것이고 천수
송은 아들이 아버지를 업고서 아버지의 말씀을 듣는 것이다. 아들
이 아들답게 되기를 기다림이 수천수요 아버지가 아버지다운 모습
이 무엇인지를 가리킴이 천수송이다. 그래서 부자유친父子有親의
이상을 말하는 것이다. 그런데 아버지가 아들에 대한 욕심 때문에
믿음으로 기다리지 못하고 너무 야단치거나 앞서면 아들과의 사이
에 틈이 벌어진다. 그렇다고 또 지나친 애정의 친압도 자녀에 해롭
고 성장을 방해한다.

그래서 유부有孚, 진실한 믿음을 가지라 한다. 진실 부孚는 어미
닭이 계란을 쪼는 모습이다. 계란이 어미 닭 품 안에서 병아리로
부화할 때의 형상을 진실 부孚라고 한다. 부자유친이 되려면 이런

진실이 있어야 한다. 아버지는 진실한 믿음을 가지고 아들이 성숙할 때를 기다려서 알맞게 일깨워야 한다. 이렇듯 아버지와 아들이 하나가 되는 부자유친의 비결은 진실한 믿음과 때에 맞추는 지혜다. 유부有孚이면 광형光亨이다. 부모가 진실한 믿음과 사랑으로 바라보면서 자녀들을 돌보고 기다리면 마침내 자녀들이 빛나게 되고 형통하게 된다.

6. 전쟁과 평화, 생사즉열반

지수사師(7) 수지비比(8)

개요: 전쟁과 평화

옛날 인도인들의 세계관을 보면 우리가 사는 현세인 사바세계를 물이 지탱하고 있고 물은 바람이 지탱하고 있다고 생각하였다. 말하자면 지구를 지탱하고 있는 것은 허공의 바람이요 지구의 땅을 떠받치고 있는 것은 물이라는 것이다. 바다의 빙산처럼 땅이 바다에 떠 있다고 생각한 듯 싶다. 요새로 말하면 지구의 육지는 맨틀 위에 둥둥 떠 있다. 땅속의 맨틀이 물처럼 유체가 되어 흐르기 때문에 지각변동이 일어난다. 맨틀의 거대한 움직임으로 인한 지각변동 때문에 지진과 화산이 발생한다. 대표적인 지역이 환태평양 조산대라 하겠다.

땅속에 맨틀이라는 유체의 흐름은 거대한 에너지다. 이런 에너지가 축적되어 분출하면 화산도 터지고 지진도 일어난다. 이를 인간 사회에 비유하면 사회를 움직이는 것은 과학기술 발전에 따른

환경의 변화와 민심의 흐름이다. 기술발전에 따른 사회적 변화로 새로운 구조적 모순이 나타나고 변화에 적응하지 못하는 경직된 사회체계에서 발생하는 민심의 불만과 욕구가 화산처럼 폭발하면 전쟁이나 혁명이 일어난다는 거다. 땅속에 물이 가득 차 있는 것을 지수사地水師라 했는데 왜 군대와 전쟁을 의미하는 사師라는 이름을 붙였을까 생각할 때 땅을 세상으로 보고 물은 민심으로 본 것이 아닐까 싶다.

그래서 지수사地水師의 사師는 전쟁이라 보면 수지비水地比의 비比는 평화를 말한다. 천수송의 내용인 다툼과 송사가 국내적 문제라면 지수사地水師의 전쟁은 국제적인 문제다. 다툼이 커지면 전쟁이 된다. 전쟁과 평화는 나라와 세계를 어떻게 바로잡는가 하는 문제다. 나라의 목적은 씨알의 생명과 재산을 지키고 평화와 정의를 세우는 일이다. 나라에 분쟁과 전쟁이 일어났을 때 어떻게 평화를 되찾을 수 있는가? 모두가 평화롭게 사는 길은 무엇일까?

세상에서 갈등과 모순이 없을 수는 없다. 생명 자체가 음양이라는 모순을 품고 있기 때문이다. 만일 모순이 없다면 생명 활동이 정지된 절대의 죽음이다. 물리적으로 말하면 절대온도 0에 도달하여 모든 분자의 활동이 정지되는 그런 경우이다. 그러면 갈등도 없고 모순도 없겠지만 이는 무덤이지 살아있는 생명의 평화는 아니다. 평화란 활력의 원천으로서 음양이 갖는 본래적인 갈등을 균형과 조화를 이루어 계속 발전하는 것으로 건강하고 활발한 생명 운동이지 모든 것이 얼어붙어 활동이 정지된 고요의 침묵이 아니다.

개인의 내면에서 일어나는 음양의 갈등은 생사의 갈등이다. 생의 본능과 죽음의 본능이 갈등을 일으키는 모순인데 그것이 또한 활력이요 사회적 에너지이다. 생사의 모순이 사회적으로 나타날 때는 과학과 종교의 갈등, 또는 개체와 전체의 갈등이다. 생존본능의 사회적 현상에도 음양의 모순이 있으니 권력과 자본의 갈등이다. 말하자면 사회적 현상으로 나타나는 모든 갈등과 모순이 사실은 내 안에서 일어나고 있다는 것을 직시하자는 말이다. 그러니까 나를 찾는 일이 나라를 바로잡는 정치와 다름이 아니다. 또 그런 정치의 궁극을 종교라 한다.

그런데 사회적 모순이 일으킨 갈등을 조정하지 못하고 조화와 균형이 깨지면 혼란이 나타나고 전쟁이 일어나게 된다. 비참한 전쟁은 될수록 사전예방으로 피해야 상책이지만 전쟁이 일어났을 땐 가능한 한 빨리 수습해야 한다. 어떻게 전쟁을 예방하고, 어떻게 수습하는가? 그 지혜를 얻는 평화의 길이 곧 나를 찾는 일에서 시작된다는 점을 주역은 알려준다. 나 없이 나라 못해! 모순과 갈등을 해결하고 평화를 얻는 이런 깨달음의 길을 주역으로 알아보자.

원문 해석

◆ 지수사地水師(7) (땅≡≡과 물≡≡)

지수사의 사師는 의로운 전쟁을 말한다. 의롭고 올바른 장수가 나와야 길하고 허물이 없다.

지수사 괘를 판단한다. 지수사의 사師는 군대의 무리를 말한다. 정貞이란 정의롭다는 말이다. 많은 무리를 능히 정의롭게 쓰면 왕도정치王道政治를 실현할 수 있다.

지수사 괘의 모습을 본다. 땅속에 물이 있는 것이 사師라는 괘다. 군자는 이로써 백성을 포용하고 군사의 무리를 기른다.

내용 풀이

땅속에 물이 차 있는 것을 지수사地水師라 한다. 물은 모이는 성질이 있고 위험하다는 뜻도 있다. 물의 양이 적절하면 흙을 단단하도록 뭉치게 하지만 너무 많은 물은 흙을 녹아내리고 무너뜨린다. 적절한 수분은 땅을 견고하게 하지만 땅속의 물이 너무 많으면 위험한 것이다.

땅을 어머니라 하고 물을 아들이라 볼 수도 있다. 어머니가 임신하면 위험한 상태가 된다. 땅은 백성, 즉 씨알들이요 물은 물욕이라 볼 수도 있다. 인간의 물욕은 사회발전의 원동력으로서 활력을 주지만 지나치게 되면 사회를 위험하게 만든다. 사회에 음란과 사치가 극성하면 씨알들의 불평불만은 커지게 되고 폭력과 분열로 위험하게 된다. 나라가 혼란하고 수습할 힘이 없게 되면 외부의 침략을 받게 된다.

지도자의 잘못 때문에 백성을 가장 위험한 상태에 빠뜨린 상태가 전쟁이다. 전쟁이 나면 어떻게 할 것인가? 바르고 의로운 장수가 나와야 한다. 그래서 씨알을 모아 이끄는 지도자가 나와야 한다. 지수사 괘의 여섯 효 가운데 유일하게 구이九二만 양이고 나머지는 모두 음이다. 구이九二는 모든 씨알의 무리를 이끄는 올바른 장수를 상징한다. 의롭고 올바른 장수는 어떤 사람인가? 우리 역사에서 이순신 장군이 본이다. 문무를 겸전한 사람으로서 지인용智仁勇, 즉 지혜와 인덕과 용기를 갖춘 사람이다. 그런 장수가 나와야 위험에서 백성을 구원할 수가 있다.

땅이 물을 품고 있는 그것이 사師다. 올바른 지도자인 군자는 이 괘를 보고 '용민축중容民畜衆'에 힘써야 한다. '축중'을 '휵중'으로 읽을 수도 있다. 쌓는다고 할 때는 축, 그리고 기른다고 할 때는 휵이라 읽기 때문이다. 그래서 용민축중 또는 용민휵중, 두 가지 뜻이 있다.

용민축중容民畜衆은 민의를 용납하고 중지를 모아서 다스려야 한다는 뜻이다. 또 백성의 뜻을 받아들여 농민을 훈련시켜 군사로 길러야 한다는 뜻이 있다. 땅이 물을 품듯 백성들의 불평불만을 해소한다는 뜻이 있고, 또 땅이 만물을 길러내듯 백성들에게 훈련을 시켜 힘을 길러야 한다는 뜻이 있다. 농경사회에서 백성은 농민이다. 여름에는 농사를 짓게 하고 겨울에는 군사훈련을 시켜서 나라를 지키게 한다는 말이다.

원문 해석

◆ 수지비水地比(8) (물≡≡과 땅≡≡)

땅 위에 물이 있는 것을 수지비 괘라 한다. 비比는 행복이다. 근원이 나타난 것이다. 싹이 트고 자라서 많은 열매를 맺는다. 허물이 없다. 편안하지 않은 자들이 사방에서 찾아온다. 뒤늦게 온 자는 망한다.

수지비 괘를 판단한다. 비는 행복한 것이다. 서로 돕고 사랑하기 때문이다. 아랫사람들이 순종하는 모습이다. 하늘이 점지한 지도자가 나와서 이상세계가 된다. 진리를 깨닫고 영원히 발전하며 하늘의 뜻에 순종하니 허물이 없다. 철인이 나와서 나라의 중심을 잡은 것이다. 편안하지 못한 사람이 찾아온다고 함은 위아래가 서로 응한다는 말이다. 늦게 오는 자가 흉하다고 함은 그 길이 막히기 때문이다.

수지비 괘의 모습을 본다. 땅 위에 물이 있는 것을 수지 비比라고 한다. 선왕은 이것을 보고 만국을 세워서 모든 나라와 친하게 지냈다.

내용 풀이

비比라는 글자는 두 사람이 나란히 앉아 있는 모습이다. 그래서 따른다, 좇는다, 비교한다는 뜻이 있다. 서로 어깨동무하며 평화로운 관계를 비比라고 한다. 지수사 괘가 나라에 위험이 가득한 전쟁 상태라면 수지비는 위험과 고통이 변하여 기쁨과 희망으로 솟아나는 평화의 세계다. 지수사 괘의 구이九二가 수지비 괘에서 구오九五가 되었다. 즉 민중 속에서 씨알의 지도자가 나타나서 마침내 왕위에 오른 것이 수지 비괘다. 새로운 지도자가 나타나서 땅 위로 물이 솟아나듯 백성의 기쁨이 솟아나는 모습을 수지비라고 보는 것이다.

사막에서 물이 솟아나면 오아시스가 되는데 수지비水地比가 이런 오아시스를 상징한다고 볼 수 있다. 갈등과 분열의 위험이 극복되어 화합과 일치의 평화의 시대가 된 것이다. 그런 이상세계가 되려면 씨알의 지도자가 나와야 한다. 어떻게 씨알의 지도자가 되는가? 씨알의 지도자가 되려면 하나님을 만나서 사명을 깨달아야 한다. 그래서 원서原筮라 하였다. 지도자의 조건이 원서原筮라 하는 절대자와의 만남이다. 서筮는 점을 친다는 말이다. 점을 치는 것은 하늘의 뜻을 알기 위함이다. 하늘이 뜻을 찾아 천명을 자각한 사람이 지도자가 된다. 하늘이 점지해 준 사람이라야 나라의 지도자가 되는 것이다. 그래서 하늘로부터 사명을 얻은 사람, 천명을 자각한 철인이 나와야 이상국가를 세울 수 있다. 그런 철인의 모습은 무엇인가? 원영정元永貞이다. 원元, 진리를 깨친 사람이요, 영永, 영원히 발전하는 사람이요, 정貞, 하늘의 뜻에 순종하는 사람이다. 진리를 깨치면 자기라는 욕심이 없기에 겸손히 배우며 영원히 발전한다. 노자는 성인이 되면 자기 마음이라는 것이 없고 늘 백성의 마음을 자기의 마음으로 삼는다고 하였다. 그만큼 백성과 하나가 되어 발전한다는 말이요 천심에 순종한다는 말이다.

새로운 지도자는 누구나 그를 찾아온 사람들의 문제를 해결해 준다. 누구든지 문제가 있는 사람, 편치 않은 사람은 오라고 초청한다.

수고하고 무거운 짐 진 자들아 다 내게로 오라. (마태 11:28).

초청을 받아서 남들은 다 왔는데도 거기에 끼지 못하면 불행할 것이다. 빨리 찾아와서 생명의 물을 함께 마셔야지 오지 않아서 못 마시면 죽는다는 말이다. 새로운 지도자를 알아보지 못하고 뒤에서 거부하며 헐뜯는 자는 모두 죽게 될 것이다.

비比는 서로 사랑하며 돌보아주는 것이다. 소외되고 가난하고 병들어 연약한 사람들을 돌보는 일이다. 이렇게 서로 사랑하는 것이 행복한 나라의 근원이다. 하순종下順從, 스스로 낮추고 겸손하게 진리에 순종하며 사는 것이다.

하늘이 점지한 지도자가 나와서 이상세계가 된다. 진리를 깨닫고 영원히 발전하며 하늘의 뜻에 순종하니 허물이 없다. 철인이 나와서 나라의 중심을 잡은 것이다.

어떻게 철인이 되는가? 원서原筮라는 것, 근원에 통해야 한다. 그래서 원영정元永貞이요 무구无咎다. 나무의 뿌리가 근원에 도달하여 생명을 얻으니 꽃이 피고 무성하여 많은 열매를 맺는다. 그런 모습을 강중剛中이라 한다.

괘에서 강중剛中이란 구오九五를 말한다. 하늘의 뜻을 점지받은 강한 사람(剛)이 나와서 모든 백성의 마음을 하나로 모아 그 중심(中)

을 잡은 것이다. 모든 씨알이 그 새로운 지도자를 사랑하고 존경한다는 말이다.

그이가 말하길 편안치 않은 사람은 모두 오라고 한다. 찾아오는 사람들의 문제를 해결해 주겠다는 것이다. 그런데 아무리 오라 해도 오지 않는 사람은 불행하게 된다. 왜냐면 그가 살아날 길을 찾지 못하고 막히기 때문이다.

땅 위로 물이 솟아나서 호수를 이루니 모든 만물이 모여 친하게 지낸다. '선왕先王'이란 성인聖人 즉 철인哲人을 말한다. 이상국가가 되려면 철인이 왕이 되든지 왕이 철학을 하든지 해야 한다. 지혜로운 철인 왕이 나와서 지혜의 빛과 사랑의 힘으로 다스려야 모든 나라와 모든 씨알이 행복하게 산다.

'선왕先王'을 기독교로 풀어보면 왕 중의 왕으로 하나님의 아들이다. 하나님의 아들이 나와서 하나님의 나라가 이뤄진다. 이 땅에 하나님의 나라를 세워 모두가 친하게 지내자는 게 복음이다. 땅에서 나무가 자라나서 숲을 이루는 것처럼 세상에 나라들이 일어서서 평화의 세상이 온다. 이렇듯 모든 나라가 서로 친하여 행복하고 평화롭게 살게 되는 이상세계를 수지비水地比라 한다. 모든 철인이 꿈꾸는 이상세계의 모습을 수지비 괘에서 본 것이다.

◆ 구도자의 길

지수사地水師는 전쟁의 상징이고 수지비水地比는 평화의 상징이다. 지수사 괘를 뒤집으면 수지비 괘가 된다. 전쟁을 뒤집으면 평화가 된다. 지수사는 땅속의 지하수요 수지비는 땅 위로 솟는 샘물이다. 지하수가 가득하게 되면 땅이 위험하게 되지만 지하수가 샘물로 터져 나오면 만물을 살리는 생수가 되어 기쁨이 열린다.

땅속의 지하수가 터져 나오면 기쁨의 샘물이 되듯이 인생의 고민도 어느 순간 가슴을 뚫고 나와 진리가 된다. 그래서 번뇌즉보리煩惱卽菩提라 한다. 진리와 번뇌는 서로 다름이 아니라 번뇌가 변하여 진리가 되는 것이다. 진실이 땅속에 들어가면 불만과 번뇌가 되지만 그것이 밖으로 터져 나오면 기쁨과 진리가 된다. 한 알의 밀알이 땅에 떨어져 죽으면 새 생명의 싹이 나와서 많은 열매를 맺는다. 땅인 어머니가 생명의 씨를 임신하면 위험하고 괴롭고 힘들어도 그것을 길러 마침내 밖으로 낳게 되면 새 생명을 출산하는 기쁨이 터지고 평화가 온다.

누구나 사람은 자기의 실존적 고뇌를 지니고 산다. 자기의 문제가 없는 사람은 없다. 그런데 그 문제를 스스로 의식하는 사람도 별로 없다. 구도자는 자기의 문제를 찾아서 그것을 어떻게 해결할까 붙들고 고민한다. 자기의 문제를 파고 들어가는 일이 참선이다. 그것은 마치 뜨거운 쇠구슬을 삼킨 듯 괴롭고 힘들어서 토하고 싶어도 토할 수도 없다. 온갖 생각과 방편으로 기력을 다하여 애써보지만 결국 다 포기하고 힘이 빠졌을 때 번뇌는 어느덧 사라져 없고 텅 빈 충만의 기쁨이 온다. 자기도 모르게 새로운 생명을 출산한 것이다. 내가 이제 나를 낳아 대자유를 얻게 된 것이다. 나밖에 부처가 어디 있으며 조사가 어디 있느냐? 생사를 넘고 윤회를 벗어난

나는 이제 지옥에 들어가도 유희삼매를 즐길 뿐이다. 생사가 곧 열반이요 지옥이 곧 천국이다.

이렇듯 부처의 가르침에 따르면 우리는 번뇌의 진흙 속에서 깨달음의 연꽃을 피워야 한다. 깨끗한 연꽃이라 하여 깨끗한 허공을 찾아가서는 도저히 연꽃을 피울 수 없다. 더러움 속이라야 깨끗함이 있는 것이다. 짐승들의 분뇨로 더러워진 땅일수록 옥토가 되어 아름다운 향기의 꽃을 피워낼 수 있다. 연꽃이 자라는 것을 보면 3층천을 산다. 맨 밑바닥 뿌리는 어둡고 더러운 진흙밭이요 줄기는 물속에서 뻗어나고 꽃은 물 밖으로 솟아 공중에 아름다운 자태와 향기를 떨친다. 우리가 처해서 사는 환경이 추하고 험악할수록 성인들은 그 속에서 더 아름다운 진리의 꽃을 피워낼 수 있다는 것이다.

번뇌즉보리煩惱卽菩提라는 말이 좋다. 내적 모순의 번뇌와 죽음이 없으면 외적 생명의 보리와 평화도 없는 것이다. 지수사와 수지비는 전쟁과 평화를 말한다. 번뇌와의 싸움이 전쟁이요 번뇌가 사라졌을 때 평화가 온다. 내적 모순의 전쟁을 잘 다스리고 극복하면 발전과 통일의 평화가 된다. 깨달음이란 우리말은 돈오頓悟의 깨침과 향상일로向上一路의 점수漸修로 계속 달려감을 합친 말이다. 깨서 달려간다는 말이 깨달음이다. 병아리로 깨어나서 달리다가 마침내 새가 되어 날아간다.

불교가 개인적 차원이라면 유교는 사회적 차원을 강조한다. 그래서 내적 모순의 극복과정을 용민휵중容民畜衆이라 한다. 내적 모순을 극복하고 통일하는 일이 용민容民이요 새로운 백성으로 길러감이 흑중畜衆이다. 그래서 평화로운 만국을 건설하자는 것이 지수사와 수지비 괘의 가르침이다. 개인이 깨어나듯 나라도 깨어나서 발전해야 한다는 말이다. 나라를 일깨우려면 철인이 나와야 한다. 그래서 플라톤은 철인이 나와서 나라를 다스려야 이상국가가 된다고 한다. 나라를 일깨우겠다고 나선 사람들이 씨알이다. 그래서 씨알이 먼저 깨어나야 한다. 깨지 못하면 생사의 전쟁이지만 깨어나면 생사가 곧 열반이라는 평화가 된다. 씨알들이 깨어나면 생사의 전쟁터가 변하여 열반의 평화가 온다. 그래서 깨어나길 힘써야 한다. 깨어나기 위해 힘쓰는 씨알들이 나와야 나라가 살아나고 평화가 오기 때문이다. 깨어나기를 힘씁시다. 깨기를 힘씁시다. 이것이 또한 나라를 사랑하는 다석 류영모 선생의 외침이기도 하다.

7. 기쁨과 평화의 길
풍천소축小畜(9), 천택리履(10)

개요: 유약하지만 무엇보다 강한 것

하늘 위로 바람이 불어간다. 하늘 위의 바람은 무엇인가? 천지를 창조하시는 하나님의 숨이요 진리의 바람이다. 우주와 만물이 태어나기 전에 하나님의 숨결이 태초부터 운행하고 있었다. 아무 형체도 없는 텅 빈 흑암 가운데 하나님의 영이, 생명의 근원적 힘으로서 생기가 그 수면 위로 운행하시며 빛이 있으라 하시니 빛이 있었다. 말씀의 빛이 곧 태초의 시작이었다.

우주의 바다에 하나님의 숨이신 진리의 바람이 불어오자 생명의 물결이 일어난다. 생명의 물결마다 진리의 빛을 받아 반짝거린다. 무한한 시공 안에서 빛의 별들과 신명과 만물이 서로 손을 잡고 한 생명의 춤이 되어 웅장한 교향곡처럼 울림으로 시작된 온생명, 천지신명을 아우르는 온생명의 세계는 바로 하늘 위에서 불어오는 하나님의 영, 창조의 숨결로부터 비롯되었다. 말씀의 영에서 생기가 나와 빛이 되고 빛은 모여서 에너지가 되고 에너지는 뭉쳐서 물질이 되고 물질은 터져서 빛이 되고 빛은 또한 물질을 만나 생명이 된 것이다.

하늘에서 부는 바람, 하나님의 숨, 진리의 영, 창조의 숨, 그것을 풍천소축風天小畜이라 한다. 작을 소, 쌓을 축, 소축小畜. 왜 소축小畜이라 했을까? 진리의 바람은 비록 보이지 않는 작은 것이지만 그로 인하여 생명의 빛이 나타나고 생명의 빛이 온 우주에 쌓이게 되었다는 것이다. 또 땅에 돋아난 생명의 싹은 비록 작고 작은 것이지만 그 속에 자기가 태어난 우주의 모든 진리를 품고 있다. 그래서 풍천소축風天小畜은 이처럼 연약하고 작은 생명이 우주의 모든 진리를 품고 있다는 뜻이 아닐까?

풍천소축 괘의 모습으로 말하면 연약한 것이 다른 강한 것들을 붙잡고 있다는 뜻이다. 연약한 것이란 무엇인가? 생명이 움트는 새 싹을 보면 그처럼 유순하고 연약하고 겸손한 것이 없다. 또 강한 것은 하늘의 덕을 말한다. 땅의 싹을 키우는 하늘의 태양처럼 씩씩한 것은 없다. 하늘의 덕은 강건한 것인데 달리 말하여 진리를 말한다. 진리처럼 강한 것은 없기 때문이다. 생명처럼 유순한 것이 없고, 진리처럼 강한 것이 없다. 그런데 유순한 생명 속에 가장 강한 진리의 하늘이 들어있다는 것이다. 그것을 풍천風天 소축小畜이라 한다. 바람은 유순한 생명의 상징이요 하늘은 강한 진리의 상징이다.

바람의 또 다른 의미는 태초에 하늘 위를 운행하시는 하나님의 숨결이다. 태초는 언제인가? 태초는 맨 처음이요 그것은 하늘 땅이 나타나기 이전이다. 시공이 나타나기 이전에 하나님의 숨결만이 창조의 근원으로서 운행하고 있었다. 그런데 창조주 하나님은 그 태초의 숨결을 지금도 운행하고 계신다. 148억 년 전 초기 우주가 나타날 때 폭발하는 그 순간의 진동이 이 순간에도 여전히 진동하며 우주배경복사로 나타나듯이 하나님의 숨결은 지금도 여전히 운행하고 계신다. 창조의 영이신 그 숨결, 그 바람에 부딪히는 순간이 태초. 하늘 밖으로 올라가 잠깐이라도 그 숨에 부딪혀 반짝 빛으로 머물 수 있다면 그는 진리를 깨닫고 거듭나는 참 생명이 된다. 나는 아브라함이 있기 전부터 있었다. 태초부터 하나님과 함께 있었다는 말이다. 태초부터 있는 나는 참이요, 그 참을 붙잡으면 거듭난 생명이다. 생명은 진리의 빛이다. 태초의 숨, 태초의 말씀, 진리의 빛이 없으면 생명도 아니다.

그럼 이런 진리를 품고 거듭난 생명은 어떻게 살림살이를 살아야 하는가? 풍천소축을 뒤집으면 천택리天澤履가 된다. 하늘은 강한 것이요 호수는 기쁨이다. 하늘이 주는 기쁨을 가지고 사는 우주적 살림살이를 천택리天澤履라 한다. 리履는 신발이다. 신발을 신고 신나게 걸어가는 것이다. 하늘은 높은 것이요 호수와 바다는 깊고 낮은 것이다. 호수는 기쁨을 상징한다. 가장 낮은 호수는 가장 높은 하늘을 바라보며 기뻐한다는 말이다. 하늘을 품고 있는 호수처럼 인생은 기쁨으로 살게 되어야 함을 말하는 것이 천택리天澤履다.

바람처럼 유순하고 겸손한 덕은 바다와 호수처럼 가장 낮은 곳에 처하여 결국 높은 하늘을 우러러 받들며 기쁨으로 충만하다는 것이다. 그러니까 우리 삶의 존재의 의미를 밝히는 것이 풍천소축이라면 인간의 이상을 실현하는 삶의 실천 원리를 밝히는 것이 천택리라는 것이다.

원문 해석

◆ 풍천소축風天小畜(9) (바람==과 하늘≡)

하늘 위에 바람이 부는 것을 소축小畜이라 한다. 소축은 형통한다. 구름이 빽빽한데 비가 오지 않는다. 나로부터, 내가 있는 서쪽 교외로부터다.

풍천소축 괘를 판단해 본다. 소축은 부드러운 것이 자리를 얻어 상하에서 응하는 것이다. 그것을 말하여 작은 것이 일체를 붙잡고 있다고 한다. 건강하고 겸손하다. 진리처럼 강한 중용을 가지고 그 뜻을 실천해 가면 마침내 형통한다.

괘상을 풀어본다. 바람이 하늘 위로 불어 가는 것이 소축이다. 이로써 군자는 문덕文德을 아름답게 빛낸다.

내용 풀이

하나님은 진리의 영이시고 창조주로서 생명의 근원이 되시며 우주 만물의 창조와 운행 및 역사의 주관자이시며 사랑의 말씀이시다. 이처럼 우리가 하나님이 어떤 분이신지 다 헤아릴 수 없고 알 수 없는 분이지만 계시로 나타나시는 그 영의 바람을 만나서 휩싸이는 실존적 종교체험으로서 나 자신의 근원을 볼 수가 있다. 이런 종교적 진리체험을 소축이라 한다.

그 체험은 잠깐이요 또한 한 점 무한소로 자기가 없어지지만 (소小, 소라는 글자가 낱알, 또는 점을 나타냄) 무한하고 영원한 진리를 깨닫는 순간이기에 모든 것을 함축하는 (쌓을 축畜) 순간이요, 시공의 흐름이 잠시 그치고 멈추는(그칠 축畜) 순간이라서 영원한 현재가 되는 그것을 소축이라 한다. 문왕은 바로 이처럼 하늘 밖의 절대자를 만나서 자기의 근원을 보게 된 체험을 했기에 소축이라 했고 자신을 진리의 왕, 즉 문왕이라 한 것이 아닐까 싶다.

진리 체험은 형통하는 것이다. 형통한다는 것은 절대자와 만남으로써 근원과 통하게 되었다는 말이다. 구름은 빽빽한데 비가 오지 않는다. 어찌해야 될까? 진리의 바람은 언제나 어디나 없는 곳이 없다. 구름이 빽빽한데 비가 내리지 않는 것처럼 진리의 바람은 어디나 있지만 그것을 깨닫고 사는 사람이 별로 없다. 바람이 없다고 야단치나 사실은 부채가 없는 것이지 바람이 없는 것이 아니다. 부채만 있으면 어디서나 바람을 느낄 수 있다. 생명의 바람을 느끼며 사는 사람이 부처요 깬 사람이다. 부채를 들고 있는 사람이 부처라는 말이다. 구름이 빽빽하다. 성령의 구름을 붙잡아 진리의 비를 내리는 사람이 성인이다.

문왕은 진리를 깨닫고 시대적 변화와 변화된 시대의 뜻을 보았다. 그저 하늘만 바라보던 그런 신화적 시대에서 벗어나 이제는 인간의 덕으로 빽빽한 구름을 붙잡아 비를 내릴 수 있는 새로운 길을 열라는 사명이었다. 농기구를 만들고 정전법을 만들고 관개시설을 만들어 천수답을 수리답으로 변화시켜 백성들의 삶을 풍족하게 만들자 했다. 또 예를 세우고 덕을 베풀어 백성의 마음을 안정시키고자 했다. 문왕은 이처럼 자기의 사명이 성령의 구름을 붙잡아 진리의 비를 내려서 새로운 생명의 세계를 창조하는 일이라 여겼다. 그래서 유리羑里라는 감옥에 갇혀 지내면서 주역을 풀이했다.

구름이 빽빽하게 차 있는 시대에 진리의 비를 내리게 하는 도구가 무엇인가 하면 주역이었다. 전쟁과 대사의 길흉을 묻는 점서로서 주역이 아니라 하늘의 도와 인간의 길을 찾는 새로운 진리의 원천으로서 주역을 풀이했다. 주역을 가지고 새로운 사상과 철학으로 세상을 변혁하려고 했던 사람이 문왕이었다. 비가 와야 하는데 누가 비를 내리게 할 것인가? 나로부터, 내가 있는 곳부터 비가 와야 되지 않겠는가?

상나라 문화가 끝나고 새로운 주나라 문화가 시작된 것은 바로 문왕, 진리의 왕인 나에게서 비롯될 것이다. 문왕은 새 문화 창조의 수단으로서 주역을 풀이했고 특히 주역 64괘 가운데 풍천소축을 자신의 괘로 여기며 새 시대를 개창하는 진리의 왕이 된 것이다.

소축괘를 보면 일음오양一陰五陽으로 되어 있는데 네 번째 효 육사라는 일음一陰이 나머지 오양五陽을 붙들고 있는 상이다. 지극히 작은 것, 육사 하나가 강한 것 다섯을 붙잡고 있는 상이다. 작은 것은 무엇일까. 진리의 빛으로 태어난 작은 생명이다. 진리를 깨닫는 체험, 이것은 비록 작은 것이요 아무것도 아닌 것 같지만 모든 새로운 역사를 이루는 씨앗이요 싹이 된다. 다석 류영모는 1942년 1월 하나님을 만나서 믿음에 들어가는 체험을 한다. 그 한순간의 체험이 있었기에 이후 자기 근본체험을 가지고 수십 년간 생명의 말씀이 나온다. 작은 성령체험 가운데 일체의 말씀이 들어있다는 것이다. 그것을 소축小畜이라 한다. 예수는 이름 없는 나자렛 촌뜨기로 하나님을 만나서 하나님의 아들이 되어 복음을 전하다 반란죄로 십자가형을 받았다. 그러나 그 말씀 안에 생명이 있기에 온 세상이 그가 없이는 하나도 된 것이 없다. 일즉일체요 일체즉일이다. 앞으로 한국이 새 역사를 일으킨다면 그것은 다석의 말씀을 기반으로 일어날 것이다. 다석은 비록 작은 생명이지만 그 안에 하나님의 진리가 함께 있기 때문이다. 그것을 풍천 소축이라 한다.

구오는 강중이다. 하나님의 진리와 함께하는 그것을 강중이라 한다. 강한 진리를 가지고 매 순간 중용을 잡아 말씀을 전하는 것이다. 그렇게 아버지의 뜻을 실천해가면 결국 형통하게 된다. 나로부터, 우리나라부터, 그리하여 온 세상에 하나님의 나라가 이루어지이다.

괘의 상을 보면 하늘 위의 바람을 소축小畜이라 한다. 하늘 위의 바람이란 기독교로 말하자면 성령이다. 인도 사람들은 브라만이라고 하는데 브라만도 바람이라는 뜻이다. 우주의 원리 혹은 우주적인 생명을 브라만이라 한다. 그리고 내 안의 생명 또는 내재하는 진리를 아트만이라 한다. 우주적인 생명과 내 생명이 하나가 되었을 때 범아일여梵我一如라 한다. 초재와 내재가 일치되는 그런 경험을 풍천소축이라 한다.

진리를 체득한 군자는 이의문덕以懿文德, 진리眞理로 덕德을 아름답게 펼친다. '의懿'란 '아름답다'는 뜻이다. 군자는 아름다운 문덕文德을 지녀야 한다. 문덕文德이란 진리의 덕이다. 문은 성인의 말씀인 진리요, 덕은 속알의 생명 또는 예술이다. 다른 말로 철학과 예술이다. 우리 속에 들어있는 참을 찾을 때, 속알을 찾을 때, 그것을 철학이라 하고 자기의 속알을 밖으로 드러내며 실천하는 것을 예술이라 한다. 다시 말하여 예술의 아름다움이 안으로 들어가면 철학이요 철학의 아름다움이 밖으로 드러나면 예술이라 한다. 철학의 빛을 밝히고 예술의 아름다움을 빛내는 것, 그것을 문덕文德이라 한다.

하늘 위 성령의 바람이 모든 문덕文德의 원천이다. 성령체험에서 진리의 빛이 나오고 생명의 아름다움이 드러난다. 성령체험에서 비롯된 진리의 기쁨을 아름다운 예술로 드러내는 것을 이의문덕以懿文德이라 한다. 근본체험을 가지고 진리의 기쁨과 생명의 덕을 아름답게 높이자는 것이다. 군자의 삶은 이처럼 진리의 기쁨을 철학으로, 생명의 아름다움을 예술로 표현하는 사람이다.

원문 해석

◆ 천택리天澤履(10) (하늘≡과 호수≡)

호랑이 꼬리를 밟는데 사람을 물지 않는다. 형통한다.

천택리 괘를 판단한다. 리履는 부드러운 것이 강한 것을 밟는 것이다. 기뻐서 하늘에 응한다. 그러므로 호랑이의 꼬리를 밟아도 사람을 해치지 않는다. 형통한다. 강한 것이 중정이 되어 제왕의 지위에 올라 모든 고질을 없애고 일체를 밝고 투명하게 비춘다.

괘상을 본다. 위는 하늘이요 아래는 연못이 있는 것을 리履괘라 한다. 군자는 이것을 보고 상하를 분별하고 백성의 뜻을 안정시킨다.

내용 풀이

천리天理의 세계를 기쁨으로 실천하면 이상세계가 실현된다. 그것을 천택리라 한다. 이상세계가 되면 어린이와 호랑이가 어울려 평화롭게 산다. 천리를 깨닫고 실천하는 것은 기쁨의 세계요 평화의 세계다. 모든 생명은 빛 가운데 일어나서 모두와 어울려 평화를 누린다. 진리에서 터져 나오는 힘이 생명의 기쁨이다.

풍천소축을 뒤집으면 천택리가 된다. 하늘 아래 호수가 있다. 호수는 기쁨을 나타낸다. 바다처럼 깊은 호수는 높은 하늘의 기쁨을 품고 있다, 하늘을 품고 있는 기쁨의 바다, 그것을 천택이라 한다. 리履는 실천한다는 뜻, 또는 신발이다. 신발을 가지면 걸어갈 수 있고 뛸 수도 있다. 신발은 우리 몸의 맨 아래에서 받쳐주며 산다. 신발처럼 바닥에서 이웃을 섬기며 기쁘게 사랑을 실천한다는 뜻이 천택리다.

백성들이 위정자를 기뻐서 쫓아가는 것이 리履다. 유柔는 백성들이고 강剛은 위정자들인데 백성들이 위정자를 믿고서 기쁘게 쫓아가면 그것이 이상세계다. 백성들이 기쁜 마음으로 왕의 정치에 응하는 것이다. '열說'은 기쁘다는 뜻이다. 학교라면 학생들이 기쁜 마음으로 선생님을 따라야 한다. 그러면 그 학교는 제대로 된 학교다. 또 가정이라면 온 가족들이 부모를 기쁜 마음으로 따르면 그 집은 화목하다. 온 백성이 대통령을 기쁜 마음으로 따르면 그 나라는 평화로운 나라다. 모두가 기쁜 마음으로 지도자를 따르고 쫓아갈 때 제대로 된다.

그런 이상세계의 주인공은 어떤 사람인가? 중정中正을 얻고 구오九五의 자리에 올라선 사람이다. 이상세계의 왕은 어떤 사람인가? 천지와 통하고 백성과 한마음이 되어 자기라는 것이 없는 사람이다. 그것을 달리 말하여 중정이라 한다. 강剛하고 절대 치우치지 않는 것이 중中이다. 그리고 정말 실력을 갖추고 무엇이나 올바로 처리하는 것이 정正이다. 이런 중정의 사람이 대통령이 되어야 모두가 기쁘게 따른다. 그리고 조금도 부정부패가 없어야 한다. 구疚는 오래된 병을 말한다. 부정부패라는 묶은 병이 있으면 안 된다. 우리나라 부정부패는 얼마나 오래된 고질병인지 모른다. 부정부패가 없어야 하고 또 정의의 빛을 온 세상에 비춰서 명랑하고 기쁜 광명의 나라로 이끌어야 한다. 이런 중정의 사람이 대통령이 되어 나라를 광명으로 다스리면 모두가 기뻐하는 이상세계가 된다는 것이다.

생명은 작고 약해도 강한 것을 붙잡는 힘이 있다. 그것을 풍천소축이라 한다. 그리고 하늘의 힘을 얻은 생명은 신발을 신고 기쁨으로 달려간다. 위로 하늘이 있고 아래는 호수가 있다. 위에 있는 하늘은 강한 진리의 힘이고, 아래 있는 호수는 생명의 기쁨이다. 생명이 갖는 진리의 힘을 풍천소축이라 하면 힘이 솟아나는 생명의 기쁨을 천택리라 한다. 진리의 힘과 생명의 기쁨이다. 하늘(천天)은 진리理의 상징이요 호수(택澤)는 우리 마음을 상징한다. 그래서 천택天澤을 심즉리心則理로 볼 수 있다. 하늘의 진리와 열린 사람의 마음이 하나로 통하여 평화의 기쁨과 사랑이 충만한 것이다.

위는 하늘이고 아래는 호수다. 하늘에는 별이 빛나고 호수에는 하늘이 비쳐서 하늘과 호수가 하나가 되었다. 하늘에 별이 반짝이듯 우리 마음속에는 도덕률이 빛나는 것을 실천이성이라 한다. 하늘에서는 진리의 별이 반짝이고 땅에서는 정의의 강이 흘러간다. 그런 이상세계의 실천을 천택리라 한다. 이상세계의 모습은 무엇인가?

변상하辨上下(상하를 분별하고) 정민지定民志(백성의 뜻을 안정함)이다. 높은 하늘은 하늘답고 아래 땅은 땅답게 되어 하늘과 땅이 하나로 어울린다. 높은 지위와 낮은 지위가 모두 알맞게 자리를 잡아서 임금은 임금다워야 하고 신하는 신하답게 제 역할을 바르게 한다. 그래서 모든 백성이 각자 맡은 직업을 가지고 자기 일에 만족하며 기쁘게 사는 것이다. 그것을 정민지定民志라 한다.

8. 소통시대와 불통시대
지천태泰(11), 천지비否(12)

개요: 하나와 우주 전체

　유교에서 천지와 만물이라 하는데 이는 달리 말하여 온 우주의
모든 존재를 말한다. 하늘은 시간이고 땅은 공간이고 만물은 존재
하는 모든 것이다. 이런 천지 만물이 서로 얽혀서 관계를 맺고 있
으며 결코 따로 존재할 수 없다는 인식은 옛날부터 내려온 동양인
의 사유방식이다. 불교에서는 연기법계라 하는데 유교는 천지와
만물이 한 몸이요 하나라 한다. 기독교는 모든 만물이 하나님의 말
씀으로 지어졌다고 한다. 표현은 비록 다르지만 우리는 그 뜻이 모
두 하나로 통하는 것을 알아야 한다. 우주가 한 생명이요 하나라는
말이다.
　우주적 생명의 관점에서 보면 우주의 별이 탄생하고 소멸하는 것
도 내 안에서 일어나는 일이다. 그래서 맹자는 만물이 모두 나에게
갖춰져 있다고 한다. 우주의 사건들이 모두 내 안의 사건이라는 말

이다. 이런 것을 또 티끌 속에 우주가 들어 있다고 한다. 나는 광활한 우주에 비하면 티끌보다 못한 하나의 점 같은 것이지만 이 속에 우주가 다 들어 있다는 것이다. 그래서 신라시대 의상대사가 화엄경을 요약한 글에 보면 일즉일체一即一切 다즉일多即一이라 한다. 하나 속에 전체가 있고 전체 속에 하나가 있다는 뜻이다.

　그런데 사람이 사사로운 욕정에 이끌려 분별지에 빠지게 되면 하나의 생명을 잃고 그만 모든 것이 모래처럼 부서져 따로따로 떠돌게 된다. 본래의 연결성을 보지 못하고 그만 미망 속에 갇혀서 자폐증처럼 일체의 소통이 단절되고 만다. 마음이 막히고 생각이 막히고 뜻이 막히고 얼이 막히면 몸도 병들게 된다. 모든 병은 소통의 단절에서 비롯된다. 부모와 단절되고 이웃과 단절되고 사회와 단절되고 자연과 단절되고 우주와 단절된 단편의 인간은 병고에서 벗어날 수가 없다. 인간이 병이 들면 자연도 병이 들고 우주도 신음하게 된다. 지금 가이아 지구가 병이 들어 생태 위기요 기후재난으로 나타나고 있다. 병든 지구를 버리고 달로 화성으로 이주하려는 과대한 꿈을 가진 사람도 있지만, 부모를 죽이고 떠난 자식이 어디를 간들 제대로 살겠는가.

　그러니까 주역의 저자는 천지와 만물이 서로 어울려 건강하게 살아가는 하나의 생명임을 알라는 것이다. 거기에 우리도 동참하여 건강하게 살라는 말이다. 불통의 인간이 되지 말고 소통하고 화해하는 인간이 되자는 것이다. 하늘과 땅이 소통하고 물과 불이 어울리고 바람과 우레가 함께 놀며 산과 바다가 기뻐하지 않느냐는 것이다. 하늘과 땅이 소통하듯이 우주와 통해야 하고, 물과 불이 상생하듯이 삶과 죽음이 통해야 하고, 우레와 바람이 어울리는 것처럼 밤낮의 변화에 통해야 하고, 바다와 산이 기뻐하듯이 유무有無가 상통해야 한다. 그러면 산처럼 있어서 좋고 없으면 바다처럼 깊어서 기쁘다고 한다. 이처럼 인간이 회복되면 자연도 회복되고 천지 만물이 모두 하나가 되고 건강하게 될 것이다. 그래서 천지와 만물이 본래의 하나 됨과 건강을 회복하는 그 길과 방법을 찾아보자는 것이 주역의 뜻이라 하겠다.

땅(곤坤)이 하늘(건乾) 위로 올라간 것을 지천태地天泰라 하고 하늘이 땅 위에 올라가면 천지부天地否, 또는 천지비天地否라 한다. 부否를 막힐 비否라고도 한다. 아래 있던 땅이 위로 올라가고 위에 있던 하늘은 아래로 내려오면 그것을 태평한 세상이라 한다. 말하자면 높은 왕이 땅 아래로 내려와 백성과 소통하고 백성의 뜻을 받들어 백성을 하늘처럼 섬기는 민주정치가 되면 평화가 충만한 태평성세의 지천태地天泰라 한다.

이와 반대로 높은 하늘이 더 높이 올라가고 아래 땅은 더 밑으로 내려가서 가깝던 사이가 멀어지고 막혀서 통하지 않을 때 그것을 천지비天地否라 한다. 불통의 원수가 서로 만나 대화와 소통이 되려면 어떻게 해야할까? 하늘과 땅의 자리가 변해야 한다. 위에 있던 자는 내려오고 아래 있던 자는 올라가서 위와 아래가 서로 가까워지고 서로의 입장에 바꾸어 서서 상대의 마음을 헤아리면 공감할 수 있을 것이다. 이렇듯 역지사지易地思之(서로의 처지를 바꿔서 생각함)로 이해하고 공감하며 소통하는 시대를 지천태地天泰라 한다. 이와 반대로 자기의 생각이나 편견을 고수하며 상대의 입장과 의견을 고려하지도 않고 듣지도 않고 서로 각자의 길을 달리며 대립하는 불통의 시대를 천지비天地否라 한다. 어떻게 하면 불통의 권위주의 사회를 소통의 민주적 시민사회로 변화시킬 수 있을까?

원문 해석

◆ 지천태地天泰(11) (땅==과 하늘≡)

　태평시대는 소인들이 물러가고 대인들이 나오는 때다. 행복하고 형통한다.

　지천태 괘를 판단해 본다. 소통의 시대는 소인이 물러가고 대인이 나와서 모두가 행복하고 형통하다. 이것은 곧 하늘과 땅이 어울리고 만물이 서로 소통한다는 말이다. 서로 어울려 그 뜻과 마음이 하나가 된 것이다. 안으로는 양이요 밖으로는 음이니 안으로는 강건하고 밖으로는 유순하다. 안에는 군자요 밖에는 소인이니 군자의 도는 나날이 늘어나고 소인의 도는 소멸된다.

　지천태 괘상의 뜻을 말해본다. 천지가 서로 사귀고 통하는 것이 태允 괘다. 왕은 이를 본받아서 천지의 법도를 마련하고 천지의 마땅함을 따라서 백성들을 도와야 한다.

내용 풀이

유교에서 소인小人이란 인격이 부족하여 마음이 협소한 사람을 말하고 대인大人은 인격과 덕망이 충만하여 마음이 열린 사람이다. 소인들은 물러가고 대인들이 나타나서 세상을 바로잡으면 행복한 시대가 되어 모든 일이 형통한다.

태泰는 크다, 편안하다, 통한다는 뜻이다. 큰 사람들이 나와서 모두가 서로 소통하고 협력하며 발전하는 태평성대의 시대를 지천태地天泰라고 한다. 중국에서 태평시대라 하면 대표적으로 요순시대를 말한다. 요임금 순임금 같은 성왕이 나와서 모든 백성의 뜻을 받들어주니 태평시대가 되었다고 한다.

태괘를 보면서 음효를 소인으로 보고 양효를 대인으로 해석해 본 것이다. 지천태 괘를 보면 아래는 건乾괘 위에는 곤坤괘로 되어있다. 아래 있는 건괘를 내內괘라 하고 위에 있는 곤괘를 외外괘라 한다. 역의 괘를 보면서 해석하기를 시간이 지남에 따라 아래의 효爻가 점차 위로 올라가는 변화로 생각한다. 그래서 지천태 괘를 보면 양의 기운은 차츰 자라고 음은 점차 떠나가는 모습이라서 이것을 소왕대래小往大來로 해석한 것이다. 소인들이 물러가고 대인들이 나와서 태평성대를 이루는 것인데 그런 태평시대의 모습은 무엇인가? 하늘과 땅이 함께 어울리고 만물이 서로 소통하는 것이다.

하늘과 땅이 서로 어울린다는 뜻이 무엇인가? 자연현상으로 말하자면 하늘에서는 비가 내려오고 땅에서는 만물이 자라는 것이다. 만물이 생기를 얻어 자랄 수 있는 것은 천지와 통하기 때문이다. 하늘이 내려주는 빛을 받고 땅에서 올려주는 물을 위로 끌어올리는 생명력을 받아서 자라는 것이 만물이다. 옛날부터 태泰는 통通하는 것이라고 하여 태통泰通이라 한다. 하늘과 땅의 기氣가 통하는 것이요, 음기와 양기가 서로 통하는 것이요, 왕과 백성의 마음이 서로 통하는 것이다. 대통령의 뜻과 시민들의 뜻이 서로 통하는 것이다. 대통령도 정의의 나라를 세우자는 뜻이요 시민도 좋은 나라를 세우자는 뜻으로 한마음이다. 이렇게 한마음으로 나라를 위해서 최선을 다해 소통하고 협력하는 시대를 태통이라 한다.

괘의 모습을 보면 안쪽 건괘는 양이고 밖에 있는 곤괘는 음이다. 그래서 태괘의 모습을 안은 강건하고 밖은 유순하다고 한다. 양효를 군자로 보고 음효를 소인으로 보면 안쪽은 군자요 밖에는 소인이라 군자의 힘은 자라나고 소인들의 힘은 줄어드는 모습으로 해석한다. 나라에서 좋은 인재들이 나와서 건강한 기운이 상승하여 모든 소인의 부정과 병폐가 사라지는 부흥의 때라는 말이다.

내양이외음內陽而外陰이다. 국가의 정부는 유능하고 정직한 현인을 등용하여 권력의 핵심세력이 되어야 하고 소인들은 밖으로 밀려나야 한다. 도덕적道德的으로 청렴한 사람이 핵심이 되어야지 욕심 많은 소인들이 내부의 핵심이 되면 안 된다. 그래서 내건이외순內健而外順이다. 대통령이라면 안으로 핵심 관리들에게는 강한 도덕성을 요구하면서 밖으로 국민을 향하여 공손히 순종해야 한다.

지천태 괘의 상을 본다. 천지가 서로 사귀고 통하는 것이 태泰괘의 모습이다. 천지가 통하는 것을 우리의 몸으로 말하자면 피가 통하고 기와 숨이 통하는 것이다. 사회적으로 말하면 말이 통해야 하고 이치가 통하는 것이다. 하늘과 땅, 자연과 만물, 왕과 백성, 모든 것이 통해야 산다. 통하는 것이 생명의 근원이기 때문이다. 왕(后后)은 이것을 본받아 천지의 법도를 마련하고 천지의 마땅함을 가지고 백성을 도와야 한다. 먼저 올바른 법과 제도를 마련해야 한다. 그리고 법과 제도를 잘 관리하고 운영해야 하는데 그러기 위해서는 사람들의 조직과 훈련 체계가 갖춰져야 한다.

말하자면 천지지도天地之道가 백성을 사랑하는 법과 제도적 장치라면 천지지의天地之宜는 의로운 정치와 복지행정 시스템이다. 복지국가를 위한 정의로운 시스템을 만드는 것이다. 이렇게 볼 때 '재성천지지도財成天地之道'가 제도와 물적인 하드웨어라면, '보상천지지의輔相天地之宜'는 국가 운영을 위한 문화와 사회의 소프트웨어를 갖추는 것이다. 하늘과 땅은 만물에게 재능과 소질을 부여하고 자라게 한다. 이것이 하늘과 땅의 사랑이다. 또 하늘과 땅은 상보적 관계로 하나가 되어 본을 보이면서 만물이 그처럼 서로 소통하고 협동하여 마땅히 하나가 되게 한다. 이것은 하늘과 땅의 의로움이다. 왕은 이처럼 하늘과 땅을 본받아 정의와 사랑으로 하나가 되는 세상이 되도록 백성을 돕는 사람이다. 학생들이 소질과 재능을 따라 발전할 수 있도록 즐거운 교육시스템을 만들고 모두가 자기의 일자리를 가질 수 있는 행복한 산업시스템을 마련하는 일이 재성財成이라는 '천지의 도道'라고 보면, 교육자와 학습자의 관계, 사업자와 노동자의 관계, 국민과 정부와의 관계 등을 바로잡아 화목하고 평화로운 하나의 공동체가 되도록 이끄는 일이 보상輔相이라는 '천지의 의宜'가 아닌가 풀어본 것이다.

원문 해석

◆ 천지비天地否(12) (하늘═과 땅══)

천지비는 하늘과 땅이 막혀 통하지 못하는 세계이다. 서로 막혀 통하지 않는 것은 죄인이어서 그렇다.

천지비 괘를 판단해 본다. 막힌 사람들의 세상이 되어 깨끗하고 의로운 사람들이 살 수 없는 시대가 천지비다. 큰 사람이 가고 작은 사람이 나타난다. 그래서 천지가 통하지 못하고 만물이 서로 통하지 못하는 것이다. 위와 아래가 서로 통하지 못하니 천하에 나라가 없는 것이다.

괘상을 보고 말한다. 천지가 서로 사귀지 못하는 것이 막혀있는 비색否塞(모든 길이 꽉 막힘)의 시대다. 군자는 이것을 보고 검소함의 덕으로 재난을 피한다. 이런 때는 녹봉을 받아 영화롭게 살 생각을 할 수가 없다.

내용 풀이

지천태地天泰는 사람과 사람간의 관계가 서로 이심전심으로 잘 소통하여 행복한 것인데, 천지비天地否는 마음이 서로 통하지 않고 막혀있다. 막힌 것을 비색否塞이라 한다. 천지비天地否란 이렇게 하늘과 땅이 막혀있는 답답함을 말하는 것인데 이렇게 막히는 이유는 무엇인가? 사람과 사람 사이가 통하지 못하고 막히는 까닭은 '비인匪人'이라서 그렇다. 기독교로 말하자면 죄인이어서 막힌 것이다. 죄罪라는 글자나 도둑 비匪라는 글자나 뜻은 마찬가지다. 둘 다 문이 닫혀있는 것을 나타낸다. 정신으로 말하자면 자폐증이다. 문을 닫아놓고 전혀 다른 사람과 통하지 않는 것이다. 불교에서는 빛이 없는 무명無明의 감옥에 갇혀 있다고 한다. 금강경에서는 그것을 아상我相이라 한다. 사람이 이념이나 도그마에 갇히면 거기서 빠져나오기가 너무 어렵다. 특히 자기라는 고정관념은 너무도 강하여 죽기까지 버리지 못한다. 금강처럼 견고해서 깨지지 않는 그런 아상을 벼락처럼 강력한 진리의 힘으로 깨뜨리자는 것이 금강경이다. 아상我相이란 쉽게 말하여 맹인이 코끼리를 만지고 자기가 경험한 부분적인 지식과 편견에 사로잡힌 것이다. 그래서 한번 자기의 사유방식이나 부분지가 고정되고 자동화되면 무엇을 경험하던 같은 방식으로 느끼고 반응하는 지각불변성이 되어 타인과 소통이 어렵게 된다. 소통이 단절된 외로운 개인들은 기술사회의 파편화로 외로움과 갈등을 넘어 타인에 대한 증오와 혐오가 조장되었다. 이처럼 소외된 현대인은 전체와 소통하지 못하고 풍랑을 맞아 조각조각 부서진 배의 부품이나 조각처럼 세상이라는 바다를 떠도는 파편이 되었다. 인간은 과학 지식과 분업이 발달하면서 하늘의 진리를 잃어버리고 땅의 부분지部分知에 사로잡혀 그만 온전함의 의미와 정체성을 잃어버렸다.

하늘과 땅과 사람을 삼재三才라 한다. 인간의 생명은 이 셋과 항상 통해야 살아간다. 즉 하나님과 자연과 인간이 서로 통해서 하나가 되어야 생명을 느낀다. 그런데 통하지 못하는 것은 인간이 죄인이라서 그런 것이다. 인간의 죄악 때문에 자연自然은 자연自然대로 오염되고, 신神은 신神대로 사라져 나타나지 않고, 사람은 사람대로 막혀 있다. 그래서 분열과 다툼과 전쟁이 끊이지 않게 되었다.

따라서 인간은 하늘과 땅을 다시 소통하게 하는 책임이 있다. 사람 때문에 자연과 세상이 막히게 되었기 때문이다. 공간空間의 문제를 해결하는 것도 사람의 책임이요 시간의 문제를 해결하는 책임도 사람에게 있다. 쉽게 말하자면 시대時代를 어둡게 하느냐, 또는 시대를 밝게 하느냐 모두 사람 탓이다. 지구 생태계를 파괴하는 것도 사람이요 그것을 회복시킬 책임도 사람이다. 이 모든 책임이 사람에게 있다.

새로운 시대를 열어가는 것이 사람이다. 악惡한 사람이 나오면 시대가 암울해지고 선善한 사람이 나오면 시대가 밝아진다. 이런 의미에서 사람은 자연보다도 영특하고 하늘보다도 영특한 것이다. 그래서 사람을 만물 가운데 최령最靈이라 한다. 하늘과 통할 수 있고 자연과 통할 수 있고 사람과 통할 수 있는 존재가 사람이다. 그런데 그런 사람이 막혀서 죄인이 되면 사람과도 통하지 않고 자연과도 통하지 않게 되고 신神과도 통하지 않게 된다. 그래서 온 세상이 어두워지고 오염되고 막히게 된 것이다. 그래서 모든 문제는 사람 탓이요 내 탓이라는 말이다. 스스로 만든 감옥에 갇힌 죄인이 되어서 그런 것이다. 어떻게 하면 속박된 죄인의 상태에서 벗어날 수 있을까. 어떻게 해야 스스로 만든 무명의 감옥에서 벗어날 수 있을까?

세상이 이렇게 막히게 된 것은 사람이 사람답지 못해서 그런 것이다. 막힌 시대가 되면 착한 사람은 죽고 악한 사람이 득세하기 마련이다. 그래서 천지天地도 통하지 않게 되고 만물萬物도 통하지 않게 된다. 우리나라 태극기를 보면 건괘가 위에 있고 곤괘가 아래 있어서 천지 비否 괘이니 이것을 뒤집어 태통泰通의 사회를 바라보자고 한다. 건곤을 뒤집어 태평한 통합의 사회를 만들자는 것이다.

하늘땅의 천지가 막힌 비괘가 되면 백성과 정부가 서로 믿지 못하게 되니 나라라고 할 수가 없다. 상하가 통해야 나라라 할 수 있지 상하가 통하지 않으면 어떻게 나라라고 할 수 있겠는가? 나라에 탐관오리와 부정부패가 만연하고 가짜뉴스와 거짓말이 가득하면 백성들은 아무것도 믿지 못하게 된다. 그러면 어떻게 나라라고 할 수 있겠는가?

이때 나라를 살리려면 서로 믿고 소통하는 상생과 대화의 문화를 가꿔야 한다. 그 방법은 간단하다. 하늘과 통하고 자연과 통하고 사람과 통하는 것이다. 그래서 믿음과 신뢰를 바탕으로 서로 사랑하는 일이다. 사람이 서로 만나서 공동의 목적을 세우고 협력을 모색해야 한다. 그러면 불안과 두려움을 벗어날 수 있고 자기의 느낌과 생각을 자유롭게 표현할 수 있으며 상대의 입장을 존중하고 경청하고 공감할 수 있게 된다. 그리고 상하가 소통하는 법을 배워서 하나가 된다.

상하가 통해서 하나가 된다는 말은 무엇인가? 위는 숲을 보는 자리요, 아래는 나무를 보는 자리다. 그래서 상하가 서로의 입장에 서서 숲도 보고 나무도 볼 수 있어야 한다. 그래서 상하가 정직과 진실로 하나가 되는 일치를 이뤄야 한다. 옛 선지자 이사야가 꿈꾸던 나라도 이처럼 정의와 공의로 상하가 하나가 되는 것이다.

모든 골짜기가 메워지고 모든 산과 작은 산이 낮아지고 굽은 것이 곧아지고 험한 길이 평탄하여질 것이요 모든 육체가 하나님의 구원하심을 보리라 함과 같으니라 (누가복음 3장 5-6)

괘상을 보며 말한다. 천지가 서로 어울리지 못하고 소통이 되지 않아서 막혀있다. 이런 때에 군자는 검덕피난儉德辟難을 한다. 검소함의 덕으로 자기 자신을 단속하고 세상의 험난함을 피해야 한다. 소통이 어려운 시대는 어둠의 시대요 의인들이 수난을 당하는 어려운 시절이다. 독재자가 나와서 백성을 억압하고 착취하고 죽이는 불통의 권위주의 시대다. 군자는 이런 때를 당하여 검덕피난儉德辟難 한다. 검덕儉德은 가난하게 살면서 덕을 힘써 기른다는 말이다. 가난한 자는 복이 있나니 하늘나라가 그들의 것이다. 가진 것을 나누고 마음을 비워서 가난한 살림을 해야 한다. 그리고 험난한 세상을 피하여 하늘나라를 위하여 힘쓰는 일이 검덕儉德이다. 가난과 비움은 소통의 비결이다. 마음이 비워지면 맑아지고 심령이 가난하면 밝아진다. 마음이 깨끗한 사람은 복이 있나니 하나님을 뵙게 될 것이다. 검덕피난儉德辟難이다. 검약의 덕으로 하늘과 소통하고 온유함의 덕으로 땅과 통하여 험난한 세상을 피하

고 하나님의 나라를 바라보는 것이다. 이런 군자의 덕을 지니면
불의한 독재자에게 벼슬을 얻어 세상의 영화榮華를 바라는 일은
생각할 수도 없다.

9. 문화적 인간과 우주인

천화동인同人(13), 화천대유大有(14)

개요: 이성적 존재와 사회정치적 존재

◆ 하늘의 불

천화天火는 하늘에서 내려온 불이다. 하늘의 불이 상징하는 것은 무엇일까? 그리스 신화에서는 프로메테우스가 인간을 만들고 하늘의 신들만이 가지고 있는 불을 훔쳐다 사람에게 주었다고 한다. 하늘에서 벼락이 떨어져 불이 붙는 것을 보고 불은 하늘에서 내려온다고 생각했을 것이다. 하늘에서 이글거리는 태양도 불덩어리이다. 불은 하늘에 속한 것인데 땅에 붙어서 살아간다. 물은 땅에 속한 것인데 하늘에 올라가 구름으로 날아다니며 산다.

인간이란 하늘에서 내려온 불을 가지고 문명을 일으켜 살아가는 존재이다. 호모사피엔스만이 불을 일으킬 줄 알고 불을 이용하여 살아가는 방법을 터득했다. 그래서 최상위의 포식자가 되었다. 한

세기 전에만 해도 집집마다 불씨를 간직했다. 화롯불의 불씨를 꺼뜨리지 않고 날마다 이어 나갔다. 우리 삶에서 불씨는 그만큼 소중했다.

불은 우리에게 무엇인가? 불을 과학으로 생각하면 에너지요 철학으로 보면 이성이고 종교로 보면 하나님의 말씀이다. 기독교는 하나님의 말씀이 육신이 되어 땅으로 내려오신 분이 예수님이라 한다. 공자는 천명지위성天命之謂性이라 하고, 또 하늘이 자기 속에 덕德(속알)을 낳아주었다고 한다.

하늘(건乾)에서 내려온 불(리離), 그것을 천화동인天火同人이라 했다. 동인同人이란 함께 어울려 산다는 말이다. 천화동인天火同人을 뒤집으면 화천대유火天大有가 된다. 화천火天은 불이 하늘 위로 올라간 것이다. 불이 올라가서 우주라는 하늘을 밝히는 빛이 된 것을 대유大有라 본 것이다. 하늘에서 내려온 빛을 천화동인天火同人이라 했다면 빛이 다시 하늘로 올라간 것을 화천대유火天大有라 했다. 기독교로 말하자면 성육신이 천화동인天火同人이라면 화천대유火天大有는 부활 승천하여 하나님 나라 우편에 앉아계신다는 것이다. 하나님의 아들이 땅으로 내려와 사람들과 함께 계신다는 것을 천화동인天火同人이라 보면 화천대유火天大有는 하늘에 올라가서 우주를 다스리신다는 말이다.

대유大有라는 의미는 위대한 존재라는 뜻과 대우주를 소유한다는 두 뜻이 있다. 하나님은 크신 분이요 우주를 소유하신 분이다. 우주라는 하늘나라를 다스리는 분이 하나님이시다. 공자로 말하면 하늘의 불이라는 천명을 부여받은 사람, 또는 하늘의 덕을 얻은 사람이 천화동인이요 천명과 하늘의 덕을 가지고 천하의 대권을 잡은 성군을 화천대유라 하겠다. 인간의 실존으로 말하면 천화동인은 말씀의 체험이요 화천대유는 근본경험을 말한다고 보는 것은 어떨까. 또는 천화동인을 생명적 현상의 생체험이라고 보면 화천대유는 근원적 생명력의 밑체험, 얼숨의 체험이라 보는 것은 어떨까?

원문 해석

◆ 천화동인天火同人(13) (하늘〓과 불〓)

들에서 사람들과 함께 협동하니 형통한다. 큰 강을 건너감이 좋다. 이로운 것은 군자의 바름이다.

동인 괘를 판단한다. 동인同人은 유순함이 바른 지위를 얻고 또 중中을 얻어서 하늘에 응應하는 모습이다. 이것을 동인이라고 한다. 들에서 협동하는 사람들이라 형통하니 큰 강을 건넘이 이롭다 함은 하늘길을 가기 때문이다. 씩씩하게 문명을 창조하는 중정中正이 되어서 하늘에 응應하는 것이 군자의 바름이다. 오직 이런 군자라야 천하의 뜻에 통할 수 있다.

천화동인의 모습을 보며 말한다. 하늘에 빛나는 불, 그것이 동인同人의 모습이다. 군자는 이것을 보아 인류는 다 같은 겨레임을 밝히고 만물을 분별하여 다스린다.

내용 풀이

천화동인天火同人의 동인同人에 대해서 두 가지 뜻을 생각할 수 있다. 함께 모여 협동하는 사람들이라는 동인同人과 사람은 모두가 너나 없이 동일하다는 인동人同이다. 동인同人은 모두 힘을 합쳐야한다는 합동, 또는 협동의 뜻이고, 인동人同은 사람은 누구나 이성이라는 불을 지니고 있다는 점에서 같다는 말이다. 사람은 이렇게 불을 사용할 줄 아는 이성적 동물이면서 동시에 함께 모여서 협동하는 사회적 동물이다. 사람이란 인동人同이면서 동시에 동인同人이라는 특징이 있다.

사람이 함께 모여 협동하는 사회적 존재로서 동인同人인데 그런 활동의 조건을 '야野'라고 한다. 야野란 무엇인가? 인위적인 꾸밈과 거짓이 없는 본래의 순수하고 소박한 생명의 바탕이다. 모세나 예수도 하나님을 만나기 위해서 광야로 나갔다. 아무것도 없는 빈 들에 서서 하나님을 만난 것이다.

동인우야同人于野, 빈 들의 광야에서 서 있는 사람의 실존은 누구나 똑같다. 하나님 앞에 서 있는 실존, 노자는 그런 사람을 통나무(박樸)이라 했다. 견소포박見素包樸(빛을 보고 통나무를 품은 것)의 통나무를 달리 말하면 무위자연無爲自然이다. 통나무란 무아가 되어서 공명정대하고 무사무욕이 된 산 사람을 말한다.

따라서 야野라는 조건은 무위자연의 순박한 생명의 본래 모습이다. 이처럼 꾸밈없이 순박한 마음으로 만나야 그 동인同人의 모임과 하는 일이 형통하다는 말이다. 다시 말하여 하나님을 만나는 천인합일을 통해 공명정대한 인간으로 거듭나는 삶살이의 모임이라야 형통한 것이고 또 그런 사람들이라야 이상적인 세계, 즉 하나님의 나라를 이 땅에서 이뤄갈 수 있다는 말이다.

공자는 거듭나는 것을 극기복례克己復禮라 했다. 사람이 자기라는 사욕을 극복하고 예禮를 회복해야 거듭난 사람이 된다는 것이다. 논어를 보면 공자가 강조한 것이 예악禮樂이다. 사람들이 모여서 함께 협동하는 사회를 예禮라고 하고 그 속에서 각자 삶에 만족하고 기뻐하는 세계를 악樂이라 했다. 사람이 위대한 것은 이처럼 진리를 깨닫고 거듭나는 철인이 될 수도 있고 또 깬 씨알들이 모여서 아름답고 높은 문화를 창조할 수도 있기 때문이다. 그런데 그 협동하는 삶살이의 방법이 야野라는 것이다. 무사무욕의 순수함과 무위자연의 진실함이 있어야 한다는 말이다.

큰 강을 건너감이 이롭다는 '이섭대천利涉大川'에도 두 가지 뜻이 있다. 모두가 힘을 합하여 아름답고 큰 일을 이룬다는 뜻이 있다. 씨알이 힘을 합하여 이상세계를 건설하는 것이 이섭대천이다. 그런데 이것을 인간의 실존으로 생각하면 반야바라밀의 뜻이라 할 수도 있다. 즉 반야라는 지혜를 가지고 이 세상이라는 강을 건너가는 것이다. 공자로 말하면 극기복례로 사람다운 사람이 되는 것을 이섭대천이라 할 것이다.

공자에게 극기의 방법을 묻자 예禮가 아닌 것은 보지도 말고 듣지도 말고 말하지도 말고 행동하지도 말라고 한다. 삶의 이치요 법도라 하는 예를 어떻게 알 수 있는가? 천명지위성天命之謂性(하늘이 부여한 것을 천성이라 한다)이다. 하늘이 부여한 마음의 바탕으로 생명을 살리는 살림살이의 마음이 천성天性이다.

다석은 그것을 받할(받아서 할 일), 즉 바탈이라 했다. 사람으로서 마땅히 할 바가 무엇인지 하늘에서 우리 속에 넣어주었다는 것이다. 요한복음으로 말하면 로고스(logos, 말씀, 도道)라 할 것이다. 로고스를 가지고 거듭나는 것이 이섭대천利涉大川이다. 그리고 거듭난 사람들이 모여서 하나님의 나라를 이룩한다고 하는 것도 또한 이섭대천利涉大川이다. 이렇게 이섭대천의 뜻도 이성적 존재로서의 의미와 사회적 존재로서의 의미라는 두 가지 측면에서 풀어볼 수 있다.

그래서 참으로 유익한 것은 무엇인가? 하나님의 자녀로 거듭난 군자의 곧음이 이로운 것이다. 곧음이란 하나님 앞에서 바로 서 있다는 말이요, 말씀대로 실천한다는 뜻이요 정직한 인격이라는 말이다. 이군자정利君子貞이다. 군자의 올곧음이 이로운 것이요 아름다운 것이다.

천화동인 괘를 보면 구오九五와 육이六二의 위치가 올바르다. 양이 홀수 자리에 오고 음이 짝수 자리에 오면 정위正位, 바른 자리를 얻었다고 한다. 그리고 가운데 있으면 중中이다. 그러니까 구오九五와 육이六二가 모두 가운데 있으면서 바른 자리를 얻었기 때문에 중정中正이다. 그리고 육이六二와 구오九五가 서로 음양이 되어 응한다. 구오九五가 스승이라면 육이六二는 학생이다. 그래서 육이六二는 구오九五를 찾아야 한다.

육이六二는 음이니까 유柔인데 중을 얻었으니까 말하자면 유순한 덕이다. 부드러운 마음으로 스승을 잘 따르는 학생이다. 자기를 부인하고 하나님을 그리워하는 사람이다. 육이를 '득중이응호건得中而應乎乾'이라 했다. 믿음을 가지고 하나님의 나라를 그리워한다고 말할 수도 있다. 이런 것을 일러 동인同人이라 했다. 사람이라면 누구나 이처럼 믿음을 가지고 하나님의 나라를 들어갈 수 있고 또 하나님의 나라에 들어가면 누구나 똑같다는 말이다. 불교로 말하자면 사람은 누구나 불성을 가지고 있어서 부처가 될 수 있다는 것이다. 사람은 누구나 불성을 깨치고 부처가 될 수 있으며 부처가 되면 누구나 똑같다는 것이다.

사람들이 모여서 힘을 모아 큰 강을 건너가야 한다. 그것을 '건행乾行'이라 한다. 이상세계를 향하여 큰 강을 건너야 한다. 그러기 위해서는 정성을 다해야 하고 속된 욕심이 없어야 한다. 정이천의 주석으로 말하여 지성무사至誠無私가 되어야 한다는 것이다. 그래야 험난한 세상을 무사히 건너갈 수 있다. 그것이 '건행乾行'이다. '나'라는 것이 없어야 하늘나라에 들어갈 수 있다. 기독교의 믿음이란 것도 무사無私다. 자기가 없어지는 것이 믿음이다.

군자가 하는 일은 건강하고 씩씩하게 문화를 창조하고 밝히는 일이다. 과학, 철학, 예술, 종교라는 문명을 일으키는 것이다. 사람이 해야 할 일은 결국 문화문명을 창조하는 일이다.

'문명이건文明以健'이란 어떻게 나온 말인가? 하늘 천天이 건健이고, 불 화火가 문명文明이다. 그래서 천화天火를 문명이건文明以健이라 풀이한 것이다. 문명이건文明以健, 씩씩하게 문화를 밝히는 것이다. 그리고 중정中正이다. 구오九五도 중정이요 육이六二도 중정이다. 하늘에 계신 하나님도 중정中正이요 아래 있는 사람도 중정中正이다. 그래서 중정이 된 군자라야 문명이건文明以健이다. 중정이 되어야 문명을 창조하여 건강한 사회를 이룩할 수 있다는 말이다. 군자의 바름은 중정中正이 되는 것이요 또한 건강한 문명을 창조하는 일이다.

사람은 모두 중정中正의 군자가 되어야 한다. 속이 뚫리고 삶이 바른 사람, 곧 중정中正이 된 사람이 군자다. 중정의 특징은 지성무사至誠无私라 했다. 중정이 되면 천하 사람들과 다 같이 통할 수 있다. 중정中正을 또 중통외직中通外直이라 한다. 이치를 꿰뚫어 보는 지혜를 가지고 다른 사람에 대해서 정직한 것이다. 그런 군자가 되어야 천하의 뜻에 능히 통할 수 있다. 즉 각기 다른 사람들의 모든 마음과 뜻을 하나로 모을 수 있다는 말이다.

괘상의 뜻을 본다. 하늘이 사람에게 불을 내려주었다. 사람은 누구나 하나님의 형상을 지니고 있다. 그래서 동인同人이라 한다. 사람은 종족이 다르고 인물이 다르지만, 누구나 꼭 같이 하나님 앞에서 존엄하고 평등하다. 그래서 또 사람은 함께 모여서 같이 살 수가 있다. 군자는 이런 것을 보고 유족변물類族辨物한다. 각기 다른 사람과 만물이 무리를 이루어 고유한 문화와 사회를 구성하고 독립된 나라를 일으키는 것이 유족類族이요, 변물辨物이란 편리한 세상을 위해서 다양한 도구와 물건을 만들고 만물을 돌보며 가꾸는 일이다. 종족과 나라가 많지만 잘 생각해 보면 인류는 하늘 밑에 한 가족이다. 그래서 온 종족이 한 동아리로 살아야 한다는 유족類

族은 인간이 호모 폴리티쿠스(Homo politicus)라는 말이요, 다양한 만물을 변별하여 다스린다는 변물辨物은 호모 사피엔스(Homo sapiens)의 인간을 말한다. 유족변물類族辨物이란 결국 사람은 이성적 존재요 사회적 존재라는 말이다. 인간의 이상을 실현하기 위해서 하늘이 내려준 각자의 불을 가지고 서로 협동하고 노력하는 살림살이로 하나가 되자는 뜻이다.

원문 해석

◆ 화천대유火天大有(14) (불☲과 하늘☰)

대유大有는 대우주적 존재로서 근원에 통하여 형통하는 것이다.

대유 괘를 판단해 본다. 대유는 온유한 사람이 존귀한 왕의 지위를 얻은 큰사람이다. 대우주의 중심을 잡아서 상하가 모두 그에 응하는 것이다. 이것을 큰사람, 즉 대유라 한다. 그 인격과 속알을 보면 튼튼하고 강건하여 지혜가 빛나는 사람이다. 그는 언제나 하늘에 호응해서 때와 함께 행동한다. 이렇게 생명력의 근원에 통하여 만물을 살려주는 사람이다.

대유의 괘상을 보고 말한다. 태양의 불이 하늘 꼭대기에 있는 것을 대유라 한다. 군자는 이를 보고 악의 근원을 막고 선하고 좋음을 높여서 하늘의 뜻에 순종하고 사명을 빛내는 것이다.

내용 풀이

천화동인이 인간에 대한 정의라면 화천대유火天大有는 하나님의 위대하심에 대하여 말하는 것이다. 대우주적 생명의 근거는 하나님이다. 우주와 인간과 만물의 생생한 생명의 활동력의 원천이요 뿌리가 하나님이다. 따라서 인간의 모든 문화 문명의 뿌리가 하나님의 말씀으로부터 비롯되는 것이다. 하나님의 말씀은 근원적이면서 보편적인 것이다. 그래서 하나님의 말씀을 진리 또는 도道라고 한다. 진리를 깨닫고 도에 통한 사람이 대유大有가 된다. 대유大有는 대의大義라는 하나님의 뜻을 가지고 세상에 나타난 사람이다. 천화동인이 왕도정치를 구현하도록 왕을 돕는 군자君子라면 화천대유는 왕의 지위를 얻어 세상을 두루 교화하는 성인聖人이라 하겠다.

화천대유 괘를 보면 육오六五를 제외한 나머지는 모두 양효이다. 그런데 육오六五의 자리는 왕의 자리다. 우주를 다스리시는 분으로 보면 하나님이요 세상을 다스리시는 분으로 보면 성인聖人이요 자기를 다스리는 극기克己의 존재로 보면 철인이다. 성인이나 철인은 자기가 없는 무아의 사람이다. 성인聖人은 무상심無常心이다. 고집스러운 완고함과 자기의 편견이 없다. 그래서 빈 거울처럼 만사를 비추어 바로잡게 한다. 그것을 허무인응虛無因應이라 한다. 이렇듯 성인은 백성의 마음을 자기 마음으로 삼아서 모든 백성의 문제를 해결해 준다.

대유大有를 정치적으로 보면 온유한 대통령이다. 온유하다는 것은 자기가 없는 사람을 말한다. 그래서 편견이나 고집이 없이 늘 따뜻하고 부드러운 사랑으로 남을 돕고 살려준다는 것이다. 이런 무상심無常心의 철인이 대통령이 되어야 모든 사람의 속마음(大中)을 붙잡게 된다. 그래서 모든 사람이 그의 말을 따르게 된다(上下應之). 이렇게 모든 백성과 상하上下가 하나가 되어야 위대한 대통령이다. 성인聖人은 무상심無常心이라 백성의 마음을 자기의 마음으로 삼는다는 노자의 말을 실천하는 성인 대통령이다.

성인 같은 사람이 대통령이 되어야 한다는데 그 뜻은 무엇인가? '강건이문명剛健而文明'이다. 이는 천화동인에서 이미 나온 말이다. 강건이란 하늘처럼 빈 마음이요 문명이란 태양처럼 온 세상을 밝히는 것이다. 그래서 하늘의 뜻을 받아 때에 맞춰 모든 백성을 살리는 일이 응호천이시행應乎天而時行이다. 그래서 원형元亨이라 한다. 생명의 근본과 원천에 통해서 빛과 힘을 얻고 모든 백성과 만물의 생명이 형통하여 온 생명이 하나가 되는 것이다.

괘상을 보며 말한다. 하늘에 태양이 빛난다. 그것을 대유라 한다. 군자는 이것을 보고 모든 어둠을 끊고 선과 하나가 된다. 알악양선遏惡揚善이란 어둠의 악을 끊고 올라가서 지선至善에 이른다는 말이다. 어둠의 행실을 끊고 하늘처럼 맑고 깨끗한 인격이 되는 것이다. 그래서 하늘이 주시는 말씀, 즉 백성을 사랑하라는 말씀에 순종하여 자기의 사명을 빛내는 것이다. 이렇게 알악양선遏惡揚善과 순천휴명順天休命이라는 두 가지가 성인 대통령의 내용이라는 것이다. 명명덕明明德과 지어지선止於至善으로 모든 백성이 기쁨으로 하나가 되는 친민親民의 평화로운 세상을 이루자는 것이다. 그럼 어떻게 명명덕明明德이 되는가? 하늘에 올라가서 빛을 만나야 된다. 화재천상火在天上이다. 이것을 말하자는 것이 화천 대유라 하겠다.

10. 무아와 법열

지산겸謙(15), 뇌지예豫(16)

개요: 본질직관과 근본체험

누구나 겸손한 사람을 좋아하고 오만한 자는 싫다고 한다. 겸손함이 미덕이요 좋다는 것은 누구나 알고 있다. 그런데 정말 겸손한 사람을 만나기는 쉽지 않다. 겸손하라 설교하는 사람은 많지만 정작 겸손을 실천하는 사람을 보기가 힘든 것은 왜 그럴까? 누구나 스스로 겸손하게 되기를 바라면서도 겸손하지 못하는 이유는 무엇일까? 우리가 겸손함이 무엇인지, 어떻게 해야 겸손함이 되는지 모르는 것일까? 겸손에 관한 사전적 의미는 남을 존중하고 자기를 내세우지 않는 것이라고 한다. 자기를 내세우지 않고 자기라는 것이 없어져야 무아無我가 된다. 그런데 무아를 알지 못하고 진정으로 남을 존중하는 마음이 없으면서 존중하는 척 행동하면 위선이 되거나 아부가 된다. 자기를 낮추는 것이 겸손이라 하여 열등감을 표출하는 것도 자기 비하일 뿐 무아도 아니고 겸손이라 할 수도 없다. 남을 존중하고 인정하되 지나치지 않아야 하고 자기 비하나 인정의 욕구도 없는 평화롭고 평등한 관계가 되어야 하는데 이런 무아와 겸손의 길이 생각이나 말처럼 쉬운 것이 아니다.

지산겸地山謙, 땅 밑에 산이 있는 그것을 겸이라 한다. 산처럼 높은 자가 땅처럼 낮은 자를 진정으로 섬기는 겸손한 모습을 지산 겸謙이라 한다. 그런데 겸謙이란 글자는 말씀 언言 변에 벼 화禾 자가 두 개 있고 이것을 손으로 붙잡는 모습이다. 겸謙이란 무엇인가? 진리의 말씀을 벼를 붙잡듯이 붙잡고 다시 또 붙잡는 것이다. 철학에서 인식認識이라고 하는 말도 아는 것을 또 안다는 말이다. 아는 것을 다시 또 안다는 말은 메타인지라는 것이다. 자기 스스로 안다고 하는 앎을 초월하는 자리를 깨닫는 것이다. 공자가 말하길 아는 것을 안다고 하고 모르는 것은 모른다고 하는 것이 아는 것이라 했는데 그것도 메타인지를 말한다고 하겠다. 소크라테스가 말하는 무지의 지라는 것도 마찬가지다. 나는 그것이 무엇인지 모른다고 하는 그 모름의 세계를 인정하고 그 입장을 지키는 것이다. 모름지기 그 모름의 자리를 스스로 지키는 자라야 겸손할 수가 있을 것이다.

지산겸을 뒤집으면 뇌지예雷地豫가 된다. 뇌지예雷地豫는 땅속에서 번갯불이 솟아나는 것처럼 기쁨이 솟아나고 뿜어나오는 것이다. 무엇보다 진리를 깨닫게 되면 기쁨이 솟아난다. 법열의 기쁨이다. 지산겸은 진리를 깨달아야 겸손할 수 있다는 말이라면 뇌지예는 진리를 자각할 때 곧 기쁨의 세계가 된다는 것이다. 어찌 보면 삶의 바탕은 본래가 기쁨이요 그것을 깨닫는 것이 진리를 아는 것이다. 우리 삶의 바탕이 기쁨이라는 것을 알아야 한다. 그런데 우리는 그 기쁨을 언제 어떻게 잃었는가? 특히 우리나라 청소년들은 학문의 기쁨과 즐거움을 그만 모르게 되었다. 배움의 전당이요 기쁨의 터전인 학교가 그만 지옥같이 고통스러운 감옥이 되고 말았다. 진리의 기쁨이 터지고 생명의 싹이 자라서 화합과 즐거움의 장소가 되어야 할 학교가 어찌하여 배움의 기쁨이 사라지고 고통과 억압의 장소가 되었을까? 진리가 아니라 지식을 주입하고 사랑이 아니라 미움과 경쟁을 조장하는 풍토 때문이 아닐까? 우리는 어떻게 해야 인간이 가진 본래의 그 기쁨과 즐거움을 다시 회복할 수 있을까?

원문 해석

◆ 지산겸地山謙(15) (땅≡≡과 산≡≡)

말씀을 붙잡고 또 붙잡으면 깨닫게 된다. 진리를 깨달은 군자는 끝마침이 있다.

겸괘를 판단해 본다. 겸은 형통하는 것이다. 하늘의 도는 천하 만물을 구제하려고 밝은 빛을 내려주고 땅의 도는 낮은 데서 위로 올라가도록 힘을 준다. 하늘의 도는 교만한 자를 덜어내고 겸손한 자의 덕은 늘려준다. 땅의 도는 교만한 자를 변화시켜 겸손한 자로 내려가게 한다. 귀신은 교만한 자를 방해하고 겸손한 자에게 복을 준다. 사람의 도는 교만한 자를 미워하고 겸손한 자를 좋아한다.

겸손하면 겸손할수록 인격은 높아지고 빛이 난다. 겸손한 사람이 아무리 자기를 낮춰도 다른 사람이 그 사람을 무시할 수는 없다. 겸손한 군자는 마지막까지 행복하다.

겸괘의 모습을 보며 말한다. 땅속에 산이 있다. 이것을 겸이라 하는데 군자는 이것을 본받아 많은 것은 덜어내고 부족한 것은 보태준다. 그래서 군자는 만물을 똑같은 사랑으로 평등하게 베푼다.

내용 풀이

겸謙은 겸손함이다. 그런데 사람은 실제로 진리를 깨달아야 겸손해지지, 그렇지 않으면 겸손해질 수 없다. 진리를 깨닫기 전에는 계속 교만하지 겸손해질 수가 없다. 사람은 누구나 잘난 맛에 사는데 자기 잘난 맛이 없어지면 살맛이 없어지고 만다. 그러니까 저 잘난 맛이 없어진다는 것은 죽음이나 마찬가지다. 진리를 깨닫는다는 것은 한 번 죽는 것이다. 대사일번大死一番 절후재소絶後再蘇. 진리를 깨닫기 전에는 자기란 것이 없어질 수 없다. 이렇게 진리를 깨달아야 군자가 된다. 진리를 깨달으면 영원한 생명을 가질 수 있다. 불생불멸이 될 수 있다. 물론 겸손한 사람은 무슨 일이든지 성공할 수 있다. 겸손한 군자가 되어 끝까지 조심하면 결국 성공한다.

땅속에 산이 있다. 산보다 낮지만 산보다 큰 것이 땅이다. 산이 자기보다 낮은 땅속으로 들어가는 것을 겸손이라 한다. 산을 낮추고 골짜기를 메워 평탄하게 하는 것이다. 군자는 이런 상징을 보고 지나친 것은 줄이고 모자라는 것은 늘인다. 그것을 유정유일惟精惟一이라 한다. 그래서 꼭 알맞게 하는 것이 가온찍기요 중中이다. 가온찍기를 꼭 지키라는 윤집궐중允執厥中이 유교의 핵심이다. 저울로 물건을 저울질해서 좌우를 똑같이 만들 듯이 가온을 붙잡는 것이 윤집궐중이다. 저울을 들고 있는 그 모습을 보면 수직이면서 수평이다.

물은 수평이고 불은 수직이다. 수직과 수평이 만나는 자리가 십자가요, 그것이 중용이라는 가온찍기다. 다석 류영모는 십자가와 중용의 자리를 같이 통하는 것으로 보아 가온찍기라는 순 우리말로 번역한 것이다. 십자가의 자리에서 보면 모든 만물은 일체가 되어 평등이다. 모든 인간과 만물이 하나로 평등하다는 이 지점을 아는 것이 불교에서 말하는 평등각平等覺이다. 평등각의 진리를 깨쳐야 겸謙이요, 그래야 겸손하게 만물을 섬기며 사랑할 수 있다. 주역에서 말하는 칭물평시稱物平施, 이것도 만물을 있는 그대로 평등하게 사랑한다는 말이다.

원문 해석

◆ 뇌지예雷地豫(16) (우레==와 땅==)

뇌지예雷地豫는 기쁨의 때다. 만물이 화락하며 피어나는 봄철 같은 그런 평화로운 세상을 위해서는 훌륭한 제후를 세워야 하고 군사를 잘 움직여야 한다.

예豫 괘를 판단해 본다. 강한 것이 순응하여 왕의 뜻이 펼쳐지는 때이다. 진리에 순응하여 하늘의 뜻에 기쁨으로 움직이는 것을 예豫라 한다. 천지도 진리에 순응하여 기쁨으로 움직인다. 그런 까닭에 해와 달도 지나치는 일이 없고 사시도 어긋남이 없다. 성인도 이처럼 진리와 일치하여 기쁨으로 사는 사람이다. 성인이 다스리면 형벌이 없어지고 모든 백성이 기쁨으로 순종한다. 기쁨과 희망이 넘치는 예豫라는 때의 뜻이 매우 크구나.

뇌지예 괘의 모습을 보고 말한다. 번갯불이 땅에서 솟아 나와 분출하는 것을 예의 기쁨이라 한다. 선왕先王은 이를 보고 음악을 만들어 덕을 높였다. 그래서 상제上帝에게 성대한 찬송을 바치며 조상을 배향配享하고 추모했다.

내용 풀이

땅 위에 우레가 있는 것을 뇌지예雷地豫라 한다. 우레는 하늘의 기운이요 움직이는 힘을 상징한다. 하늘의 기운이 땅속에 들어간 것을 지뢰복地雷復이라 한다. 하늘의 기운이 땅속에 들어가 양기가 회복되기 시작하는 때를 지뢰복이라 하는데 12월 동짓날이다. 그로부터 3개월이 지나면 우레가 땅 위로 올라와서 뇌지예가 된다. 그러니까 뇌지예는 겨울이 지나고 봄이 나타난 것이다. 땅 위로 번개처럼 기운이 솟구치는 형상이다. 땅에서 양기陽氣가 뿜어져 나오는 시절이다. 사람으로 말하자면 기운이 자꾸 뿜어져 나오는 청년기의 기쁨이다. 청년기에는 기운이 넘쳐서 그저 좋아 기뻐한다. 그래서 다석은 기쁨을 기가 뿜어져 나오는 것이라 했다. 몸속의 양기가 충만하여 자꾸 기가 뿜어져 나오는 기쁨을 뇌지예라고 한다. 계절로 말하자면 봄이 와서 모든 만물이 화락하며 자라는 시절이다. 이러한 것들이 뇌지예雷地豫가 보여주는 모습이라고 볼 수 있다.

예豫에는 세 가지 뜻이 있다. 첫째는 열예悅豫의 뜻이다. 기쁘다는 뜻이다. 두 번째는 이렇게 화락한 세계가 되기 위해서 미리 준비해야 한다는 예비豫備의 뜻이 있다. 미리 모든 준비를 잘 해둬야 기쁨이 온다. 그리고 마지막으로 향락의 기쁨에 빠졌다는 일예佚豫의 뜻이 있다. 향락에 빠져 타락하면 멸망한다는 것이다.

뇌지예는 봄날처럼 평화스럽고 즐거운 시절이다. 백성들과 왕이 잘 화합하여 모두의 소원이 모두 이루어지는 좋은 세상이다. 이런 세상이 되기 위해서는 어떻게 해야 할까? 주역에서 이건후利建侯하여 행사行師라고 한다. 즉 제후를 훌륭한 사람으로 잘 세워야 하고 군사를 잘 움직이라는 말이다. 훌륭한 장군이 나와서 외부의 적을 막고 지방의 제후들은 평화로운 나라를 이룩해야 한다는 말이다. 나라 안으로는 정치를 올바로 잘하는 사람이 맡아서 일하고 밖으로는 강하고 용맹스러운 대장이 외부의 침략을 막아내야 한다. 한마디로 기쁘고 평화로운 세상이 되기 위해서는 훌륭한 지도자가 나와서 올바로 다스려야 한다는 말이다. 어떤 사람이 훌륭한가. 반드시 겸손하고 화순하며 지혜와 힘을 갖춘 사람이라야 한다. 그런 제후들을 잘 세워야 한다.

뇌지예에서 우레는 강한 힘을 상징하고 땅은 화순한 덕을 상징한다. 땅처럼 화순한 제후들이 왕에게 순종하여 강한 지혜로 온 땅을 평화롭게 다스려야 한다. 제후들은 육오六五의 왕을 호위하고 있는 구사九四의 강한 장군이다. 강한 장군이 기쁨으로 왕을 보필하니 화락한 세상이 된다. 그것이 뇌지예, 기쁨의 때라는 것이다.

땅은 온순함이요 우레는 강하게 움직이는 것이다. 그래서 땅과 우레를 보고 '순이동順以動'이라 한다. 이치에 순종하고 기쁨으로 약동한다는 뜻이다. 그래서 순리열동順理悅動이라는 말을 많이 쓴다. 누구나 진리에 순응해야 한다. 왕이 진리에 순응해야 제후도 기쁨으로 움직인다. 제후가 진리에 순응해야 군사와 백성들도 기쁨으로 움직인다. 진리와 어긋나면 기쁨으로 움직일 수 없다는 말이다. 사람이 진리에 순응할 때, 정의를 실천할 때, 저절로 기뻐서 실천하게 되지 그렇지 않으면 안 된다. '순리열동順理悅動', 그것이 예豫의 뜻이다. 그것이 진짜 기쁨이라는 말이다.

천지도 모두 순리열동順理悅動이다. 이치에 순종하고 기쁨으로 움직인다. 해와 달도 언제나 순리열동順理悅動이지 이치를 벗어나는 일이 없다. 천체가 모두 자기의 궤도를 벗어나는 일이 없다. 그래서 사시불특四時不忒이다. 춘하추동이 항상 질서정연하게 돌아가지 잘못되는 일이 없다는 말이다.

성인聖人도 언제나 진리와 함께하는 사람이다. 그래서 모든 백성

이 법에 순응하여 형벌이 없어지고 모든 백성이 순리열동順理悅動
한다. 모두 기쁨으로 사는데 무슨 형벌이 필요하겠는가? 모든 백성
이 나라의 정치와 다스림에 대해서 마음으로 기뻐하고 순종한다.
그것을 '형벌청이민복刑罰淸而民服'이라 한다.

이처럼 예라는 때의 의미가 위대한 것이다. 예豫라는 기쁨 때는
하늘의 때와 연결이 된다. 그것을 시절인연이라 한다. 하늘의 때에
맞춰야 땅에서도 기쁨의 시절이 오는 것이지 하늘의 뜻에 어긋나
면 기쁨의 세상이 될 수가 없다. 농사를 지을 때도 언제나 때를 맞
춰야 한다. 이처럼 하늘의 때에 맞춰야 된다는 것을 '시중時中'이라
한다. 모든 일에 때를 맞춰야, 시중이 되어야 땅에서도 기쁨을 얻
게 된다.

괘의 상을 보면 번개가 땅에서 떨치고 나온다. 생명력의 기氣가
온몸에서 솟구치고 넘쳐 흐른다. 그것이 기쁨이다. 선왕은 그 기쁨
을 무엇으로 구체화했나? 음악으로 구체화했다. 즐거움과 기쁨을
나타내는 일이 음악이다. 그래서 '숭덕崇德'이다. 음악으로 사람을
더욱 사람답게 만들어 가는 것이다. 음악을 가지고 덕을 높이는 것
이다.

그렇게 하는 구체적인 방법은 무엇일까? 은천지상제殷薦之上帝라
는 것이다. 즉 모두가 음악을 통해 기쁜 마음을 하나님께 바치도록
하는 것이다. 그래서 하나님과 함께 기뻐하는 것이다. 그러니까 성
대한 찬송은 곧 하나님이 기뻐하시도록 힘차게 찬양하는 것이다.
하나님이 제일 좋아하는 것이 음악이다. 우리의 기쁜 마음을 가장
좋아하시는 것이다. 그런데 그런 기쁜 음악을 상제에게만 바치는

것이 아니라 조상이나 선생님, 나라의 유공자들, 인류를 위해서 애써주신 모든 성현에게도 바치는 것이다. 이런 찬양을 통하여 인간의 덕과 사회의 품격을 높이자는 말이다.

11. 초고령사회

택뢰수隨(17) 산풍고蠱(18)

개요: 신뢰와 배려

호수 아래 우레가 있는 것을 택뢰수澤雷隨라 한다. 못(택澤) 아래에
우레(뢰雷)가 있다. 또는 바다 밑에 움직이는 힘이 있다는 것이다.
우리가 바닷가에서 망망의 대해를 바라볼 때면 바다는 살아서 움
직이는 거대한 생명 같다. 끊임없이 밀려드는 파도 소리 너머 낮은
소리로 웅웅거리는 대양의 굉음을 들을 수 있다. 멀리 보이는 수평
선의 고요한 풍경과 달리 깊은 해저에는 무엇인가 살아 꿈틀거리
며 바다를 숨 쉬게 하는 듯한 생명력이 느껴진다. 그러니까 바닷속
깊은 곳에서 무엇인가 바다를 움직이는 어떤 힘이 있어서 그 힘에
바다가 춤추고 노래하며 장엄한 교향곡을 연주하는 그런 상상을
해보게 된다. 택뢰수澤雷隨는 그런 보이지 않는 어떤 연주자의 지휘
에 따라 움직이는 우주적 생명의 세계라 하겠다. 하늘의 지휘에 따
라 우주 만물이 일사불란으로 움직이며 따르는 생명의 세계를 택

뢰수라고 본 것이다. 아름다운 교향곡이 연주될 때 모든 단원은 지휘자의 연주에 순종하여 따르고 동시에 연주자와 단원들은 상호 신뢰와 배려 가운데 한 호흡을 숨 쉰다.

택뢰수를 가족관계나 사회적 관계로 볼 수도 있다. 택澤의 괘상은 막내딸이라는 태兌(☱)요 우레의 괘상은 맏아들이라는 진震(☳)이다. 그래서 하늘의 맏아들을 우주의 딸들이 따른다는 것으로 보아 택뢰수라 하였다. 가족으로 비유하자면 진震은 가장 높은 할아버지요 태兌는 가장 어린 손녀라 할 때 어린 손녀가 할아버지를 기쁨으로 따른다고 볼 수 있을 것이다. 그래서 기쁨으로 따르는 믿음의 세계를 택뢰수라 한다.

괘의 형상으로 볼 때 택뢰수 괘는 불통을 의미하는 천지비 괘에서 상구上九의 양이 초육初六의 자리로 내려오고 대신에 초육의 음이 상구의 자리로 올라간 것이다. 말하자면 불통의 상태가 변하여 소통의 첫 단계가 시작된 것이다. 믿음과 신뢰는 소통으로부터 비롯된다. 소통이 없으면 신뢰가 쌓일 수 없기 때문이다.

신뢰를 위한 소통을 위해서는 먼저 서로 상대의 입장으로 바꿔 생각해 보는 역지사지易地思之가 필요하다. 괘로 말하면 초육과 상구가 역지사지한 것이다. 그래서 불통을 의미하는 천지비天地否 괘에서 맨 꼭대기 상구上九와 맨 아래의 초육初六이 서로 자리를 바꾸어 택뢰수澤雷隨가 되었다. 서로 자리를 바꿔 소통하는 순간 서로 믿고 따르게 된다는 것이다.

택뢰수澤雷隨가 뒤집히면 산풍고山風蠱가 된다. 산 밑에 바람을 고蠱라 한다. 움직이지 않는 것이 산인데 그만 산밑에 바람이 들락거리면 산도 오래 버틸 수가 없다. 아무리 단단한 나무라 해도 벌레 고蟲, 벌레가 먹어 무너지게 되었으니 그 무너짐을 경계한다는 뜻이다. 택뢰수가 순조로운 소통이 시작되는 시대라면 산풍고山風蠱는 지천태地天泰라는 소통의 시대가 변하여 그만 소통이 막히는 때다. 그래서 군자는 다가올 암담한 시대를 걱정하며 장래를 염려하고 경계한다. 공자는 "인무원려人無遠慮 필유근우必有近憂"라 했다. 사람이 멀리 내다보며 미리 준비하지 않으면 가까운 시일 내에 근심이 생긴다는 뜻이다. 시대가 어두워지는 때를 당하여 앞날을 염려하고 경계하자는 것이 산풍고山風蠱다.

우리 시대의 큰 변화의 하나가 급격한 고령화와 저출산 그리고 세대 단절로 오는 불안감이다. 그래서 산풍고山風蠱와 택뢰수澤雷隨를 놓고 우리는 세대의 문제를 해결하는 지혜를 생각해 본다. 즉 소통과 화합으로 청년과 노인이 하나가 되는 상호 신뢰의 길을 찾고 추구하자는 것이다. 우레와 바람을 가족으로 말하여 할아버지 할머니라 하고, 산과 연못은 손자 손녀로 보아서 괘를 풀어보는 것이다. 노인세대가 청년세대와 서로 믿고 따르는 행복한 세계를 어떻게 이룰까 하는 것이 택뢰수요 또 할아버지 할머니가 손자 손녀들을 돌보며 앞날을 염려하고 경계하는 일을 산풍고山風蠱라고 해 보는 것이다.

노인들은 청년들을 배려하며 양보하고 청년들은 노인들을 믿고 따르며 존경하는 화락한 믿음의 세계가 되면 그것을 택뢰수澤雷隨라 본다. 그래서 청소년들이 믿을 수 있는 어른의 인격을 가지고 청소년들을 진정으로 돌볼 수 있는 깊은 배려와 높은 사랑을 가진 어른을 산풍고山風蠱라고 풀어본다. 그래서 앞으로 다가올 험난과 역경을 대비하여 소통으로 신뢰를 회복하고 배려를 통해 화합의 길을 추구하여 극복하자는 말이다.

원문 해석

◆ 택뢰수澤雷隨(17) 바다(☱)와 우레(☳)

수隨는 신뢰와 믿음의 세계로 원형이정元亨利貞이라는 이상세계이다. 허물이 없다.

택뢰수 괘를 판단해 본다. 수隨 괘를 보면 강한 것이 와서 유약한 것의 아래로 내려간 것이니 움직이는데 기뻐하며 따라간다. 그것을 믿음의 세계라 한다. 크게 형통하고 바르게 되니 허물이 없다. 천하가 때를 따라 움직이는 순조로운 시대이다. 때를 따른다는 그 의미가 아주 크구나.

택뢰수 괘상을 보고 말한다. 고요한 바다 가운데 우레가 있어 기쁘게 움직인다. 군자는 이를 보고 어둠에 들어가서 깊은 숨쉬기를 즐긴다.

내용 풀이

택뢰수에서 택澤(☱)은 부드럽고 약한 것이요 뢰雷(☳)는 강한 것의 상징이니 강한 것이 약한 것의 아래로 내려가는 모습이다. 강자가 약자의 아래로 내려가 받들며 따르는 것을 택뢰수라 한다. 군주가 백성을 따라주고 어른이 아이를 따라주는 것이다. 이렇게 되면 서로 믿고 따르며 기쁘게 살아가는 믿음의 세계가 되어 더없이 아름답다. 그래서 봄, 여름, 가을, 겨울 모두가 아름다운 시절이요 기쁨의 때가 된다. 서로 믿고 사랑하는 이런 세계는 아무런 죄악이나 허물이 없다.

할아버지가 하인처럼 내려가 손녀를 돌봐주면 손녀는 기쁨으로 할아버지를 따르게 된다. 왕이 하인처럼 백성을 섬길 때 백성들은 왕을 믿고 기쁨으로 일한다. 왕이 된 유현덕이 초야에 묻혀 사는 제갈공명을 세 번씩이나 찾아가 절을 하고 스승으로 모시게 되자 제갈공명은 유현덕을 믿고 기쁨으로 따라갔다는 삼고초려三顧草廬의 일화가 유명하다. 스승이 하인처럼 제자들을 섬기면 제자들이 스승을 믿고 기쁘게 따라간다. 이런 믿음의 세상을 택뢰수라 한다.

왕이 하인처럼 내려가 백성을 섬기면 모든 일이 잘 풀려서 정의로운 복지사회가 구현되어 세상의 모든 죄악이 없어진다. 이렇게 천하가 시대의 뜻을 따르는 그 의미가 크구나. 즉 큰 지도자가 나와서 백성을 섬기니 모든 백성이 믿고 기뻐하며 따르는 그런 좋은 시절이 되었다는 말이다. 좋은 한 때가 오게 하는 것이 무엇인가? 사람이다. 한때가 온다는 것은 무슨 말인가? 주역선해를 보면 한때의 의미를 지욱스님이 멋지게 풀었다.

때가 오면 저절로 꽃이 피어나듯 그 이치가 드러나는 것은 기회
와 정성이 서로 만나 하나가 된 것이다. 이를 일러 한때라 한다. (시
절약도時節若到 기리자창其理自彰 기감상합機感相合 명위일시名爲一時)

때가 왔다는 말은 꽃이 피었다는 말이다. 철든 사람, 철인이 나타
났다는 말이다. 때를 아는 사람이 철인이다. 그래서 시절時節을 알
자는 것이 철학이요 새로운 시대를 여는 사람을 철인이라 한다. 새
로운 시대가 열리는 그 순간을 한때라 한다.

군자는 철이 들기 위해서 무엇을 할 것인가. '향회입연식'이다.
어두움을 향해서 들어가 숨 쉼을 즐긴다. 철이 들기 위해서 잠을
자는 것이다. 철이 들어야 꽃을 피운다. 꽃을 피운다는 말은 참을
보고 참이 되는 것이다. 어떻게 참이 되는가? 삶은 잠을 통해 참이
된다. 삶, 잠, 참이다. 시옷, 지읒, 치읓으로 발전한다. 삶이라는 시
옷(ㅅ)이 어떤 한계에 도달하면 지읒(ㅈ)의 잠이 된다. 잠의 지읒(ㅈ)
이 다시 어떤 한계에 도달하면 치읓(ㅊ), 즉 참이 된다. 참이 되는 것
을 철든다고 한다. 그래서 유영모 선생은 삶, 잠, 참이라 했다. 인생
人生은 잠을 통해서 참이 된다는 말이다.

잠이란 무엇인가? 우리가 왜 잠을 자는가? 참이 되기 위해서, 진
리를 깨치기 위해서 잠을 잔다. 잠의 세계를 노자老子는 도道라고
한다. 도道는 무엇인가? 무위자연無爲自然이다. 수 괘를 보면 바다
아래 우레라는 상징인데 그것이 무위자연의 잠을 뜻한다. 잠이란

숨을 쉬는 것이다. 고요한 바다는 늘 숨을 쉰다. 파도의 움직임도 숨이요 밀물 썰물도 숨이다. 바다가 숨 쉬는 활동을 택뢰라고 한다. 우리는 잠을 자면서 깊은 숨을 쉰다. 아무것도 하지 않는 잠은 무위無爲다. 고요한 호수 같다. 그런데 코를 골면서 깊은 숨을 쉰다. 이것이 우레다. 호수와 우레가 잠과 숨의 상징이다. 노자老子는 이것을 무위자연無爲自然이라 했다. 겉은 고요한데 속으로는 강하게 활동하는 것이 잠자며 숨 쉬는 일이다. 외적인 활동을 끊고 잠잠히 깊은 사색에 잠기는 것을 잠이라 한다. 철이 들기 위해 군자는 이런 잠을 자면서 말 숨을 쉬는 것이다.

다석은 군자 중의 군자를 예수라 하고 숨님이라 했다. '우리 님은 숨님 참 숨 쉬어지이다.' 자연과 하나 되어 소통하는 숨이 목숨이요 사람과 하나로 소통하는 숨이 말숨이요 하늘과 합일하여 소통하는 숨이 우숨이다. 사람의 대표가 성인이요 성인의 대표가 그리스도다. 경전의 말씀으로 말 숨 쉬며 그리스도와 하나 되어 쉬는 숨이 '이이이 예, 수의 숨'이다. '예'는 지금 여기라는 뜻이요 '수'는 돌파하는 생명의 힘이다. 사람은 목숨 말숨 우숨 쉬는 잠을 통해 온 생명의 참이 되는 것이다. 참 숨 쉬어지이다. 군자는 깊은 어둠에 들어가 숨 쉼을 즐기는 숨님이다.

원문 해석

◆ 산풍고山風蠱(18) (산==과 바람==)

산 아래 바람이 있어 장래를 경계하는 일을 고蠱라고 한다. 근원과 형통하는 일이다. 큰 강을 건넘이 이롭다. 결단 전 3일과 결단 후 3일이 중요하다.

산풍고山風蠱 괘를 판단해 본다. 고괘는 강한 것이 위로 올라가고 유약한 것이 아래로 내려간다. 겸손으로 사양하고 산처럼 멈춰 있는 것이 고蠱의 모습이요 장래를 경계하여 고치는 것이 고蠱의 일이다. 근원과 형통케 되니 천하가 다스려진다, 갑일甲日이 오기 전 3일과 갑일이 지난 후 3일이라 함은 마침이 있으면 새로운 시작이 있다는 것이다. 이는 하늘이 행하는 것이다.

산풍고 괘의 모습을 보며 말한다. 산 밑에 바람이 있는 모습이 고蠱다. 군자는 이것을 보아 백성들을 일깨우고 속알을 길러간다.

내용 풀이

산은 움직이지 않고 멈춰 있는 것이요 바람은 유약한 것이요 움직이는 것이다. 연약한 생명의 움직임을 풍風이라 한다. 부드럽고 약한 생명이 그만 산에 갇혀서 움직이지 못하면 어떻게 될까. 생명의 활동이 멈추고 질식 상태에 놓이게 된 것을 산풍고라고 한다.

이렇게 볼 때 산山은 어른들의 권위주의요 풍風은 자유로운 아이들의 활동이다. 권위주의에 눌려 자유가 억압당한 어린 영혼들을 어떻게 풀어줘야 할까? 구조를 뒤바꾸는 개혁을 해야 한다. 그 개혁의 일이 고蠱라는 것이다. 그래서 죽은 영혼의 한을 풀어주는 굿도 고蠱라고 하고 어려운 일을 돌보는 일도 고蠱라고 한다. 그러니까 벌레 고蠱를 악한 기운을 말하기도 하지만 또 그 악 때문에 겪는 속앓이도 고蠱라고 한다. 어린 학생들을 가르치며 선생이 속앓이하는 것도 고蠱라고 한다.

강자와 약자가 서로 막혀 있는 시대를 고蠱라고 한다. 지천태의 소통이 끝나고 이제 소통이 막히는 때가 산풍고山風蠱다. 택뢰수와 반대의 형편이다. 그래서 강한 게 더 강해지고 약한 게 더 약해진다. 약한 것은 힘이 없어서 강한 것을 움직일 수가 없고, 강한 것은 또 어떻게 움직일지를 몰라서 약자를 돕지 못한다. 독재자의 힘은 산처럼 더 강해지고 씨알의 힘은 바람처럼 더 약해져서 겸손해진다. 독재자는 백성의 뜻을 더 모르고 백성은 독재자를 더 두려워한다. 그래서 자꾸 서로의 사이는 멀어지고 시대는 더 악해진다.

사회적으로 늙은이의 권위주의가 득세하면 젊은이의 생명력은 약해진다. 사회가 건강해지려면 젊은이의 생명력이 산처럼 올라가고 늙은이의 지혜는 바람처럼 통해서 어디서나 기쁨이 넘쳐야 한다. 젊은이는 힘은 있으나 지혜가 없고 늙은이는 지혜가 있으나 힘은 없다. 고령사회가 될수록 서로의 사이가 막히고 멀어진다. 인공지능 시대가 될수록 젊은이의 힘은 더 강해지고 늙은이의 힘은 더 약해진다. 그런데 인공지능이 범람할수록 좀비처럼 되어 자기성찰

능력과 도덕적 삶의 지혜는 더 떨어진다.

건강한 사회를 위해서 서로 마음을 열고 하나가 되어 도와야 하는데 서로 불통과 고집으로 멀어지고 있으니 장차 세대 간의 소통이 막혀서 악한 세상이 될 것이다. 이처럼 막히고 교류가 없으면 그 사회는 썩어 무너지게 된다. 무너지면 다시 소생을 꿈꾸게 된다. 그러니까 무너지는 시대가 곧 개혁의 때이다. 사회를 좀먹는 악한 기운을 몰아내는 일이 또한 고蠱의 개혁하는 일이다. 벌레를 잡아내고 썩은 나무를 제거하는 일이다. 이같은 개벽開闢과 개혁改革을 통해 다시 생명의 새싹이 돋아나는 개신改新이 되면 천하가 평화롭게 될 것이다.

그러니까 권위주의를 혁파하고 억압된 아이들의 생명을 자유롭게 풀어주기 위해 제도적 개혁이 필요하다. 어떻게 해야 산처럼 꿈적 않는 세상의 권위주의를 벗어날 수 있을까? 기존의 틀을 바꾸어 이제는 어른이 바람이 되고 아이들이 산이 되는 것이다. 어른이 봄바람이 되어 아이들을 산처럼 높이고 받들며 감싸주는 것이다. 어른이 봄바람이 되어 아이들을 섬기면 아이들은 산처럼 높아지고 온 산이 생명을 얻어 푸르러지는 것이다. 권위주의 독재가 변하여 자유로운 민주가 될 때 황폐한 민둥산은 변하여 생명의 동산이 될 것이다. 이같은 개혁을 산풍고山風蠱라 한다. 이것이 원형元亨이다. 생명이 근원을 얻어서 풀려나고 발전하는 모습이다. 이런 개혁을 이섭대천이라 한다. 큰 강을 건너듯 한 차례의 개혁이 필요하다. 개혁을 단행할 때는 삼일이 중요하다. 삼일이란 무엇인가?

갑일은 새로운 시작을 말한다. 혁신을 시작하기 전 3일과 시작후 3일이 중요하다. 선갑삼일先甲三日은 신辛의 날을 말하고, 후갑삼일後甲三日은 정일丁日을 말한다. 돌아가는 순서가 갑을병정무기경신임계甲乙丙丁戊己庚辛任癸이기 때문이다. 신辛이란 혁신革新이라는 뜻이고 정丁이란 정녕丁寧, 즉 아주 조심해서 다루어야 한다는 뜻이다. 3일 전에 미리 혁명을 빈틈없이 준비해서 차질이 없도록 단행한 후 3일까지 또 아주 조심해야 한다.

3일은 상징의 수다. 죽었다가 사흘 만에 다시 살아난다. 종즉유시終則有始라는 뜻이나 같은 것이다. 끝이 나면 다시 시작이 있다. 죽었다가 다시 살아나는 것인데 그것이 '천행天行'이다. 인간의 길이 아니라 하나님의 길이요 하나님께서 하시는 일이다.

패상을 보면 산밑에 바람이 있는 것을 고蠱라 했다. 높은 산 밑에 초목들이 자란다. 산 아래 봄바람이 불어와서 온 산에 초목이 자라고 있는 모습이다. 훈풍을 일으키는 할머니가 어린 손자를 돌보며 장래를 걱정하는 사랑의 마음이 고蠱라는 것이다. 어린 생명의 장래를 걱정하여 미리 준비하고 돌보는 사랑을 고蠱라고 한다. 군자는 이것을 보고 씨알을 구원하기 위해 덕을 기른다. 그것을 진민육덕振民育德이라 한다. 씨알을 사랑하는 마음이 산밑의 바람처럼 내려가 새싹들을 일으켜 세워서 씨알의 실력을 산처럼 쌓아가는 일이 군자의 사업이다. 손자를 돌보는 어른처럼 씨알의 살림살이를 돌보며 나라의 도덕을 길러가는 사업을 진민육덕振民育德이라 해본다. 씨알들이 떨쳐 일어나도록 일깨우는 것이 진민振民이요 씨알의 실력과 덕을 길러가는 것이 육덕育德이다.

우리가 바라는 이상세계로 가기 위해서는 무위자연과 진민육덕, 두 가지가 필요하다. 참사람이 되는 인격의 변화를 위해서 고요한 바다처럼 무위자연이 되어야 하고 자라나는 후대를 돌보기 위하여 진민육덕의 사랑을 지녀야 한다. 이것이 청년과 노년 모두의 화합과 행복을 위한 지혜라고 말하는 게 택뢰수요 산풍고라는 것이다. 믿음의 세계인 무위자연無爲自然의 택뢰수澤雷隨와 사랑의 세계인 진민육덕振民育德의 산풍고山風蠱가 장래의 희망을 약속한다는 것이다.

12. 정치와 종교
지택림臨(19) 풍지관觀(20)

꧁꧂

개요: 천리千里를 내다보는 성인

바다, 또는 호수 위에 땅이 있다. 그것을 지택림地澤臨이라 했다. 위엄 있는 군주가 백성을 다스린다는 말을 군림이라 하는데 왜 괘의 이름을 그런 다스릴 림이라 했을까? 군주가 백성을 다스릴 때, 마치 바다가 땅을 떠받치고 있듯이 그렇게 섬김으로 다스려야 한다는 뜻으로 쓴 것이 아닐까? 왕이 자신을 지칭할 때 쓰는 말로 덕이 부족한 사람이라는 과인寡人, 또는 곡식을 기르는 백성만도 못하다는 불곡不穀이란 용어를 썼다. 이처럼 왕은 스스로 호수처럼 비우고 낮춰서 백성을 떠받들어야 나라가 올바로 된다는 위민사상이 예부터 이어져 온 것 같다.

바다가 땅을 떠받들고 있는 것을 지택림地澤臨이라 한다. 바다나 호수는 기쁨의 상징이다. 왕이 나라를 다스리는 일을 할 때는 백성을 바다처럼 기쁘게 받아들이고 존중하여 백성의 뜻을 받드는 민주정치를 해야 한다는 것이다. 그런 민주정치를 하려면 어떤 사람이 나와야 하는가. 지택림地澤臨을 180도 뒤집으면 어떻게 될까? 풍지관風地觀이 된다. 땅 위로 바람이 불어가는 것을 풍지관이라 한다. 만물이 자라나는 땅 위를 봄바람이 불어갈 때 놓치는 것이 없다. 봄바람은 이처럼 모든 것을 꿰뚫어 보며 따뜻하고 부드러운 감화로 만물을 길러간다. 그런 봄바람 같은 사랑과 지혜를 풍지관風地觀이라 한다. 어디나 남김없이 파고드는 따뜻하고 부드러운 바람은 철인의 지혜를 상징한다. 또 땅은 만물을 살려주고 받드는 씨알의 사랑을 상징한다. 씨알의 사랑과 철인의 지혜가 만나서 하나가 될 때 민주적 이상이 실현될 것이다.

이렇듯 우리의 꿈은 철인 같은 지도자가 나타나 씨알들을 받들고 존중하는 민주복지사회를 이루자는 것인데 그 덕목이 지혜와 사랑이 일치된 세계를 볼 수 있는 관觀을 가져야 한다는 것이다. 올바른 우주관과 세계관과 인생관을 가진 철인 같은 지도자가 나타나 바다와 같은 마음으로 온 땅의 생명을 돌볼 수 있어야 이상적인 민주복지사회가 되지 않겠느냐는 말이다.

올바른 관을 가지려면 깊이 생각하고 깨쳐서 높은 이상을 가져야 한다. 그런 생각이 깬 씨알들이 나와야 지도자도 깬 사람들이 나타날 것이다. 그래서 모두가 다 깨자는 것이다. 깬다는 말은 한 차원 높이 올라가는 것이다. 풍지관 괘의 모습을 보면 마치 높은 누대를 쌓은 것 같다. 그러니까 보다 높은 차원에 올라가서 바라보는 그것을 풍지관이라 한다. 중국의 어느 시인이 누각에 올라 '욕궁천리목欲窮千里目 갱상일층루更上一層樓'라고 했다. 천 리 밖을 내다보는 안목을 갖고자 한다면 다시 한 층을 더 올라가라는 뜻이다.

누가 능히 천하를 올바로 다스릴 수 있을까? 천 리를 볼 수 있는 지혜의 안목을 가져야 한다. 〈중용〉에서 강조하는 내용도 그것이다. 천하에서 지극히 높은 성인만이 능히 총명과 예지를 발휘할 수 있으므로 그런 사람만이 족히 왕으로 임臨하여 백성을 다스릴 수 있다는 것이다. (유천하지성唯天下至聖 위능총명예지爲能聰明睿知 족이유림야足以有臨也) 무엇보다 정치인은 총명하고 지혜로와야 된다는 것이다. 총명聰明이란 귀가 밝고 눈이 뚫린 사람이다. 예지睿知는 깊고 밝은 지혜와 사랑을 말한다. 총명과 예지를 지닌 성인이라야 백성의 뜻을 받드는 민주정치를 바르게 할 수 있다는 말이다.

기원전 1046년에 멸망한 상나라(은나라)를 이어서 주나라(BC1046-BC256)를 시작한 문왕文王을 성인이라 한다. 모든 것을 하늘에 계신 상제의 뜻이라 하여 숙명론으로 살던 상나라 시대에 새로운 사상이 나타났다. 즉 민심이 천심이라 하여 하늘의 뜻을 백성에게서 찾자는 것인데 이런 주나라 왕도정치는 당시에 혁명적 사상이었을 것이다. 그래서 백성들이 땅을 가질 수 있도록 정전법을 시행하고 지방분권적 봉건 지배체제를 구축하여 천하를 통일하였다.

공자는 평천하平天下라는 평화로운 세계를 회복하기 위해서 천하를 주유했다고 한다. 유교의 정치철학을 드러낸 책이 〈대학〉인데, 〈대학〉에서 말하는 정치의 요체는 수신제가修身齊家와 치국평천하治國平天下로 요약된다. 밝고 건강한 사람들이 모여서 화락한 기쁨의 공동체를 만들자는 것이다. 밝고 건강한 사람이 되는 것을 수신修身이라 하고 화락한 기쁨의 공동체를 제가齊家라고 한다. 수신修身을 확대하면 치국治國이 되고 제가齊家를 확대하면 평천하平天下가 된다.

평천하平天下는 밝고 건강한 나라들이 모여서 평화로운 인류공동체를 이루자는 것이다. 그런데 이런 평천하平天下의 근본이 수신修身이라 한다. 플라톤이 이상국가에서 말하는 것처럼 인격적인 개인의 확대가 나라이기 때문이다. 인격에서 지혜와 용기와 절제가 필요한 것처럼 나라도 지혜로운 통치자와 용감한 수호자와 절제하는 일꾼이 필요하다는 것이다. 공자도 정치의 요체가 지도자의 인격에 있다고 하였다.

노나라의 대부인 계강자가 공자에게 정치를 물으니 공자가 대답했다. "정치란 모든 것을 바로잡는 일입니다. 당신이 솔선해서 올바로 산다면 감히 누가 바르지 않게 처신하겠습니까?"

공자는 자기 자신을 바로잡는 수신修身을 정치의 핵심으로 본다. 올바르다는 것은 밝고 곧고 힘이 있다는 뜻이요 달리 말하면 지혜롭고 정직하다는 말이다. 정치 지도자가 지혜와 정직으로 올바로 산다면 다른 사람들이 어찌 부정한 삶을 살 수 있겠느냐는 것이다. 공자는 말하길 "남이 나를 속일까 지레짐작 함이 없지만 만일 잘못됨이 있으면 가장 먼저 깨닫는 사람이 지혜로운 사람이다." 하였다. 부족한 지혜로 정직하기만 하면 남에게 속을 수도 있지만 남을 꿰뚫어보는 지혜가 있으면서 정직하게 산다면 그 앞에서 누가 감히 속이고 부정을 저지를 수 있겠느냐는 말이다.

수신修身을 극기복례克己復禮(자기의 사사로운 욕망을 이기고 중도로 돌아감)라 하기도 하고 또는 '기소불욕己所不欲 물시어인勿施於人(자기가 원하지 않는 일을 다른 사람에게 하지 말라)'이라는 황금률로 말하기도 한다.

또는 홍익인간弘益人間(널리 이로움을 베푸는 사람)이라 또는 살신성인殺身成仁(자신을 바쳐서 모두를 이롭게 함)이라 하지만 모두가 정치의 근본이 수신이라는 것이다.

그래서 수신修身은 정치의 요체요 동시에 교육의 목적이다. 수신修身을 통해 평천하平天下를 이루자는 것이 정치라면 평천하平天下를 위해서 수신修身을 가르치자는 것이 교육이라 하겠다. 그래서 공자는 말년에 외부활동을 접고 고향으로 돌아와 제자들을 모아 교육을 시작했다. 그 결과 공자의 사상은 그 제자들과 후학들에 의해서 유교로 체계화된 것이다. 이렇게 볼 때 교육을 통해 천하를 바로잡자는 것이 유교다.

평천하를 이상으로 하는 왕도정치는 천하가 어지러울 때면 천하를 바로잡는 혁명의 필요성을 인정하는데 그 명분을 백성의 뜻에서 찾았다. 백성의 뜻에 따라 왕조가 바뀔 수 있다는 것이다. 누가 백성의 뜻을 얻는가? 백성의 뜻을 얻으려면 성인의 마음을 가져야 한다. 성인의 마음이 되는 그 방법을 정심正心이라 했다. 정심正心이 곧 수신修身이라 한다.

하늘과 하나가 된 마음이 정심正心이요 백성의 마음을 자기 마음으로 삼는 것이 정심正心이다.

그래서 함석헌(1901-1989, 사회운동가, 저술가)은 이런 인간혁명 없이는 사회혁명도 있을 수 없다고 말한 것이다. 혁명으로 새로운 사회를 꿈꾸는 것은 정치요, 새로운 인간혁명을 이끄는 것은 교육이다. 그래서 정치와 교육은 두 겹의 새끼줄처럼 서로 얽혀서 밀고 당기며 앞으로 나아가는 사회적 운동의 중요한 한 축이 된다고 하겠다.

원문 해석

◆ 지택림地澤臨(19) (땅==과 바다==)

성인의 정치를 지택림地澤臨이라 하니 원형이정元亨利貞이다. 팔월에 이르면 재앙이 있다.

지택림地澤臨 괘를 판단한다. 성인이 다스리는 지택림의 시절은 강한 것이 침투하여 점차 자라나는 때다. 기뻐하고 순종한다. 마침내 강한 것이 중도를 얻어 서로 응하게 되니 크게 형통하여 바르게 된다. 이것을 하늘의 도道라 한다. 8월이 되면 재앙이다. 팔월이 되면 재앙이라 함은 주어진 기한이 소멸되어 오래갈 수 없다는 뜻이다.

지택림地澤臨 괘의 모습을 보며 말한다. 바다 위에 땅이 있는 것이 림臨괘다. 이로써 군자는 백성을 가르치고 보살피는데 다함이 없고 백성을 보호하고 용납함에 끝이 없다.

내용 풀이

성인의 정치란 원형이정元亨利貞이다. 이상사회를 실현하는 것인데 그 방법과 내용을 원형이정元亨利貞이라고 한다. 구체적으로 원형이정元亨利貞이 무엇을 말하는가 하면 발전된 나라의 네 가지 모습이다. 한 해를 춘하추동으로 보고 인격을 인의예지로 보듯이 나라도 네 방면으로 보는 것이다. 즉 정치 경제 사회 문화가 모두 제 자리를 잡아 계속 올라가고 발전하며 피어나도록 이끄는 것이 성 인의 정치다. 그래서 과학기술이 발전하고 사회철학이 발전하고 문화예술이 발전하고 종교사상이 발전하는 나라가 되는 것이다.

이렇듯 정치의 비결이란 특별한 것이 아니다. 원형이정元亨利貞이 라는 4가지를 가지고 바르게 사는 것이 정치의 비결이다. 원형이 정元亨利貞은 인격적으로 인의예지仁義禮智라고 할 수 있다. 인의예지 가 정치의 비결이다. 어질어서 백성을 사랑하는 것이 인仁이요, 정 의감으로 올바른 것이 의義, 백성들을 존경하는 것이 예禮요, 백성 들의 모든 문제를 알고 처리할 수 있는 것이 지智다. 정치하는 비결 도 다름 아닌 인의예지로 백성을 사랑하는 것뿐이다. 그래서 인의 예지를 갖춘 인격적 지도자가 다스려야 제대로 된다는 것이 왕도 정치요 성인의 정치다.

성인이 나와서 정치하는 좋은 때가 지택림地澤臨이다. 그런데 주 어진 기회와 때는 무한할 수가 없다. 머지않아서 물러날 때가 온 다. 그때를 팔월이라 한다. 지택림괘를 시절로 보면 12월인데 양의 기운이 상승하고 발전하다가 쇠퇴하기 시작하여 마침내 8월이 되 면 상황이 완전히 뒤바뀌게 된다. 즉 지택림 괘를 뒤집으면 풍지관 이 되는데 그 풍지관을 시절로 보면 8월이다. 그래서 8월이란 주어 진 기한의 마지막 때를 상징한다. 모든 것은 기한이 있으니 그때를 놓치지 말라는 말이다. 지우팔월至于八月이면 유흉有凶이다. 8월이 되기까지, 주어진 기한 내에 나라를 바로잡지 못하면 재앙이 온다. 그러니 주어진 때를 살려서 열정과 정성으로 나라를 바로잡는 일에 최선을 다해야 한다.

지금은 햇빛이 자꾸자꾸 살아 나오는 좋은 때다. 멀지 않아 화창한 봄이 된다. 그래서 백성들이 생기를 얻고 기뻐하며 순종한다. 좋은 시대란 좋은 대통령이 나오고 좋은 장관들이 나와서 백성들이 기뻐하고 나라에서 하는 일들이 모두 바르게 이뤄지는 때다. 그래서 나라의 지도자들과 백성들이 서로 잘 화합하여 나라를 크게 발전시키는 때다.

크게 발전하려면 정도正道를 지켜야 하다. '대형이정大亨以正'이다. 그냥 발전이 아니라 올바로 발전하는 것이다. 정도를 가지고 발전하는 것을 '천지도天之道'라 한다. 하나님의 뜻이란 그저 발전만 하는 것이 아니라 올바르게, 정의롭게 발전하는 것이다.

세상과 인심은 세월이 지남에 따라 늘 변하기 마련이다. 그래서 성인의 시절도 오래 지속될 수는 없다. 하늘도 변하고 땅도 변하고 사람도 변하기 때문이다. 그래서 가을이 오기 전에 즉 8월이 되기 전에 성인의 할 일을 마쳐야 한다. 8월이 되면 기한이 다 되어 흉하니 그 마지막 때를 미리 알고 준비하여 그때가 오기 전에 해야 할 일을 꼭 마치라는 것이다.

예수님도 빛이 있는 동안에 할 일을 마치라 하였다. "때가 아직 낮이매 나를 보내신 이의 일을 우리가 하여야 하리라. 밤이 오리니 그때는 아무도 일할 수 없느니라."(요한복음 9장4절)

바다처럼 가장 낮은 곳에서 땅을 떠받드는 것이 성인의 마음이다. 성인과 군자는 백성들을 사랑하고 보살피는 일이 끝이 없다. '교사教思'란 가르치며 사랑하는 일이고 '용보민容保民'이란 백성들을 먹이고 입히는 일이다. 즉 문화문제와 경제문제다. 경제를 발전시켜 민생을 보살피는 일이 용보민容保民이고 문화를 발전시켜 백성들의 마음을 기쁘고 풍요롭게 만드는 일이 교사敎思다. 성인의 정치는 다름 아니라 백성들의 몸을 건강하게 해주고 마음을 풍요롭게 채워주는 일이다. 선생처럼 백성을 가르쳐야 하고 부모처럼 백성을 먹여 살리는 것이다. 이것이 정치의 근본이다. "교사무궁敎思无窮 용보민무강容保民无疆", 이것이 왕도정치의 내용이라 하겠다.

원문 해석

◆ 풍지관風地觀(20) (바람☴과 땅☷)

관觀이 무엇인가? 몸을 깨끗이 하고, 바친다는 마음이 없이, 진실하고 정직하게 하늘을 우러러 바라보는 것이다.

풍지관風地觀 괘를 판단해본다. 하늘 위에 있는 큰 것을 본다. 유순하고 겸손하다. 중정中正이 되어 천하를 보는 것이다. 관觀으로 하나님을 만나서 깨끗해지고 진실해지고 힘있게 되니 아래 백성들이 그를 우러러보고 감화를 받아 변화가 된다. 하늘을 우러러 하나님의 신묘한 도를 보니 사시사철 어긋남이 없구나. 성인이 이렇게 하나님의 도를 가지고 가르침을 펼치면 천하 백성이 모두 따르게 된다.

풍지관風地觀 괘의 모습을 보며 말한다. 바람이 땅 위를 불어가는 것이 풍지관이다. 선왕은 이로써 사방을 돌아보고 백성들을 살펴보며 가르침을 베풀었다.

내용 풀이

바람이 땅 위를 불어간다. 마치 하늘의 인공위성이 지상을 정찰하며 태풍의 경로도 알려주고 곡식들의 작황도 알려주며 또 움직이는 차량마다 위치를 알려주는 등 많은 일을 하듯이 성인이 세상의 모든 일을 바라보며 보살피는 것이 풍지관風地觀이다. 관觀이란 글자는 밤에만 볼 수 있는 부엉이 관雚에 볼 견見이 합해진 글자이다. 그래서 관觀이란 볼 수 없는 세계를 본다는 뜻이다. 볼 수 있는 세계를 보는 것은 견見이라고 한다. 철학에서 볼 수 있는 세계를 현상現象이라 하고 볼 수 없는 세계를 실재實在라고 하는데 관觀은 보이지 않는 실재實在의 세계를 보는 것이다. 지도자나 가르치는 자가 되려면 이런 관을 가져야 한다. 보이는 현상들 너머에서 보이지 않게 작용하는 원리나 존재를 볼 수 있어야 한다. 그래서 우주관과 세계관과 인생관이 있어야 한다.

관觀이란 실재實在를 보는 것이다. 하나님을 보는 것이다. 우리는 어떻게 해야 하나님을 보는가? 손을 씻고 마음을 씻어야 한다. 그래야 하나님을 볼 수 있다. 예수님이 "마음이 깨끗한 자는 복이 있나니 하나님을 볼 것이라" 한 말씀과 같다. 몸과 마음이 씻겨 난 깨끗한 사람이라야 이같은 관觀을 할 수 있다.

'대관大觀'이란 크게 본다, 즉 큰 것을 보아야 한다는 뜻이다. 제일 큰 것이 무엇일까? 우주, 세계, 인생이라 해도 좋고 하나님, 그리스도, 성령이라고 말해도 좋다. 공자는 주역을 해설하면서 태극太極, 건곤乾坤, 이간易簡이라 하였다. 주역으로 말하면 이 세 가지가 큰 것이다. 하여튼 큰 것을 보아야 한다. 보이지 않을 만큼 크다는 것은 실재實在의 세계를 말한다. 실재의 세계는 모두 땅보다 하늘보다 위에 있다. '재상在上'이다. 우주도 세계도 인생도 모두 하늘 위에 있다. 큰 것은 모두 하늘 위에 있다. 하늘 위의 큰 것을 보아야 인생이다. 그래야 순종하고 겸손하게 된다. 큰 것 앞에서는 순종하고 겸손할 수밖에 없다. 대관을 하게 되면 '순이손順而巽', 순종과 겸손이다. 이런 것을 달리 말하면 중정中正이라 한다. 대관大觀이 중中이요 순이손順而巽이 정正이다. 중정中正이 되면 또 천하 세계를 다 볼 수가 있고 다스릴 수가 있다.

하나님을 만나는 '관觀'이 중요하다. 그리고 중요한 것이 하나님의 도다. 신도神道란 무엇인가? '사시불특四時不忒'이다. 사시四時가 어긋나지 않는 것이다. 인의예지에서 벗어나지 않는 것이다.

하나님을 모시고 사는 성인은 신도神道를 가지고 있다. 그래서 그가 하는 일은 설교說教다. 백성을 가르치는 일이다. 이렇게 인의예지라는 신도神道를 가지고 살면서 백성에게 사랑을 펼쳐야 천하 사람들이 모두 그의 말을 듣지 그렇지 않으면 안 듣는다.

바람이 땅 위를 불어간다. 바람이 하늘에 올라가서 땅을 들여다보는 것이 풍지관이다. 옛 선왕들은 이것을 보고 모든 지방을 두루 살펴보고 백성들이 사는 형편을 조사했다. 그리고 설교設教를 했다.

설교設敎란 농부들에게 농사짓는 법을 가르쳐주고 관리들에게 지도하는 법을 가르쳐 주고 선비들에게 사람 되는 법을 가르쳐주듯 백성들에게 필요한 기술과 법을 알려주는 것이다. 옛 성인들이 지방을 두루 돌아보고 백성을 살펴보고 나서 농사나 양잠 등 필요한 기술과 사회적인 생활 예법을 가르쳐 주었다. 백성을 사랑하는 일은 이처럼 살림살이에 필요한 기술과 법을 알려주는 것이다. 바람이 땅 위를 지나면서 만물을 살려주듯이 왕은 백성을 살피며 필요한 기술과 예법을 가르쳐 자립하는 자유인으로서 서로 돕고 평화롭게 살아가도록 돕는다. 이렇게 성인이 평천하를 바라보며 백성을 돌보는 일을 관천하觀天下라 한다.

이상과 같이 지택림地澤臨이 총명과 지혜를 가진 성인이 나와 만민을 다스리는 좋은 때가 임했다는 말이라면 풍지관風地觀은 성인이 하늘의 도를 가지고 백성들에게 살림살이의 기술과 법을 가르치며 사랑하고 돌보는 일이다. 성인이란 이처럼 총명과 예지를 지니고 백성을 사랑하는 사람이다. 그런 성인은 하늘의 뜻을 아는 사람이다. 즉 우주관과 세계관과 인생관을 가지고 보이지 않는 것을 꿰뚫어 보면서 신묘한 이치와 도리를 깨닫고 일상에서 실천하는 신통한 도를 가지고 있다. 이렇게 두 가지를 가지고 천하를 돌봄과 섬김으로 다스리는 사람이 성인이다. 이런 성인이 나와서 세상을 다스리면 모든 백성이 성인의 가르침을 따라 순종하며 기쁘고 건강하게 살면서 화합하게 되니 온 땅이 평화를 이루어 평천하가 된다는 것이다.

13. 조화와 균형의 미
화뢰서합噬嗑(21) 산화비賁(22)

개요: 아름다운 생명처럼 정치도 아름답게

생명이 아름다운 이유는 균형과 조화를 이루며 살아있기 때문이다. 우리 신체의 기관들이 균형과 조화를 이루며 움직이고 있을 때 아름답고 건강한 것이요 그것이 깨지면 질병 상태가 된다. 자연의 생태계를 보아도 균형과 조화를 이루고 있다. 지구의 공전주기가 365일을 유지하는 것처럼 사람의 체온도 36.5도를 유지하고 있다. 이처럼 모든 자연과 인체와 생명이 조화와 균형의 항상성(homeostasis)을 유지하며 살아가고 있다.

그런데 인간의 마음과 사회는 그것이 잘 유지되지 않는다. 그래서 그 조화와 균형을 이상으로 삼아서 철학적으로 설명한 것이 유교의 중용中庸 사상이다. 노자는 자연의 균형과 조화의 아름다운 상태를 무위자연無爲自然이라 하였다. 무위無爲란 인위적인 행위가 없다는 뜻이요 자연自然이란 저절로 그렇게 된다는 말이다. 저절로 그렇게 조화와 균형을 이루어 더할 나위 없이 아름다운 상태를 무위자연無爲自然이라 한 것이다. 그런데 자연의 균형과 조화의 질서를 깨뜨리는 것이 있는데 그것을 노자는 사람의 인위적인 행동, 즉 인간의 욕심이라고 보았다. 인간의 욕망으로 이뤄진 인위적인 사회는 무위자연을 벗어나 있다. 그래서 어머니의 자궁에서 벗어난 어린애가 다시 어머니 품속을 그리듯이 인간은 인위적인 세상에 살면서 무위자연의 어머니 품속을 그리며 산다. 즉 사람들은 모두 조화와 균형을 이루며 사는 평화를 갈구하지만 늘 조화와 균형이 어긋나고 또 잠시 화평을 이루었다가도 이내 깨진다. 인간과 사회의 조화와 균형을 깨뜨리는 인위적인 그것을 악惡이라 한다.

주역에서 21번째 괘인 화뢰서합火雷噬嗑은 사회악을 제거하는 일을 말한다. 사회의 조화와 균형의 질서를 망가뜨리는 사회악을 제거하는 일을 다루는 것이 화뢰서합火雷噬嗑이라는 괘다. 그래서 다시 사회의 조화와 균형을 회복하자는 것인데 악을 제거하는 그 일 자체도 또한 조화와 균형을 잃으면 안 된다. 악을 제거하는 일도 알맞게 하여 중용을 지켜야지 지나치면 또 다른 악이 된다는 것이다. 그래서 다음에 나오는 것이 산화비山火賁라는 괘다. 화뢰서합火雷噬嗑을 거꾸로 뒤집으면 산화비山火賁가 된다. 화뢰서합火雷噬嗑으로 악을 제거하되 무슨 일이나 중용을 지켜야 한다는 것이 산화비山火賁다.

산화비山火賁란 이처럼 거악去惡(악을 물리치고 제거함)을 실행하는 일도 형벌의 시행을 알맞게 절제하여 중용을 취하는 것이 아름답다는 것이다. 정의와 거악去惡을 명분으로 지나치게 형벌로 다스리면 진나라 시황제처럼 폭군이 되고 그렇다고 정부의 기능이 사라지면 악한 자들로 인하여 무정부의 혼란이 온다. 그래서 최소의 법률로 최대의 자유와 질서를 어떻게 이룰 것인가 하는 과제가 나온다. 집안에서도 엄격함과 자비의 조화가 필요하고 학교에서도 타율과 자율의 조화가 필요하다.

이같이 화뢰서합火雷噬嗑은 악을 제거하기 위하여 형벌을 사용하는 일이요 산화비山火賁는 매사에 균형과 조화를 꾸미는 일이다. 그래서 자율적 도덕과 타율적 형벌 제도가 서로 조화와 균형을 이뤄야 아름다운 세상이 되지 않느냐는 말이다.

원문 해석

◆ 화뢰서합火雷噬嗑(21) (불==과 우레==)

씹어서 합하는 것을 서합噬嗑이라 한다. 서합이 되면 형통한다. 형벌을 활용함이 이롭다.

서합噬嗑 괘를 판단해 본다. 위턱과 아래턱 가운데 음식물이 있는 것을 서합이라 한다. 음식을 잘 씹어 먹고 두 턱이 합하게 되어야 형통한다. 강한 것과 유한 것이 나뉘어서 잘 움직이고 밝아진다. 우레와 번개가 합하여 아름답게 빛난다. 유한 것이 중中을 얻어 위에서 행함이니 비록 그 지위가 마땅하지 않으나 형벌로 다스리니 이롭다.

서합噬嗑 괘의 모습을 보며 말한다. 우레와 번개를 서합이라 하니 선왕은 이를 본받아 형벌을 밝히고 법을 잘 시행하였다.

내용 풀이

서합噬嗑, 씹을 서噬, 입 다물 합嗑이다. 입속에 들어온 밥을 잘 씹어서 삼키고 입을 다문다는 말이다. 이렇게 밖에 있는 먹이를 잡아 먹고 삼켜서 자기와 하나로 만드는 일이 서합噬嗑이다. 사회적으로 말하면 집단에 들어온 이질적인 세력을 잡아서 동화시키는 일이다. 집단을 분열시키는 악이 들어오면 그것을 분쇄하고 집어삼켜 없애는 것이다. 즉 사회적 화합을 위해서 그것을 깨뜨리는 악을 제거하는 것을 서합이라 한다. 이처럼 사회적인 악을 제거하는 일인데 그것을 입으로 음식을 씹어먹는 일에 비유한 것이다. 사람의 턱을 보면 위는 움직이지 않고 아래턱은 움직인다. 음식물이 들어오면 움직이지 않는 위턱과 움직이는 아래턱이 서로 작용하여 잘 씹어 삼키면 다시 위턱과 아래턱이 만나서 하나가 된다.

이것을 사회적으로 말하자면 죄인들을 형벌로 옥에 가둬 없애는 일이다. 화평한 사회를 위해서 악한 자들을 모두 감옥에 보내는 것이다. 서합噬嗑은 이렇게 사회적으로 악을 제거하는 일이다. 이것을 개인적으로 보면 병을 제거하는 일이다. 입으로 씹어먹는 일을 제대로 못 하면 병이다. 너무 많이 먹어도 병이고 너무 못 먹어도 병이다. 알맞게 먹어야 한다. 형벌이 너무 지나쳐도 문제요 형벌 기능이 너무 부족해도 문제다. 그래서 조화와 균형을 찾는 중용이 필요하다.

화뢰 서합噬嗑 괘를 보면 위는 불이요 아래는 우레다. 불은 약하고 부드러운 음陰이요 번개는 강하고 센 양陽이다. 아래는 우레처럼 진동震動이고 위는 불처럼 광명光明이다. 광명과 진동을 달리 말하면 우레와 번개불이다. 하늘에서 번개불이 번쩍하면서 우레가 진동한다. 나라에서 사회악을 제거하는 일도 이렇게 우레와 번개처럼 해야 한다. 우레와 같은 권위를 가지고 번개처럼 밝은 빛으로 악을 다스려야 한다.

유柔가 득중得中을 했다는 것은 육오六五를 말한다. 왕의 자리인 중을 얻었지만 음효라서 유득중柔得中이다. 양陽이 와야 할 자리에 음陰이 와서 부당위不當位다. 비록 자리는 마땅하지 않지만, 유순한 왕王이 위엄 있게 형벌로 다스리면 나쁜 것이 아니다.

천하를 진동하는 우레와 온 세상을 비추는 번쩍하는 번개가 함께 있어야 악을 제거하는 서합이 된다. 이것을 보고 선왕은 명벌칙법明罰勅法, 즉 백성들에게 형벌을 밝게 알려주고 법률을 공평하게 만들어 실시하였다.

진나라 시황제始皇帝는 지나치게 엄격한 형벌로 온 세상을 얼어붙게 했다. 도량형을 통일하는 등 긍정적인 면도 있지만 농사짓는 일이나 밭둑의 규격까지 규제하는 등 현실에 맞지 않는 법이 많았다. 그리고 부국강병을 위한 명분으로 만리장성 축조 등 대형공사와 전쟁 등 가혹한 착취로 이내 망하고 말았다. 한漢 고조高祖는 이러한 진秦의 법률을 정비하여 지나친 부분을 없애고 알맞게 만들어 태평시대를 열었다고 한다. 나라의 법은 본래 가장 단순한 것으로 살殺, 도盜, 음淫을 막자는 것이다. 세 가지 근본 악을 온 백성들에게 잘 알려서 지키도록 하면 된다. 이렇게 법률은 가능한 한 간단하게 만들어서 모두가 지키도록 해야 한다. 이런 것을 명벌칙법明罰勅法이라 한다.

원문 해석

◆ 산화비山火賁(22) (산==과 불==)

산화 비賁는 아름다움이라 형통한다. 조금이라야 이롭고 나아가는 바가 있다.

산화비山火賁 괘를 판단한다. 아름답게 꾸미는 것이라 형통하다 함은 유한 것이 와서 강한 것을 꾸민 것이다. 그래야 형통한 것이다. 강한 것이 나뉘어 위로 올라가 유한 것을 꾸몄다. 그러므로 조금이라야 이롭고 가는 바가 있다는 말이다. 그것이 천문天文의 뜻이다. 그리고 문명은 밝은 지혜로써 그치게 하는 것이다. 그것이 인문人文이다. 천문을 바라보며 때의 변화를 관찰하고 인문을 바라보며 천하를 교화하여 완성하자는 것이다.

산화비山火賁 괘의 상을 보며 말한다. 산 아래 불이 있는 것이 비賁 괘다. 군자는 이를 보고 정치를 널리 밝게 하여 옥에 갇힌 백성이 없도록 다스린다.

내용 풀이

산 밑에 불이 있는 것을 산화비山火賁라 한다. 비賁는 크고 아름답다고 할 때는 '분'이라 읽고 꾸민다, 장식한다고 할 때는 '비'라고 읽는다. 산 아래 꽃들이 피어 있어서 아름다운 모습이다. 아름답게 되려면 꾸밈이 있어야 하는데 꾸밈은 작을수록 좋고 지나치면 오히려 좋지 않게 된다.

비賁는 아름답게 꾸미는 것이라 형통한다고 했다. 꾸미는 장식은 조금이라야 된다. 장식을 너무 많이 하면 안 된다. 불(☲)에는 강한 것 둘 속에 유柔한 것 하나가 들어 있다. 유柔한 것이 와서 강剛한 것을 조금 장식해야 아름답다는 것이다. 산(☶)은 위가 강하고 아래 둘이 유柔한 것이다. 강剛한 것이 위로 올라가서 유柔한 것을 장식한 것이다. 금강산, 설악산 등 명산은 산꼭대기에 강한 바위들이 덮여 있다. 그래야 보기에 좋다. 산(☶)의 아름다움은 부드럽고 유한 땅(☷)을 강한 바위가 장식한 것이고 태양(☲)과 별의 아름다움은 강하고 큰 하늘(☰)을 약하고 부드러운 것이 장식한 것이다. 이렇게 강剛과 유柔가 서로 알맞게 장식하고 화합이 되어야 문질빈빈文質彬彬(외적 꾸밈과 내적 바탕이 잘 어울린다는 말인데 학식과 본마음의 바탕이 조화될 때 훌륭한 인격자라는 뜻)이다. 꾸미는 장식이 너무 지나치면 안 된다. 하늘의 꾸밈은 이처럼 강과 유가 알맞게 조화된 아름다움이다.

사람의 꾸밈도 하늘의 아름다운 꾸밈을 따라서 알맞게 그쳐야 한다. 인간의 꾸밈을 문명이라 한다. 문명은 어느 정도에서 그칠 줄을 알아야지 문명文明을 한없이 추구하면 나중에는 문명이 그만 썩어서 사람들이 그 속에 빠져 죽게 된다. 우리는 로마의 역사에서 문명의 교훈을 배울 수 있다. 문명이 건강하기 위해서는 어느 정도 절제를 해서 썩지 않도록 해야 한다. 그래서 문명을 절제하는 도덕이 필요하다. 도덕이 없으면 문명은 썩는다.

우리는 천문天文을 바라보면서 때를 알아야 한다. 하늘이 우리에게 가르치는 것은 시간이다. 때를 알아야지 사람이지 때를 모르면 사람 구실을 하기가 어렵다. 그래서 때를 알고 때에 맞추는 시중時中이 중요하다.

군자는 인간이 만든 문명을 보고 이 세상을 교화해서 이상세계를 건설해야 한다. 우리에게 문화와 문명이 없다면 사람다운 사람이 되기가 어렵다. 1920년대 인도 밀림에서 발견된 어린 자매는 늑대의 무리와 함께 자랐는데 끝내 말을 하지 못하고 죽었다고 한다. 사람으로 태어나도 어려서 동물에 의해 길러지면 사람답게 되기가 어렵다는 것이다. 어찌 보면 정말 문명인과 야만인 사이의 차이는 야만인과 짐승의 차이보다 훨씬 크다고 할 수 있다. 인간에게 문화가 없으면 사람답게 되기가 어렵다.

동양에서 인간의 문화적 요소를 인의예지仁義禮智라 한다. 그래서 우리는 사람됨을 위하여 인의예지를 자꾸 말하는 것이다. 인의예지란 무엇인가? 요새로 말하여 종교, 철학, 과학 그리고 예술이라는 것이다. 사람에게 이런 것이 없다면 어떻게 사람이라 하겠는가. 인의예지가 사람됨의 핵심이라는 것이다. 주역을 공부하는 것도 사람다운 사람이 되자는 것이다. 그래서 주역에서 말하는 핵심도 인의예지다. 사람은 인의예지를 통해서 사람이 되고, 사람다운 사람이 나와야 이상세계가 될 수 있다. "관호인문觀乎人文하여 이화以化하고 성천하成天下" 하자. 인문人文을 직관하여 사람다운 사람으로 변화가 되어서 평천하를 이루자는 말이다. 인의예지仁義禮智라는 인문人文을 직관하여 사람을 사람답게 만들어야 평천하가 이뤄지는 것이다.

높은 산 밑에 나무들이 울창하고 계곡마다 물이 흐르고 곳곳에 아름다운 진달래가 피어나서 자연의 모습이 마치 하늘의 별처럼 아름답다. 군자는 이처럼 정치를 아름답게 해야 한다. 지도자는 경제 사회 외교 국방 교육 등 모든 분야의 정사에 투명하고 밝아야 한다. 정치가 밝아야 한다는 '명서정明庶政'은 불에 대한 설명이다. 그리고 범죄를 예방하여 감옥을 없애야 한다는 '무감절옥无敢折獄'은 산에 대한 말이다. 서민들의 마음과 덕이 높은 산처럼 안정되어 감히 죄지을 생각이 없어져야 한다. 감옥이 필요 없는 사회가 무감절옥无敢折獄이다. 그래서 산은 높고 골짜기마다 꽃이 피어 아름다운 세상이다. 국민의 도덕적 수준이 산처럼 높아져 감옥에 들어가는 사람이 없고 정치는 불처럼 환하고 밝아서 부정부패가 없는 것이다. 사람들의 도덕적 수준은 산처럼 높고 정치는 불처럼 밝아서 투명해야 아름다운 세상이다.

우레와 같은 위엄과 번개처럼 밝은 형벌로 세상의 모든 악을 물리쳐서 화합하는 세상이 화뢰서합火雷噬嗑이요, 산처럼 높은 도덕과 불처럼 밝은 감화로 감옥이 없는 밝고 아름다운 세계를 이루자는 것이 산화비山火賁의 뜻이다.

14. 종말은 새로운 시작

산지박剝(23) 지뢰복復(24)

개요: 이제는 종말의 때요 새로운 시작이다

　산지박山地剝은 종말의 때를 말한다. 박剝은 벗길 박, 빼앗을 박인데 의인들이 박탈당하는 때이다. 괘를 보면 마지막 상구上九 하나만 양이고 나머지 모두가 음이다. 겨울이 와서 나뭇잎이 다 떨어지고 마지막 이파리 하나가 매달려 있는 모습이다. 의인들이 다 쫓겨나고 마지막 한 사람이 남아있는 형편이다. 시절로 말하면 추운 겨울에 꽁꽁 얼어붙어 생명이 숨을 쉴 수 없는 때요, 의인들이 쫓겨나서 악이 극성할 때다. 마지막 의인이 마침내 쫓겨나고 죽임을 당하는 때, 그런 때를 주역에서 산지박山地剝이라 한다. 그래서 기독교로 말하자면 십자가 사건이라고 할 수 있다.

　예수는 십자가에 매달려 죽었다가 사흘 만에 다시 살아난다. 이것이 기독교의 이야기다. 겨울이 지나면 봄이 오는 것처럼 악의 세력이 끝나면 선의 세력이 다시 올라온다는 말이다. 음의 기운이 막바지에 이르는 것을 산지박山地剝이라 하면 다시 양의 기운이 시작 되는 것을 지뢰복地雷復이라 한다. 산지박山地剝을 뒤집으면 지뢰복地雷復이 되는데 복復은 회복할 복, 돌아올 복, 또는 다시 부라고 한다. 양이 다시 회복되는 순간이다. 지뢰복地雷復 괘를 보면 모두가 음인 데 맨 아래 초구初九만 양이다. 새로운 생명의 싹이 깊은 땅속에서 움트는 모습을 지뢰복地雷復이라 한다.

밤이 지나면 아침이 밝아오듯이 십자가의 죽음 다음에 반드시 부 활의 생명이 나타난다는 것이다. 산지박 괘에서 마지막 상구上九가 십자가에 매달려 죽임을 당하는 예수라면 지뢰복은 땅속에서 우레 가 꿈틀거리듯 초구初九의 새 생명이 솟아나는 것이다. 우레 진震 (☳)은 맏아들을 나타내는 것이므로 땅속의 죽음에서 맏아들이 다 시 살아난다고 할 수도 있다.

이렇듯 어둠의 세력이 극에 달할 때, 온 세상이 캄캄하여 앞날이 보이지 않을 때, 온 세상이 악으로 가득한 산지박의 상황, 그때야말 로 새로운 희망을 노래할 때라고 말하는 것이 지뢰복地雷復이다. 이 런 사상을 말세론 또는 종말론이라 한다. 동양의 말세론은 자연의 순환처럼 인간 세상의 선과 악의 순환을 말한다. 그런데 기독교의 종말론(eschatology)은 우주의 처음과 끝이 있다고 한다. 즉 동양은 순환적 시간관인데, 서양의 기독교는 직선적 시간관이라 할 것이 다. 세상과 우주가 끝나는 마지막이 있고 그때 최후의 심판이 이뤄 질 것이라 한다. 그러나 기독교에서도 최후 심판으로 끝나지 않고 또 하나님께서 의인들을 위하여 새 하늘과 새 땅을 지어 주신다고 한다. 최후 심판의 날은 또 새로운 우주의 시작이라는 것이다.

종말에 대한 예수의 가르침도 현재적이면서 동시에 미래적인 이 제로 나타난다. 하나님의 나라는 이미 닥쳐와 있는 현재이면서 또 장차 도래할 하나님의 역사라는 것이다. 지금 닥쳐와 있는 하나님 의 나라는 누구나 실존적 결단과 믿음을 통하여 들어갈 수 있지만, 장차 도래할 새 하늘과 새 땅은 전적으로 하나님의 주권에 속한다 고 한다. 그래서 '그때가 오려니와 지금이 바로 그때'라 하면서 또 말씀하시길 '그때는 아들도 모르고 아버지만 아신다'고 한다. 이런 것을 볼 때 예수님도 자연의 때, 인생의 때, 역사의 때, 우주의 때를 구분하여 말씀한 것처럼 보인다. 그래서 순환과 직선의 시간을 동 시에 보면서 지금 여기의 이제를 말씀하신 것 같다. 이제라는 때는 미래 과거 현재를 넘어서는 순간이다.

자연이란 기본적으로 회전과 원운동을 기조로 순환의 사이클을 돌면서 발전한다. 그래서 토막으로 보면 직선이고, 크게 보면 순환 이고, 전체로 보면 순환하며 올라가는 나선의 돌아감이다. 동양의 자연관은 주로 순환으로 보는 것이고, 현대과학의 거시적 우주관 은 엔트로피가 증가하는 직선적 움직임이요, 미시적 소립자나 양 자역학은 회전과 진동의 확률 얽힘이라 할 것이다. 이렇듯 인생과 역사도 순환과 직선의 움직임이 동시에 얽혀서 사건으로 일어나는 것이다.

역사가 어둠에 잠겨 있을 때는 머잖아 동이 튼다는 희망을 주기 위해서 순환적 종말론을 말하는 것이고 태평성세를 노래할 때는 안일과 교만의 죄에 빠지지 않도록 종말론을 통해 예언자적 경고 를 발하는 것이다. 우리 역사에서 조선 말기 시대적 혼란과 좌절의 때를 당하여 수많은 말세론이 등장하였다. 동학이나 대종교 원불교 증산교 등 모두가 조선의 씨알들에게 어둠의 시대가 지나고 새날이 온다는 희망을 주기 위해 일어난 것이다. 마지막 때가 왔으니 절망하지 말고 새로운 희망을 품자는 것이다. 요즘은 문명의 끝을 경고하는 메시지가 울린다. 기후위기 핵전쟁 인공지능 등 인류의 멸망을 초래할 요소가 눈앞에 닥쳐와 있다는 것이다. 결론은 파국을 대비하여 새로운 삶의 길을 찾아보자는 것이다.

마지막 때는 늘 새로운 희망의 날이다. 지금 나에게 이 순간은 마지막 때요, 또 새로운 시작의 때이다. 그래서 나는 어제를 사는 것도 아니고 내일을 사는 것도 아니고 이제를 사는 것이다. 오늘의 현실을 직시하고 새 창조의 길을 열어가는 순간이 이제라는 때다. 매 순간이 책임을 지는 십자가요 매 순간이 창조의 부활이 되는 이제를 사는 것, 그것을 알려주자는 것이 산지박이요 지뢰복이라 하겠다.

원문 해석

◆ 산지박山地剝(23) (산==과 땅==)

산지박은 의인이 박해받는 시대이니 가는 바가 있으면 이롭지 않다.

괘를 판단해 본다. 박剝이란 의인이 쫓겨나는 때다. 불의한 것이

의로운 것을 변질시킨다. 가는 바가 있음이 좋지 않다. 소인들이 득세하는 때다.

천명에 순종하고 거기에 머물러 상象을 꿰뚫어본다. 군자가 숭상하는 바는 소식영허消息盈虛라는 변화의 도道이다. 하늘과 함께 가는 것이다.

산지박 괘상의 뜻을 본다. 산☶이 무너져 땅☷에 붙어있는 것이 박剝 괘이니 윗사람들은 이것을 보고 아랫사람들을 후하게 하여 집안이 평안해야 한다.

내용 풀이

산☶이 땅☷ 위에 있는 것을 박剝이라 한다. 박剝은 벗길 박, 약탈할 박, 박탈한다는 박이다. 음의 소인들이 득세하여 양陽으로 상징되는 의인이 쫓겨나는 때다. 상나라 말기에 폭군 주紂 왕이 나와서 모든 충신과 의인이 죽거나 유배를 당했다. 문왕도 이때 유리羑里라는 감옥에 갇혀있었다. 이처럼 폭군이 나오면 의로운 사람들이 활동할 수가 없게 된다. 그래서 불리유유왕不利有攸往, 나가는 바가 있으면 이롭지 않다고 했다.

박剝이란 정의가 사라지고 없어지는 때다. 강剛은 정의를 상징하고 유柔는 악을 상징한다. 세상이 악으로 가득하게 되는 때, 군자는 함부로 나가면 안 된다. 소인들이 날뛰는 때에 군자가 나서면 소인들에게 이용만 당한다. 시대가 악한 때에 군자는 천명에 순응해서 머물러 있는 것이 가장 좋다. 하늘을 보면서 때를 기다려야 한다. 소식영허消息盈虛, 숨이 들락거리듯이 내려갔다가 올라가고 올라갔다가 내려오며 비웠다가 채우고 채우며 비우는 것이 하늘의 변화이다. 이런 천도의 변화를 잘 통찰해서 군자는 하늘의 움직임과 함께 움직여야 한다.

산이 무너져서 땅에 붙어있는 모습을 박剝 괘라 한다. 산은 하늘에 속한 것인데 그만 무너져 땅에 붙어버린 것이다. 지진이나 홍수 등으로 높은 산이 무너져 보금자리를 잃어버린 것이다. 이렇게 재난으로 산이 무너지는 때에 백성들이 의지할 곳이 없어진다. 산이 무너지면 집도 잃고 농지도 잃는다. 이때 가장 힘든 사람들이 가난한 씨알이다. 1929년 미국 대공황처럼 경제가 무너지거나 1950년 6.25처럼 전쟁이 나면 서민들이 가장 힘들고 고통스럽다.

윗사람은 이런 때 어떻게 해야 할까? 어려운 씨알들에게 후한 인심을 써서 도와줘야 한다. 그래서 집을 잃은 씨알들이 다시 안정된 집을 지어 살아나게 해야 한다. 시대가 어려울수록 고통당하는 아랫사람들에게 윗사람은 덕을 후히 베풀어야 한다. 씨알들에게 안전하고 평안한 일터와 안식처를 제공하여 다시 일어설 수 있게 해야 한다. 재난의 어려움이 닥칠 때마다 씨알이 아무 걱정 없이 살아갈 수 있도록 안정된 일자리와 행복한 보금자리를 마련해 주는 것이 윗사람의 일이다. 이것을 주역에서 상이후하上以厚下라 하였다. 위에 사는 사람이 아래 사람을 후하게 도와야 한다는 말이다.

원문 해석

◆ 지뢰복地雷復(24) (땅≡≡과 우레≡≡)

땅속의 우레가 꿈틀대는 것을 지뢰복地雷復이라 한다. 복復은 부활이다. 부활은 형통하니 부활을 찬양하자. 들어가고 나옴에 거침이 없다. 친구들이 찾아오니 허물이 없다. 그 도를 반복하여 7일 만에 돌아온다. 이로운 것은 가는 바가 있음이다.

괘를 판단한다. 부활하여 형통함을 찬양함은 강한 것이 되돌아온 까닭이다.

활동하는데 순종하여 행하니 이로써 들어가고 나옴에 아무런 거침이 없다. 친구들이 찾아오니 허물이 없다. 그 변화의 도道가 반복하여 7일 만에 돌아오는 것이 하늘의 운행이다. 가는 바가 있음이 이롭다고 함은 강한 것이 자라난다는 말이다. 회복이 시작되는 그 순간에 천지의 마음을 본다.

지뢰복 괘상의 모습을 본다. 우레가 땅속에 있는 것이 복괘다. 선왕은 이를 본받아 동짓날에는 관문을 닫고 행상인들은 돌아다니지 않게 하고 제후들은 지방을 살피지 않도록 했다.

내용 풀이

겨울 복판에 땅속에서 이미 생명의 싹이 움직인다. 이런 것을 복

復이라 하는데 겨울이 가고 다시 봄이 오는 것으로 부활이다. 부활은 형통하게 된다. 싹이 트고 꽃이 피고 생기가 돌아간다. 그래서 들어가고 나오는 모든 활동에 거침이 없다. 친구들이 찾아오니 허물이 없다.

땅속에서 생명의 움이 트는 복復은 어둠이 지나고 새로운 시대가 출현하는 때다. 좋은 시대가 다시 회복되어 모두가 자유롭게 발전한다. 그래서 출입出入에 걸림이 없다고 한다. 출입이란 씨알이 땅에 떨어져 들어갔다가 싹이 터서 다시 나오는 것을 말한다. 갇혀있던 껍데기를 나와서 새로운 세계로 들어가는 것이다. 한 알의 밀알이 땅에 떨어져 백배 천배가 된다. 싹이 트는 것을 아무도 방해할수 없다. 출입에 잘 못 될 게 없다. 그것을 무질无疾이라 한다.

생명의 싹은 아무리 굳은 땅이라도 뚫고 올라온다. 싹이 트는 것은 자기의 힘으로 되는 일이 아니다. 봄이 와서 태양이 이끄는 힘으로 싹이 트는 것이다. 위에서 끌어당기는 그 힘을 땅에 있는 어떤 세력도 막을 길이 없다. 그것을 출입무질出入无疾이라 한다. 싹이 나서 꽃이 피면 벌과 나비 등 좋은 친구들이 찾아온다. 붕래朋來, 친구들이 찾아오니 무구无咎, 아무 허물이 없다.

예수는 십자가에 못 박힌 지 3일 만에 부활했다고 한다. 예수의 부활은 달을 중심으로 한 사상이다. 달은 3일 만에 다시 살아 나오기 때문이다. 그런데 해를 놓고 생각하면 일곱 달 만에 새로 나온다. 하지에서 시작된 음의 시대는 7달 만에 다시 양의 시대로 변화된다. 이런 변화를 통하여 생명이 발전하니 좋은 것이다.

어둠이 지나고 좋은 세상이 와서 부활의 기쁨이 넘친다. 의로운 사람이 다시 나타났기 때문이다. '강剛'을 의로운 사람, 선한 사람, 거룩한 사람, 철인 등으로 해석할 수도 있다. 광복으로 정의가 회복되는 때, 조국을 잃고 망명했던 의인들이 돌아와 활동을 시작하니 그 세력이 순조롭게 자라난다. 봄이 와서 싹이 나고 자라듯 의인의 세력이 커지는 것이다. 이런 시대의 뜻을 아무도 방해할 수 없다. 봄이 오고 싹이 트는 것은 하늘의 뜻이요 자연의 이치라 아무도 막을 수 없다. 그래서 온 천지에 평화와 정의가 펼쳐진다.

어둡고 추운 겨울이 극에 달하는 때, 곧 희망의 봄이 시작되는 그 복復이라는 순간, 부활의 순간에 천지의 마음, 또는 하나님의 뜻을 볼 수가 있다. 이와 관련한 주석에 소강절邵康節(1011-1077, 송나라 유학자, 본명 옹雍)의 시詩가 나온다.

동지자지반冬至子之半　천심무개이天心无改移

일양초동처一陽初動處　만물미생시萬物未生時

현주미방담玄酒味方淡　대음성정희大音聲正希

차언여불신此言如不信　갱청문포희更請問包羲

지재언야至哉言也

동짓날 깊은 한밤중 자정에, 하늘의 움직임이 전혀 보이지 않는 그때

한 빛이 맨 처음 나타나는 곳,

아직 만물이 태어나기 이전인데

우주가 빚어낸 술맛의 향기는 담담하고,

노랫소리 너무 커서 고요하여라.

이 말을 믿지 못하겠다면,

다시 복희씨에게 가서 물어보시게나.

지극한 참 말씀이로다.

동짓날 한밤중, 일체 만물이 멈추는 그때가 종시終始의 순간이요 태극太極의 순간이다. 찰나 속에 영원이 깃들이는 순간이다. 이 순간을 점심 또는 무극이태극無極而太極이라 표현한다. 무극이태극이란 하늘 한가운데, 즉 천심天心에 점을 찍는 순간이다. 이 순간은 인생에서 가장 중요한 기점이며 시간이 딱 멈춰서 끊어지는 시간단제時間斷際요 카이로스 순간이다. 순간 속에 영원의 시간이 깃들이는 이제, 이때가 가장 중요한 점이다. 그것은 움직이지 않는 지점이기에 '무개이无改移'라 한다.

인생에는 그런 점이 하나 있어야 한다. 그것을 점심 또는 직지인심直指人心이라 한다. 쉽게 말해서 하나의 입장을 얻는 순간이다. 입장立場이니까 무개이无改移, 받침점으로 움직이지 않는 것이다. 거기가 바로 '일양초동처一陽初動處', 양기가 처음 움직이기 시작하는 곳, 만물이 아직 나오지 않은 때다.

만물이 아직 나타나지 않은 그때 그리스도가 처음 부활한다. 그래서 하늘에서는 큰 잔치가 벌어졌다. 하늘에서 부어주는 포도주의 맛을 보니 한없이 담박하다. 그리고 하늘에서 들려주는 기쁨의 소리는 너무나 커서 사람들의 귀에 들리지도 않는다. 그래서 세상 사람들은 이런 기쁜 소식을 믿지 못한다. 믿지 못할 이 소식을 알고 싶으면 이미 경험한 복희씨에게 가서 여쭤보라. 부활을 알고 싶으면 그리스도를 만난 바울에게 가서 물어보라는 것이다. 그러면 그 말씀이 참으로 지극한 진리의 말씀이라는 것을 알 것이다. 지재언야至哉言也. 지극하구나, 참 말씀이여.

우레가 땅속에서 솟아 나온다. 그것이 부활復活이다. 시간으로 말하면 동짓날이다. 봄에 피는 꽃의 근원은 사실 동짓날부터 시작된 것이다. 부활은 4월이지만 뿌리는 크리스마스부터 시작이다. 하나의 양이 처음으로 움직이는 이런 지일至日, 동짓날에는 문을 닫고 돌아다니지 않는다. 고요히 앉아서 하늘과 내가 일치하는 때, 영원과 순간이 만나고 하늘과 내가 하나가 되는 한때요 카이로스다.

모든 것이 무너져 내리는 산지박의 때가 지나면 곧 부활의 지뢰복이 시작된다. 마지막 때가 곧 새로운 시작이라는 것이다. 이런 시간을 카이로스라 한다. 영원한 현재라는 카이로스는 어제도 아니고 내일도 아니고 오늘도 아니다. 십자가가 곧 부활이 되는 이제라는 때다. 이제는 마지막 때요, 또 새로운 시작의 때이다. 우리가 사는 것은 언제나 이제를 사는 것이다. 그래서 숨을 한 번 쉬는 동안에도 우리의 정신이 올라가고 눈을 한번 깜박일 때마다 새로운 창조의 빛을 열어가자는 것이다.

15. 카이로스와 거듭남
천뢰무망无妄(25) 산천대축大畜(26)

개요: 시간이 끊어져야 진실이 열린다

진실한 사람을 참사람이라 한다. 참사람은 거짓이 없는 사람이다. 거짓이 없다는 말을 무망无妄이라 한다. 역에서 천뢰天雷를 무망无妄이라 한다. 천天은 하늘, 뢰雷는 맏아들이다. 하늘의 아들은 거짓이 없으니 무망이다. 거짓이 없다는 무망无妄을 달리 말하면 진실眞實이다. 참 진眞, 열매 실實, 쭉정이가 아니라 속이 찬 알곡을 진실이라 한다.

진실은 마음에 거짓 없이 순수하며 곧고 정직하다는 뜻이다. 즉 모든 알곡과 열매는 진실이 들어있다. 나무의 열매는 태양의 아들로서 진실한 것이다. 모든 알곡과 열매는 속이 꽉 들어찬 진실이지 거짓이 아니다. 이런 진실무망眞實无妄을 달리 말하여 참된 마음의 정성, 즉 성誠이라고 한다. 성誠이란 말씀(言)을 이룬(成) 것으로, 진리의 구현이다. 진리의 구현이 결국 진실이기에 진실 속에는 거짓이 없다. 그래서 진실무망이다.

사람이 진실이 되면 스스로 만족하여 일체 바라는 것이 없어진다. 그래서 또 무망無望이다. 진실이 가득하면 자기로서 만족하기 때문에 바라는 것이 없어진다. 그래서 진실은 무망이라 한다. 이렇게 무망에는 거짓이 없다는 뜻과 바람이 없다는 뜻, 두 가지가 있다.

하늘은 이런 진실을 낳기 위해서 그 움직임이 때에 맞춰 어긋남이 없다. 진실이 되기 위해서는 때를 기다려야 하고 철이 들어야 한다. 때에 맞춰서 철이 드는 것을 시간성이라 한다. 그 시간성을 산천대축山天大畜이라 한다. 시간이 끊어져야 시간성이 되고, 시간성을 가져야 철이 들고, 철이 들어야 진실이 된다. 산천대축山天大畜에서 산천山天은 시간성이고 대축大畜은 철이 든다는 말이다. 철이 들어야 천뢰무망의 진실이 된다. 이런 것을 중용에서 성誠이라 한다. 성誠이란 진실이요, 참됨이요, 정성이다.

중용 25장에 정성이 없으면 아무것도 없다는 "불성무물不誠無物"이란 유명한 말이 나온다. 진실은 만물의 끝과 시작이다. 진실, 또는 정성이 없으면 아무것도 되는 것이 없다. 진실이란 자기만의 완성이 아니라 모든 만물을 완성하는 힘이다. 자기의 완성을 인仁, 즉 사랑이라 하고, 만물의 완성을 지知, 지혜라고 한다. (성자誠者 물지종시物之終始 불성무물不誠無物 성자誠者 비자성기이이야非自成己而已也 소이성물야所以成物也 성기인야成己仁也 성물지야成物知也)

이런 진실이 쌓여야 산천대축이 된다. 우리 속에 하늘이 넣어준 속알을 길러서 진실이 되고 그 진실이 크게 쌓여서 대축이라는 성인이 된다. 나무에서 꽃이 피고 진실의 열매가 맺히는 것을 말하여 천뢰무망이라 하고 그 진실이 무성하게 열리는 큰 나무로 자라는 것을 산천대축이라 한다. 진실이 무엇인가, 그것을 말함이 천뢰무망이다. 그리고 어떻게 해야 그런 진실이 하늘 높이 산처럼 쌓인 큰 나무가 되느냐, 그것을 말함이 산천대축이다.

원문 해석

◆ 천뢰무망天雷无妄(25) (하늘☰과 우레☳)

무망은 진실함이니 원형이정이다. 진리와 하나가 되는 올바름이 아니면 재앙이다. 가는 바가 있으면 이롭지 않다.

괘를 판단하여 말한다. 무망이란 밖으로부터 강한 것이 와서 내 안에서 주인이 된 것이다. 움직임이 건강하다. 강중이 되어 응하는 것이다. 바르고 크게 발전함이 하늘의 명령이다.

무망의 괘상을 보며 말한다. 하늘 아래 우레가 움직임은 만물에게 진실을 베푸는 것이다. 선왕은 이를 본받아 때를 따라서 부지런히 만물을 길렀다.

내용 풀이

하늘은 우주의 법칙에 따라 움직인다. 그 모습을 원형이정元亨利

貞이라 한다. 천체의 운행이 법칙을 따르지 않으면 존재할 수 없듯이 인생도 법을 지키지 않으면 재앙으로 멸망한다. 그래서 법과 어긋나게 가면 재앙이라 그렇게 가는 바는 이롭지 않다고 말한다.

무망无妄에는 3가지의 뜻을 생각할 수 있다. 진실하다, 아무것도 기대하지 않는다. 그리고 진리와 하나가 된 성인聖人이란 뜻이 있다. 진실한 사람이 성인聖人이다. 공자는 진실한 사람이 되기까지 70년 걸렸다. 칠십이 되니 종심소욕불유구從心所欲不踰矩라고 했다. 내 마음대로 해도 진리에 어긋나지 않게 되었다는 말이다. 이렇게 진실한 사람, 성인이 되는 것이 인간의 궁극 목적이다. 나무에 싹이 트고 꽃이 피고 잎이 나오고 열매가 맺혀 진실무망이 되는 것, 그것이 삶의 궁극이다. 지어지선止於至善이 되는 것이다.

진실무망眞實无妄이라 거짓이 없고 아무것도 바라지 않는다. 그래서 진실무망眞實无妄을 진실무망眞實无望이라 해도 좋다. 우리가 살면서 아무것도 기대하지 않고 살아가는 자족의 삶이 필요하다. 아무것도 바라는 바가 없으면 얼마나 평안할까. 그런데 무엇을 기대하고 살면 평안할 수가 없다.

가을이 되면 남은 것은 오직 진실뿐이다. 심신탈락진心身脫落盡 유유일진실唯有一眞實, 꽃이 떨어지고 잎이 떨어지고 남아 있는 것은 오직 열매뿐이다. 꽃이라는 마음도 없어지고, 잎이라는 몸도 없어지고, 그리하여 하늘나라에 들어가는 것, 그것이 우리의 영체靈體라는 열매다. 그래서 마음도 내가 아니고 몸도 내가 아니고 몸과 맘을 벗어난 영靈이 나다. 영靈이란 말이 좀 걸린다면 정신이라 해도 좋다. 나라는 정신, 그것은 주체다. 몸도 주체가 아니고 마음도 주체가 아니고 정신이 곧 나라는 주체다. 주체가 있는 곳에 자유가 있다. 수처위주입처개진隨處爲主立處皆眞이라 한다. 처처 어디서나 주체가 되면 내가 서 있는 그 자리가 모두 진실이다. 어디서나 진실무망眞實无妄의 주체가 되면 그곳이 진실한 하늘나라가 된다.

괘를 판단하는 말에 강한 것이 밖에서 들어와 괘의 주인이 되었다고 한다. 강剛이란 바로 초구初九를 가리킨다. 사람이 법을 지키는 일도 밖에 있는 법法이 들어와 내 안에서 주인이 된 것이다. 밖에 있는 법이 내 안으로 들어와 주인이 되지 않으면 법法이 지켜지지 않는다. 성령, 곧 진리의 영을 받아서 내 속에서 주인이 되어야 내가 하나님의 자녀로 올바로 살게 된다. 옳고 바르게 살아야 진실이라는 무망无妄이 된다.

하늘의 움직임은 늘 건강하다. 건강하다는 말은 법칙이 되었다는 말이다. 사람도 이렇게 바르게 살아야 한다는 것이 천명天命이다. 하늘의 명령은 잘 사는 게 아니라 올바로 살아야 한다는 것이다. 세상 문제는 잘 살겠다는 것 때문에 나온다. 올바로 살겠다고 하면 문제가 안 된다. 법法을 어기면서 잘 살겠다고 하면 큰 재앙이 된다. 하늘의 법을 어긴 사람들은 결국 망한다. 왜냐면 하늘이 도와주지 않기 때문이다.

이런 괘상을 보고 성인이 하는 일은 각자 때에 맞춰 소질을 길러주는 것이다. 모든 국민이 각각 자기 개성을 발전시켜 진실한 인간이 되도록 도와주는 나라가 민주국가이다. 각 사람의 때에 따라서 진실을 베푼다. 즉 유아기, 사춘기, 청소년기, 장년기, 노년기 각 사람의 때를 따라서 그의 소질이 발전하도록 사랑으로 보살피는 것이다. 성인의 일은 이런 것이다.

원문 해석

◆ 산천대축 山天大畜(26) (산☶과 하늘☰)

하늘 위에 솟은 산을 대축이라 한다. 대축大畜, 크게 쌓아야, 이정利貞, 이롭고 바르다. 집에서 먹지 않으니 길하다. 큰 강을 건너감이 이롭다.

괘를 판단하여 말한다. 대축은 강건하고 독실하며 휘광해서 그 덕이 날마다 새로운 것이다. 강한 정신으로 오르기 위해서는 현인을 숭상해야 한다. 그래서 능히 강건의 경지에 도달해야 크고 올바른 것이다. 집에서 먹지 않으니 길하다고 함은 현인을 기르는 일을 말한다. 큰 내를 건넘이 이롭다고 함은 하늘의 뜻에 응한다는 말이다.

대축 괘상을 보며 말한다. 산 가운데 하늘이 들어있는 것을 대축이라 한다. 군자는 이것을 보고 앞서 살았던 분들의 말씀과 행실을 배워서 자기의 인격을 키우고 길러간다.

내용 풀이

산(☶)이 위 있고 하늘(☰)이 아래 있는 것을 대축大畜이라 한다.

하늘 높이 솟아 있는 산을 보며 대축大畜이라 했을까? 옛사람이 "태산이 높다 하되 하늘 아래 뫼이로다." 하고 읊었듯이 산이 하늘 위로 올라갈 수는 없다. 그래서 역에서는 천재산중天在山中, 하늘이 산 가운데에 있다고 한다. 그러니까 물리적인 현상을 말함이 아니라 인간이 절대의 하늘을 품을 수 있다는 참과 진실의 실제의 세계를 말하자는 것이다. 이것이 수천 년 전에 역을 풀이한 성인의 뜻이다.

축畜이란 글자에는 세 가지의 뜻이 있다. 멈춘다(畜止), 쌓는다(畜積) 그리고 기른다(畜養)는 세 가지 뜻을 생각할 수 있다. 멈추면 쌓이게 되고 쌓으면 기를 수 있다. 어떻게 하면 이 셋을 하나로 생각해 볼 수 있을까? 하늘은 시간의 상징이다. 하늘 건乾(☰)의 모습을 물처럼 시간이 흘러가는 모습이라고 보면 산천대축山天大畜은 흐르는 강물을 산이 가로막아 물길을 멈추듯 시간의 흐름을 딱 멈춘다는 뜻으로 볼 수 있다. 흐르는 물을 멈추면 물이 자꾸 쌓인다. 물이 쌓이면 그 물을 이용해서 만물을 살리고 길러갈 수 있다. 시간의 흐름도 마찬가지다. 시간時間을 막는다는 뜻은 시간을 자른다는 말이다.

잘린 시간을 카이로스라 한다. 일상적 시간은 과거 현재 미래로 덧없이 흐르는 시간인데 카이로스 시간은 시간이 끊어졌기에 흐름이 되돌아온다. 즉 과거의 업보가 현재를 거쳐 미래로 가는 대신에 거꾸로 미래의 시간을 거슬러 현재로 가져와서 과거를 재창조하는 시간이다. 시간의 흐름을 미래에서 과거로 바꾸는 것이다. 그것을 원시반본原始返本이라 한다. 태초의 근원을 찾는 것이 결국 우리가 찾아가야 할 근본으로 돌아가는 일이다. 우리가 장차 이르는 미래의 장소는 본래 나왔던 그곳으로 되돌아가는 것이다. 그러니까 뜻 없이 일상적으로 흐르는 시간의 의식은 불안과 허무이지만, 그것을 돌이켜 태초의 시간으로 거슬러 올라가면 나 자신을 만날 수 있는 것이다. 그래서 자기 자신으로 돌아가서 자기가 되는 순간이 시간이 끊어진 카이로스요 시간 초월이다.

그렇게 시간이 끊기어 과거의 모든 업이 곧 나 자신의 모습으로 회복하는 길이라는 것을 말할 때 기재旣在라 한다. 예수님이 "나는 아브라함이 있기 전부터 있었다"고 했다. 아브라함 모세 이사야 모두 나 자신의 길잡이다. 과거의 모든 사건 속에서 나 자신을 찾는 지혜를 얻는 것이다. 그렇게 쌓인 지혜와 진실을 가지고 모두가 자기 자신으로 살 수 있도록 그 길을 보여주는 사람이 실존實存 혹은 현존現存이다. 이처럼 실존은 흘러가는 시간을 잘라서 흘러가지 않는 진실을 쌓는 것인데 시간의 공간화 또는 시간의 초월이라 한다. 그러니까 시간의 흐름에 맡기는 일상적 자아가 아니라 나 자신이라는 주체가 되어 초월의 시간을 살자는 것이 산천대축이라는 말이다.

주역에 관하여 공자가 쓴 논문이라 할 수 있는 〈계사전〉에서는 이런 것을 "신이지래神以知來, 지이장왕知以藏往, 성이연기誠以研幾"라는 세 마디로 설명했다. 시간을 놓고 볼 때 이것이 가장 중요한 것이다. 미래를 현재로 끌어당기고 과거를 지혜로 쌓아서 이 순간 진실이 되어 솟아나는 실존의 삶이다. 이런 실존 또는 현존이라는 진실이 되기 위해 흘러가는 시간이 끊어지는 카이로스가 필요하다.

다시 말해 시간을 초월하는 경험이다. 시간을 초월해서 몰두하는 일이 있어야 진실이 쌓이게 된다. 그것을 산천대축이라 한다.

선하고 좋은 것을 크게 쌓아야 이롭고 바르다. 가을에 추수를 많이 해서 크게 쌓아야 한겨울을 지내기 이롭다. 가을에 수확하는 것을 '리利'라 하고 겨울에 바르게 사는 것을 '정貞'이라 한다. 가을에 수확한 것을 겨울 동안 내내 먹는데 자기 식구만 아니라 온 동네가 모여서 함께 먹으니 행복하다. 불가식不家食이라 길吉이다. 그래서 모두가 화합하고 하나로 힘을 합치면 무슨 일이든지 해낼 수 있다. 그래서 큰 강을 건너는 이로움을 가질 수 있다는 이섭대천利涉大川이다.

불교식으로 해석하면 '불가식不家食'은 출가出家요 '이섭대천利涉大川'은 큰 강이라는 이 세상을 건너간다는 말이다. 그러니까 '이섭대천利涉大川'은 고행苦行이다. 출가出家와 고행苦行으로 대축大畜이 된다. 큰 사람을 길러내는 일이란 성불成佛을 말한다. 출가 고행하여 성불하자는 이것은 불교적 해석이다.

대축大畜이란 큰 사람을 길러내는 일이다. 달리 말해 성인聖人이 되는 것이다. 그러면 성인의 내용은 무엇인가? '강건剛健', '독실篤實', '휘광輝光', '일신기덕日新其德'이다. 이것이 성인聖人의 내용이다. 성인聖人의 특징은 우선 강건剛健이다. 우선 건강한 정신과 건강한 육체가 필요하다. 그다음 독실篤實이란 돈독하고 진실하다는 뜻이다. 산山처럼 독실하고 하늘처럼 강건하다. 그래서 하늘 높이 솟아오른 산처럼 휘광輝光, 빛을 발한다. 진리의 빛을 발하는 것이다.

그리고 매일매일 생명이 새로워지는 일신기덕日新其德이다. 계속 새로워지는 것이 생명인데 어제보다 오늘은 더 새롭게 발전해야 한다. 이것이 성인의 특징이다.

강건한 정신으로 오르기 위해서는 현인을 쫓아가야 한다. 현인을 쫓아가는 것이 올라가는 길이다. 그래서 '상현尚賢'이라 한다. 현인을 따라가면 능히 하늘에까지 도달한다. '지건止健'이란 지어지선止於至善이나 마찬가지 뜻이다. 지선의 경지에 도달해야 대정大正, 온 세상이 바르게 된다.

산천대축 괘상을 보며 높은 산 가운데 하늘이 들어있다고 한다. 우리의 몸속에 하늘이 들어가 있다. 그래서 우리 몸은 하나님의 성전이라고 한다. 몸속에 하나님의 영이 계신다. 소크라테스는 우리 몸속에 황금의 신상이 있다고 했다. 모두 같은 말이다. 우리 속에 한없이 귀한 보물이 들어있다. 우리 속에는 하늘이 부여한 천성이 있다. 그것을 우리가 찾아내서 길러가면 진실한 인격으로 나오게 된다.

맹자는 "만물개비어아萬物皆備於我 반신이성反身而誠 낙막대언樂莫大焉"이라 했다. 만물이 다 내 속에 들어있으니 나를 되돌아보아 진실이 되면 이보다 큰 즐거움이 없다는 말이다. 군자君子가 되려면 앞서간 성현들의 말과 그들의 경험담을 많이 알아야 한다. 그래서 '다식전언왕행多識前言往行'이라 한다. 성인들의 말씀과 경험을 배우고 그분들의 삶을 통해 배워야 한다. 그리하여 우리 속의 인격人格을 자꾸자꾸 키워가야 한다. '이축기덕以畜其德'이다. 우리 속에 가지고 있는 천성을 자꾸자꾸 키워가야 한다.

대축이라는 큰 인격이 되려면 스스로 언제 죽는다고 하는 미래를 정하여 사는 것인데 그것을 '시간을 끊는다'고 말한다. 거기서 자기의 일상적 삶이 끊어지고 마는 것이다. 다석 류영모 선생은 67세 되는 4월 27일에 죽는다고 1년 전에 정했다. 그렇게 되면 1년이란 시간이 그저 흘러가는 시간이 아니다. 정말 천뢰무망天雷无妄이요 대축大畜하는 시간이 된다. 그리하여 아주 진실한 시간으로 축적이 된다. 그래서 지난 성인들의 말씀을 깊이 생각하여 하나님의 계시를 받아 살아가는 것이다. '다식전언왕행多識前言往行', 과거 성현들의 말씀을 깊이 생각하며 사는 것이다. 자기가 죽을 시간을 정해놓고 하루하루를 경전 가운데 가장 소중한 말씀들을 깊이깊이 생각하며 살아가는 것이다. 그렇게 깊이 생각한 결과 하늘로부터 하나님의 계시를 받게 되면 그것을 다른 사람들에게 전해주는 것이다. 이것이 이른바 축양畜養이다.

신이지래神以知來는 시간이 끊어지는 축지畜止요, 지이장왕知以藏往은 지혜의 축적畜積이요, 성이연기誠以研幾는 진실의 축양畜養이라 할 수 있다. 우선 시간이 잘려야 되고, 정성이 쌓여야 되고, 그리고 그 정성 위에 하나님의 계시가 떨어져야 된다. 말하자면 장래將來, 기재旣在, 현존現存하는 근원적인 시간이다. 이것이 산천대축山天大畜에서 가장 중요한 내용이다. 미래는 끊어지고, 과거는 쌓이게 되고, 현재는 하나님의 계시를 통해 초월하게 된다. 이런 단계를 여기서는 축지畜止, 축적畜積, 축양畜養이라 한다.

어떻게 진실이 되는가. 춘하추동의 때를 따라 하늘의 뜻에 맞추는 것이다. 싹이 트고 줄기가 뻗고 꽃이 피고 열매가 맺혀야 한다.
그리고 진실은 주어진 시간 속에서 산처럼 쌓이게 된다. 그래서 산
처럼 큰 나무가 되면 일신기덕日新其德으로 강건剛健 독실篤實 휘광
輝光하게 된다. 날마다 생명력이 새롭게 피어나고 줄기는 강건하고
가지는 독실하며 열매는 빛나게 된다. 그것이 성인의 모습이다.

16. 먹는 문제와 남녀문제

산뢰이頤(27) 택풍대과大過(28)

개요: 식색을 벗어나야 인생이다

산뢰이山雷頤에서 이頤는 턱, 또는 기른다는 뜻이다. 이頤 괘의 모습을 보면 사람의 입을 닮아있다. 맨 위와 맨 아래 강한 양이 있고 가운데는 비어있는 입 구口의 형상이다. 또 사람의 입을 보면 위턱은 움직이지 않고 아래턱만 움직인다. 움직이지 않는 성질을 산으로, 움직이는 성질은 우레다. 위턱은 산처럼 멎어 있는 것이고 아래턱은 우레처럼 움직이고 있다. 이렇게 가운데 비어있고 위아래는 강한 것이 있는 괘의 모습을 보며 중통외직中通外直을 생각하고, 또 위턱은 가만히 있는데 아래턱이 움직이는 것을 보고 정동靜動의 관계를 생각한다.

산뢰이山雷頤의 음양을 바꾸면 택풍대과澤風大過가 된다. 대과 괘의 모습은 상하로 위치한 음陰이 가운데 강한 양陽을 감싸고 있다. 대과大過는 커다란 것, 양이 지나간다는 뜻이다. 즉 강한 양들이 빠져나간다는 뜻이다. 그래서 산뢰이山雷頤가 입으로 먹는 문제를 말한다면 택풍대과澤風大過는 남녀의 성(sex) 문제를 말한다. 먹는 문제는 생의 욕구와 관련되어 있고, 성 문제는 죽음과 관련된다. 먹는 문제와 남녀문제를 어떻게 해결할까? 이것이 인생의 과제요 또한 인류의 영원한 과제다.

원문 해석

◆ 산뢰이山雷頤(27) (산==과 우레==)

산뢰이山雷頤는 입으로 먹는 문제를 말한다. 먹는 것이 바르게 되어야 길하다. 먹는 일의 본질을 꿰뚫어 보고 스스로 양식을 구한다.

괘를 판단해 본다. 먹는 것을 바르게 함이 길하다는 것은 기르는 것이 바르면 길하다는 것이다. 먹는 일을 꿰뚫어 본다고 함은 그 기르는 바가 무엇인지를 보는 것이다. 스스로 양식을 구한다고 함은 그렇게 자기 스스로 길러가야 함을 꿰뚫어 보는 것이다. 천지는 만물을 기르고 성인은 현인을 길러 만민에게 이르니 길러가는 그때가 위대하구나.

괘의 상을 보며 말한다. 산 아래 우레가 있는 것이 이頤 괘다. 군자는 이것을 보아 말을 조심하고 음식을 알맞게 절제한다.

내용 풀이

　사람은 먹는 문제를 어떻게 해결해야 하는가? 먹는 일을 바르게 해야 한다는데 그게 무엇일까? 또 먹는 일의 본질은 무엇인가? 먹을 양식은 어떻게 해결할까? 정치의 기본은 백성들을 잘 먹이는 일이다. 경제활동의 기초는 식량문제를 해결하는 일이다. 인간의 먹는 문제를 어떻게 해결해야 하는가?

　이처럼 인간에게 있어서 가장 중요한 문제가 먹는 문제와 남녀 문제인데 이頤 괘는 먹는 문제를 말한 것이다. 먹는 문제를 바르게 해야 이롭다고 한다. 먹는 것을 바르게 한다는 뜻은 무엇인가 하면 기르는 일을 바르게 한다는 말이다. 그래서 양정養正이라 한다. 기르기 위해서 먹는 것이니까 기르는 일을 바르게 해야 한다는 것이다. 그래서 주역에 말하길 양정養正이라야 길吉하다고 한다. 서울에 양정養正 학교가 있는데 바로 이 말에서 따온 것이다. 먹는 일을 바르게 해야 한다는 것을 기르는 일을 바르게 해야 한다는 뜻으로 풀었다. 밥을 먹고 무엇을 어떻게 기르느냐에 따라 먹는 일이 바른지 어떤지 정해진다는 말이다.

　먹는 것을 바르게 한다는 말은 먹기 위해서 사는 것이 아니라, 살기 위해서 먹어야 한다는 말이다. 그런데 그만 그것이 어느덧 뒤집혀서 먹기 위해서 산다고 하면 잘못이다. 먹기 위해서 살게 되면 그만 맛을 따지게 되고 재미를 따지게 되어 이른바 탐욕에 빠지게 된다. 불교에서는 모든 병이 먹는 데서 비롯된다고 생각한다. 먹는 것을 바로 먹으면 거의 병이 없다는 것이다. 그래서 이정길頤貞吉이란 먹는 것을 바로 하는 것이 행복의 근원이라는 말이다.

그럼 먹는 일의 본질은 무엇인가? 올바름이 본질이다. 올바로 길러야 바로 먹는 일이다. 그래서 먹는 일의 본질을 보는 것은 무엇을 기르는지, 그 기르는 바를 보는 것이다. 관기소양야觀其所養也, 무엇을 기르는지 그것을 알아야 한다. 우리가 기르는 것이 무엇인가? 정신을 기르고 있는 것인가, 육체를 기르고 있는가? 옛날부터 건강한 정신에서 건강한 육체라 했다. 건강한 정신에서 건강한 육체가 나오는 것이지 건강한 육체에서 건강한 정신이 나온다고 말하기는 어렵다. 우리는 밥을 먹고 무엇을 기르는가? 정신을 기르고 있는가? 집안을 기르는가? 나라를 기르는가? 아니면 천하를 기르는가?

다음 문제는 먹을 것을 어떻게 구하느냐는 것이다. 먹을 양식을 스스로 구해야 한다. 자기가 먹을 양식을 자기 힘으로 구한다는 뜻으로 자구구실自救口實이라 했다. 이것은 물리적인 면에서도 정신적인 면에서도 말할 수 있다. 육체의 양식이나 정신의 양식이나 스스로 구할 수 있게 되어야 한다.

천지가 모든 만물을 길러가듯 성인聖人은 현인賢人을 길러 그 현인을 통해서 백성들에게 감화를 끼친다. 기독교로 말하면 하나님이 그리스도를 통해서 백성들을 구원하신다는 것이다. 그런데 먹는 것도 때가 중요하고 기르는 것도 때가 중요하다. 제때에 먹어야지 아무 때나 먹어서는 안 된다.

산 아래 우레가 있는 것이 이頤 괘다. 우리의 입으로 들어가는 것은 음식이요 나오는 것은 말이다. 입으로 들어가는 것이 사람을 더럽게 하는 것이 아니라 마음에서 나오는 것들이 언제나 문제다. 그러니 말하는 것을 아주 조심해야 한다. 그리고 음식을 잘 절제해서 바로 먹어야 한다. 음식을 절제함이 몸을 올바로 기르는 일이요 말을 신중하게 하는 것이 마음을 기르는 일이다. 그래서 건강한 정신과 건강한 육체를 기르자는 것이 산뢰 이頤라는 괘다.

원문 해석

◆ 택풍대과澤風大過(28) (호수≡≡와 바람≡≡)

큰 것이 지나가니 들보가 휘어진다. 가는 바가 있어야 이롭고 형통한다.

괘를 판단하는 말이다. 대과는 큰 것이 지나가는 것이다. 대들보가 휘는 이유는 본말이 약하기 때문이다. 강한 것이 좀 지나쳐야 중中이 된다. 중中이 되어야 겸손하고 기쁘게 살게 된다. 그래서 가는 바가 있어 이롭다는 것이요 마침내 형통하게 된다. 큰 것이 지나가는 때야말로 위대한 것이다.

택풍 대과 괘상의 뜻을 말한다. 나무가 물에 빠지면 죽음이다. 크게 위험하다. 군자는 이를 보고 홀로서기를 두려워하지 않고, 세상을 물러나서 번민을 끊는다.

내용 풀이

호수에 부는 바람을 택풍澤風이라 하는데 바다에 태풍이 불면 크게 위험하다. 호수에 부는 바람을 택풍대과澤風大過라 했다. 산뢰이山雷頤는 먹는 문제라 했는데 택풍대과澤風大過는 남녀의 문제를 말한다. 세상에 남녀문제처럼 위험한 것도 없다. 음란 때문에 나라가 망할 수도 있고 인류가 망할 수도 있다. 소돔과 고모라, 로마 모두 마찬가지다. 인간에게 가장 위험한 일이 남녀의 성이라는 성 문제인데 이 문제는 우리에게 너무 가까이 있기에 거의 다 모르고 지나치고 만다. 이것을 깨우쳐 주기 위해 택풍대과澤風大過라는 남녀문제를 말하는 것이다.

대과大過는 큰 것이 지나간다는 뜻이다. 큰 것이란 무엇인가? 생명의 양기, 즉 생명력을 말한다. 생명력이 빠져나가 버린다는 말을 대과大過라 했다. 생명의 기운이 빠져나가서 대들보가 휜다고 한다. 대들보가 휘는 것은 본말本末이 모두 약하기 때문이라 했다. 생명 전체가 병들고 약해진 것을 대들보가 휘었다고 한다.

대과大過 괘의 모양을 보면 가운데가 모두 강한 양陽이고 맨 처음 초육初六과 마지막 상육上六이 약한 음陰이다. 이것을 본말이라 했다. 즉 상육上六과 초육初六이 입인데 대들보가 휘는 것은 이것들이 약해서 그렇다. 위아래 두 입을 지키지 못하면 병이 들어 죽음에 이른다는 말이다.

먹는 문제를 해결하자는 것이 철학이요 남녀문제를 해결하자는 것이 종교다. 이 세상의 가장 큰 문제가 먹는 문제와 남녀문제다.

본말本末이 약하다는 것은 먹는 문제와 남녀문제에 약하다는 말이다. 사람이 힘을 쓰지 못하는 이유는 식욕食慾과 성욕性慾에 빠졌기 때문이다.

성性에는 두 가지의 중요한 뜻이 있다. 성욕性慾할 때의 성性과 성리性理할 때의 성性이 있다. 성리性理할 때의 성性이란 인의예지仁義禮智로 문화현상文化現象을 말한다. 성리학性理學이란 철학이나 종교나 예술이나 과학 등을 생각하는 학문이다. 그런데 성욕性慾이라 할 때는 남녀문제를 가리키는 것이다. 생식과 관련된 남녀의 만남은 그대로 진리인데 생식과 상관없이 쾌락으로 만나는 것은 욕慾이다. 성욕性慾은 죽음과 연결된다. 심리학적으로 말하면 싸나토스Thanatos라는 죽음의 본능이다. 사실 죽음이라는 것이 없으면 생식이라는 것도 없다.

이렇게 위에 있는 문은 병과 연결이 되고 아래 문은 죽음과 연결된다. 인위적으로 여닫는 것이 가능한 이 문들을 잘 닫아두지 못하면 병과 죽음에 휩싸이게 된다. 그것이 이른바 대과大過라는 것이다. 성性은 성욕이 아니라 성리性理가 되어야 한다. 사람이 종교, 철학, 예술, 과학 이런 것들을 위해 살면 아무 문제가 없다. 이것들이 인간의 본성이다.

남녀문제를 해결하는 길이 무엇인가? '강과剛過'다. 즉 정신의 강함이 지나칠 정도로 강해야 한다는 말이다. 그래야 중中이 될 수 있다. 지나칠 정도로 강한 정신이라야 먹을 때 먹고 만날 때 만나서 제대로 '알마지'를 할 수가 있다. '과過'는 보통 좋지 않은 의미로 쓰이나 여기서는 긍정적으로 쓰인 것이다. 지나치리만큼 강한 정신이라야 중용을 취할 수 있다는 말이다.

사람은 동물적인 삶으로부터 인간적인 삶, 문화적인 삶, 정신적인 삶으로 올라가야 한다. 그래야 남녀문제가 해결된다. 그렇지 않으면 해결할 수 없다. 더 높은 세계로 오르기 위해서 겸손하게 그리고 기쁘게 실천해야 해결이 된다. 이것이 '손이열巽而說'이다. 손巽이란 겸손한 바람이요 태兌는 기쁨의 호수다. 이렇게 되어야 정말 사람이 된다. 그래야 성공이다.

대과지시大過之時 대의재大矣哉. 크게 지나치는 때, 그때가 중대하구나. 이 말은 보통 사람을 크게 넘는 인간이 아니고서는 이런 문제를 해결할 수 없다는 것이다. 보통 사람을 크게 넘어서는 큰 사람, 예수 같은 사람이라야 된다. 대과지시大過之時란 또 크게 위험한 비상시기를 말한다. 전쟁 시에는 큰 사람이 나와야 해결된다. 큰 사람이란 인간의 근본 문제를 해결할 수 있는 사람이다. 이 세상은 언제나 위기의 대과지시大過之時다. 음란에 빠진 이 세상을 구하는 일은 큰 사람이 아니면 안 된다. 보통 사람보다 지나치리만큼 강한 정신을 가진 큰 사람이 아니면 정말 세상 문제를 해결하기가 어렵다.

괘상의 말에서 택멸목澤滅木이라 했다. 여기서는 손巽 괘를 바람 대신에 나무로 본 것이다. 나무가 호수 속에 빠져서 죽게 되었다고 한다. 나무는 뿌리로 물을 빨아들이며 살기에 물을 꼭 필요로 하지만 그렇다고 나무가 자체가 물에 잠기면 죽고 만다. 나무는 생명의 상징이다. 생명이 물에 빠지면 죽는다. 물욕과 정욕에 빠지면 인간의 정신은 죽고 만다. 이것을 '택멸목澤滅木'이라 한 것이다.

이를 극복하려면 군자는 정신적으로 독립할 수 있어야 한다. 그래야 해결을 할 수 있지 그렇지 않으면 해결이 안 된다. 그래서 세상하고 인연을 끊어도 별로 고민하지 않게 되어야 한다. 세상과 인연을 끊을 수 있을 만큼 강해야 한다. 강한 정신의 칼로 중류절단衆流截斷하는 것이다. 모세가 홍해 바다를 자르듯 이 세상의 도도한 번뇌의 흐름을 잘라야 한다. 그만한 용기와 힘이 없으면 안 된다. 그래서 독립불구獨立不懼, 홀로 설 수 있는 독립된 입장을 가지고 두려움 없이 세상과 맞서야 하고, 둔세무민遯世無悶, 세상을 초월하여 번민이 끊어지면 모든 문제가 사라진다. 그런 큰 사람이라야 위기의 세상을 구할 수 있다는 말이다.

17. 상극상생의 길
감위수水(29) 리위화火(30)

개요: 물 불 풀

세종대왕이 창제한 한글의 독창적 우수성과 과학성은 많은 언어학자에게 감탄을 주고 있다. 영어의 알파벳은 26자로 수백 개의 소리를 표현할 뿐이지만 한글은 24자로 1만 개 이상의 소리를 표현할 수 있다고 한다. 한글은 과학적일 뿐만 아니라 철학을 담고 있다. 하늘, 땅, 사람이라는 천지인을 본떠 모음을 만들고 발음기관의 모습을 따라 자음을 만들면서 음양과 오행을 기본으로 하였다.

자음의 소리는 3단계로 발전한다. 스즈츠, 므브프 등이 대표적이다. 이런 3단계는 삶잠참, 물불풀, 이렇게 변증법적 발전 단계로 풀이해 볼 수 있다. 물에서 불이 나오고 불에서 물이 나온다. 촛불을 켜면 촛물이 흘러내린다. 불과 물이 함께 있는데 그 성질이 상극이다. 이런 상극을 풀어서 상생의 지혜로 살아가는 것이 생명이다. 모든 요리는 물과 불을 이용하여 새로운 맛을 낸다. 자연의 풀과 나무는 물과 태양의 불을 이용하여 광합성으로 녹말을 만들어 낸다. 물과 불을 이용하여 초목들이 만든 요리를 동물들이 먹고사는 것이다.

감坎 괘는 물이고 리離 괘는 불이다. 물은 빠진다는 뜻이 있고 위험하다는 뜻이 있다. 불은 붙는다는 뜻이 있고 걸린다, 그리고 빛난다는 뜻도 있다. 일상에서 날마다 쓰는 것이 물과 불이라 물과 불이 없으면 하루도 살 수가 없다. 그런데 물에 빠지면 수재가 되고 불에 타면 화재다. 우리에게 물은 무엇이고 불은 무엇인가? 초목들이 물과 불을 이용하여 동물들을 살리듯 사람은 물과 불을 이용하여 만물을 살리는 그 상생의 지혜를 얻어야 할 것이다. 우리에게 물은 무엇이며 불은 또 무엇인가? 물과 불의 상극을 어떻게 상생의 관계로 만들 수 있을까?

원문 해석

◆ 감위수坎爲水(29) (물☵과 물☵)

물은 험난함이다. 거듭되는 험난을 습감習坎이라 한다. 진실을 가지고 마음과 마음이 이어져 형통하니 모두가 자유롭고 존귀하다.

괘를 판단한다. 습감이란 험한 것이 겹친 것이다. 마음이 이어져 형통하게 된다고 함은 이로써 강중剛中이 되었다는 말이다. 물은 흘러가서 차지 않고 험한 데로 나아가도 그 믿음을 잃지 않는다.

하늘의 험난함은 오를 수 없이 높다는 것이요, 땅의 험난함은 산천과 구릉이다. 자유롭고 고귀하다 함은 가는 곳마다 성취함이 있는 것이다. 왕과 제후는 나라를 지키기 위해 험난한 것을 설치하니 험한 것을 이용하는 그 뜻이 크다.

괘상을 보며 말한다. 물이 자꾸 밀려온다. 그것이 습감習坎이다. 군자는 이것을 본받아 항상 인격을 닦아 빛내고 쉬지 않고 가르침을 편다.

내용 풀이

감坎(☵) 괘의 상징은 물이다. 감이 두 번 겹쳐서 습감習坎이다. 감坎이란 험한 것이다. 그래서 습감習坎을 중험重險, 거듭되는 위험이라 했다. 앞에 물이 있어서 위험한데 그 앞에 또 다른 물이 있다. 이렇게 앞이 꽉꽉 막혀 있는 것을 습감習坎이라 한다. 위험이 겹치고 겹친다. 세상에서 어려움이 지나가면 또 어려움이 닥친다. 그래서 되는 일이 아무것도 없다. 이렇게 감坎에는 '험난하다'는 뜻과 '물에 빠진다'는 뜻이 있다. 인간 세상이라는 게 얼마나 험하고 어려운지 모른다. 인간으로 태어났다는 자체가 세상이라는 물에 빠진 꼴이다. 그래서 감坎에는 세상이 험하다는 뜻과 인생이 험한 세상에 자꾸 빠진다는 두 가지의 뜻이 있다.

인생人生은 고난이다. 그런데 인생은 고난苦難으로 그치는 것은 아니다. 인간은 이 고난을 뚫고 이길 수 있는 독특한 가능성을 지니고 있다. 기독교에서 사람에겐 누구나 하나님의 형상이 있다고 하는 말과 같다. 사람에겐 하나님의 형상이 있어 죽을 수가 없다. 그래서 결국 부활하게 된다. 그것을 '유부有孚'라 본다. '부孚'라는 글자는 어미 닭이 알을 깨우고 있는 형상이다. 습習자도 어떻게 보면 어미의 깃털(羽) 밑에 있는 흰(白) 알이라 할 수 있다. 습감習坎을 기독교의 십자가라 해도 좋고 또는 어머니의 품이라 할 수도 있다.

인간이 고난에서 벗어날 수 있는 능력, 그 가능성을 성性이라고 한다. 고난을 이기고 살아날 수 있는 능력이다. 불교에서는 불성佛性이라 하고 기독교에서는 하나님의 형상이라 한다. 사람은 누구나 이 형상을 지니고 태어난다. 사람은 누구나 위험에 빠졌을 때 거기서 벗어날 수 있는 변화의 가능성을 가지고 태어났다. 중용中庸에서 그것을 천명지위성天命之謂性이라 한다. 사람에겐 하늘에 오를 수 있는 잠재력이 있다. 이것이 인간의 핵심이다. 기독교로 말하면 부활의 가능성이다. 아무리 고난이 많아도 그 고난을 뚫고 나올 가능성, 이것을 '유부有孚'라 한다. 또는 지성至誠이라 한다. 중용中庸의 내용이 지성至誠이다. 성誠을 진실이라고도 한다. 사람에겐 진실이 있다. 물(☵)의 가운데에 양陽이 들어있는데 이것이 진실이다. 진실이 한가운데 있어서 그것을 붙잡는 것이 중용中庸이다. 그리고 음陰이 아니라 양陽이라 강한 것이다.

이렇게 물(☵)에도 강건剛健, 중용中庸, 지성至誠이라는 세 가지 뜻이 있다. 물을 뜻하는 감坎(☵)이 건乾(☰)의 아들이기에 건乾이 가진 것을 감坎(☵)도 가지고 있다. 물에 빠졌다가 다시 올라올 그 가능성을 '유부有孚'라 한다. 물을 뚫고 나와서 하늘 꼭대기, 우주의 중심에까지 올라가서 하나로 이어지는 그것을 유심형維心亨이라 한다. 우주의 마음과 나의 마음이 이어져 형통한 것이다.

물이 성질은 무엇인가? 물은 자꾸 흘러가는데 자기를 채우지 않는다. 노자老子는 이것을 "겸하부쟁謙下不爭"이라 했다. 물은 한없이 겸손해서 자꾸자꾸 아래로 흘러가며 무엇이든 포용한다. 그래서 누구와 싸우는 일이 없다. 이른바 노자의 평화平和 사상이 이것이다. 평화롭게 사는 법이 겸하부쟁謙下不爭이다. 그리스도가 하늘에서 땅으로 내려왔듯이 사람이 물처럼 겸손하게 밑으로 내려가서 자기를 비우면 문제 될 게 하나도 없다. 기독교에서 죄란 무엇인가 할 때 교만이 죄라고 한다. 교만의 반대가 겸손이다. 겸손하게 자꾸 내려가서 아무하고도 싸우지 않는다.

흐르고 또 흐르는 물은 어디에든 머무르지 않는다. 그리고 물은 아무리 험한 곳에 가더라도 그 믿음을 잃는 법이 없다. 언제나 수평을 잃지 않는다. 수평의 척도는 물이다. 또 하나는 물이 한없이 깨끗하다는 것이다. 아무리 더러운 것도 물만 닿으면 깨끗해진다. 물은 모든 만물을 깨끗하게 해주는 작용을 한다. 기독교의 속죄 사상도 이것이다. 노자는 이것을 "청정염담淸淨恬淡"이라 했다. 물은 스스로 깨끗하여 남도 깨끗하게 해준다. 그리고 언제나 고요하게 수평을 이룬다. 이처럼 마음에 법法을 지니고 있어 어디서나 법法의 표준이 되는 그런 모습을 행험이부실기신行險而不失其信이라 했다. 험난하고 위험한 세상을 지나가면서 그 믿음을 잃지 않고 산다는 말이다.

물은 또 높은 하늘에 올라가서 구름이 된다. 구름은 아무것도 하는 게 없으면서 모든 만물을 살려준다. 이것을 노자老子는 무위자연無爲自然이라 했다. 무위자연이 노자의 핵심사상이다. 구름은 하늘에 올라가 하는 일이 없지만 모든 만물을 살려주는 비의 근원이다. 무위이무불위無爲而無不爲, 억지로 하는 일이 없는데 되지 않는일이 없다. 하늘에 올라가서 하나님의 아들이 되어 우주와 만물을 살리는 근원이 되었기 때문이다. 그것을 유심형維心亨이라 했다. 그리고 그 속에는 만물을 살릴 수 있는 빛과 힘이 있어서 내이강중乃以剛中이라 한다. 수水(☵)의 한가운데 강한 양陽이 있다. 한가운데있으니 중中이요 양陽이니까 강剛한 것이다. 그래서 강중剛中이다. 강剛이란 진리의 빛이요, 중中은 생명의 힘이다.

물처럼 사는 사람은 어디를 가든지 존경을 받지 않을 수 없다. 그리고 어디를 가든지 모든 만물을 살려주는 공로가 있다. '왕유공往有功'이다. 여기에는 노자老子의 장생불사長生不死를 붙여 볼 수 있다. 어디를 가든지 모든 만물을 살리는 생명의 근원이 되어 죽지않는 것이다. 장생불사長生不死를 기독교로 말하면 영생永生이다.

노자老子는 물의 덕德을 이렇게 4가지로 압축해 놓았다. 겸하부쟁謙下不爭, 청정염담淸淨恬淡, 무위자연無爲自然, 장생불사長生不死 4가지다. 모든 만물을 살리는 것이 물이듯, 사람도 물 같은 사람이되면 모든 만물을 살리는 영원한 생명이 될 수 있다.

큰 강물이 되면 물은 위험하다. 위험한 것이 우리에게 부딪힐 때는 위험하지만 적을 막을 때는 오히려 도움이 된다. 생명을 보호하기 위해서는 위험한 가시나무로 사방을 둘러싸야 한다. 그렇지 않으면 생명을 보호할 수 없다. 하늘은 우리의 생명을 도둑맞지 않도록 아주 높은 울타리를 쳐 놓았다. 땅에서 가장 험악하게 생긴 것이 명산名山이다. 금강산 설악산 등 아름다운 산들은 모두 험하다. 나라에서 험한 국경을 따라 나라를 지킨다. 그래서 산이나 강이나 험한 지역이 대개 국경이 된다. 이렇게 위험한 것도 잘 쓰기만 하면 얼마나 중요한지 모른다. 위험한 독도 잘 쓰기만 하면 양약이 될 수 있다. 위험한 것도 쓰기만 잘하면 큰 효과를 볼 수 있다.

물은 자꾸 흘러 내려온다. '천洊'은 물이 흐른다는 뜻이다. '천지洊至'란 어려움이 자꾸 밀려온다는 숙어로도 쓰인다. 사람에게 어려움이 자꾸 밀려오면 불행이라 하지만 꼭 불행한 것만도 아니다. 왜 그런가? 사람에게 어려움이 없으면 인간의 존귀함을 드러낼 수 없기 때문이다. 어려움 속에 있을 때 인간은 빛나는 것이다. 어려움과 어둠이 없으면 인간이 빛날 수 없다.

편안한 것을 좋다고 하지만 너무 편안한 것도 불행이다. 고난을 싫어하고 피하려 하지만 고난처럼 좋은 게 없다고 할 수도 있다. 고난이 없으면 사람이 될 수 없기 때문이다. 고난이 없었다면 내가 무엇이 되었을까, 이런 생각을 해보는 것이다. 그래서 우리는 고난에 대한 감사로 십자가를 사랑한다는 찬송을 부른다.

이렇게 인간은 고난을 통해 자신의 존엄성을 최고로 발휘할 수 있다. 고난을 통해 빛나는 금강산이 된다. 세상에서 가장 고난을 받은 사람이 하나님의 아들 예수 그리스도가 아니겠는가. 만일 예수 그리스도가 안방에서 편안히 죽었다면 어찌 예수 그리스도가 될 수 있었겠는가? 그러니까 고난 속에서 '상덕행常德行'이 된다. 고난 속에서 인간의 존엄성이 한없이 빛나게 된다. 그래서 그 덕으로 우리가 밤낮 습교사習敎事를 한다. 밤낮 성경 말씀을 읽고 진리를 배우며 사는 것이다.

상덕행常德行이란 아주 높은 산이 되었다는 말이다. 사시사철 얼음이 얼어 있는 높은 산이다. 높은 산이 되어 산꼭대기에 빙하가 흐르면 빙하가 녹아 흘러내리는 물이 그치지 않는다. 그렇게 산꼭대기에 빙하가 있는 큰 사람이 되어야 습교사習敎事, 진리의 샘물이 밤낮으로 흘러내린다. 성인의 모습을 상덕행常德行이요 습교사習敎事라 한다.

원문 해석

◆ 리위화離爲火(30) (불☰과 불☰)

리離(☰) 괘는 불(火)이다. 리離라는 불은 이롭고 곧고 형통한 것이다. 암소를 기르니 행복이다.

괘를 판단하여 말한다. 리離는 붙어 있다는 뜻이다. 해와 달도 하늘에 붙어 있고 백곡과 초목은 땅에 붙어 있다. 밝고 밝음이 올바로 걸려서 빛나야 천하를 변화시키고 완성해 간다. 부드럽고 유한 것이 중정中正에 걸려 빛나기 때문에 만사가 형통한다. 그래서 암소를 기르니 길하다.

괘의 상을 보며 말한다. 밝은 빛이 이어서 일어남이 중화리重火離

패라 한다. 대인은 이를 본받아 밝은 빛을 이어가며 온 세상을 비추는 것이다.

내용 풀이

리離라는 글자는 불이 붙는다는 것으로 불에는 붙는다는 성질이 있다. 그리고 불은 자꾸 옮겨간다. 이렇게 붙는다는 뜻과 동시에 떠난다는 뜻도 있다. 그래서 '떠날 리', 또는 '붙을 리'라고 한다. 대학을 졸업하면 학교를 떠나기도 하지만 다시 대학원에 붙기도 한다. 그래서 졸업식을 commencement라 한다. 졸업은 또 다른 시작이다.

리離에는 밝고 빛난다는 뜻이 있다. 밝고 빛나는 것이 문명이다. 이렇게 빛난다, 붙는다, 문명이라는 세 뜻을 이정형利貞亨이라 한다. 여기서 상징은 '빈우牝牛'라는 암소다. 『노자老子』6장에 보면 암컷 빈牝에 대하여 곡신불사谷神不死, 골이 신령하여 죽지 않는다고 한다. 골을 하늘의 골짜기로 생각하여 은하수에서 별들이 쏟아지는 것을 소의 젖으로 상징하는 것이다. 옛날에는 우주를 소라고 생각했다. 고대 이집트에서 금송아지를 만들고 인도 사람들은 소를 숭배한다. 중국에서도 우주를 소라고 생각했다. 우주의 암소에서 별들이 막 쏟아져 나온다. 이른바 유출설流出說이다. 희랍의 플로티노스가 주장한 것이다. 암소에서 젖이 흘러나오듯이 일자一者(The One)에서, 하나님과 구별하기 위해서 일자一者라고 하는데, 우주 만물이 자꾸 쏟아져 나온다는 것이 이른바 유출설이다. 이런 사상은 네오플라토니즘에도 있고, 인도 중국 등 세계적으로 어디에나 다 있다. 이른바 우주가 그대로 신神이라고 하는 범신론적인 사상이다. 우주에서 만물이 쏟아져 나온다는 것을 곡신谷神이라고 하는데 빈牝이라는 암소의 상징을 쓴다.

노자老子는 "곡신불사谷神不死 시위현빈是謂玄牝"이라고 했다. 곡신谷神, 즉 골검은 불사不死인데 이것을 하늘의 소, 현빈玄牝이라고 한다. "현빈지문玄牝之門 시위천지지근是謂天地之根" 하늘 암소인 현빈玄牝의 문, 즉 암소의 젖이 천지天地의 근원根原이다. 이 뿌리에서 천지가 생겨 나왔는데 "면면약존綿綿若存", 마치 솜에서 실이 풀려나오듯 계속 풀려나온다. 그런데 "용지불근用之不勤"이다. 아무리 써도 힘들지 않다는 말이다. 이런 천지의 신비는 얼마든지 나오고 아무리 써도 없어지지 않는다.

이렇게 우주의 상징을 암소라 했는데 우리나라에서는 닭이라는 상징을 많이 쓴다. 그래서 우리나라를 계림팔도鷄林八道라고 한다. 신라에 계림이라는 수풀이 있었다. 거기에 가서 보니 황금빛이 빛나는 금계金鷄가 낳은 알이 있었다고 한다. 그래서 나온 아이의 이름을 '김알지'라 했다는 것이다. 알은 지혜를 상징한다. 박혁거세도 천마가 낳은 알에서 나왔다고 한다. '혁거세'라는 이름도 세상을 비추는 지혜라는 뜻이다. 또 동명성왕도 알에서 나왔다. 이 모두는 다 철인정치의 사상이다. 천마가 알을 낳았다, 닭이 알을 낳았다, 이런 알을 낳는다는 것이 우리에게는 암소가 젖을 낸다는 것보다 더 가깝게 느껴진다.

괘를 판단하는 말에 '이리야離麗也'라고 했다. 고울 '려麗'를 붙어 있다는 뜻으로 볼 때 '리麗'라고 읽는다. 선생이 학교에 붙어 있다. 붙어 있는 것도 중요하다. 해와 달은 하늘에 붙어 있고 백곡과 초목은 땅에 붙어 있다.

'중명重明'이란 해와 달을 의미할 수도 있지만 계속 알을 낳는 선생을 말한다. 붙어 있는데 아주 똑바로 붙어서 알을 낳고 마침내 '화성천하化成天下', 천하를 변화시키고 세상을 완성해 간다. 성인聖人은 세상을 변화시킨다. 계란을 병아리로 깨우고 또 병아리를 닭으로 길러 간다. 개인을 놓고 말할 수도 있지만, 세상 전체를 놓고 말해도 마찬가지다. 계속해서 알을 낳고 그 알을 깨워서 결국 큰 닭으로 완성하는 역할을 하는 것이 성인이요 선생이다.

리離(☲) 괘에서는 가운데 음陰인 유柔가 중요하다. 그것을 '리호중정麗乎中正'이라 한다. 한가운데 그리고 올바르게 붙어 있어야 한다. 감坎(☵)에서는 강중剛中인데 여기서는 유중정柔中正이다. 유중정柔中正, 이것은 어머니의 일이다. 중中이란 어머니 젖이 계속 쏟아져 나온다는 것이고 정正이란 아기가 자라는 때를 맞춰 묽기와 양을 알맞도록 젖을 먹이는 것이다. 이렇게 중정中正이 되어야 한다. 학교 선생도 아는 것이 많으면 중中이라 할 수 있다. 그리고 학생의 발달 수준에 맞춰 눈높이 수업을 정正이라 한다. 유치원이면 유치원에 맞게 초등학생이면 초등학생에 맞춰야 한다. 그것이 참으로 어렵다. 그래서 선생은 깊이 생각하고 쉽게 말해야 한다. 깊이 생각하는 그것이 중中이다. 그리고 쉽게 말하는 것은 정正이다. 깊이 생각해서 쉽게 말하면 유치원 아이도 알 수 있고 대학생도 알 수 있고 교수도 알 수 있다. 교수들도 들을 수 있을 만큼 의미가 깊어야 한다. 성인聖人의 가르침은 늘 쉬우면서도 의미가 깊다. 이것을 중정中正이라 한다. 그런 일을 휵빈우길畜牝牛吉이라 한다.

불과 불이 겹친 이괘는 밝은 지혜의 알은 계속 나와야 한다는 뜻이다. 그래서 대인은 이를 보고 계명繼明한다. 공자孔子에 이어서 맹자孟子가 나오는 것이 계명繼明이다. 예수가 나오고 또 바울이 나와야 한다. 예수는 물론 대인大人이지만 바울도 대인大人이다. 이렇듯 큰 사람들이 나와서 횃불을 이어받듯 이어받아야 한다. 이것을 동양에서는 도통道統이라 한다. 도道를 이어받아야 한다. 석가가 횃불을 들었으면 가섭이 이를 이어받고 아난이 또 이어받아야 한다. 그래서 불교에서는 전등사, 전등록 등 전등傳燈이란 말을 많이 쓴다. 불을 이어받는 것이 계명繼明이다. 이렇게 계명繼明을 해서 그 빛을 온 사방에 비춰야 한다. 계명繼明, 즉 이어달리기처럼 우리 모두 전등傳燈이나 도통道統을 하여 조우사방照于四方, 온 세상을 밝게 비추자는 것이 리위화離爲火라는 괘의 뜻이다.

주역 하경

18. 사랑과 결혼
택산함咸(31) 뇌풍항恒(32)

개요: 연인과 부부

택산澤山에서 택澤은 소녀요 산山은 소남의 상징이다. 함咸괘는 소녀 소남이라는 젊은 남녀가 만나서 사랑하는 연애 시절이다. 그 함괘를 뒤집어 나오는 항恒괘는 뇌풍雷風인데 뇌雷는 만아들 풍風은 만딸이다. 그래서 뇌풍항은 부부가 이루는 결혼생활을 말한다. 택산함澤山咸은 소남小男과 소녀小女의 관계라면 뇌풍항雷風恒은 장남長男과 장녀長女의 관계다. 소남小男과 소녀小女의 관계는 사랑인데 인간의 문제는 사랑에서 비롯된다. 함괘를 보면 여성(小女)이 남성(小男) 위에 있지만 항괘는 남성(長男)이 여성(長女) 위에 있게 된다. 전자는 사랑의 관계요 후자는 믿음의 관계다. 사랑은 상대를 높이는 일이요 믿음은 책임을 지는 일이다. 이렇게 때에 따라 변할 수 있어야 중용이다.

사랑의 세계는 뒤에서 받쳐주고 존중하는 일이요 책임의 세계는 앞장서서 돌보는 일이다. 예수를 하늘의 맏아들이라 하는 것은 인류의 모든 죄를 책임지고 간다는 의미요 예수가 자기를 비워 종의 형체를 지니고 왔다는 말은 모든 인류를 섬기는 사랑의 존재라는 뜻이다. 책임자가 될 때는 맨 꼭대기가 되고 사랑이 될 때는 맨 꽁지가 된다. 이렇듯 꼭대기와 꽁무니는 하나의 다른 모습이지 둘이 아니다. 꼭대기가 되어야 꽁무니가 될 수 있다. 그래서 첫째가 꼴찌가 되고 꼴찌가 첫째가 된다는 말씀이 있다. 첫째와 꼴찌가 하나가 되는 세계가 하늘나라라는 말이다. 사랑과 믿음도 하나가 되어야 한다. 사랑이 없으면 믿음도 없고 믿음이 없으면 사랑도 없다. 그래서 그 사랑과 믿음이 둘이 아니라는 것을 알려주자는 것이 택산함이요 뇌풍항이라 하겠다.

함咸은 사랑의 세계다. 사랑의 느낌을 감感이라 하는데 감에서 마음 심心을 빼면 함咸이 된다. 마음을 넘어선 무심의 사랑이 최고라 하여 감感에서 마음 심을 빼고 함咸이라 했다고 한다. 사랑은 무심의 사랑이 되어야 하고 믿음은 고난을 사랑하는 믿음이라야 믿음과 사랑이 하나가 될 것이다. 무심의 사랑은 무엇이며 고난을 사랑하는 믿음, 즉 능변여상能變如常이라는 믿음은 무엇일까?

원문 해석

◆ 택산함澤山咸(31) (호수☱와 산☶)

함은 사랑이다. 형통하고 아름답고 진실하니 결혼이 행복하다.

패를 판단해본다. 함咸은 사랑의 감응이다. 유한 것은 위로 올라가고 강한 것은 아래로 내려와 두 기운이 감응하여 서로 더불어 하나가 된다. 최선을 다하는 곳이라야 기쁨이 있다. 남자는 아래로 내려가 여자를 존경한다. 이로써 형통하게 되고 인격적 만남과 사랑이 된다. 결혼함이 행복하다. 천지가 감응하여 만물이 자라난다. 성인이 백성들의 마음과 감응하여 천하가 화평하게 된다. 그처럼 감응하는 바를 보고서 천지와 만물의 정情을 볼 수가 있다.

괘상을 보고 말한다. 산 위에 연못이 있는 것이 함괘다. 군자는 이것을 보고 자기를 비워서 사람들을 받아들인다.

내용 풀이

플라톤의 대학大學(Academy)에서 모시던 신神이 사랑(Eros)이다. 진리를 탐구하는 곳이 아카데미인데 어찌해서 사랑이 아카데미의 수호신이 되는가? 그것은 진리를 깨달아야 사랑이 되지 진리를 깨닫지 못하면 사랑이 안 되기 때문이다. 사랑의 핵심은 진리에 있다는 뜻이다. 기독교에서 말하는 사랑도 진리의 눈을 뜨는 것이라고 말한다. 진리와 함께 기뻐하는 것이 사랑이다. 사람은 눈을 감으면 자꾸 부딪히고 충돌하게 된다. 서로 싸움이 일어나고 미움이 일어나는 것은 모두 눈을 감고 있기 때문이다. 모든 다툼이나 전쟁이 나오는 것도 결국 눈을 뜨지 못해서이다. 사랑의 핵심은 눈을 뜨는 것이다. 눈을 떠야 충돌이 없지 눈을 감고 있으면 자꾸 충돌할 수

밖에 없다. 이렇게 생각해볼 때 플라톤이 생각한 사랑은 단순히 남녀의 사랑만을 뜻하는 것은 아니다. 우주 전체가 하나의 사랑 구현이라고 보는 것이다.

택산澤山이란 산 위에 호수가 있다는 뜻이니까 우리나라에서 보면 천지天池가 있는 백두산이다. 천지天池에서 물이 흘러나와 만물을 살려준다. 이렇게 함咸이란 만물을 살리는 사랑이다. 사랑은 또 모든 힘의 근원이기에 사랑이 있는 곳에는 안 되는 것이 없다. 이것이 '함형咸亨'이다. 그리고 사랑은 언제나 정의와 함께 있어야 한다는 말이 이정利貞이다. '정貞'에는 '정직'이란 뜻도 있지만 '진리와 같이한다'는 뜻도 있다. 사랑은 진리와 함께 기뻐하는 것이다(고전 13:6). 그리고 '취녀길取女吉'이란 사랑으로 결혼하면 행복해진다는 뜻인데 결혼의 절대적 조건이 사랑이라는 말이다.

함咸은 사랑의 감응(感)이다. 사랑이란 하나가 되는 것이다. 사랑은 모든 것이요 모든 것은 하나다. 하나는 사랑이요 사랑은 하나다. 플라톤은 또 사랑을 모든 힘의 근원으로 보았다. 아무리 겁이 많은 사람도 사랑하는 연인 앞에서는 힘이 나온다. 사랑이 힘의 원천이기 때문이다. 그리고 사랑은 모든 것을 아름답게 만들어준다. 그래서 사랑은 힘의 원천이요 또한 아름다움의 원천이다. 이렇게 사랑이란 진리와 하나가 되어 힘의 원천이 되고 아름다움의 원천이 된다.

택澤은 호수로 물처럼 부드러운 유柔요 산山은 꼭대기가 바위처럼 강剛한 것이다. 강한 바위산 위에 부드러운 호수가 있는 것이다.

백두산의 정기와 천지의 기운이 전체로 퍼져서 모든 생명을 길러 준다. 산의 기운은 호수에 미쳐서 호수를 신령스럽게 한다. 이것을 '산택통기山澤通氣'라 한다. 산과 호수의 기운이 언제나 통하고 있는 것이 '이기감응二氣感應'이다. 젊은 남녀가 만나면 가슴이 떨리고 서로 통하듯 두 기운이 서로 느껴지고 응하게 된다. 그래서 서로 같이 살게 된다.

산山의 성질은 머물 '지止'요, 택澤의 성질은 '기쁠 열說'이다. 여기서 '지止'란 최선에 가서 머문다는 '지어지선止於至善'이다. 사랑이란 최선을 다하는 것이다. 최선을 다하는 곳에 기쁨이 깃든다.

천지天地, 하늘과 땅 전체가 사랑이다. 모든 만물을 자라나게 하는 사랑이다. 하늘 땅 일체가 사랑이 되어 만물이 자꾸자꾸 자라난다. 성인은 이것을 보고서 백성들을 사랑해서 백성들과 하나가 된다. 그때 천하는 화평和平하게 된다.

사랑이 있는 곳에는 아름다움이 있다. 사랑하면 모두 아름다워 진다. 아무리 아이가 못생겼어도 그 부모의 눈에는 그렇게 아름답고 귀여울 수가 없다. 사랑은 일체를 아름답게 만드는 신비한 힘이 있다. 그래서 우리는 사랑을 통해서 아름다움을 보고 정情을 느끼게 된다.

산 위에 연못이 있어 서로 기운이 통하는 것을 산택통기山澤通氣라 한다. 군자는 이것을 본받아서 '이허수인以虛受人'이다. 즉 자기를 비워서 다른 사람들을 받아들인다. 사랑이란 자기를 비워서 자기라는 것이 없어져야 한다. 어머니의 특징이 바로 자기가 없다는 것이다. 장자莊子는 "지인무기至人無己, 성인무공聖人無功, 신인무명

神人無名"이라 했다. 어머니는 자기가 없고, 일을 했다는 마음도 없고, 아무런 명예욕도 없다. 이런 것이 자기가 없는 빔이요 '허虛'다. 어머니는 이렇게 자기라는 것이 없기에 아이를 사랑할 수 있다. 이것이 성인聖人의 특징이다.

노자도 "성인은 자기라는 것이 없이 백성의 마음을 자기의 마음으로 삼는다"고 했다. 대통령이라면 그래야 한다. 언제나 백성의 마음을 자기 마음으로 삼아 백성의 아픔을 자기의 아픔으로 느껴야 한다. 그것이 '허수인虛受人'이다.

원문 해석

◆ 뇌풍항雷風恒(32) (우레☳와 바람☴)

항은 영생의 믿음이니 형통하여 허물이 없다. 올곧음이 이롭고 가는 바가 있어 이롭다.

괘를 판단하여 말한다. 항은 항구한 것이다. 강한 것이 위에 있고 유한 것이 아래에 있다. 우레와 바람이 서로 어울려 바람은 유순하고 우레는 움직인다. 강한 것과 유한 것이 다 응하니 항구하다. 믿음은 형통하여 허물이 없는 것이니 곧아야 이롭다 함은 그 도道가 영원하다는 것이다. 천지의 도는 항구하여 그침이 없다. 가는 바가 있어 이롭다 함은 끝나면 곧 시작이 있다는 것이다.

해와 달은 하늘을 얻어서 오래 비출 수 있고 사시는 변화해서 오래 이룰 수 있다. 성인은 그 도를 언제까지나 지켜서 천하를 변화시키고 완성한다. 그 불변하는 바를 보아 천지만물의 변화하는 이치를 볼 수가 있다.

괘상을 보고 말한다. 우레와 바람이 언제나 움직인다. 군자는 이것을 보고 입장을 가지고 바로 서서 그 방정함을 바꾸지 않는다.

내용 풀이

항恒은 형亨이다. 항은 믿음이라 구원을 얻게 되니 허물이 없다. 결혼해서 가정을 이루고 어린애를 기르면서 사는 믿음의 가정을 뇌풍항이라 한다. 가정은 무너질 수 없는 영원한 것이다. 사랑은 식을 수도 있고 뜨거워질 수도 있지만, 부부는 서로 믿음으로 맺어져 변할 수가 없다.

항恒 괘를 보면 위가 번개요 아래가 바람이다. 번개나 바람은 모두 움직이고 진동하는 것인데 여기에다 영원불변하고 움직이지 않는다는 뜻의 항恒이라는 괘사를 붙였다. 이것은 움직이는 것이 바로 움직이지 않는다는 뜻을 나타낸다. 주역의 독특한 표현 방식이다.

사랑의 세계에서는 여자를 높여서 공주가 되고 남자는 낮추어 기사가 된다. 그러나 일단 결혼을 해서 믿음의 세계에 들어가면 '강상이유하剛上而柔下'라 한다. 믿음의 세계에서는 어른이 위로 올라가고 아이들은 밑으로 내려간다. 사랑의 세계에서는 어른이 밑으로 내려가서 아이들을 사랑한다. 이렇게 사랑과 믿음은 서로 다르다. 상하가 뒤바뀌게 된다.

가정은 오래가야 한다. 항상 바른길로 가는 것이 오래가는 길이다. 가장 오래가는 것이 천지지도天地之道다. 하늘은 위에 있고 땅은 아래 있는 것이 가장 오래간다. 영원히 끝나지 않고 그치지 않는 것이다. '종즉유시終則有始', 끝나면 다시 시작한다. 아버지가 끝나면 아들이 시작하고 아들이 끝나면 손자가 다시 시작한다. 그렇게 자꾸 변해야 오래간다. 그렇지 않고 한 대로 그치고 말면 오래갈 수가 없다. 이렇게 변하는 것과 오래가는 것은 같은 것이다. 그저 오래가기만 하는 것은 없다. 자꾸 변함으로 오래가는 것이다. '능변여상能變如常'이다. 자꾸 변하니까 오래갈 수 있는 것이다.

해와 달이란 집안으로 말하자면 부모다. 부모님은 집에서 윗자리에 계신다. '득천得天'이다. 그래서 가족들을 돌보고 사랑한다. 아이들은 계속 변화해간다. 유치원생이 초등학생이 되고 중학생이 되고 계속 변해간다. '사시변화四時變化'다. 그리하여 차츰차츰 성숙한 어른으로 탈바꿈해 간다.

성인이란 천하天下 아이들, 모든 인류를 자꾸 변화시켜 성숙하게 길러가는 사람이다. 항恒이라는 영원한 믿음의 세계를 잘 알게 되면 천지만물天地萬物이 변화하는 오묘한 이치를 알 수 있다. 능변여상能變如常의 이치를 아는 것이다.

능변여상能變如常, 자꾸 변해야 늘 그렇게 여상이지 변화하지 않으면 죽는다. 신진대사가 왕성해야 건강하지 신진대사가 없으면 죽는다. 늘 변해야 늘 그러하다. 늘 그러하다는 것이 여상如常이다. 늘 그러하다는 여상이 되려면 계속 발전해야 한다. 계속 발전해야 늘 그러하지 발전이 없으면 늘 그러하다는 것은 없다. 부부도 서로 뜻이 맞으려면 계속 발전해야 되지 어느 한쪽만 발전하면 서로 맞지 않는다. 남자도 변하고 여자도 변해야 부부가 항恒이 되지 그렇지 않으면 안 된다.

'능변여상能變如常'을 옛날식으로 말하자면 생성生成과 존재存在다. 계속 생성해야 존재가 되지 생성이 없으면 존재가 될 수 없다. 뇌풍항雷風恒, 바람도 움직이고 우레도 움직인다. 이렇게 계속 발전해가야 유지되지 그렇지 않으면 유지될 수 없다. 그래서 발전이 곧 제자리다. 생성이 곧 존재다. 발전하는 생각이 곧 존재다.

유영모 선생은 항恒괘와 관련하여 두 가지의 상징을 들었다. 하나는 벌새요 또 다른 하나는 팽이다. 벌새는 항恒괘의 단象에서 말하는 움직이는 것이 곧 움직이지 않는다는 것의 상징이고 팽이는 상象에서 말하는 고난의 상징이다.

겨울철이 되면 아이들이 팽이를 만들어서 가지고 노는데 이 팽이를 쓰러지지 않게 하려면 채찍으로 자꾸 내려쳐야 한다. 자꾸 얻어맞아야 쓰러지지 않고 계속 돌아가는 것이 팽이다. 사람도 뇌풍雷風이라는 태풍같은 우레와 비바람의 채찍에 얻어맞아야 사람으로 일어서게 되지 얻어맞는 것이 없으면 그냥 쓰러지게 된다. 그래서 우레와 바람으로, 육체적으로, 정신적으로, 채찍을 자꾸 얻어맞아야 항상 쓰러지지 않게 된다. 그것이 뇌풍항이다.

우레와 바람으로 얻어맞을 때 군자는 일어서서 쓰러지지 않을 수 있다. 군자가 쓰러지지 않고 올바로 서 있어야 독립이다. 독립을 위해서는 많은 간난고초艱難苦楚를 겪으며 버텨야 한다. 간난고초가 없으면 정신의 독립이란 있을 수 없다. 안일해지게 되면 그만 썩고 만다. 그래서 정신의 독립을 위해 고생을 겪어야 한다.

뇌풍雷風이란 이런 고생을 말한다. 고생하고 고생해야 사람이 되지 그렇지 않으면 사람다운 사람 되기가 어렵다. 팽이가 주는 상징이 이것이다. 우리가 일생 살아가는 동안에 계속 얻어맞고 산다. 얻어맞는 방법이야 사람마다 모두 다르겠지만 사람은 모두 얻어맞고 산다. 얻어맞는 덕분에 그래도 정신이 좀 깨고 철이 드는 것이지 얻어맞는 것이 없다면 도저히 사람 구실을 하기 어렵다. 예수님도 산상수훈에서 '의義를 위하여 핍박을 받는 자는 복이 있다'고 했다. 이와 같이 항恒괘의 단象은 한마디로 '능변여상能變如常'이고, 상象은 고난苦難을 겪어야 사람은 비로소 철이 든다는 말이다.

19. 시대의 뜻과 성인의 지혜
천산둔遯(33) 뇌천대장大壯(34)

개요: 성인들의 처세술

천산둔天山遯은 멀리 산으로 달아나 숨는다는 뜻이고 뇌천대장雷天大壯은 크고 장엄하게 나타난다는 뜻이다. 겨울철이 되면 초목들이 땅으로 들어갔다가 봄이 되면 다시 나타난다. 계절의 순환처럼 사회적으로도 겨울처럼 엄혹한 시절이 있고 봄처럼 포근한 시절도 있다. 정치적으로 폭군이 나타나 사람들을 억압하고 민주적 절차를 무시한 채 권력을 휘두르면 세상은 암담하게 얼어붙게 된다. 그러면 현인들은 조용히 은거하거나 초야로 물러나 숨는다. 그처럼 초야에 은거하고 조용히 살면서 실력을 기르고 인격을 길러간다. 천산둔이란 낙향하여 은거하는 처사들의 모습을 말하는 것이다. 그렇게 숨어 있다가 실력을 길러서 다시 봄처럼 자유롭게 활동할 때가 되면 대인이 되어 씩씩하게 나오는 것을 뇌천대장雷天大壯이라 한다.

다시 말하여 천산둔은 소인들이 날뛰는 어지러운 시대요 뇌천대장은 대인들이 활동하는 평화로운 시대를 말한다. 소인들이 득세하기 시작하면 대인들은 수난을 당하게 된다. 소인들의 시대에 대인들은 어떻게 처신해야 좋을까. 공자는 소인들의 득세하는 것을 바라보면서 그들을 어떻게든 막아보려고 애를 썼던 사람이라면 노자는 난세를 보고 멀리 피해서 달아나 은둔했다고 한다. 우리는 어떤 시대를 살고 있으며 어떻게 살아야 할까? 시대를 분별하는 명철과 세상을 사는 지혜는 무엇인가? 안 되는 줄 알면서도 끊임없이 부딪히며 노력하는 공자의 적극적인 처세도 세상을 사랑하는 마음이요, 속알을 길러가는 기회로 삼고 은둔하는 노자의 소극적인 길도 인류를 사랑하는 방법이다. 불교로 말하면 출세간의 길도 하나의 방편이요, 속세에서 시대의 어둠과 희망을 놓고 동고동락하는 일도 하나의 방편이다. 각자 자신의 실존 상황에서 어떻게 살아가야 좋을지 생각할 때 우리는 공자와 노자, 대조적인 두 성인의 길을 참고할 필요가 있다.

원문 해석

◆ 천산둔天山遯(33) (하늘☰과 산☶)

둔은 물러남이다. 물러나서 형통하니 조금 이롭고 바르다.

괘를 판단해 본다. 둔遯이 형통하다 함은 물러남이 좋다는 말이

다. 강한 것이 마땅한 지위에 올라 응하고 있으니 때와 함께 행한
다. 조금이라도 이롭게 바로잡아야 한다. 조금씩 스며들면 점차 커
지게 된다. 물러나는 때의 의의가 참으로 위대하구나.

괘상을 보고 말한다. 하늘 아래 산이 있는 것이 둔遯괘다. 군자는
이것을 보고 소인들을 멀리하되 미워하지 않고 엄숙하게 대하며
산다.

내용 풀이

달아날 둔遯인데 둔遯에는 두 가지 뜻이 있다. 첫째, 정치적으로
처신하기 어지러우면 물러나 숨는다는 뜻이 있다. 둘째, 철학적인
뜻으로 자기 자신은 붙잡을 수 없다는 뜻이 있다. 우리가 산에 올
라갈 수 있지만 산보다 높은 하늘은 붙잡을 수 없다. 산이 아무리
높다고 해도 하늘은 역시 산보다 더 높다. 산이 높아지면 높아질수
록 하늘은 더 높이 물러난다. 하늘은 너무 높아서 붙잡을 수 없지
만 그렇다고 우리가 무시할 수는 없다. 사람의 인격도 이와 마찬가
지다. 인격은 하늘 같아서 한없이 높고 존엄하기에 누구도 무시할
수 없다.

나란 무엇인가? 나는 허공처럼 잡을 수 없는 인격이다. 황벽선사
는 이것을 '차령각성此靈覺性'이라고 했다. '차령각성此靈覺性'의 의미
는 나는 얼이요 깬 정신, 또는 바탈이라는 말이다.

차령각성此靈覺性, 무시이래無始已來, 허공동수虛空同壽.
(이것은 영이요 각성이니 아무것도 없는 태초의 허공처럼 오래된 것이다.)

나는 영이요 또한 각성이다. 그래서 무시이래無始已來, 허공동수
虛空同壽, 태초부터 있는 허공처럼 영원하고 무한한 것이다. 간단히
말하여 나는 하늘이라는 말이다. 천도교에서는 그것을 인내천人乃
天이라고 한다. 나는 붙잡을 수 없이 높은 하늘이다. 붙잡을 수 없
는 하늘, 그것이 나라는 말이다. 나는 무엇이라 객관으로 파악될
수 있는 무엇이 아니다. 이것을 깨닫고 사는 것이 우리 신앙의 요
체라 하겠다.

둔遯괘는 정치적으로 소인들이 지배하여 혼란스럽고 어지러운
시대를 말한다. 악의 세력이 자꾸 올라와서 선의 세력은 물러날 수
밖에 없는 때다. 이때 의인이 물러나는 것이 이롭다. 소극적으로
이로운 것이라 크게 이롭다 할 수 없는 작은 이로움이다.

강한 사람이 마땅한 지위를 얻는다고 함은 대통령 자리인 구오
九五를 말한다. 강한 왕이 나와서 시대의 뜻에 응하게 되면 악한 세
상을 바로잡을 수 있다. 뛰어난 왕이 나와서 세상을 바로잡을 수
있다는 말이다. 때의 의미는 사람이 만드는 것이다. 좋은 시대를
만들어가는 책임이 사람에게 있지 다른 누구의 책임이 아니다.

세상의 악은 조금씩이라도 바로잡는 것이 이롭다. 악한 것을 작
다고 대수롭지 않게 여기면 안 된다. 지금 우리나라에 마약사범이
자꾸 퍼진다고 하는데 조금씩이라도 늘어나면 안 된다. 계속해서

단속하다 보면 차츰 좋아져 다시 우리나라가 마약 청정국을 회복할 것이다.

의인이 물러나거나 숨는 일은 그저 도망가서 혼자 살아보겠다는 뜻이 아니다. 세상에서 물러나 때를 기다리는 것은 더 큰 일을 준비하기 위함이다. 물러나 있는 동안 인격과 실력을 길러 다시 때를 타고 나오면 세상을 바로잡을 수 있다.

천산둔, 산이 아무리 높다고 해도 하늘을 뚫고 올라갈 수는 없다. 세상이 아무리 악하다 해도 역시 하늘나라 밑에 있지 하늘나라는 침범할 수 없다. 여기에 우리의 믿음과 평안이 있다. 아무리 세상에서 악이 득세한다고 해도 우리의 믿음을 해칠 수는 없다. 세상이 어떻게 되어도 우리의 정신이 거기에 지배당할 수는 없다.

군자는 이런 믿음을 가지고 세상의 소인들을 멀리하지만 미워하지는 않는다. 군자는 소인들의 유혹을 받아도 안 되지만 소인들을 미워해서도 안 된다. 왜냐면 소인들이 바로 세상의 주인이기 때문이다. 미워하지 말고 또한 달라붙지도 못하게 엄하게 살아야 한다. 이것이 군자의 처신이다. 맹자는 근엄하게 살아가는 군자의 세계를 다음과 같이 말했다.

정신이 주인이 되어야 한다. 그러면 그 몸은 주인의 말을 듣게 되어 어떤 욕심도 감히 어지럽게 할 수 없다.

(천군위주天君爲主이니 백해청명百骸聽命하여 구복지욕口腹之欲이 불능위란不能爲亂이니라.)

천군天君이란 정신을 말한다. 정신이 우리의 주인이 되면 우리 몸은 그 주인의 명령을 듣게 된다. 산이 하늘을 찌를 수 없듯 세상의 욕심이 정신을 흔들 수 없는 것이다. 세상 유혹 때문에 흔들리는 마음은 정신이 아니다. 정신은 하늘 같아서 흔들림이 없다. 그런 하늘 같은 정신을 가져야 그것을 부동심不動心이라 한다.

원문 해석

◆ 뇌천대장雷天大壯(34) (우레==와 하늘≡)

대장大壯은 크고 장엄한 세계다. 아름답고 정의롭다.

괘를 판단하여 말한다. 대장大壯이란 뜻은 큰 것이 장엄하다는 말이다. 강함으로 움직이니 장엄하고 씩씩하다. 크고 장엄한 세계가 아름답고 군세다 함은 큰 세계는 언제나 정의롭기 때문이다. 정직하고 위대함에서 천지의 뜻(정情)을 알 수 있다.

괘상을 보고 말한다. 우레가 하늘 위에 있는 것이 대장이다. 군자는 이것을 보고 예가 아니면 움직이지 않는다.

내용 풀이

뇌천대장雷天大壯은 장엄한 세계로서 이상세계인 법계를 말한다.

장엄한 법계가 되면 법法으로 하나가 된다. 그래서 '이정利貞'이라 한다. 큰 세계는 장엄하다. 크고 높은 세계의 아름다움을 철학에서 숭엄미崇嚴美라고 한다. 불교에서는 장엄莊嚴하다고 하는데 유교에서는 대장大壯이라고 한다.

큰 것이 장엄하다. 큰 것이 무엇인가. 세상에서 우주가 가장 크다. 그리고 우주는 한없이 강하다. 우주는 법칙을 따라 질서 정연하게 움직인다. 이런 크고 강한 우주가 말하자면 법계의 상징이다. 대우주가 되면 정말 장엄하다.

크고 장엄한 세계의 특징이 법계法界라는 것이다. 법계는 진리와 하나가 된 세계를 말한다. 진리와 하나가 되지 않고 그저 복잡다단하기만 하면 장엄하다고 할 수 없다. 그것은 마치 쓰레기 산이나 마찬가지다. 장엄한 세계는 법이 있고 질서정연하게 움직이며 발전하는 살아있는 생명의 세계다. 그처럼 법이라는 진리와 하나가 된 세계가 법계요 살아 움직이는 법계라야 장엄하다.

우주가 장엄하듯 인격도 장엄하다. 진짜 큰 사람은 어떤 사람인가? 정직하고 진실한 사람, 인격이 정말 큰 사람이다. 우리가 대통령을 뽑을 때도 될 수 있는 한 정직하고 진실한 사람이 나와야 한다. 아는 것이 많은 것보다 정직한 사람이 큰 사람이다. 어떻게 하면 위대한 사람이 될 수 있는가? 하나님 앞에서 정직하고 진실하면 된다. 세상 사람들이 위대하다고 보지 않더라도 하나님이 인정하신다. 하나님이 인정하는 사람이 진짜 큰 사람이다. 이것이 우주와 인생의 깊은 뜻이다. '천지지정天地之情'이다. 하늘은 정직하고 땅은 진실하다. 천지 우주가 보여주는 뜻이 바로 이것이다.

높고 큰 하늘나라에 들어가려면 누구나 예복이 필요하다. 예禮란 법과 일치하는 것을 의미한다. 진리와 하나가 되지 않으면 천국 시민이 될 수 없다. 진리가 아니면 하나님 나라를 밟을 수 없다. 진리와 하나가 되어야 법계法界에 들어갈 수 있다는 말이다. 어떻게 하면 진리와 하나가 될 수 있는가?

공자는 4가지로 말했다. 비례물시非禮勿視, 예가 아니면 보지도 말고, 비례물청非禮勿聽, 예가 아니면 듣지도 말고, 비례물언非禮勿言, 예가 아니면 말하지도 말고, 비례물동非禮勿動, 예가 아니면 가지도 말라. 이 넷을 한 마디로 '비례불리非禮弗履'라 한 것이다. 예가 아니면 밟지 말라. 인생의 법도가 아니면 행하지 말라는 말이다. 정직하고 진실한 길이 아니면 가지 말라.

우리가 사는 시대는 어떤 시대일까? 정직하고 진실한 사람이 지도자가 되어 세상을 아름답게 이끄는 시대인가, 아니면 거짓과 속임수로 나라를 부실하게 만드는 시대인가. 천산둔이란 소인들이 나와서 세상을 어지럽히는 때요, 이런 때에 산속에 깊이 숨어서 하늘처럼 높은 정신을 길러야 한다. 그래서 때가 차면 하늘의 우레처럼 장엄한 빛과 소리로 나타나 세상을 바로잡고 진리와 일치하는 법계를 열어 가야 뇌천대장이 된다.

20. 희망과 절망의 노래

화지진晉(35) 지화명이明夷(36)

개요: 아침의 빛과 저녁의 어둠

화지진火地晉은 아침에 해가 지평선에 솟아서 하늘로 올라가는 때이다. 반면에 지화명이地火明夷는 해가 땅속으로 들어가서 빛이 사라진 어둠의 때다. 화지진이 아침이라면 지화명이地火明夷는 저녁이다. 화지진이 희망의 시대라면 지화명이는 절망의 시대다. 희망의 시대에 부르는 찬송은 무엇이며 절망의 시대에 부르짖는 기도는 무엇일까?

인생을 살아가면서 아침 햇살처럼 밝은 시대도 있고 저녁 어둠처럼 암울하고 고통스러운 시절도 있다. 매사가 잘 풀리는 밝은 시절에는 희망을 노래하다가 모든 일이 막히고 안 되면 좌절과 우울로 절망에 빠진다. 그러나 그것은 눈에 보이는 빛에 미혹된 인생이지 참사람의 모습이 아니다. 참은 빛도 아니고 빛이 없는 어둠도 아니다. 참 빛은 파동으로 날아가는 물질의 빛이 아니고 말씀의 빛이다. 그러니까 다석 류영모는 대낮의 빛에 현혹되거나 취하지 말라고 했다. 햇빛이 빛나는 대낮은 사실은 미혹된 세계로 영원의 빛을 볼 수 없게 만든다고 했다. 그래서 낮에는 낮은 세계만 볼 수 있지 높고 영원한 별의 세계를 볼 수 없다는 것이다. 다석이 그리워하는 것은 빛과 어둠 너머의 영원한 저녁이다. 창세 이전도 저녁이요 계시록에서 보여주는 새 하늘과 새 땅도 해와 달의 빛이 소용없는 영원한 저녁이라 했다. 그 빛없는 말씀의 빛 속에서 쉼 없는 쉼을 얻어 살고 싶다고 하였다.

세상에서 근심 걱정으로 우울하고 절망에 빠지는 것은 세상의 빛에 현혹된 마음 때문이다. 낮고 낮은 이 세상의 빛에 홀려 낮은 세계에 빠지지 말고 영원한 저녁을 그리워하는 찬송과 말씀의 빛으로 올라가는 기도, 말씀의 숨으로 하나님의 나라를 기도하자는 것이다. 그래서 화지진은 말숨의 기도로 나아가는 일이요, 지화명이는 저녁을 찬송하며 빛이 없는 빛을 그리워하는 일이라는 것이다. 눈에 보이는 빛을 참 빛이라고 보는 미혹에서 벗어나 참 빛을 찾아야 하고 어둠이라고 절망에 빠져 좌절하지 말고 어두울수록 빛나는 별빛처럼 어둠이라야 찾을 수 있는 영원한 저녁의 세계, 말씀의 세계를 열어 가자는 것이 화지진과 지화명이의 뜻이라 보아도 좋을 것 같다. 희망과 절망을 넘어 평화와 기쁨의 영원한 세계로 올라가자는 말이다.

원문 해석

◆ 화지진火地晉(35) (불==과 땅==)

진晉은 태양이 떠올라 자꾸 발전해 나가는 시절의 상징이다. 진晉은 나아갈 진이다. 지방의 제후가 왕에게 찾아와 말을 많이 바치고 낮에 세 번을 만난다.

괘를 판단해 말한다. 진은 나간다는 뜻이다. 밝은 태양이 땅 위로 솟구치니 만물이 따르고 밝은 빛을 드러낸다. 모두가 유순하게 나아가고 위를 향해 올라간다. 그래서 제후들이 왕에게 말을 많이 바치고 낮에 세 번을 만나는 것이다.

괘상을 보고 말한다. 밝은 빛이 땅 위로 솟아오르는 것이 진의 모습이니 군자는 이를 본받아서 스스로 밝은 덕을 빛낸다.

내용 풀이

화지진火地晉은 태양이 땅위로 솟아올라가는 때다. 정치적으로는 좋은 왕이 나타나서 나라가 부흥하며 발전하는 시절이다. 나라의 국운이 왕성한 태평성세를 이루는 것이다. 봉건시대에 태평한 시대의 모습은 해마다 지방의 영주들은 서울로 올라와 왕을 뵙고 말을 바치는 일이 특징이다.

봉건 제후들이 서울에 올라와 왕을 만날 때면 세 번씩을 만나는 예가 있었다. 맨 처음에는 인사하기 위해서 만나고, 다음은 예물을 드리기 위해 만나고, 마지막은 송별인사를 위해서다. 그러니까 왕을 세 번 만났다는 것은 왕과 제후의 사이가 서로 신뢰하고 인정한다는 말이다. 왕과 제후가 서로 믿고 통하는 세계다. 그렇게 왕과 신하가 서로 마음이 통하고 신뢰하는 관계가 되어야 태평성세가 된다.

해가 땅 위로 솟아 올라온다. 해가 올라오면 산천초목도 모두가 하늘로 올라간다. 왕도 올라가고 제후도 올라가는 것이다. 제후는 왕에게 순종하여 왕 앞에 이른다. 왕은 크게 밝은 빛으로 대명大明이다. 철인 왕을 대명이라 한다. 제후들이 철인 왕 앞에 나아가서 바르게 서게 되는 그때야말로 이상세계가 이뤄진다. 철인 왕이 나타나 모든 백성이 왕의 다스림에 기쁜 마음으로 순종하는 때다. 그래서 모든 사람의 마음이 땅처럼 부드럽게 풀려서 기쁨이 해처럼 올라간다. 땅(地)이 따뜻한 불을 만나서 부드럽게 풀리고 불(火)은 하늘로 올라가서 빛나는 것이다. 이렇게 마음이 풀리고 기쁨이 올라가는 좋은 시절이다. 이처럼 국운이 전체로 올라가는 때를 화지진이라 했다.

이런 화지진은 또 명명덕, 명덕을 밝히는 것이라 한다. 해가 땅 위로 올라오는 것을 진晉이라 하는데 군자는 이것을 본받아서 스스로 자기 속에 있는 명덕을 밝힌다. 명덕이란 인간의 소질인 속알을 말한다. 자기의 속알을 닦아서 더욱 빛낸다는 말이 '명명덕明明德'이다. 달리 말하여 자소명덕自昭明德이다. 스스로 힘써서 자기 속에 있는 소질을 길러내는 것이다.

속알을 닦는다는 말은 자기 속에서 지성 감성 덕성 영성이라는 소질을 계발하는 일이다. 자기의 속알을 닦고 길러가야 명덕이 밝아지는 것이다. 자기 속에서 스스로 빛이 발하도록 힘쓰는 것이다. 그것을 말하여 '명출지상明出地上'이라 한다.

자기의 소질은 마치 땅속에 묻혀있는 광산의 광석처럼 파묻혀 있다. 깊이 파묻혀 있는 것을 꺼내어 갈고 닦아야 금강석처럼 빛나게 된다. 땅을 파서 광석을 캐어내듯 자기 속에 숨어 있는 소질을 꺼내어 갈고 닦고 빛내는 것이 명덕明德이다. 그래서 군자는 자소명덕이다.

명덕이란 무엇인가? 대학에서 명덕에 대해 설명하기를 하늘의 이치를 얻은 그 마음이 허령불매虛靈不昧하여 모든 이치를 갖추고 만사를 마땅하게 잘 처리하는 것이라 했다. 허령불매는 무슨 뜻인가? 자기라는 것이 없이 텅 빈 마음인데 거기 신령스러운 영특함이 있어서 컴컴하거나 우매함이 없는 밝고 지혜로운 마음이다. 이런 허령불매의 명덕을 가지고 나타나 천하를 화평케 하는 사람이 군자라는 것이다.

원문 해석

◆ 지화명이地火明夷(36) (땅==과 불==)

명이明夷는 밝은 빛이 사라져 어두운 시대다. 어둠의 고난 속에서 바르게 처신함이 이롭다.

괘를 판단하여 말한다. 빛이 땅속으로 들어간 것을 명이라 한다. 안으로 진리의 빛을 간직하고 밖으로 온유한 맘으로 순종하여 큰 고난을 지고 살아간다. 문왕이 그렇게 했다. 고난 속에서 바름을 지키는 길은 그 밝음을 감추는 일이다. 고난을 안으로 삼켜야 그 뜻을 바르게 지킬 수 있다. 기자가 그렇게 했다.

괘상을 보고 말한다. 밝은 빛이 땅속에 들어간 것을 명이明夷라 한다. 군자는 이것을 보고 백성에게 임할 때 자기를 감추고 세상 사람들을 빛나게 한다.

내용 풀이

지화명이地火明夷는 빛이 땅으로 들어간 어둠의 시대다. 명이明夷의 뜻으로 3가지를 생각할 수 있다. 우선 '밝은 것이 깨졌다'는 뜻과 '빛을 감춘다', 그리고 '빛을 깨뜨렸다'는 뜻으로 볼 수 있다.

'밝은 것이 깨졌다'는 말은 시대가 어두워졌다는 말로 악한 세상이 되었다는 말이다. 그리고 '빛을 감춘다'는 말은 자기의 빛을 감추고 자기의 현명함을 드러내지 않게 되었다는 말이다. 셋째 밝음이 깨뜨렸다는 뜻은 밝은 빛이 어둠을 깨뜨리고 더욱 빛나게 되었다는 풀이도 된다. 명이明夷를 이렇게 '빛이 어둠을 이긴다'라고 풀어볼 수 있다는 것이다. 이와 같이 명이明夷를 시대적인 어두움이라는 뜻, 자기의 빛을 감춘다는 뜻, 그리고 빛이 어둠을 이긴다는 뜻, 이렇게 세 가지로 겹쳐서 생각해 볼 수 있다.

명이明夷란 먼저 악한 시대, 악한 왕이 다스리는 시대를 말한다. 땅속에 불이 들어간 것이 명이明夷다. 해가 져서 빛이 땅속으로 들어가 세상이 어두워진 때이다. 역사적으로 은나라 말에 주왕紂王이라는 폭군이 나타난 때다. 이때 기자箕子는 주왕紂王을 피하려 노예가 되어 깊이 숨어지냈다. 이처럼 철인들이 들어가 숨지 않으면 살아날 수 없는 그런 시대를 이른바 명이明夷라 한다.

이런 시대를 당하면 한없는 고난이 따른다. 의인들이 겪는 고난을 '간정艱貞'이라 한다. 의인들은 한없는 고난 속에서도 지조를 지키는 사람들이다. 아울러 고난 속에서야말로 의인들이 진가가 드러나고 의인들이 내는 지혜의 빛이 더욱 빛을 발하며 나오게 된다는 뜻도 있다. 그 의인들이 겪는 고난과 그 속에서 나오는 지혜의 빛은 무엇인가?

은나라 말 주왕이 폭정을 하던 때 철인이던 문왕은 안으로는 지혜를 가득 채우고서 밖으로는 아무것도 아닌 것처럼 겸손하게 주왕에게 순종했다. 그것을 '내문명이 외유순內文明而外柔順'이라 한다. 그러다가 유리라는 감옥에 갇히게 되었는데 그것이 '이몽대난以蒙大難'이다. 문왕이 감옥에 들어가서야 진짜 문왕, 즉 진리의 왕이 된다. 문文이란 진리를 뜻하는 것으로 문왕文王이란 진리의 왕이란 말이다.

문왕이 진리의 왕이 되었다는 말은 무슨 뜻인가? 바로 문왕이 감옥에 갇혀 있으면서 주역을 정리하고 글을 썼다는 말이다. 이렇게 고난 없이는 빛이 나오지 않는 법이다. 한없이 큰 고난을 통해서, 진리의 왕, 문왕이 된 것이다. 커다란 고난에 힘입어서 문왕이라는 대철학자가 나오게 된 것이다. 이것이 명이 괘의 핵심이다.

기자箕子의 경우도 마찬가지다. '회기명晦其明'이란 '그 빛을 감추었다'는 뜻으로 기자가 남의 노예로 들어가 숨어 살았던 것을 말한다. 자기의 정체를 숨기고 노예로 살았다. 그래서 그 어려움 속에서 지조를 지키고, 철학을 내놓았는데 기자의 철학은 홍범구주洪範九疇를 정리한 일이다. 9가지 정치도덕을 정리한 홍범구주 덕분에 기자箕子도 유명하게 된 것이다. 기자가 그렇게 홍범구주를 연구하지 않았다면 일반 사람과 다를 바가 없어 그만 잊혔을 것이다.

괘상의 말을 읽어본다. 빛이 땅속에 들어간 것이 명이明夷다. 군자는 이것을 본받아서 백성에게 임할 때 자기라는 것을 감추고, 즉 자기라는 것을 내려놓고 백성의 뜻을 받들고 정치를 한다. '리莅'는 '임한다'는 뜻이다. 군자가 정치할 때는 너무 똑똑한 척 자기를 내세우는 것이 없이 남을 도와주고 존경하며 자기를 겸손하게 낮춘다. 나보다 남을 더 낮게 여기며 존중하는 것이다. 그래서 남들의 욕심과 어리석음을 보며 알고도 모르는 체 그렇게 너그럽게 정치를 해야 한다는 말이다.

집에서도 어른들은 아이들의 잘못을 뻔히 알면서도 그냥 모르는 체 가만히 눈을 감고 넘어가는 경우가 필요하다. 이런 것을 '용회이명用晦而明'이라 한다. 노자老子는 이런 것을 '화광동진和光同塵'이라 했다. 다른 사람에게 똑똑해지는 것보다는 바보가 되는 것이 더 큰 지혜라는 것이다. 큰 사람이 된다는 말은 바보처럼 된다는 말이다.

그래서 대지大智보다도 대우大愚가 더 위대하고 높다고 한다. 너무 똑똑하게 태어나도 위대한 사람이 되기 어려운 법이다. 태어나기를 좀 바보스럽게 태어난 경우엔 겸손함을 잃지 않고 열심히 노력만 하기에 오히려 큰 사람 되기가 쉽다. 왕이 백성들을 대할 때도 좀 어리숙한 듯 그런 식으로 대인의 정치를 해야 좋다는 것을 '용회이명用晦而明'이라 한다. 결국 희망의 노래는 스스로 힘써 명덕을 닦는 자소명덕이요 절망의 어둠에서 부르는 노래는 자기의 똑똑함을 감추고 겸손하게 뜻을 지키는 회기명晦其明이다. 밝음 속에서 어둠을 보는 지혜와 어둠 속에서 밝음을 지키는 의로움이 희망과 절망을 넘어 영원한 세계로 올라가는 길이 아닐까 싶다.

21. 상생 상통하는 귀일 공동체
풍화가인家人(37) 화택규睽(38)

개요: 모성 중심의 사회

  가인家人의 뜻은 집사람, 또는 가족이나 일가친척을 말한다. 풍화風火, 바람과 불을 가인家人이라 하는데 그 이유는 무엇일까? 바람은 불 때문에 일어난다. 불이 바람의 원인이다. 불은 여성을 상징한다. 집안이 일어나는 것은 여성 때문이다. 그래서 풍화가인은 여성이 집안의 주인이 되어야 한다는 말이다. 여성성이 중심이 되는 모성사회가 가정이다. 가정에서 자녀들이 잘 자라는 것은 어머니 덕분이다. 고대인이 꿈꾸는 이상사회의 모델은 여왕벌과 같은 모성사회였다.

  다석 류영모는 여왕벌이 이끄는 벌들의 세계에서 유정유일惟精惟 ─ 윤집궐중允執厥中의 이상을 보았다. 여왕벌은 단 한 차례 수정한 다음 일생 그것을 간직하여 날마다 알을 낳는다. 여왕벌이 하늘 높이 올라가서 한 번 수정하듯 인생도 정신이 높이 올라가 성령체험을 가지고 내려와 날마다 말씀의 알을 낳는 삶이라야 한다는 말이다. 날마다 낳는 말씀의 알에서 일벌이 되어 나오면 일벌은 동봉이된다. 평생 결혼하지 않고 오로지 순수한 꿀을 모으기 위해 한결같이 일한다.

여왕벌이나 일벌이나 태어날 때는 다름이 없다고 한다. 그런데 일벌들이 여왕벌로 키우기 위해서 특별한 음식으로 대접하여 여왕벌이 나온다고 한다. 여왕벌은 또한 특별한 호르몬 분비를 통해 일벌들의 생식기능을 멈추게 한다. 그런데 이런 여왕벌이 사라지면 벌들은 오래지 않아 무정란을 낳게 되고 무정란에서 수컷들이 나와서 벌들의 사회는 붕괴한다는 것이다. 이렇듯 중심역할을 하는 여왕벌이 어떤 이유로든 사라지면 벌 사회는 유지되지 못하는데 이처럼 집안이 어지러워진 상태를 화택규火澤睽라 한다.

화火와 택澤, 두 여인이 서로 화합하지 못하고 싸우면 망한다는 뜻이 화택규火澤睽이다. 규睽는 노려본다, 미워한다는 말이다. 여왕벌이 사라지자 놀고먹는 수벌들이 많아져서 서로 싸우는 형국이다. 수벌 같은 사람들은 홀로 있으면 외롭고 함께 있으면 괴롭다. 사람은 외롭게 살아도 안 되고 괴롭게 살아도 안 된다. 그럼 어떻게 해야 홀로 있어도 외롭지 않고 함께 있어도 괴롭지 않을 수 있을까? 서로 다투는 화택규가 되지 않고 부드럽고 따뜻한 사랑의 하나됨의 공동체, 귀일 공동체가 되려면 여왕벌 같은 모성성의 지도자가 나와야 된다는 것이다.

원문 해석

◆ 풍화가인風火家人(37) (바람==과 불==)

바람과 불을 가인家人이라 한다. 사랑의 공동체다. 가인은 집사람 이니 곧은 여자라야 이롭다.

괘를 판단하는 말이다. 집안의 주인인 가인은 누구인가? 여성의 바른 지위는 안에 있고 남성의 바른 지위는 밖에 있다. 남성과 여 성의 위치가 바로 되어서 둘이 하나가 됨이 천지의 큰 뜻이다. 집 안의 주인으로 위엄이 있는 분이 계시니 바로 부모다.

괘상의 뜻을 말한다. 불에서 바람이 일어난다. 그것을 일러 집사 람, 안해라 한다. 군자는 이를 본받아서 말을 할 때 구체적인 진실 이 있고 행할 때는 변함없는 믿음으로 기쁨을 줘야 한다.

내용 풀이: 안해는 가정의 태양이다

풍화가인風火家人이다. 위는 바람이요, 아래는 불이다. 불이란 사 랑의 상징이다. 가정은 이해관계를 떠난 사랑과 믿음의 관계라야 한다. 자식들은 어머니와 아버지를 무조건 믿을 수 있어야 행복하 다. 무조건적 신뢰와 사랑의 관계, 이런 믿음과 사랑이 가장 구체 화 된 곳이 가정이다. 말하자면 가정은 천국의 상징이다. 믿음과 사랑과 희망, 이것이 가정의 본질이다.

그럼 이런 가정을 일으키는 사람은 누구인가? 이녀정利女貞이다. 바른 여성이라야 이롭다. 바른 여성이 집안의 주인이 되어야 이롭다는 말이다. 이것이 풍화가인風火家人의 핵심이다. 올바른 여성이 집안의 주인이 되어야 한다. 가정의 주인이 여성이라는 말의 뜻이 깊다. 남의 딸을 우리 집에 데려오면 그 여인이 우리 집의 태양이 된다. 그래서 '안해'라 한다. 유영모 선생은 아내가 집안의 태양이라 해서 안해라 했다. 여자가 달인데 달이 집에 들어와 태양이 된다는 것, 이것이 가정의 비밀이요, 가정의 원리다.

유교의 관점에서 여성의 자리가 집안이라면 남성의 자리는 밖이다. 여자는 안에서 일하고, 남자는 밖에서 일하는 것을 정위正位, 바른 지위라 한다. 정正이란 마땅하고 올바름 가운데 하나가 된다는 말이다. 아버지는 밖에서 주인이 되어 일하고 어머니는 안에서 주인이 되어 일해야 하늘은 하늘대로 빛나고 땅은 땅대로 빛나서 천지의 대의가 밝아진다는 것이다. 천지의 대의가 밝아진다는 말은 세계의 문제가 해결되어 평화롭게 된다는 말이다. 이렇게 가정의 확대가 세계이기에 가정은 평천하의 근원이라 했다. 세계의 모델은 언제나 가정이라는 것이다. 그래서 동양은 부모의 자리를 무엇보다 존중해 왔다.

현대의 페미니즘 입장에서 이런 유교적 관점은 당장 폐기처분 해야 할 가부장적 세계관이겠지만 지난 수천 년 농경사회 문화 속에서 자연히 형성된 남녀의 역할과 사회적 시스템이었다. 이제 산업화와 기업과 자본주의 발달로 농경사회가 사라지고 정보사회라는 전혀 다른 세상이 되었다. 현대인은 누구나 사회적 활동에 여성과 남성의 차별은 있을 수 없으며 평등한 기회와 동등한 지위를 가져야 한다고 생각한다. 그러나 남성은 출산과 육아의 역할에서 여성을 대체할 수 없는 면이 있다. 인류의 후손을 공장에서 길러내지 않는 한 여성은 출산의 고통을 겪어야 하고 이로 인한 사회적 활동의 장애나 불편을 피할 수 없다. 출산과 육아 그리고 사회적 성취라는 과제를 놓고 어떻게 남성과 여성이 합심으로 하나가 될 수 있는지 올바른 세계관과 제도의 정립이 요구된다.

하늘과 땅이 하나가 되어 만물을 기르듯이 가정에서 아버지와 어머니는 하나가 되어 자녀들을 올바로 길러야 한다. 남성과 여성이 어떻게 하나가 되는가? 수렵시대 모계사회로부터 남녀가 하나 되는 지혜를 찾았다. 남자는 밖으로 나가서 위험한 사냥과 채집활동을 하며 외부의 위험에서 가족을 지켜야 한다. 가정에서는 어머니가 주인이 되어 자녀들을 낳고 돌보는 일을 한다. 이렇게 여인들과 아이들을 위험에서 지키고 사냥으로 식량을 조달할 책임이 남성에게 있었다. 수렵사회에서 남녀의 이런 역할분담이 종족이 살아남고 번성하기 위한 가장 지혜로운 방책이었을 것이다. 수렵사회가 지나고 농경사회로 변화가 되었어도 여전히 그런 남녀의 역할 구조는 남아 있었다. 그래서 사회 정치적 대외활동은 모두 남성의 몫이었고 그에 따라 대외적으로 집안을 대표하는 사람은 아버지였다. 말하자면 이런 가부장 제도가 정착되어 산업사회를 지나 정보시대가 된 지금까지 남게 되었다. 그런데 이제는 수렵시대와 달리 외부활동이 전혀 위험한 상황이 아니다. 즉 힘이 세고 용감한 남성의 역할이 필요 없는 시대가 된 것이다. 그에 따라 남녀의 역할에 대해 다시 성찰해보는 여성운동이 일어나게 되었다.

즉 전통사회에서는 결혼과 출산과 육아를 여성에게 피할 수 없는 운명으로 여겼으나 이제는 여성이 스스로 선택할 수 있게 되었다. 그리고 바깥 사회활동은 남성이 담당하고 집안의 육아와 가사는 여성의 몫이라는 이런 전통적 사고를 벗고 새로운 성 평등의 길을 찾자고 주장하게 되었다. 그래서 전통적 개념의 가족이 해체되어 다양한 형태의 가족개념이 나타나고 있다. 출산과 양육의 전통적 혼성가족, 양육만 하는 혼성가족, 출산도 양육도 없는 혼성가족, 남성이나 여성들만 사는 단성가족 등등. 하여튼 가족이 가장 기본적인 공동체인데 그 공동체 구성원 사이에서 어떻게 역할분담과 올바른 지위를 얻어 모두가 하나가 되어 의미 있고 행복하게 사느냐는 문제가 여전히 우리의 과제로 남게 된다.

시대와 상황이 변하면 인간이 사고도 변하기 마련이다. 코로나19로 말미암아 재택근무를 경험하며 가정과 사회활동의 경계가 허물어지는 시대가 되었다. 내외가 없고 경계가 사라지는 이런 시대 앞으로 어떤 방식으로 남녀의 역할과 협력을 이루어 인류를 평화롭고 자유롭게 할 것인지 부성과 모성이 조화를 이루는 새로운 사상의 출현을 기대한다.

우리는 흔히 바람이 불어서 불이 번진다고 보지만 여기서는 거꾸로 생각한다. 불이 일어나서 바람이 분다는 것이다. 바람의 근원이 불이라는 거다. 우리가 사는 외부 세계를 바람이라 생각하면 가정은 불이라고 본 것이다. 그래서 가정의 문제가 해결되어야 세계의 문제가 해결된다는 뜻이다. 가정의 문제가 해결될 때 세계의 문제가 해결된다. 바람이 불에서 나온다는 것을 가장 실감할 수 있는 것이 태풍이다. 남쪽 바다에 뜨거운 태양의 불이 내려서 바람이 일어난 것이 태풍이다. 가정이 뜨거운 불처럼 사랑의 도가니가 되어야 거기서 희망의 바람이 솟아난다.

사랑의 도가니를 통해서 새로운 인격이 태어난다. 모성애의 뜨거운 사랑으로 새로운 인격이 나와서 세상에 희망의 바람을 일으키는 곳이 가정이다. 인격은 말과 행동이 일치하는 것이다. 말은 진실하고 행동은 믿음직한 이런 인격을 길러내는 장소가 가정이다. 가정의 역할은 무엇보다 사랑과 믿음의 인격을 길러내는 것이다. 이런 인격을 기르는데 학교 교육만으로는 부족하다. 인격을 기르는데 교회나 법회 등 종교기관의 역할도 필요하다. 그래서 우리 사회에 희망의 바람이 불어오려면 인간의 정신을 기르는 가정과 학교와 종교의 역할이 중요하다. 그래서 가정과 일터가 하나가 되고 사회와 학교가 하나가 되는 그런 새로운 모성성의 공동체나 사회적 귀일의 모델은 무엇일까 상상해 본다.

원문 해석

◆ 화택규火澤睽 (38) (불==과 호수==)

규睽는 서로 노려보며 싸우는 것이다. 소인들의 싸움이다. 길하게 된다.

괘를 판단하여 말한다. 노려보며 싸우는 것은 불이 움직여 위로 올라가고 연못은 움직여 아래로 내려가니 서로 어긋나기 때문이다. 두 여자가 함께 사는데 그 마음이 서로 다르다. 기쁨을 가지고 밝은 빛을 붙들어야 한다. 온유함으로 나아가고 올라가서 중中을 얻어 강한 뜻에 순응하여 그 뜻과 하나가 된다. 이로써 사건은 소멸하게 되니 모두 행복하다. 하늘과 땅이 서로 다르지만 뜻하는 일은 같다. 남자와 여자가 서로 다르나 그 뜻이 서로 통한다. 만물이 서로 다르지만 하는 일이 모여 한 무리가 된다. 이렇게 서로 다른 것이 나타나서 서로 하나가 되는 때의 효용이 얼마나 위대한 것인가? 괘상을 보면 위는 불이 있고 아래는 연못이 있는데 이것을 규睽라 한다. 군자는 이것 보고 같고 다름을 초월하는 지혜를 얻는다.

내용 풀이: 두 여인의 싸움

화택규火澤睽, 위는 불(화火), 아래는 연못(택澤)이 규睽라는 괘다. 규睽는 노려보면서 싸우는 것이다. 풍화가인風火家人은 어른들의 세계라면 화택규는 소인들이 서로 싸우는 세계다. 한 집안에 두 여인이 함께 살면서 서로 싸우는 것이다. 싸우는 여인은 소인의 상징이다. 한 집안에서 하녀들이 서로 미워하고 다투는 모습을 화택규라 했다. 이렇게 서로 미워하는 불인不仁과 믿지 못하는 불신不信이 소인들의 특징이다. 불인과 불신의 소인들이 만나면 상극이 되어 싸운다. 이런 상극의 관계를 어떻게 하여 상생으로 만드는가?

소인들, 아이들은 서로 다투며 경쟁한다. 아이들의 하는 일이 싸우는 일이니 아이들이 싸우는 것은 당연하다. 아직 어리기 때문이다. 아이들이 서로 싸우는 과정이 없이 어른이 될 수는 없다. 그렇게 싸우면서 상대를 이해하게 되고 바꿔서 생각도 해보게 되고 그렇게 점차 생각이 자라고 사회성도 커가는 것이다. 그래서 아이들의 싸움을 어른이 되는 성장과정이요 사회화 과정이라 보면 싸움은 길하고 좋은 것이다.

규睽는 서로 다투는 사건이다. 이런 사건들이 어린아이들의 사건이라면 좋은 일이지만 어른들의 싸움이라면 흉악한 흉凶이다. 어른들의 사건은 없어져야 모두 행복하다. 규를 어른들의 사건으로 보느냐 아이들의 사건으로 보느냐에 따라 판단이 다르다. 싸움이 일어나면 강한 자는 화가 치솟고 약한 사람은 억울해서 눈물을 흘린다. 그것을 염상누수炎上漏水라 한다. 이렇게 화가 불길처럼 위로 치솟고 눈물이 바다를 이루어 아래로 떨어지는 소인들의 싸움을 어떻게 말려야 할까. 즉 물과 불의 상극의 관계를 어떻게 하면 상생의 관계가 될 수 있을까? 물과 불이 만나 풀이라는 생명이 되는 것이다. 초목의 풀이 되면 물과 불의 상극이 풀리게 된다.

대우주와 하나가 되어 사는 것이 생명이다. 소인들은 소우주를 살고 대인들은 대우주를 산다. 소우주의 상징은 촛불이요 대우주의 상징은 태양 빛을 받고 자라는 나무다. 촛불 같은 소우주는 염상누수炎上漏水인데 대우주大宇宙가 되면 수승화강水昇火降이다. 촛불의 불꽃은 위로 올라가고 초의 녹은 물은 아래로 떨어진다. 그런데 우주의 태양 빛은 아래로 내려오고 바닷물은 위로 올라간다. 대우

주와 소우주는 이처럼 정 반대다. 그래서 소인은 염상누수炎上漏水
요 대인은 나무처럼 수승화강水昇火降이다. 나무는 내려오는 빛을
받아 땅속의 물을 길어 올린다. 대우주의 수승화강을 사는 생명이
나무다.

한집에 사는 두 여인의 마음이 서로 맞지 않는다. 생각이 다르고
뜻이 다른 이른바 동상이몽同床異夢이다. 그럼 어떻게 해야 서로 화
합하고 하나로 합해질 수 있는가? 불(☲)은 리離 괘로 힘이 센 시어
머니라 하면 연못 태兌는 소녀로 어린 며느리라 볼 수 있다. 이때
불은 내려오고 물은 올라가야 한다. 시어미는 빛이 되어 사랑으로
내려와야 하고 며느리는 기쁨과 믿음으로 올라가야 한다.

태兌는 기쁨의 열說이요 리離는 불이요 밝음이다. 연못의 태는 기
쁨으로 올라가야 하고 불은 밝은 빛이 되어 내려와야 한다. 그래서
서로 하나가 된 것을 려호명麗乎明이라 했다. 려麗는 붙는다는 뜻으로
리離로 읽는다. 리호명麗乎明이다. 물은 올라가서 기쁨이 되고 불은
내려와서 밝음이 된 것이다. 물은 수증기로 변하여 올라가고 불은
빛으로 변해 내려와야 한다. 물은 진리의 기쁨으로 올라가야 하고
불은 지혜의 사랑으로 내려와야 한다. 그래서 며느리의 믿음과 시
어머니의 사랑이 하나가 된 것이다. 상극이 상생하는 길은 이것이
다. 불이 빛이 되어 내려오면 물은 기체가 되어 올라가 서로 만나 통
하게 된다. 빛이라는 말 대신에 성리학에서는 리理라고 한다. 이기理
氣가 만나 하나가 된 세계가 대우주의 세계요 수승화강의 세계이다.

부드러운 물은 수증기가 되어 자꾸 올라간다. 그래서 득중得中 즉
한복판 가운데까지 올라가서 강剛에 응해야 한다. 강剛이란 불이 내

려와서 된 것이다. 물이 올라가서 유柔가 되고 불은 내려가서 강剛이 되었다. 빛은 내려오고 힘은 올라가서 이 빛과 힘이 합해서 이 세상 모든 문제를 해결한다는 말이다. 하늘과 땅이라는 대우주는 상극상생이다. 대우주의 하늘과 땅은 서로 다르지만 하는 일이 같다. 남녀가 서로 역할이 다르나 그 뜻은 하나가 된다. 만물이 서로 다르게 나와서 전체 속에서 하나가 된다. 이렇게 서로 다르게 나타나서 모두가 하나가 되는 상생의 이치가 얼마나 위대한가.

공자가 말하길 군자는 화이부동和而不同이요 소인은 동이불화同而不和라 했다. 군자는 서로 화합하지만 같지는 않고, 소인은 서로 같으면서 화합하지 못한다는 것이다. 대인은 대우주의 수승화강이요 화이부동이다. 개성이 다르고 역할과 사명이 다르지만 서로 모여 화합할 수 있는 지혜를 가진 사람이 대인이다. 그런데 소인은 서로 같아서 개성도 없고 화합할 수 있는 지혜도 없다. 그래서 서로 싸우며 염상누수의 세계로 번뇌와 비탄 가운데 다투며 산다.

대우주의 윤리는 상생의 윤리다. 그런데 소우주는 상극相剋의 윤리다. 서로 경쟁하며 믿지 못하고 미워한다. 이런 미움과 불신이 변하여 사랑과 기쁨이 되는 것을 상극상생이라 한다. 상생이 되려면 동이리同而異, 서로 다름을 인정하고 함께 기뻐하는 지혜를 얻어야 한다. 분노의 불이 사랑의 빛으로 변해야 하고 비탄의 눈물이 믿음의 기쁨으로 올라가야 한다. 그래서 사랑의 빛과 믿음의 기쁨이 하나가 되는 상생의 지혜를 수승화강이라 한다. 염상누수를 벗어나서 수승화강으로 살자는 것이다. 소우주의 몸과 맘에 집착하지 말고 천지와 하나가 되는 대우주의 정신으로 살자는 말이다.

22. 정의의 길과 해방

수산건蹇(39) 뇌수해解(40)

❧

개요: 겨울이 오면 봄이 어찌 멀리 있으랴

험준한 산과 강물이 앞길을 가로막듯 여러 장애가 나타나 활동하기 어려운 고난의 시절을 수산건水山蹇이라 하면, 뇌수해雷水解는 우레의 천둥이 울리고 비가 내려서 모든 만물이 풀리고 피어나는 봄 같은 시절이다. 온 땅의 물이 얼어붙는 추운 겨울의 혹독함이 수산건이라면 뇌수해는 모든 일이 술술 풀리는 자유와 해방의 때다. 어리석은 독재자의 횡포와 침략자의 강탈이 아무리 가혹하고 잔인하다 해도 이내 봄을 맞아 봄바람이 불어오면 마침내 얼어붙는 권력에 균열이 와서 한꺼번에 무너지고 새로운 민주와 해방의 시대가 도래한다.

겨울이 지나면 봄이 오는 것은 자연이다. 때가 지나면 모든 것이 변하기 마련이다. 아무리 힘든 상황에서도 '이 또한 지나가리라' 그렇게 변화의 때를 기다리는 것도 하나의 지혜다. 말썽 많던 아이들도 어려운 시절을 지나서 때가 되면 성숙한 어른으로 변하게 된다. 신체적 변화와 함께 찾아오는 삶의 의미와 가치관의 혼란으로 좌충우돌하는 청소년기의 상황을 수산건水山蹇이라면 뇌수해雷水解는 아이들의 문제를 해결할 수 있는 지혜와 힘을 가진 어른들의 세계라 할 것이다.

겨울이 오면 봄이 어찌 멀리 있으랴. 엄혹한 겨울을 맞을 때마다 시인과 예언자들은 이렇듯 봄을 고대하는 희망의 노래를 불러서 추위와 굶주림과 외로움으로 고통당하는 인생들을 위로했다. 고통과 고난 속에서 사람들은 어떻게 견디며 살았을까? 모든 것이 변한다는 믿음을 갖고 때를 기다리며 인내하는 사람도 있고, 전생에 지은 죄업이라 여기며 체념하고 사는 사람도 있고, 이생의 고난의 삶을 견디면서 살다가 악을 짓지 않으면 저승에 가서 낙원에 이를 것이라고 내세를 믿는 꿈으로 사는 사람도 있고, 자연을 찾아 위로를 받으며 세속을 잊고자 하는 사람도 있다. 그렇지만 사악하고 탐욕스러운 자들이 여전히 세상에서 흥청거리고 떵떵거리며 잘 사는 것을 볼 때 도대체 정의의 신이 어디에 있다는 걸까, 아니 세상은 본래 악한 자들이 움직이는 것이 아닐까 회의하는 가운데 또 사악함과 불의를 보고 견딜 수 없는 양심의 소리를 들으면서 하나님의 현존을 믿지 않을 수도 없을 것이다. 그래서 시편 기자는 고백하며 기도했다.

하나님이 참으로 마음이 정결한 자에게 선을 행하시는데나는 거의 실족할 뻔하였고 내 걸음은 미끄러질 뻔하였나이다. 이는 내가

악인의 형통함을 보고 오만한 자를 질시하였음이라. (시 74:1-3)

정의의 하나님은 어디 계시느냐는 회의懷疑 끝에 우리는 예언자 이사야를 통해 고난받는 자와 함께 고통을 당하시는 자비의 하나님을 고백하는 신앙에 이르게 된다.

그는 실로 우리의 질고를 지고 우리의 슬픔을 당하였거늘 우리는 생각하기를 그는 징벌을 받아서 하나님에게 맞으며 고난을 당한다 하였노라. (이사야 53:4)

세상에서는 불의한 자들이 끝까지 잘 살다가는 경우도 있고 의인들이 악인들에게 고난을 겪는 일도 있다. 어찌 이런 일들이 일어나는 걸까. 무고하고 억울한 고난을 겪을 때 우리는 어떻게 해야 하는가? 이에 대하여 주역에서는 어떤 말을 하는지 살펴본다.

원문 해석

◆ 수산건水山蹇(39) (물==과 산==)

건蹇은 험한 산을 오르는 일이다. 서남쪽이 이롭고 동북쪽은 불리하다. 대인을 만나야 이롭고 마침이 있어야 행복하다.

괘를 판단하여 말한다. 건蹇은 험난함이다. 위험한 것이 앞에 놓여 있다. 위험한 것을 보면 능히 그칠 수 있어야 지혜로운 것이다. 건蹇은 서남이 이롭다 함은 그렇게 가야 중도를 얻는다는 말이다. 동북이 불리하다 함은 그리로 가면 길이 막힌다는 말이다. 대인을 만나야 이롭다고 함은 그래야 일을 이룰 수 있다는 말이다. 정당한 자리에 올라가야 마침내 길하게 된다. 이로써 온 나라가 바르게 되기 때문이다. 험한 길을 올라가는 그때의 효용은 얼마나 큰 것인가.

쾌상의 뜻을 말한다. 산 위에 물이 있는 것이 건蹇이다. 군자는 이것을 보고 자신을 돌아보아 속알을 닦고 기른다.

내용 풀이

◆ 산을 오를 때 필요한 3가지

건蹇이란 절름발이라는 뜻이다. 아이들이 아직 제대로 걷지 못하는 상태를 건이라 한다. 건蹇에는 험난하다는 뜻과 올라간다는 뜻이 있다. 그래서 정성과 충성을 다해서 올라간다, 자기의 생명을 바쳐 올라간다는 뜻을 건건蹇蹇이라고 한다. 흔히 인생길을 산에 오르는 것으로 비유한다.

험한 산을 오를 때 3가지 요령을 잡아야 한다.

첫째는 올바른 길을 택하라는 것이요,

둘째는 안내자를 만나야 한다는 것이요,

셋째는 끝까지 올라야 한다는 것이다.

무엇보다 험한 산에 오를 때는 반드시 지도자, 안내자가 있어야 위험하지 않게 된다. 인생에도 반드시 안내자가 있어야 한다. 산에 오를 때 안내자가 있어야 하듯 인생길에도 반드시 자기의 선생님을 가져야 한다. 선생님을 찾기 전에 먼저 어떤 길을 갈 것인지 올바른 분야를 택해야 한다. 즉 행복한 인생이 되려면 돈이나 권력을 찾는 길이 아니라 학문과 종교와 예술의 길을 택해야 한다.

말하자면 서남쪽이란 학문이나 예술 종교 등으로 모든 인생의 행복을 위한 길이요 동북쪽이란 돈과 권력과 명예 등을 쫓다가 그만 불행해지기 쉬운 길이다. 그래서 동북이 아니라 서남쪽을 택하라 한다. 보통 산의 서남쪽은 평탄한 길이요 동북쪽은 험준한 절벽이 많다. 인생의 서남쪽은 종교나 예술이나 학문을 택하는 것이다.

그렇게 올바른 분야를 스스로 택하여 무엇을 배우고 얻으려면 꼭 선생을 가져야 한다. 어느 길이거나 선생님과 함께 가야 무엇이 되지 혼자서 가게 되면 위험하다. 그래서 이견대인利見大人이라 한다. 큰사람을 만나야 이롭다는 뜻인데 여기서 큰 사람이란 선생을 말한다. 그리고 정貞이다. 정貞은 곧다는 것보다는 정상이라는 정頂과 마찬가지로 꼭대기를 말한다. 산꼭대기까지 올라가야 한다. 시작하고 출발했으면 끝까지 가서 목적을 달성해야지 도중에 그만두면 안 된다는 말이다.

건蹇은 험난함이다. 인생길에는 여러 가지 위험이 도사리고 있는데 그 위험을 볼 수 있어야 한다. 인생길에 누구나 식색食色의 문제가 있다. 사람이 남자나 여자로 태어났다는 것, 이것이 하나의 험난이다. 위험하고 어려운 과제다. 그리고 사람이 먹어야 산다는 것, 이것이 또 하나의 험난이다.

먹는 문제를 조금 확장하면 경제문제가 된다. 돈처럼 필요한 것도 없지만 또 이것처럼 위험한 것도 없다. 남녀문제를 달리 말하면 정치 문제다. 남녀문제에 빠지는 것을 치정痴情이라 하는데, 정치에 빠지는 것도 이른바 치정이다. 감정을 올바로 다스리지 못하는 어리석음이다. 그런데 이것을 아는 이가 별로 없다. 스스로 치정에 빠져 있으면서 그것을 알아차리지 못하고 오히려 하나의 영광으로 착각한다. 권력과 명예의 영광에 도취하여 마치 스스로 신이나 되는 듯 착각한다. 그러니까 정치에 빠지면 너도, 나도 대통령이 되겠다고 덤벼든다. 이런 치정에 빠지지 않으려면 지혜가 필요하다. 위험한 것을 볼 수 있어야 하고 그 위험을 보고 능히 멈출 줄 아는 힘이 있어야 지혜롭다고 한다. 위험 앞에서 능히 멈출 수 있는 능지能止를 해야 한다. 능히 자기를 제어하고 그칠 줄 알아야 한다. 그래야 지혜로운 사람이다.

산에 오를 때 평평한 길로 가야 꼭대기까지 올라갈 수가 있다. 험한 절벽의 길로 가면 길이 막힌다. 산꼭대기에 올라가서 자리를 잡는 것은 온 세계를 바로잡기 위해서다. 세계를 바로잡기 위해서 올라가는 것이다. 이렇게 험난한 인생길을 올라가는 때, 그때가 얼마나 중요한지 모른다. 험난한 길을 올라가는 과정을 통해 사람이 되기 때문이다. 누구나 다 겪는 험난한 인생길인데 위험에 빠지지 않고 행복하게 살려면 올바른 길을 택하고 안내자인 스승을 따라야 한다. 그래야 끝까지 갈 수 있다. 그러니까 건蹇의 뜻을 알고 올라가는 그때가 얼마나 중요한가.

산 위에 물이 있는 모습을 수산건水山蹇이라 한다. 군자君子는 이
것을 보고 반신수덕反身修德한다. 반신수덕이란 자기 자신을 돌이
켜 성찰하고 자기의 실력과 인격을 기른다는 뜻이다. 여기서 산 위
에 물이 있다는 것은 어떤 것일까? 높은 산이 있고, 그 위에 백두산
천지 같은 호수가 있다고 해도 좋고, 또는 구름이 덮여 있다고 해도
좋고. 또는 만년설의 얼음이 덮여 있다고 보아도 좋을 것이다. 어
떻게 보든 산이 높고 험하다는 것이다. 그래서 그 위에 눈이나 물
이나 안개가 덮여 있다.

이런 산의 웅장한 모습을 영봉이라 한다. 높은 산을 보고 웅장함
과 신령스러움을 느끼듯이 높은 인격 앞에서 경외감을 느끼는 것
이 또한 인지상정이다. 안자顔子는 공자孔子의 인격 앞에서 경외감
을 느꼈고, 도마는 예수의 신격 앞에 경외감을 느꼈다. 경외감이란
자기로서는 도저히 따를 수 없는 절대의 높은 경지를 바라볼 때 느
끼는 놀람과 감탄과 좌절이 뒤섞인 인간의 근본 정서라 할 것이다.

그런데 높고 큰 자연의 웅장함을 보는 육체의 눈은 누구나 갖고
있지만, 인격의 숭엄을 바라볼 수 있는 정신의 눈은 아무나 가질 수
없다. 학문과 예술, 또는 신앙의 훈련을 통해서 스스로 갈고 닦아
가는 과정을 통해 이런 마음의 눈이 떠지는 것이다. 즉 스승의 높
고 거룩한 인격을 알기 위해서는 자기 스스로 돌이켜 자신의 덕을
길러가는 노력이 있어야 한다. 붓글씨를 배워봐야 서예를 볼 수 있
는 안목이 생기지 그렇지 않으면 어렵다. 이처럼 무엇이나 눈을 뜨
려면 훈련이 필요하다.

산 위에 만년설이 덮여있는 그 높은 산의 영봉을 바라보며 너무나 높고 험준하다고 느끼는 그것을 건건蹇蹇이라 한다. 군자는 이것을 통해 인생의 이상을 바라보며 인격의 숭엄을 향하여 건건蹇蹇 하는 것이다. 자기의 생명을 바쳐 올라가는 것이다. 자기를 부인하고 자기 십자가를 지고 올라가는 것이다. 달리 말하여 반신수덕反身修德한다는 것이다. 아무리 그 길이 높고 험해도 안내자인 스승과 함께 올라가며 한 발 한 발 딛다 보면 끝까지 올라갈 수 있다. 올라가며 자기의 실력을 길러가는 것이 십자가의 좁은 길이다. 올라간 만큼 실력이 자라는 것이다. 그래서 끝까지 올라가면 독좌대웅봉獨坐大雄峰이 된다. 산꼭대기에 올라가서 산과 하나가 된 것이다. 스승을 따라 올라가다가 스승과 하나가 된 것이다. 그렇게 건건蹇蹇하며 올라가는 길을 반신수덕反身修德이라 한다. 선승인 투자投子 의청義淸(1032~1088) 선사가 남긴 독좌대웅봉獨坐大雄峰과 관련된 시를 읽어본다.

> 험하고 가파른 산봉우리 구름을 뚫고
> 저 멀리 높이 높이 솟았네
> 산 위의 만년설 차가운 기세는
> 아득히 하늘 밖에 뻗어있네
> 꼭대기에 홀로 앉아 사방을 둘러
> 연기 난 곳 바라보니
> 한 무리의 청산으로
> 만강의 물길이 흘러드네

외외초형출운소巍巍峭逈出雲宵
정쇄빙한세외요頂鎖氷寒勢外遙
좌관사망연롱처坐觀四望煙籠處
일대청산만수조一帶靑山萬水朝

원문 해석

◆ 뇌수해雷水解(40) (우레☲와 물☵)는 해방을 말한다. 서남이 이
로우니 더 갈 바가 없다. 그 돌아옴이 길하다. 갈 바가 있으면 빨리
마쳐야 길하다.

괘를 판단하여 말한다. 해방자는 누구인가? 위험할 때 움직이고
활동으로 위험에서 벗어나게 해주는 그가 해방자다. 서남이 이롭
다 함은 가서 많은 무리를 얻는다는 말이다. 그 돌아옴이 길하다
함은 중中을 얻게 되었다는 말이다. 아직도 갈 바가 있으니 빨리 해
결해야 길하다 함은 가서 일을 이뤄야 한다는 말이다.

하늘 땅이 풀리면 우레가 울고 비가 내린다. 우레가 울고 비가 내
리면 오곡백과와 초목들이 다 껍질을 벗고 싹이 튼다. 해방되는
때, 그때처럼 중대한 것은 없다.

괘상의 뜻을 말한다. 우레가 울고 비가 내리면 해방이 된다. 군자
는 이것을 보고 죄와 허물을 용서하고 사면한다.

내용 풀이: 자기 자신으로 돌아옴이 해방이다

수산건水山蹇은 아이들의 세계라면 뇌수해雷水解는 어른의 세계라 했다. 어른의 특징은 지혜와 사랑과 힘이다. 물 위에 우레가 있는 것을 뇌수해雷水解라 한다. 우레는 천둥과 벼락을 친다. 천둥은 온 땅을 울리는 힘을 가지고 벼락은 모든 어둠을 비추는 빛이다. 그리고 물은 만물을 살리는 사랑이다. 그래서 천둥벼락과 물이 드러낸 것은 빛과 힘과 사랑이다. 이것이 어른의 특징이다. 빛과 힘과 사랑으로 세상의 모든 만물을 다스리고 살려주는 것이 어른의 일이다. 다스리고 살리는 일을 달리 말하면 해방이다. 어둠과 죄에 갇혀있는 이들을 풀어서 자유롭게 해주는 일이다. 어둠과 죄의 감옥을 해체하여 해방하는 일이다.

서남西南이란 땅이 평평한 곳을 말한다. 서남의 평지는 아무런 걸림이 없이 자유롭게 뛰어다닐 수 있는 곳이다. 이런 평지에 이르렀으니 이제 걸리거나 방해되는 것이 아무것도 없다. 모든 문제로부터 해방된 것이다. 서남에 이르러 더 갈 곳이 없도록 자유의 세계를 이루었다는 말이다. 주역에서 이처럼 서남을 평지라고 한 것을 보면 맨 처음 주역을 썼던 사람이 한반도에 살았던 게 아닐까 싶기도 하다. 중국의 땅은 서남쪽이 가파르고 험악한데 우리나라 서남쪽은 평지로 평탄하고 북동쪽은 험준하다. 북동의 험준한 산악에 갇혀있다가 평탄한 서남쪽으로 내려오니 해방이다.

해방이란 무엇인가? 기래복其來復이다. 해방이란 본래의 자리로 돌아온 것뿐이다. 무엇보다 나 자신의 해방이 필요하다. 내가 본래의 자기 자신으로 돌아오는 것이 해방이다. 그동안 잃었던 자기 자신을 본래의 자리로 돌아와 회복한 것이다. 그러니까 해방이란 본래의 자기로 돌아온 것일 뿐이지 무슨 특별한 것이 아니다. 달리 말하여 자각自覺이 곧 해방이다.

자기가 본래의 자기 자신으로 돌아오면 무엇보다 기쁘고 만족스럽게 된다. 그래서 해방의 기쁨을 오성자족吾性自足이라 한다. 본래의 나 자신을 되찾게 되면 그것은 무엇보다 행복하고 길한 것이다. 따라서 자기를 해방하는 일은 빠를수록 좋다. 무엇이 자기를 속박하여 자유롭지 못하게 하는가? 그런 자기의 문제를 오래 가져갈 이유가 없다. 그래서 자각은 빠를수록 좋다. 자기를 알고 자기를 되찾게 되어야 자유롭고 행복하니 그 일은 빠르면 빠를수록 좋다는 말이다. 그래서 빠를 숙夙, 길할 길吉, 숙길夙吉이라 했다.

자기를 되찾고 자유를 얻은 사람이라야 다른 사람도 자유를 얻도록 도울 수 있다. 위험에 빠져 죽어가는 사람을 구원하는 사람이 해방자다. 세상의 구세주는 위험에 빠진 사람들을 구하기 위해 있는 힘을 다한다. 물에 빠진 사람을 끌어 올려 위험을 벗어나게 해주는 사람이다. 죄악의 감옥에 갇혀 있는 사람을 풀어주는 것이다.

서남쪽은 땅을 나타낸다. 서남쪽이 좋다는 것은 평탄하기 때문이다. 평탄해서 아무 걸림이 없고 모두가 평등하고 자유롭다는 뜻이다. 이런 해방의 세계가 서남이다. 이런 평등과 자유의 세계는 모든 사람이 원하는 것이다. 해방은 몇 사람만 풀려나서 될 일이 아니다. 모두가 풀려나서 본래의 자유를 회복함이니 기쁘고 행복하다. 그래서 모두가 득중得中을 하게 된다. 득중이란 쉽게 말하여 철이 들어서 속알이 밝아진 것이다. 사람은 철이 들고 마음의 눈을 떠서 자유를 얻어야 한다. 그래야 유공有功, 성공한 것이다.

하늘 땅이 풀릴 때 우레가 우르릉하고 번개가 빛나고 비가 쏟아진다. 그래서 온갖 백과초목百果草木도 풀려난다. 만물이 해방되는 때다. 해방될 때, 그때처럼 소중한 시간은 없다. 원수로부터 해방되는 때, 자본주의로부터 해방되는 때, 공산주의로부터 해방되는 때, 죄악에서 해방되는 때, 그런 때처럼 소중한 것이 없다. 해방되는 때처럼 소중하고 기쁜 것은 없다.

뇌우雷雨가 일어나서 만물이 해방된다. 천둥 번개가 치고 비를 뿌리니 얼었던 만물이 풀려난다. 빛과 힘과 사랑이 나타나서 모든 사람을 해방한다. 군자는 이를 보고 백성들의 허물과 죄를 모두 용서해 준다. 구세주가 와서 모두를 해방한다. 모든 사람의 죄와 허물을 용서해 준다. 무죄無罪의 선언이다. 그래서 사과유죄赦過宥罪, 모든 허물과 죄를 사면하고 용서해 주는 하늘의 사랑이 구세주로 나타난 것이다. 그래서 사랑의 구세주로 말미암아 모두가 행복하게 된다는 것이다.

23· 독재국가와 민주사회

산택손損(41) 풍뢰익益(42)

개요: 서로의 다름을 존중하여 하나 되는 공동체

산 아래 호수가 있는 것을 산택손山澤損이라 한다. 산은 남성, 호수는 여성의 상징이다. 그래서 위에 있는 남성이 아래 있는 약한 여성을 억압한다, 또는 착취한다는 뜻이 있다. 또는 독재자가 백성을 억압하고 착취하는 폭정을 산택손山澤損이라 한다. 여성을 억압하는 가부장제와 백성을 착취하는 독재체제를 막고 평등하고 자유로운 민주 시민사회를 어떻게 건설하느냐는 물음이 산택손과 풍뢰익이다.

손損 괘를 보면 아랫것을 빼앗아 위로 올려놓은 모습이다. 즉 지천태(☰☱) 괘에서 아래 양(구삼九三)을 하나 빼앗아 맨 위(상구上九)에 올려놓으면 산택손(☶☱)이 된다. 산 같은 독재자가 나타나서 자유롭고 태평한 평화의 시대를 깨뜨리는 것이다. 이와 반대로 풍뢰익風雷益 괘는 천지비天地否라는 암울한 시대가 변하여 위에 있던 구사의 양이 맨 아래로 내려가 백성을 섬기는 모습이다. 즉 손괘와 반대로 위에 있던 것을 덜어서 아래로 보태주는 것이 풍뢰익이다. 그래서 손損괘는 독재를 말하는 것이라면, 익益괘는 민주주의다.

독재자는 결국 모두에게 손실을 입히고 망하게 된다. 고인 물이 썩어가듯 전체주의 독재는 부정부패와 분열의 모순을 피할 수 없기 때문이다. 그래서 독재자를 손損이라 한다. 이에 반하여 개인의 권리와 자유를 바탕으로 하는 민주사회는 모두에게 이익이 되니까 익益이라 한다. 지도자에 따라 민주시대가 되기도 하고 독재정치가 나오기도 한다. 그 변동의 원인은 무엇일까? 어떻게 하면 독재자의 출현을 막고 민주사회를 유지할 수 있을까?

인류가 문명을 시작한 이래 지금까지 이런 물음을 지속하고 있다. 국가라는 집단 이념은 수렴되는 경향이 있는데 반면에 개인이라는 구성원의 자유와 권리는 다양하게 발산하기 때문이다. 개인의 다양성을 다수결의 원칙으로 국가이념으로 수렴할 때 이미 독재의 횡포가 내포되어 있다. 지금도 세계 곳곳에 인민과 민중을 위한다는 명분으로 얼마나 많은 독재자가 출현하고 있는가. 인간이란 무엇이며 국가란 무엇인가? 내가 있어서 국가가 있는 것인가, 아니면 국가가 있어서 내가 있는 것인가? 이렇게 우리는 여성과 남성이라는 서로 다름의 차이를 극복하고 함께 어울려 하나가 되어야 하는 과제와 마찬가지로 개인과 공동체가 서로 다른 방향과 다양성이 조화를 이루는 어울림의 과제를 안고 있다. 이런 난제를 해결하여 다양성 안에서 일치를 이루는 공동체의 지혜는 무엇일까?

원문 해석

◆ 산택손山澤損(41) (산☶과 호수☱)

　덜어낼 손損이다. 진실한 성인이 나와야 행복하고 허물이 없어진다. 정직하게 가는 길이라야 한다. 가는 바가 있어 이롭다. 어떻게 해야 할까. 두 그릇이면 제사는 충분하다.

　괘를 판단하는 말이다. 손은 아래를 줄여서 위에다 더하는 것이다. 그 길은 위로 올라가는 길이다. 욕심은 줄이고 진실은 늘리는 길이다. 그래서 진리를 깨닫게 되면 행복하게 되고 허물이 없어진다. 정신은 깨야 하고 정진은 계속해야 한다. 어찌할 것인가? 두 그릇이면 제사를 지낼 수 있다고 함은 두 가지 정성이 응하는 것도 때가 있어야 하고, 강한 것을 덜어서 유약한 것을 보태는 것도 때를 가져야 한다는 말이다. 줄이고 늘이고 채우고 비우는 것은 다 때에 따라서 가는 것이다. 괘상을 보며 말한다. 산 아래 연못이 있는 것을 손이라 하는데 독재정치의 상징이다. 군자는 이것을 보아 화를 징계하고 욕심을 막는다.

내용 풀이: 진리를 깨닫는 길

　아랫것을 착취하여 위에다 보탠다는 의미의 산택손山澤損을 정치적으로 해석하면 군주가 백성을 착취한다는 독재가 된다. 한편 개인의 실존에 적용하여 덜어낸다는 손損의 뜻을 긍정적으로 해석할 수도 있다. 노자 48장을 보면 위학일익爲學日益이요 위도爲道는 일손日損이라는 말이 나온다. 즉 노자가 말하길 학문의 길은 날마다 쌓아가는 것이지만 수도의 길은 날마다 덜어낸다는 말이다. 무엇을 쌓고 무엇을 덜어내는가? 학문과 지식을 쌓는 것은 학자의 길이요 욕심과 거짓 자아를 덜어내는 것은 도인의 길이다. 그래서 수도의 길을 중도손생增道損生이라 한다. 진리를 깨닫기 위해서 자기 자신을 덜어낸다는 말이다. 공자로 말하면 살신성인殺身成仁이다. 자기를 바쳐서 인仁을 이룬다는 뜻이다.

역사를 보면 백성들의 생명과 재산을 빼앗고 착취하는 독재자가 나와서 세상을 어지럽게 하는 때도 있고, 이런 독재를 바로잡기 위해서 자기 자신을 바쳐 정의와 평화를 이루자는 깬 사람들이 나오는 때도 있다. 백성의 것을 빼앗아 권력자에게 바치는 독재정치를 바로잡으려면 자기를 덜어내는 깬 사람, 즉 성인이 나와야 하고 또 백성들도 깨어서 바르게 되어야 한다. 이렇게 손쾌를 볼 때 이중적인 해석이 가능하다. 자기 자신을 덜어낸다는 실존적 의미와 백성을 착취한다는 정치적 의미를 함께 생각해 보는 것이다.

자기 자신을 덜어내서 무아가 된다는 것은 곧 진리를 깨닫는 것이다. 우리가 진리를 깨닫기 위해서는 두 가지가 필요하다. 즉 본문에서 말하는 유부有孚와 가정可貞이다. 진실을 가져야 한다는 유부有孚는 달리 말하여 깨달은 선생을 만나야 한다는 뜻이다. 또 올바른 길을 가야 한다는 가정可貞이란 자기가 깨닫기까지 계속 정진을 해야 한다는 말이다. 선생님을 찾아야 하고 선생님을 만나서 진리를 깨닫기까지 줄곧 노력을 그치지 않아야 한다. 그래서 결국 이 유유왕利有攸往이다. 뜻하는 바를 이루어 진리를 깨닫게 된다.

성경에서는 말씀과 기도로 거룩해진다고 한다. 거룩해진다는 말은 진리를 깨닫는다는 말이나 같은 것이다. 선생님을 통해 말씀을 배우고 배운 말씀을 터득하기 위해서는 깊은 묵상과 돈독한 믿음과 실천이 필요하다. 이런 믿음과 실천의 길을 기도라 하는데 이것을 의식儀式으로 정하여 실천하는 것이 제사요 예배다. 제사가 현대적 의식으로 발전한 것이 예배이다.

제사를 지낼 때 무엇을 가지고 지내나? 제사 지낼 때 여러 가지를 차려 놓고 지내는데 여기서는 이궤二簋, 두 그릇이면 된다고 했다. 제사를 올릴 때 두 가지면 충분하다는 말이다. 두 가지는 무엇인가? 몸과 마음을 바치는 것이다. 즉 몸으로 정성을 다하고 마음으로 진실을 다하여 자기 자신을 바치는 것이다. 성경에서는 몸을 다하고 마음을 다하고 뜻을 다하여 하나님을 섬기라 한다. 유교는 몸과 마음 두 가지를 말하는데 기독교는 셋으로 말한다. 한마디로 몸과 마음과 정성을 다해야 한다는 말이다.

어떻게 진리를 깨닫는가? 욕심은 줄이고 정신은 늘리는 것이 요령인데 그것을 중용에서 유정유일惟精惟一이라 한다. 유정유일惟精惟一이 진리를 깨닫는 방법이다. 정신을 일깨워 계속 정진해야 마침내 사람다운 사람이 된다. 공자도 15세에 지우학志于學이요 30세에 이립而立이요 40세에 불혹不惑, 50세에 지천명知天命, 60세에 이순耳順, 70세에 불유구不踰矩라 했다. 10년씩 계속 정진하여 올라간다. 이렇게 구도의 길은 올라가는 것이다. 기도상행其道上行이다.

그 길은 올라가는 길이다. 오랫동안 계속해서 정진하며 올라가야 무엇이건 되지 갑자기 되는 일은 없다. 아는 것은 순식간에 알아챌 수도 있지만, 예술가나 전문가가 된다든지 무엇이 되는 것, 그 되는 일은 많은 시간이 걸린다. 특히 사람다운 인격이 되는 것은 오랜 시간이 필요하다. 그래서 불교에서도 돈오점수頓悟漸修라 한다. 깨 닫는 것은 하루아침에 될 수 있지만 아름답고 깨끗한 사람, 성인이 되는 것은 일생을 노력하며 수행해야 한다.

자기를 바치는 제사에서 두 가지면 족하다. 몸의 욕심은 줄이고 마음의 생각과 지혜는 늘리는 것이다. 그렇게 되려면 선생님을 가 져야 한다. 학생과 선생님이 함께 노력해 가면 마침내 형통하게 된 다. 두 마음이 응하여 마침내 하나가 된다. 그런데 이것은 한꺼번 에 되지 않는다. 시간이 걸린다. 일정한 때를 가져야 한다는 말이 다. 때를 가져야 한다는 말은 춘하추동이라는 4단계를 거쳐야 한 다는 말이다. 춘하추동의 때를 거쳐야 무엇이 완성이지 때를 갖지 않고는 아무것도 되지 않는다. 때에 맞춘다고 시중時中이라 한다. 때를 맞춘다는 것은 춘하추동에 맞추어 발전한다는 말이다. 선생 님과 함께 춘하추동에 따라 계속 발전해 가면 학생은 선생님의 사 랑으로 생명을 얻게 된다.

사계절의 때를 여기서 손익영허損益盈虛라 했다. 손損은 껍데기를 벗는 봄이고 익益은 잎이 무성한 여름, 영盈은 열매가 알찬 가을이 요 허虛는 텅 빈 겨울이다. 겨울은 텅 비어서 무아無我가 되는 때다. 가을은 꽉 차 있는 때다. 여름은 차차 무성하게 되는 때다. 봄은 싹 이 트는 때다. 이런 4단계의 때에 맞추어서 때와 함께 가야 한다.

유교에서는 이런 과정을 인의예지仁義禮智라 한다. 이렇게 인의예지로 가야지 갑자기 되는 게 아니다. 춘하추동의 시중을 거쳐 성인成仁, 즉 사람이 되자는 것이 여시해행與時偕行이다.

괘상의 뜻을 풀어본다. 백성들을 억압하고 착취하는 독재의 모습이 산택손인데 나라의 지도자는 이런 손괘를 보고 무엇을 배워야 하는가? 징분질욕懲忿窒欲이다. 분노하는 마음을 고치고 욕심을 막아야 한다. 즉 권세욕을 막고 물욕을 버려야 한다. 권세욕과 물욕으로 가득한 사람이 독재자다. 그런 독재자가 나타나지 않도록 징분질욕懲忿窒欲해야 한다. 그래서 권력욕과 물욕이 없는 지도자가 나와야 한다. 그렇지 않고 산처럼 높아지려는 권세욕과 아랫것을 빼앗아 산처럼 쌓아두려는 물욕을 가진 사람이 권력을 잡으면 독재자가 된다. 백성들은 이런 독재자가 나오지 않도록 깨어 기도해야 한다.

원문 해석

◆ 풍뢰익風雷益(42) (바람==과 우레==)

익은 민주정치다. 가는 바가 있어서 이롭다. 큰 강물을 건너가니 이롭다.

괘를 판단하여 말한다. 익益은 위를 덜어서 아래에 보태는 것이니 백성들의 기쁨이 끝이 없다. 위로부터 아래로 내려오는 것이니 그 도가 크게 빛나게 된다. 가는 바가 있어서 이롭다 함은 중정中正이 되어 경사慶事가 있다는 말이다. 큰 강을 건너감이 이롭다. 배를 타면 마침내 강을 건너가게 된다. 참된 민주적 철인정치가 되면 모두가 기쁨으로 활동하고 겸손하게 섬긴다. 그래서 날마다 발전하여 나아감에 끝이 없다. 하늘은 베풀고 땅은 생육하니 그 풍성함이 끝이 없다. 무릇 익益이라는 민주정치의 길은 언제나 때와 함께 가는 것이다.

괘상을 보며 말한다. 바람과 우레를 익益이라 하니 백성의 바람과 하늘의 우레가 일치하는 민주정치의 상징이다. 군자는 이를 본받아서 선을 보면 옮겨가고 과오나 과실이 있으면 바로 고친다.

내용 풀이: 과학과 종교의 상생

풍뢰익風雷益은 맏딸(풍風)과 맏아들(뢰雷)인데 말하자면 어른이요 철든 사람이다. 철든 어른은 위에 있는 것을 가져다 아래에 베풀어 준다. 왕이 창고를 풀어서 백성들에게 나누어주는 사랑이다. 이렇게 왕이 백성을 사랑하는 것이 왕과 백성 모두에게 이익이다. 옛날의 왕도정치의 이상은 이제 민주정치로 변화되었다. 권력을 승계하던 왕조에서 이제는 시민의 권력을 위임받은 사람이 법과 제도에 따라 민주복지사회를 이루어 간다. 이런 민주사회는 계속 발전한다. 왜냐면 백성들이 모두 좋아하기 때문이다. 민주정치를 막을 사람은 없다. 민주사회의 지도자는 백성들을 위해 일하는 것이다.

즉 국민의 복지와 이익을 위해서 일하는 것이다. 위에서 내려오는 햇빛처럼 만물을 살려주는 이런 정치가 민주정치요 복지국가의 이상이다. 그러면 백성들이 얼마나 기뻐할까.

가는 것이 이롭다고 하는데 어디까지 가는가? 중정中正이다. 산을 오를 때 맨 꼭대기에 올라간 것을 중정中正이라고 한다. 중中이란 한가운데로 치우치거나 의지하는 것이 없으며 모자람이나 지나침도 없다는 뜻이요, 정正은 올바르며 정직하게 본래의 자리에 올라가서 주인이 된다는 뜻이다. 맨 꼭대기가 중中이요 거기에 가서 정직하게 앉아서 올바로 바라보고 있는 것이 정正이다. 맨 꼭대기에 가서 앉은 것, 이것을 독좌대웅봉獨坐大雄峯이라 한다. 중정中正이란 이처럼 온 천하의 한가운데, 똑바로 앉아서 바르게 다스리는 것이다.

그러니까 대통령으로서 좌우에 치우침이 없고, 또 무엇이나 올바르게 해나가는 것이 중정이다. 그래서 중정中正이란 다른 말로 빛과 힘을 가진 존재, 즉 정직의 힘과 사랑의 지혜라고 할 수 있다. 온 백성의 중심을 잡은 자리에서 모든 사람을 포용하고 각자의 몫을 갖도록 정의를 구현해야 한다. 그래야 백성들이 기쁘고 행복하게 된다.

그래서 우리가 목적하는 바는 중정中正이라는 이상세계다. 그런데 그 목적지에 이르려면 험난한 강을 건너야 한다. 그래서 험한 강물을 건너가기 위해 꼭 필요한 수단이 목도木道라는 것이다. 목도木道란 무엇일까? 요즘으로 말하면 과학이다. 그러니까 우리가 바라는 이상세계가 무엇인지를 구하는 일이 종교요 그 목적지에 이르는 길을 찾는 것은 과학의 일이다. 따라서 종교의 내용은 한마디로 사랑의 세계요 과학의 내용은 지식이요 지혜라 하겠다.

미국 실용주의 철학자 윌리엄 제임스(1842-1910)에 따르면 종교는 삶에 의미와 목적을 부여하는 역할을 하고, 과학은 인간의 현실적 문제들을 해결하여 우리 사회를 좀 더 바람직한 방향으로 이끌어 가는 역할을 한다고 보았다. 이렇게 보다 나은 삶의 수단을 제공하는 과학, 그리고 삶의 의미와 목적을 제시하는 종교, 이 둘은 상호 보완적 관계에 있다는 것이다. 따라서 종교는 과학의 목적이요, 과학은 종교의 수단이 되어야 한다고 하였다.

그런데 현대의 종교와 과학은 서로 보완하고 통합되는 방향으로 가기보다는 각자 독립적으로 진행되어 과학과 종교가 모두 제 길을 벗어나고 있는 것 같다. 즉 과학은 인간 삶의 의미와 목적의 방향성을 고려하지 않고 무한 질주하고 있으며, 종교는 과학을 무시하고 독단이나 망상 또는 공론에 몰두하고 있는 것은 아닌지. 특히 인공지능, 생명공학, 유전공학, 핵물리학, 우주과학 등 첨단 과학들이 인류의 삶에 어떤 영향을 주게 될지 충분한 철학적 종교적 고려와 검토 없이 그저 자본과 권력의 욕망에 이끌려 진행된다면 인류가 미처 예상치 못한 참담한 비극을 초래할 수도 있을 것이다. 인공지능이 탑재된 킬러로봇 등이 우리 주변에 횡행하는 시대가 온다면 얼마나 끔찍하고 공포스러운 세상이 될까.

이런 의미에서 종교인들의 과제는 무엇보다 첨단 과학기술을 이해하고 그들의 움직임과 위험성을 경고하여 방향을 바로 잡는 예언자적 역할이 아닐까. 그런데 그 첨단 과학기술을 이용하려는 자본과 권력의 거대한 집단의 욕망과 힘을 누가 어떻게 막을 수 있을까. 맹목적 과학만능주의로 인하여 지구환경과 생태계 파괴에 이어 인간성 파괴로까지 나아가지 않을지 염려스럽다. 과학과 종교가 하나가 되어 인류를 행복으로 이끄는 이상세계, 그것을 무엇이라 할까? 일단 민주적 철인정치라 해본다.

풍뢰익風雷益 괘卦에서 바람 풍風을 종교, 번개와 우레의 뢰雷를 과학이라 하여 과학과 종교가 하나 되는 민주적 철인정치를 익益이라 본다. 인간의 활동과 생활을 위해 필요한 것은 힘을 얻는 과학적 지혜와 아울러 종교적 헌신과 겸손함으로 섬기는 진실한 사랑이다. 민주적 철인정치는 종교의 사랑과 과학의 지혜로 날마다 발전하게 될 것이다. 일신우일신日新又日新, 날마다 새롭게 발전하는 기쁨이 있어야 행복한 세상이다. 하늘은 위에서 햇빛도 내려주고 비도 내려주어 사랑을 베푼다. 이것은 종교의 역할이다. 그리고 땅에서는 생물들을 자꾸 내놓는다. 과학은 인류에게 꼭 필요한 새로운 기술을 자꾸 내놓는다. 그래서 그 종교적 사랑과 과학적 지혜의 풍성함이 끝이 없다. 이처럼 땅과 하늘이 만물을 살려주듯 과학과 종교를 가지고 다른 사람을 돕고 서로 살려주는 것이 민주적 철인정치다.

그 길은 때에 따라서 시민이 주인으로 깨어나 시민의 권리를 주장하는 때도 있고, 시민의 판단을 존중하고 시민의 뜻에 따라 선택하는 때도 있고, 또는 모든 시민의 삶과 생명을 위해서 활동하는 때도 있다. 그러기 위해서는 시민이 깨어야 한다. 즉 깨어난 시민들의 민주정치가 민주적 철인정치라는 것이다. 이런 민주적 철인정치는 때를 따라서 민권이나 민주 또는 민생이 강조되는 것이다.

바람과 우레가 익益이다. 바람은 종교적 사랑이요 우레는 과학적 지혜이다. 군자는 이를 본받아 선을 향해서 옮겨가고 허물을 고쳐야 한다. 종교의 역할은 인간이 선善의 이데아라는 이상을 향하여 옮겨가도록 하는 것이다. 그리고 과학기술은 세상에서 불편하고 부족한 점이 있으면 찾아 고치는 활동이다. 종교는 전체의 뜻을 보기 위해 하늘로 올라가고 과학은 개별적 구체적 현실의 문제를 해결하기 위해서 발밑의 땅을 살펴본다. 그래서 종교는 수렴적이고 통합적인데 과학은 분석적이요 발산적 경향이다. 이렇게 서로 다른 종교와 과학의 두 눈을 가지고 현실을 고쳐서 이상을 향해 올라가는 사람이 깨어난 민주적 시민이라 하겠다.

깬 시민이 되려면 나무를 보는 과학과 숲을 보는 종교라는 두 가지 눈을 떠야 한다. 과학의 눈을 뜨지 못한 종교인이나 종교의 눈을 뜨지 못한 과학자나 모두 위험하기 때문이다. 그러니까 두 눈을 뜨고 사는 시민들이 필요하다. 그렇게 깨어난 시민들이 모인 민주적 철인정치라야 인간의 현실을 이상으로 바꾸는 지혜를 얻게 되고 또한 그 지혜를 가지고 서로 다름을 존중하고 사랑하는 나라 공동체도 이룰 수 있지 않을까.

24. 맑고 깨끗한 사람

택천쾌夬(43) 천풍구姤(44)

개요: 깨달은 자의 가르침

하늘 위에 호수가 있는 것을 택천쾌澤天夬라고 한다. 맑은 날 호수를 바라보면 하늘이 물속에 비친다. 그래서 하늘을 품고 있는 호수를 바라보면 그 깊은 신비를 느낄 수 있고 기쁨을 느낄 수 있다. 그런 깊은 세계를 볼 때 느끼는 기쁨의 세계를 택천쾌澤天夬라고 풀어본다. 그리고 호수는 또한 우리의 마음을 상징하는 것으로 볼 수 있다. 그래서 하늘의 바람이 마음에 불어오는 것을 천풍구天風姤라 해본다. 하늘을 품고 있는 마음에 기쁨이 넘친다. 넘치는 힘으로 결단하는 것이다. 쾌는 기쁨이라는 쾌快와 결단한다는 결決의 뜻이 있다. 세상의 정의를 위하여 결단하는 것이 택천쾌澤天夬요 하늘 바람을 일으키는 것이 천풍구天風姤다.

진리의 바람으로 세상을 교화하는 것을 천풍구라고 한다. 깨끗한 하늘을 품고 기쁨으로 가득한 마음을 택천 쾌라고 한다. 기쁨의 세계를 얻으려면 정의를 향한 결단이 필요하다. 모든 죄악을 끊고 순수한 마음이 되었을 때 기쁨이 찾아온다. 그래서 택천쾌澤天夬의 뜻을 악을 짓지 말라는 제악막작諸惡莫作으로 보면 천풍구天風姤는 하늘에서 불어오는 모든 선을 받들어 실천하라는 중선봉행衆善奉行이라고 해본다. 모든 부처님의 가르침을 요약하면 제악막작諸惡莫作 중선봉행衆善奉行이라 한다. 어떤 악도 짓지 말고 모든 선한 가르침을 받들어 행하여, 스스로 그 뜻을 맑고 깨끗이 하는 것, 이것이 모든 깨달은 자의 가르침이다. 제악막작諸惡莫作 중선봉행衆善奉行 자정기의自淨其意 시제불교是諸佛敎. 불교란 무엇인가? 모든 악을 끊고 선을 받들어 스스로 그 뜻이 맑고 깨끗한 사람이 되라는 것이다. 그 뜻이 맑고 그 마음이 향기로운 그런 깬 사람이 되려면 어떻게 해야 할까?

원문 해석

◆ 택천쾌澤天夬(43) (호수═와 하늘═)

쾌夬는 결단하는 때다. 왕의 뜰로 올라가 진실하게 호소한다. 위태로움이 있다.

자기의 고을부터 알려야 된다. 군사를 쓰면 이롭지 않다. 가는 바가 있어야 이롭다. 왕의 뜰에 올라간다는 것은 유한 것이 강한 양 다섯 위에 올라탄 것을 말한다.

괘를 판단하는 말이다. 쾌는 결행하는 것이다. 강한 것이 유약한 것을 결단하여 끊어낸다. 건강과 기쁨을 위해 결별하고 화합하는 것이다. 진실을 호소하는데 위험이 있으나 그 위험은 이내 빛나게 된다.

진실을 알리는 것은 자기 고을부터 알려야 한다. 군사를 쓰는 것은 이롭지 않다. 무력을 쓰면 이내 바라는 바가 막히기 때문이다. 가는 바가 있어 이롭다 함은 강한 것이 자라나 이내 마침이 있다는 말이다.

괘상의 뜻을 말한다. 호수의 기쁨이 올라가 하늘까지 다다른 것이 쾌夬의 모습이다. 군자는 이를 본받아서 복록을 베풀어 맨 아래까지 미치도록 한다. 높은 덕에 거한즉 악을 멀리하고 조심해야 한다.

내용 풀이: 진실이 승리한다

연못(택澤)이 하늘(천天) 위에 있는 것을 택천괘라 한다. 가족으로 말하면 아버지가 어린 딸을 업고 무동을 태워주니 딸이 아빠의 어깨에 올라타고 앉아서 좋아하는 모습을 택천쾌澤天夬라 할 수 있다. 그래서 건이열健而悅, 아빠의 건강한 모습과 함께 기쁨에 찬 딸의 모습을 택천쾌라 한다. 이렇듯 쾌夬는 유쾌하다는 뜻이 있다.

또 깊은 못에 물이 가득 차서 위로 넘쳐 터질 때 그것을 결決이라고 하는데 쾌夬에는 그런 결決의 뜻도 있다. 기운이 꽉 차서 넘치는 것이다. 물이 이렇게 꽉 차서 넘치면 마침내 제방이 무너져 터진다. 그래서 제방을 무너뜨리듯 잘라내고 결단하는 결決이다. 결에는 이처럼 유쾌하다는 뜻과 결단한다 결행한다는 뜻이 같이 있다.

택천쾌澤天夬의 괘상을 보면 맨 위의 상육 하나만 음이고 나머지 다섯은 모두 양효다. 양의 세력이 차고 올라와서 마지막 남은 음을 몰아내면 모두가 양이 되어 건乾 괘가 된다. 악을 축출하는 결단과 결행으로 말미암아 마침내 이상적인 꿈이 실현된 것이다. 이런 상황을 역사적으로 보면 상商(또는 은殷)나라 말에 적용되는 이야기다. 상나라 마지막 주紂 왕이 포악한 독재자가 되어 신하와 백성들을 억압하고 착취했다. 그래서 무왕武王이 주紂의 왕궁에까지 찾아가서 이른바 성토聲討를 했다. 무왕이 주왕에게 가서 진실을 외쳤다는 말이다. 진리를 붙들고 진실을 외치는 그런 행위는 물론 위험이 많이 따르는 일이었다.

진실은 우선 자기의 고을부터 알려야 한다. 진실을 알게 된 백성들이 무왕의 아버지 문왕의 덕을 따르게 되었다. 그래서 많은 백성이 문왕에게 몰려들어서 은殷나라 3분의 2가 문왕에게 속하게 되었다. 이렇게 문왕의 세력이 강대해지자 그 아들 무왕이 주왕을 정벌하러 나섰다. 그렇지만 무력을 사용하는 전쟁이 좋지 않다는 것은 누구나 다 안다. 그때 무왕의 길을 막은 사람이 백이伯夷와 숙제叔齊라는 상나라 신하들이다. 하지만 무왕은 악을 제거하기 위해 전쟁을 피할 수 없다며 주왕을 쳐서 상나라를 멸망시켰다.

쾌夬는 결단하고 결행하는 것, 즉 독재자를 해치우는 일이다. 무왕武王이 주왕紂王의 목을 자른 것이다. 주왕의 독재라는 악을 제거

하면 나라가 다시 건강해지고 기쁨으로 가득 차게 된다. 결이화決
而和, 악을 제거해야 온 국민이 화목하게 되는 것이다.

독재자에게 진실을 호소하는 이것은 정말 보통 위험한 일이 아니
다. 그러나 온 백성들이 한 사람 때문에 나라가 망하게 되었다는
사실을 알면 악을 척결할 수 있다. 그래서 진실을 호소하는 것이
다. 그것이 물론 위험한 일인 줄 잘 알지만 그 위험을 무릅쓰고 정
의를 위해 진실을 호소하는 것이다. 그러면 마침내 진실이 승리하
고 정의가 빛을 드러낼 것이다.

호수는 백성의 마음이요 하늘은 왕의 상징이다. 왕이 정치를 잘
해서 백성들의 마음에 기쁨이 넘치게 되는 것이 택천 쾌라는 것이
다. 그렇게 모든 국민이 만족하고 부유하게 되었기 때문에 쾌라고
한다. 쾌夬는 기쁨과 만족이 넘친다는 뜻이다. 호수나 바닷물이 하
늘에 올라가면 구름이 되었다가 다시 비가 되어 내려온다. 하늘이
비를 뿌리면 만물이 풍성하게 자란다. 만물이 가득 차고 넘친다는
뜻이 또한 택천쾌의 모습이다. 이렇듯 나라의 지도자는 모든 백성
에게 먹을 것이 풍족하고 잘 살도록 경제와 문화를 이뤄야 한다.
이것이 이른바 왕도정치王道政治이다. 왕도정치의 내용은 백성들을
잘 먹이는 것과 백성들을 잘 가르치는 두 가지이다. 먼저 백성들의
의식주 문제를 해결해야 한다. 그리고 누구나 교육을 받을 수 있어
야 한다. 그래서 몸과 마음이 풍족해야 한다.

따라서 나라의 지도자가 되려는 군자는 스스로 건강해서 깨끗하
고 기쁘게 사는 본을 보여야 한다. 그것을 거덕즉기居德則忌라 한
다. 덕에 거하면서 악을 꺼린다는 말이다. 항상 정신을 차리고 악

을 물리친다는 말이 거덕즉기다. 덕에 거하여 정신이 올라가는 기쁨으로 악을 물리치는 건강함이 있어야 한다. 높은 자리에 오를수록 정신을 차리고 권력에 아부하여 이익을 얻으려는 악한 세력들을 물리칠 줄 아는 지혜와 힘이 있어야 한다. 즉 정경유착을 끊을 수 있어야 한다. 그래야 나라가 바로 되고 백성이 잘살게 된다.

무엇보다 자기부터 진실해야 하고 자기 나라부터 힘을 길러야 한다. 자기로부터 시작하여 나라와 백성 전체가 깨달아서 스스로 문제를 해결하는 자주 자립 자결이 이뤄져야 한다. 모든 생명의 활동은 스스로 하는 것인데 간섭하고 강제하면 생명력이 끊어지기 때문이다. 그러니까 아무리 답답하고 시간이 걸려도 전쟁이나 무력으로 해결하려는 욕심은 내려놓아야 한다. 강제로 해결하는 방식은 이롭지 않기 때문이다. 그래서 진실이라는 덕을 가지고 백성들을 믿고 깨우쳐야 한다. 백성이 깨어나면 모든 문제를 스스로 풀어갈 수 있다. 그렇게 덕을 가지고 정치를 해야지 무력이나 권력을 가지고 백성을 다스리겠다는 것은 잘못이다. 총칼의 무력을 숭상하는 것은 결국 망하게 되는 것이다. 소상내궁야所尙乃窮也, 국가권력을 우상처럼 숭배하게 하면 마침내 궁지에 몰리게 된다. 무력의 힘을 숭상하고 자랑하면 망하게 된다. 그래서 나라를 다스리는 일은 정성과 지성의 덕을 가지고 가야 한다. 그렇게 가면 양심과 정의의 세력이 성장하여 마침내 백성의 뜻으로 모든 문제가 풀어지고 사라지는 때가 온다는 것이다.

원문 해석

◆ 천풍구天風姤(44) (하늘≡과 바람≡)

구姤는 만남이다. 여자가 씩씩하다. 이런 여자와 결혼하면 안 된다.

괘를 판단하여 말한다. 구姤는 만남이다. 유한 것이 강한 것을 만난 것이다. 이런 여자와 결혼하지 말라 함은 더불어 오래갈 수 없기 때문이다. 하늘과 땅이 서로 만나면 만물이 나타나 모두 아름답게 빛난다. 강한 것이 중정을 만나야 천하에 큰 도가 행해지는 것이니 만남이라는 때의 의의는 정말 중대하구나.

괘상을 보며 말한다. 하늘 아래 바람이 있는 것이 천풍구天風姤의 모습이다. 왕은 이를 본받아서 명命을 베풀어 온 세상을 깨우친다.

내용 풀이: 아름다운 만남

천풍天風을 팔괘의 가족관계로 보면 아버지(천天)와 딸(풍風)이다. 구姤는 만난다는 뜻이 있다. 또 아름답다는 뜻과 함께 추하다는 뜻도 있다. 만남이 아름다울 수도 있고 추할 수도 있다는 그런 풀이가 가능할 것이다. 즉 여장女壯이라는 말의 뜻을 두 가지로 풀어볼 수 있다. 씩씩하고 건강한 딸로 보느냐, 아니면 꾸밈이 많은 후처로 보느냐는 두 가지로 볼 수 있다.

우선 아버지와 딸의 만남으로 볼 수 있는데 맏딸이 아버지를 모시고 효심을 다하여 씩씩하게 섬긴다는 뜻이다. 또 다른 해석으로 풍風을 좋은 맏딸이 아니라 바람난 여자로 보는 것이다. 늙은 아버지가 정신이 나가서 잘못된 후처와의 만남으로 보는 것이다. 이렇게 여장女壯을 부지런히 일하며 아버지를 섬기는 딸의 모습으로 볼 수도 있고 또 꾸미고 사치하는 여인으로 풀어 볼 수도 있다. 여장女壯에서 장할 장壯이란 글자를 굳세고 장하다, 씩씩하다, 웅장하다는 뜻과 함께 꾸민다는 뜻도 있기 때문이다. 그래서 구姤에 대하여 두 가지 의미로 풀어볼 수 있지만 딸 같은 여성이 되었건 또는 사치하는 여인이 되었건 결코 결혼 상대는 아니라는 것이다. 그래서 물용취녀勿用取女라 한다. 늙은 아버지는 딸 같이 어린 여인이건 또는 사치하는 여인이건 아무라도 결혼하지 말라는 말이다.

또 유柔라는 것은 여성, 강剛이란 것은 남성의 상징이다. 천풍구괘를 보면 맨 아래 초육 하나만 유柔에 해당하는 음효이고 나머지 다섯은 강剛, 즉 양효이다. 여자 하나가 다섯 명의 남자를 거느리는 모양이다. 그래서 천풍구의 구는 남자를 많이 만나는 그런 여성이다. 유우강柔遇剛, 유柔가 여러 강剛을 만나는 그런 만남은 잘못이다. 즉 그런 여성과 결혼해서는 안 된다는 말이다. 그렇게 사치스러운 여성과는 불가여장不可與長, 오래 같이 살 수가 없기 때문이다. 만나는 것은 하늘과 땅이 만나야 한다. 아버지와 어머니의 결혼이 아름답지 그 밖에는 잘못이다. 하늘과 땅이 만나야 만물이 자라고 빛나게 된다. 이렇듯 진실한 남자와 성실한 여자가 서로 만나서 아버지와 어머니가 되어야 자녀들이 잘 자라고 모든 살림이 빛나게 된다.

그래서 만남은 중정中正, 즉 정직하고 성실한 만남이 되어야 한다. 만남이 정직하고 진실해야 천하대행天下大行이다. 그 집안과 나라가 잘되는 것이다. 그러니까 중정의 만남처럼 소중한 것은 없다. 중정의 만남은 때에 맞아야 한다. 그런 때에 맞는 만남의 의미만큼 큰 것은 없다. 사실 인생이란 만남의 사건이다. 만남이 제대로 되어야 행복한 인생이 된다.

그런데 천풍구의 만남은 중정이 되지 못하여 아름답지 못하다는 말이다. 즉 구오九五와 육이六二의 만남이라야 중정의 만남이 되는데 그만 구오가 초육初六을 만나고 있으니 그것은 잘못된 만남이라는 것이다. 괘를 보면 육이의 자리에 구이가 와서 그만 중정의 만남이 되지 못한 것이다.

천풍구를 실존적으로 풀어보면 새로운 뜻이 나온다. 하늘 밑에 바람이 있다. 하늘과 바람의 만남, 그것을 구姤라고 한다. 인도식으로 말하자면 브라만Brahman과 아트만Atman이 만난 것이다. 브라만과 아트만이 하나가 되는 범아일여梵我一如라는 말이다. 내가 하늘의 성령을 만나는 사건이요 하나님을 만나는 사건이다. 그런 천명을 받은 왕이라야 진실을 베풀어 사방을 깨우칠 수 있다.

성경으로 말하면 천풍구는 예수님과 사마리아 여인의 만남으로 볼 수 있다. 하늘에서 내려온 예수님이 우물가의 여인을 만나서 진리의 샘물을 주었다. 풍風을 샘물이 솟아나는 우물로 보는 것이다. 예수님을 만난 여인은 물동이를 팽개치고 동네로 들어가 사람들에게 그리스도를 만난 기쁜 소식을 전하였다고 한다. 사마리아 여인이 예수를 통해 성령의 바람을 만난 것이다. 바람은 교육과 교화의 상징이다. 모든 백성을 가르치는 교화教化의 바람이다. 가풍家風이란 말이 있는데 가풍이 좋다는 것은 집안 교육이 아주 잘 되었다는 말이다. 집안 교육이 잘되어야 한다. 왕이 천명을 받아서 모든 백성을 잘 가르친다는 말이 시명고사방施命誥四方이다. 시명施命, 천명을 베풀어 고사방誥四方, 사방 백성을 가르치는 것이다. 이렇게 나라의 교육이 중요하다. 사람 되는 길은 교육을 통할 수밖에 다른 길이 없기 때문이다.

이제는 새로운 새대, 인공지능의 시대가 되었다. 앞으로 아이들은 인공지능과 함께 인공지능으로 둘러싸인 환경에서 살아갈 것이다. 가정이나 학교 직장 어디서나 인공지능이 많은 역할을 담당하게 되는데 그 비중이 상상 못 할 만큼 증대할 것이다. 이제 피할 수 없는 인공지능, 인류와 인공지능의 만남을 어떻게 받아들일 것인가. 그 만남이 아름다운 만남이 될지 추악한 만남이 될지는 우리의 판단과 결정에 달려있다. 우선 인공지능의 특성을 잘 살펴야 한다. 지금까지 과학기술은 대개 힘과 에너지를 다루는 기술이었지만 이제 새롭게 나타난 인공지능은 지식과 정보를 다루는 기술로 인간의 뇌 기능을 보조한다는 면에서 특이한 것이다. 아마 지금까지 인류가 역사상 경험해보지 못한 새로운 상황을 만나게 될 것이다. 그 만남이 무엇이건 만남의 지혜는 중정中正이다. 천명에 맞는 것이 중中이요 진리의 바람에 따르는 것이 정正이다. 인공지능도 진실하고 정직한 인간과 사회를 위한 수단이 되어야 하는데 누가 어떻게 그것을 보호하고 보증할 것인가.

하여튼 강조하고 싶은 것은 인공지능이 참으로 똑똑하고 씩씩하고 매력적이지만 거기에 자기의 정신을 빼앗기면 안 된다는 점이다. 물용취녀勿用取女, 자기의 분신으로 취하면 안 된다는 뜻이다.

　앞으로 인간이 인공지능을 부리며 사느냐, 부림을 당하며 사느냐 하는 어려운 유혹과 싸움이 지속될 것이다. 늘 정신을 차려서 천명을 붙들고 참과 거짓을 분별할 수 있는 지혜를 갖지 못하면 우리는 미혹된 종살이를 벗어나기 어려울 것이다. 인공지능이 나와서 세상이 더욱 편리하고 밝아질 수도 있지만 오히려 더 무력해지고 혼미해질 가능성도 있다. 따라서 모든 과학과 기술적 수단이 온 세상의 거짓과 악을 막아내고 선하고 아름다운 것을 피워낼 수 있도록 우리의 힘과 지혜를 모아야 한다.

25. 모임과 오름

택지췌萃(45) 지풍승升(46)

개요: 생명은 모임과 오름의 활동이다

택지췌澤地萃의 췌萃는 모인다는 뜻이요 지풍승地風升의 승升은 되를 뜻하기도 하지만 올라간다는 뜻도 있다. 택지췌는 많은 무리가 모인다는 것인데 모이는 이유는 무엇일까? 궁극적으로 모이게 하는 것은 진리의 힘이다. 물리학에서 물질을 모으는 힘을 4가지로 본다. 중력과 전자기력, 그리고 원자핵을 결합하는 강력과 약력이다. 하늘의 별들은 우주의 먼지가 중력의 힘으로 모여 이뤄진 것이다. 모임이 커지면 중력의 힘도 그만큼 상승하여 나중에는 어마어마한 힘과 열이 원자핵을 결합시켜 핵융합을 일으킨다. 양적 팽창이 어느 순간 질적인 변화를 가져오는 것이다. 그래서 택지췌가 양적 성장의 모임이라면 지풍승은 질적 변화의 발전이라 볼 수도 있다. 우리가 모이는 이유는 무엇인가. 질적 성장을 위해서 모이는 것이 아닐까.

빨리 가려면 혼자 가고 멀리 가려면 함께 가라는 말이 있다. 혼자 가는 길에는 한계가 있다. 그러나 함께 가면 그 한계를 돌파할 수 있다. 한계를 돌파하는 순간이 질적 변화의 순간이다. 우리가 함께 모여 일하면 혼자서 할 수 없는 새로운 기적을 만들어 낼 수가 있다. 그처럼 한계를 돌파하고 질적 변화를 얻는 시너지의 상승작용을 오름이라 풀어본다. 즉 택지췌가 모임이라면 그 모임이 질적 변화를 가질 때 지풍승이 되는 것이라 해본다.

우리의 몸도 땅의 티끌이 모인 것이다. 몸이라는 글자도 티끌 먼지의 모음이라는 뜻과 관련이 있다. 창세기를 보면 하나님이 사람을 창조하시면서 흙으로 빚어 숨을 불어 넣으셨다고 한다. 모든 만물은 물질의 모음과 오름이라는 생명의 활동으로 이뤄진다. 그래서 택지췌澤地萃는 모임을 말하고 지풍승地風升은 생명의 활동이라 볼 수도 있다.

세상에는 많은 사회적 모임이 있고 모임마다 목적과 특징이 있다. 우리가 참여하고 있는 각 모임의 성격은 무엇일까? 우리는 무엇을 위해서 모이는 것일까? 또 그 모임이 질적으로 변화되고 발전하려면 또 어떻게 해야 할까? 여기에 대한 설명을 택지췌와 지풍승에서 찾아보자는 것인데 결론을 먼저 말하자면 여러 형태의 모임이 다양하게 많으나 인간이 사회적으로 모이는 이유는 궁극적으로 진리를 찾아 모인다는 것이다. 또 우리의 모임과 활동은 모두 올라가자는 생명의 활동이다. 그래서 모든 올라가는 활동을 지풍승地風升이라 한다. 무엇보다 생명의 특징이 올라가는 것이다. 모든 생명은 위로 올라가는 것이다. 사람들이 모여서 찾는 것은 진리요 또 모여서 구하는 것은 생명의 오름이라는 것이다.

원문 해석

◆ 택지췌澤地萃(45) (호수==와 땅==)

췌萃는 모임이다. 모두 모여서 제사를 지내는 것이다. 왕이 종묘
에 가서 제사를 올린다. 큰 사람을 만나는 것이 이롭다. 깨닫고 바
르게 함이 이롭다. 큰 소를 희생 제물로 쓰니 길하다. 가는 바가 있
으니 이롭다.

괘를 판단하는 말이다. 췌는 모이는 것이다. 순종하여 기뻐한다.
강한 것이 중中이 되어 응한다. 그래서 모이는 것이다. 왕이 종묘에
가는 것은 효를 다하여 제사하기 위함이다. 큰 사람을 만나야 이롭
고 형통한다. 대인이 있어야 모임이 올바로 되기 때문이다. 큰 소
를 잡아 바치는 제사라야 행복하고 가는 바가 있어야 이롭다 함은
천명에 순응하라는 것이다. 그 모이는 바를 꿰뚫어 보면 천지와 만
물의 뜻을 알 수 있다.

괘상의 뜻을 말한다. 땅 위에 호수가 있는 것이 췌萃의 모습이다.
군자는 이것을 보고 무기를 정비하고 미처 헤아릴 수 없는 돌발적
재난을 대비하고 경계한다.

내용 풀이

◆ 모임의 원리

땅 위에 있는 호수를 택지췌澤地萃라고 하는데 췌萃는 모인다(gathering, meeting, group)는 뜻이다. 아래에는 곤坤 괘, 위는 태兌 괘가 있다. 곤坤은 땅처럼 순종한다는 뜻이고 태兌는 호수처럼 기쁘다는 뜻이니까 괘의 뜻으로 순이열順而悅이라 한다. 즉 땅은 온순하고 호수는 기쁘다는 것이다. 유교에서는 모임의 원리를 이렇듯 순이열順而悅이라 한다. 진리에 대한 순종이 있고 법열의 기쁨이 있어서 모이게 된다는 말이다. 그러니까 순하다는 순順의 뜻이 진리와 일치한다는 뜻이요, 진리와 일치한다는 말은 자기라는 것을 비운 상태요 빈 마음이라는 것이니까 허실생백虛室生白이라는 노자老子의 말과도 상통하는 것이다.

허실생백虛室生白, 글자 그대로 풀이하면 텅 비어 있는 강의실에 생기가 환하게 빛난다는 뜻이라 무슨 말인지 선뜻 이해하기가 쉽지 않다. 방을 비우면 환하게 빛난다는 뜻이지만 그 속뜻을 풀어 말하자면 스승은 허실虛室이 되어야 교실에 모여든 학생들의 생기가 빛난다는 것이다. 즉 빈 마음, 사랑이 가득한 마음에 지혜의 빛이 빛나게 된다. 그래서 이런 사랑의 선생님이 진공眞空이요 또는 허실虛室이라 하겠다. 허실虛室의 선생님이라야 학생들의 생기를 빛나게 할 수 있다. 허실생백이다. 또 진공이 된 스승이라야 학생들의 지혜를 일깨우고 기쁨을 충만하게 하는 힘이 있다. 그래서 진공묘유라 한다.

순이열順而悅의 뜻도 같은 것이라 하겠다. 진리와 일치하는 모습이 순順이요 또한 허실虛室이다. 학생들이 기뻐하는 모습이 열悅이요 생백生白이다. 이렇게 순이열順而悅의 뜻을 진공묘유眞空妙有 또는 허실생백虛室生白과 견주어 같은 의미로 풀어볼 때 모임의 원리가 더욱 뚜렷해지고 풍성해짐을 느낀다. 모임의 원리가 이렇듯 순이열이요 허실생백이다. 진리를 깨달은 스승이 있을 때 학생들의 법열이 있고, 텅 비어 있는 순수함의 사랑이 있을 때 학생들의 생기가 살아난다.

학생들이 스승을 찾아 모이는 이상적인 학습 공동체의 모습을 구체적으로 무엇에 비유할까? 다양한 비유가 있겠지만 스승의 모습을 하나의 오아시스로 표현해볼 수 있겠다. 땅 위에 호수가 있어서 거기로 모두가 모여든다는 뜻이 택지澤인데 이는 사막의 땅에 샘물이 솟아나서 호수가 되면 모든 생물이 거기로 모여드는 오아시스로 상상할 수 있다. 이렇게 모든 만물은 물을 찾아 모이게 되고 물이 있는 곳에서 하나의 오아시스를 이루게 된다. 사막의 광야를 지나다가 오아시스를 만나면 얼마나 기쁠까. 이렇게 만물들을 끌어모으는 힘이 무엇인지, 그 모임의 원리를 말해 보자는 것이 택지췌澤地萃라 하겠다.

췌는 모임이다. 모임 가운데 대표적인 것은 제사를 지내는 일이다. 왕이 종묘에 가서 제사를 지낸다. 제사에는 크게 4종류가 있다. 먼저 부모가 세상을 떠났을 때 드리는 제사가 있다. 다음에는 나라를 위해 크게 공헌한 애국지사들에 대한 제사가 있다. 그리고 성현들에게 지내는 제사가 있다. 끝으로 하나님께 드리는 천제天祭

가 있다. 이 가운데 제일 큰 제사는 하늘에 드리는 천제인데 황제가 하늘에 올리는 제사를 체禘라 하였다.

어떤 사람이 공자에게 와서 물었다. "선생님, 체 제사의 뜻은 무엇입니까?" 공자는 잠시 생각한 후 대답했다. "모르겠소." 하시며 이어서 "그 뜻을 아는 자가 천하를 다스린다면 그는 이와 같을 것이오." 하면서 자기의 손바닥을 가리켜 보이셨다. 선문답 같은 공자의 말과 행동은 무슨 의미일까? 황제가 하늘에 제사 지내는 뜻을 묻자 공자는 모른다고 대답했는데 왜 모른다고 하셨을까? 체禘 제사는 천자만이 드릴 수 있기에 아마도 황제가 아닌 사람으로서 그 뜻을 말한다는 것은 예에 어긋난 것이라 여겼을 수도 있었을 것이다. 그래서 겸손의 뜻으로 모르겠다고 하신 것은 아닌지. 그렇지만 정말 천자로서 제사의 본래 의미를 아는 사람이 천하를 다스린다면 그의 다스림은 천하를 손바닥 들여다보듯 꿰뚫어 볼 것이며 또한 손바닥을 뒤집듯 간단하고 쉽게 다스릴 것이라고 하였다. 즉 제사의 의의는 하늘의 뜻을 알고 실천하는 일이므로 체라는 제사를 통하여 하늘의 뜻을 알고 그 뜻에 따라 세상을 다스린다면 무슨 어려움이 있겠느냐는 말이라 생각된다.

하늘의 뜻을 어떻게 아는가? 그것은 계시를 통해서 이뤄진다. 그러니까 제사의 목적은 하늘로부터 계시를 받자는 것이다. 왕은 이런 계시를 받은 대인을 만나야 이롭다. 여기서 대인이란 철인이다. 왕이 정치를 바르게 하려면 하늘의 계시를 받고 시대의 뜻을 아는 철인을 만나야 한다는 것이다. 그것을 이견대인利見大人이라 한다. 대인을 만나서 백성을 위한 하늘의 뜻을 알고 따르게 되면 모든 일이 형통하고 이롭고 바르게 된다는 말이 형이정亨利貞이다.

하늘의 뜻을 알기 위해 하늘에 제사를 지낼 때는 큰 소를 잡아 바쳐야 한다는 말이 용대생用大牲이다. 생牲은 제사 때 바치는 소를 말한다. 소는 우주의 상징이다. 그래서 큰 소를 바친다는 말은 나를 바치고 우주 전체를 하나님께 바친다는 뜻이다. 그래서 자기의 모든 생각과 뜻과 모든 가진 것을 내려놓고 하나님의 뜻이 어디 있는지 기도하여 계시를 통해 그 뜻을 알게 된다. 그래서 새로운 눈을 뜨게 되면 한없이 행복하게 된다. 그렇게 시대와 전체의 뜻을 알게 되면 우리가 나아갈 바를 알게 되는 것이다. 그렇게 하여 우리가 행할 바를 알고서 나아가는 것이기에 모두 이롭다는 말이 이유유왕利有攸往이다.

그래서 이제는 모두가 다 같이 모여 한마음으로 행복하게 사는 것이 또 췌라는 것이다. 모두가 모여 하늘의 뜻을 알고 순종해서 살면 행복하다. 가족이라면 모두 하늘의 뜻에 순종해서 살아야 기쁘고 행복한 것이다. 부모가 하늘의 뜻에 순종하여 자녀를 사랑하고 자녀는 부모의 뜻에 순종하여 부모를 공경하면 모두가 하나님의 뜻으로 하나가 되어 행복하다. 제사의 의미가 이것이다. 그래서 왕은 백성들의 마음을 하나로 모으려고 종묘를 세우고 제사를 지내는 것이다.

정이천은 역전易傳에서 풀이하길 천하의 뜻을 하나로 모으는 길은 종묘를 세움보다 더 좋은 것이 없다고 한다. 가족들이 모여 화목하게 사는 일도 제사를 통해서 이뤄진다. 가족들이 모여 제사 지낼 때 음식을 차려 놓고 온 가족들이 모여서 함께 먹고 즐기는 것이다. 종교의 모든 의식도 이런 제사에서 비롯된다. 모두 하나님의 뜻에 순종하여 함께 나누고 기쁘게 지내자는 것이다.

제사를 지내면서 자식들은 하늘과 부모의 뜻을 알고 서로 마음이 통해야 한다. 그것이 제사의 의미요 핵심이다. 그것을 여기서 강중이응剛中而應이라 한다. 하늘의 뜻, 조상의 뜻에 순종함이 구오九五라는 것이다. 구오九五는 강중剛中이 되어 육이六二와 서로 응應하는 것이다. 그래서 모두가 기쁘고 순종함으로 함께 모이는 모임이다. 윗사람은 하늘의 뜻에 순종하여 겸손하게 기쁨으로 아랫사람을 섬기는 도를 행하고, 아랫사람은 또 기쁜 마음으로 윗사람의 뜻에 순종하니 모두가 기쁨을 가지고 서로 섬기는 순종의 모임이 이뤄진다는 말이다.

왕이 종묘에 가는 것은 지극한 효를 다하여 제사를 지내자는 것이다. 큰 사람을 만나야 이롭다는 말은 그래야 그 모임이 의롭고 바르게 되기 때문이다. 모임이 올바로 되려면 깬 사람이 있어서 올바른 가르침을 주어야 한다. 깬 사람이 되어 모두를 섬기는 사람이 큰 사람이다. 그런 큰 사람이 나와서 올바른 법과 진리를 전하고 지도하는 진정과 진리의 모임이라야 올바른 모임이 된다.

큰 소를 잡아 희생 제물로 바쳐 제사를 지내는 뜻이 무엇인가? 모두가 천명을 따라서 즐겁고 행복하게 살자는 것이다. 달리 말하여 이 땅에 하나님의 나라를 세우자는 것이다. 그래서 모든 사람이 함께 모여 서로 섬기고 사랑하면서 즐겁고 자유롭고 행복하게 살자는 것이다. 제사와 예배를 드리며 함께 모이는 이유가 이것이다. 함께 모여 제사하고 예배하고 예불하고 미사를 드리는 궁극적인 뜻이 이런 것이다.

그러니까 사람들이 모이고, 또는 천지와 만물이 모이는 것, 그런 것을 보면 그 속에서 우리는 하나님의 뜻을 알 수 있다. 천지 만물이 한 생명으로 서로 얽혀있다. 천지 만물의 근원은 사랑이다. 그래서 사람은 생명의 근원인 사랑을 찾아 모이기 마련이다. 부모님을 찾아서 함께 모이는 것도 그 사랑 때문이다. 이렇게 모이는 것을 보아 우리는 하나님의 사랑과 만물의 뜻이 무엇인지를 짐작할 수 있다. 이런 사랑과 생명의 세계를 계속 유지하고 지켜내려면 어떻게 해야 할까?

괘상의 뜻을 살펴본다. 땅 위에 호수가 있어 많은 물이 모여있는 모습을 택지췌라 본다. 말하자면 높은 땅 위에 하나의 저수지를 만들어 물을 가둬놓은 것이다. 농사짓기 위해서 산의 골짜기를 막아서 저수지를 만들고 많은 물을 모아 두었다가 농사철에 사용한다. 그렇게 물을 가둬 두는 저수지를 위해서는 제방을 쌓게 된다. 가뭄을 대비하여 물을 모아놓은 저수지가 꼭 필요하지만, 저수지가 있으면 뜻하지 않은 재앙을 만날 수 있다. 즉 뜻하지 않는 순간에 제방이 무너져 수해를 입을 수도 있는 것이다. 그래서 제방을 늘 점검하여 생각지 못한 재난에 대비해야 한다.

물을 담아 생명이 뛰노는 세계를 위해서 제방이 필요하듯 무엇이나 선하고 아름다운 세계를 담아 지키기 위해서 제방이 필요하다. 집이라면 담이 있어야 하고 울타리가 있어야 한다. 나라가 되려 해도 국경을 지키는 군사와 울타리가 필요하다. 그래서 적이 쳐들어오면 막아내야 한다. 그러니까 집이나, 집단이나, 나라나 무엇이건

이런 울타리가 필요하나 또 그 울타리 때문에 근심이 일어날 수 있다. 그래서 제방을 늘 정비하여 뜻밖의 재앙이나 사변에 대비해야 한다는 말이다. 주기적으로 제방의 둑을 점검하여 불의의 사건이 일어나지 않도록 대비해야 하고, 나라의 창고와 군대의 대비태세를 점검하여 불의의 침략과 재난에 미리 대응하고 방비를 철저히 해야 한다. 그래서 제융기除戎器하고 계불우戒不虞라는 것이다. 병기 등 지키는 수단을 점검하여 불우의 사태가 일어나지 않도록 대비하라는 말이다.

원문 해석

◆ 지풍승地風升(46) (땅==과 바람==)

승升은 크게 발전하여 올라가 형통한다. 대인을 만나 스승으로 삼으니 걱정이 없다. 남쪽을 향하여 바로잡고 나아가니 길하다.

괘를 판단하여 말한다. 부드러운 생명이 때에 맞추어 올라가는 것이 승升이다. 공손하고 순종함이다. 강한 것이 중이 되어 응하니 이로써 크게 형통하게 된다.

큰 사람을 붙잡고 스승으로 모시고 살면 걱정할 것이 없어지고 큰 기쁨이 있게 된다. 남쪽을 향해 바르게 가니 행복하다 함은 뜻하는 바가 이뤄지기 때문이다.

지풍승 괘상의 뜻을 말한다. 땅속에서 나무가 싹이 터 나오는 것이 승升이다. 군자는 이것을 보고 덕德에 순응하여 조금씩 실력을 쌓아가서 마침내 높고 크게 자라 대인이 된다.

내용 풀이

◆ 대덕의 길

승升은 되(부피를 재는 단위로 약 1.8리터)라는 뜻과 위로 상승하여 올라간다(arise, grow up, advance)는 뜻이 있다. 지풍승地風升, 곤坤이라는 땅 밑에 손巽이라는 바람, 또는 나무의 싹이 있어서 올라온다는 뜻이다. 손巽을 바람이라 할 수도 있고 씨앗의 싹이라 할 수도 있다. 밀알 한 알이 땅에 떨어져서 싹이 터 나와 자꾸 위로 올라가는 것을 지풍승이라 말한다. 승升은 올라간다는 뜻이다.

땅(지地)을 몸으로 생각하면 바람(풍風)은 생명의 호흡이다. 하나님께서 흙으로 빚은 몸에 생기의 바람을 집어넣어서 사람을 창조하셨다고 한다. 이렇게 사람은 호흡을 지닌 생명의 존재다. 생명이란 호흡을 반복하면서 성장하는 것이다. 성장하는 것을 정신적으로 말하면 올라간다는 것이요 발전한다는 뜻이다. 자꾸 발전하는 것이 생명이다. 사람은 육체적인 호흡만이 아니고 정신적인 호흡을 하면서 자라는 생명이기에 날마다 발전하며 성장하는 기쁨이 있어야 살아가는 존재이다.

우리말의 되와 된다, 자란다, 올라간다, 성장한다는 말들이 모두 연관이 있다. 곡물을 수확하여 되로 되어보며 얼마나 많은 수확을 얼었는지 계산한다. 되로 될 때 자꾸 곡물을 쌓아 올리게 된다. 되로 되는 일은 곡식을 담았다가 비우고 비웠다가 담기를 반복하는 것이다. 호흡도 바람을 채웠다가 내보냈다를 반복하는 일이다. 이렇게 되로 헤아리는 일을 반복하며 생각이 자라고 호흡을 반복하며 생각과 생명이 자라고 사람이 되어간다.

승升이란 크게 발전하는 것인데 크게 발전하는 비결은 무엇인가? 용견대인用見大人이다. 큰 사람을 붙잡고 스승으로 모시는 것이다. 사람은 선생님을 가져야 자꾸 발전하지 선생님을 갖지 못하면 발전할 수가 없다. 우리가 죽을 때 '네 아내가 누구냐?' 또는 '네 남편이 누구냐?' 하는 물음에 대답할 수 있는 사람은 많다. 그런데 '너의 선생이 누구냐?' 하는 데 대해 말할 수 있는 사람은 많지가 않을 것이다. 인생에서 선생님을 만나는 일만큼 중요한 것은 없다. 인간은 선생님을 붙잡고 살 때 모든 걱정이 사라지기 때문이다. 걱정이 사라지는 이유는 계속 발전하기 때문이다. 그래서 인생을 행복하게 사는 비결은 선생을 붙잡는 일이다. 선생님을 붙잡고 살면 걱정이 사라지고 계속 발전하게 되어 행복하다. 남정南征이란 남쪽이라는 이상을 향하여 계속 발전하는 것이다. 그렇게 발전할 때 길吉하다는 것이 지풍승의 가르침이다.

사람은 때를 따라 발전해야 한다. 그렇게 하려면 선생님 앞에서 겸손하고 선생님을 따라서 진리에 순종해야 한다. 선생님은 어떤 분인가? 강중剛中이다. 진리처럼 강한 것이 없다. 선생님은 강한 진리를 정말 깊이 깨닫고 제대로 아는 사람이요 제자들에게 때에 맞춰 알맞게 지도할 수 있는 중용의 사람이다. 제자는 그런 선생님께

손이순異而順이다. 강중剛中의 선생님을 만나야 하고 학생은 겸손하게 진리에 순종해야 크게 발전한다.

우리에게 참 기쁨을 주는 것은 진리요 생명의 말씀이다. 진리를 깨달았다고 밥이 생기는 것도 아니고 집이 생기는 것도 아니지만, 우리 삶에 참 기쁨을 주는 것이 진리다. 우리 속에서 터져 나오는 진리의 기쁨, 이것은 세상의 그 무엇과도 바꿀 수 없는 것이다. 이것을 아는 것이 인생의 핵심이다. 지풍승地風升 괘에서 말하고자 하는 내용도 결국은 이러한 기쁨이 내 속에서 터져 나온다는 것이다. 매 순간 불꽃처럼 터져 나오는 기쁨이 곧 생명의 모습이요 살아있음을 드러내는 것이다. 모든 식물이 햇빛을 받아 피어나며 남쪽의 태양을 향해서 자꾸 뻗어 올라가듯 사람들은 진리를 향해서 자꾸 올라가고 발전해야 행복하게 된다.

땅속에서 나무가 자라서 나오는 그 모습을 승升이라 한다. 군자는 이것을 보고 순덕, 덕德에 순응하여 대덕이라는 큰 나무가 된다. 덕德이란 선생님이요 또 내 속에 솟아나는 생명의 싹인 속알을 말한다. 땅속의 나무가 태양을 만나야 싹이 터 나오듯이 내 안의 속알이 터 나오려면 태양 같은 선생님을 만나야 된다. 그런 큰 선생님을 대덕大德이라고 한다. 대덕을 만나야 내 속알인 덕이 싹트게 되고 자라게 된다. 그래서 큰 나무가 되려면 이런 큰 선생님 밑에 가서 생명의 말씀을 듣고 진리에 순종하는 길밖에 없다. 그것을 순덕順德이라 한다. 큰 선생님을 만나 순응하면 나무처럼 싹이 나고 조금씩 자라서 결국 큰 나무가 되는 것처럼 누구나 대덕이 된다는 말이다.

26. 마른 저수지, 샘솟는 우물
택수곤困(47) 수풍정井(48)

개요: 고난이 없으면 기쁨도 없다

삶의 본질은 기쁨이라 한다. 그러나 그 기쁨은 영적인 진리의 기쁨이지 육체의 욕구를 만족하는 데서 오는 기쁨이 아니다. 육체적인 기쁨은 일시적이요, 또 상대적이다. 즉 욕구가 결핍된 상태에서 고통을 느끼다가 욕구충족으로 그 고통이 사라지는 느낌이다. 이러한 육체적 만족에서 오는 기쁨을 정신적이고 영적인 희열의 기쁨과 구별하여 향락이라 해본다. 우리말에 즐거움이나 기쁨의 성격에 따라 달리 표현하는 말이나 용어가 많지 않은 것 같아 아쉽다.

육체적 향락은 상대적인 것으로 고통과 함께 있는 것이다. 향락은 고통의 소멸에서 오는 기쁨이기에 고통이 없으면 향락도 없다. 배고픔의 갈망과 고통이 없다면 어떻게 먹는 즐거움이 있겠는가? 그래서 고통과 향락은 항상 동시에 상대적으로 존재하는 것이다. 우리가 이 둘을 하나로 보면서 산다면 우리 삶은 어떻게 변할까?

삶이 있는 한 변화가 없을 수 없다. 그런데 변화는 무엇이나 고통과 스트레스를 동반한다. 우리는 그 고난을 극복하는 과정에서 즐거움을 얻는다. 사람들은 흔히 고통이 없는 안락한 삶을 바라지만 착각이다. 영원히 고통이 없는 안락을 누리려면 일체의 변화가 없어야 하는데 아무 변화가 없다면 그것은 이미 죽음이지 삶이 아니다. 그래서 삶이 있는 한 변화는 불가피하고 변화가 계속되는 한 긴장과 고통에서 벗어날 수 없고 또 고통을 벗는 데서 오는 이완의 기쁨을 느끼지 않을 수 없다. 즉 고통과 즐거움은 삶의 과정 중에서 느끼는 상대적인 감정으로 늘 함께 있는 것이지 분리될 수 없다. 이처럼 서로 상대적이고 연결되어 인연으로 작용하는 세계를 불교에서는 간단히 연기緣起라 한다. 연기설은 이것이 있으니 저것이 있고, 저것이 일어나니 이것이 일어난다는 것이다. 모든 사건 속에서 이런 인연을 꿰뚫어 보고 고통과 쾌락에서 동시에 벗어나자는 것이 불교다.

택수곤澤水困은 물로 인한 곤고와 고난의 고통이다. 택澤을 저수지로 보면 물이 아래로 빠져 말라버린 것이다. 가뭄으로 말라버린 저수지가 되면 그해 농사를 짓지 못해 흉년이 든다. 1백여 년 전에만 해도 우리나라에 가뭄으로 흉년이 들면 수많은 사람이 굶어 죽었다. 물 부족으로 인한 가뭄의 재해로 얼마나 많은 사람이 고통을 겪었는지 모른다. 물이 부족해도 재난이지만 또 홍수가 나도 재난이다. 홍수가 나서 집과 사람과 가축이 물에 빠져 죽게 되는 재난이다. 이때 택澤은 생명의 나무로 보고 나무가 물(수水)에 빠져 죽어가는 곤란을 택수곤이라 할 수 있다. 물이 꼭 필요한 것이지만 물에 빠져도 죽게 되고 물이 없어도 죽게 된다.

우선 택수곤澤水困을 가뭄의 고통으로 보면 호수에서 물이 아래로 빠졌다는 것이다. 가뭄으로 호수에 물이 말라버렸다. 나라의 경제로 말하면 돈이 말라서 회사들이 부도로 쓰러진 것이다. 실제로 1997년 우리나라는 외환을 갚지 못해 IMF에게 돈을 빌리는 외환위기 사태가 났다. 그래서 많은 기업이 부도로 쓰러지고 헐값에 외국기업으로 매각되었으며 대량의 실업 사태가 발생했다.

이처럼 뜻밖의 가뭄으로 물이 부족하고 그로 인하여 고난이 왔을 때 어떻게 해야 할까? 댐을 만들고 우물을 파는 고난의 극복이 필요하다. IMF 당시 우리 국민은 금 모으기를 통해 빌린 외환을 갚기 위해 온 힘을 쏟았다. 그렇게 단합된 국민의 힘 덕분에 예상보다 빨리 우리는 IMF 체제에서 벗어날 수 있었다. 가뭄을 극복하기 위해서 샘을 찾고 우물을 파야 한다. 우물에서 진리의 샘물을 마시고 생명을 회복하면 다시 기쁨을 얻는다. 그래서 말라버린 저수지는 고난의 상징이요 샘물이 솟는 우물은 생명의 상징이라고 풀어본다.

원문 해석

◆ 택수곤澤水困(47) (호수〓와 물〓〓)

고난이 형통하게 되는 것은 정신 때문이니 대인이라야 길하고 허물이 없다. 말은 있는데 믿지 못한다.

괘를 판단해 본다. 곤困이란 강한 정신이 가려져 있는 상태를 말한다. 험난할수록 기뻐하고, 고난이 클수록 그 형통하는 바를 잃지 말아야 한다. 그런 사람이야말로 군자가 아니겠는가? 의로운 대인이라야 길한 것은 강한 정신으로써 중도를 지키기 때문이다. 말이 있는데 믿지 못함은 말만을 숭상하여 뜻이 막히게 되었기 때문이다.

괘상을 보며 말한다. 연못에 물이 없음이 곤困이다. 군자는 이를 보고 생명을 바쳐 뜻을 완수한다.

내용 풀이

◆ 말라버린 저수지 - 고난苦難

곤困은 곤고困苦요 곤란困難이다. 나무라는 생명이 사방으로 갇혀서 꼼짝 못하는 모습이 곤困이다. 호수가 있는데 물이 아래로 빠져나간다. 그래서 물이 말라버린 저수가 되면 모든 초목이 고갈되고 만다. 그래서 그처럼 생명이 살 수 없는 곤란한 상태라 하여 곤困이라는 글자를 붙였다.

인간이 고통받는 이유 가운데 하나가 물 때문이다. 물로 인하여 많은 고통을 겪는다. 수재로 물에 빠져 죽고 가뭄으로 굶어 죽는 그런 고통이다. 일제 강점기에도 가뭄이 들면 먹을 것이 없어서 굶어 죽은 시신들이 사방에 널려있었다고 한다. 이러한 재난과 곤고

困苦를 해결하는 길은 무엇인가? 물을 찾아서 물을 구해야 한다. 샘물을 찾아 우물을 파는 것이다.

인간의 특징은 고난苦難을 겪으며 곤고를 극복하는 기쁨을 가질 수 있다는 것이다. 그래서 곤困을 형亨이라 한다. 고난은 형통하게 되니 좋다는 말이다. 곤困이라는 고난을 우리는 형통하게 할 수 있다. 고난이 닥쳤을 때 정신을 바로 잡으면 그 고난은 기쁨이 될 수 있다. 인생의 고통은 정신으로 해결될 수 있다는 말이다. 고난이 우리의 정신을 일깨우는 약이 될 수 있다. 그래서 인간의 정신이 깨느냐 못 깨느냐에 따라 고난이 죽음의 고통이 될 수도 있고 삶의 기쁨이 될 수도 있다.

정신이 깬 사람을 대인이라 한다. 그래서 대인이 나오면 고난을 기쁨으로 해결할 수 있다. 물로 인한 고통은 홍수와 가뭄이다. 그래서 홍수와 가뭄이라는 재난을 극복하려면 댐을 만들 수 있는 정신을 가져야 한다. 그러니까 토목기술과 중장비를 개발해낸 사람들이 말하자면 대인들이다. 요새로 말하면 과학자와 기술자들이 대인이다. 과학기술로 인간의 문제를 해결하는 것이다. 그래서 물의 문제가 없어지고 행복하게 된다.

농경시대를 거쳐 산업시대까지만 해도 댐은 매우 중요한 시설이었다. 가뭄과 식수를 해결하기 위해서 골짜기에 둑을 쌓아서 방죽이나 저수지를 만드는 일도 산업화 시대 이전에는 엄청난 대공사였다. 그런데 산업기술의 발달로 중장비 등이 나와서 이제는 큰 강을 둑으로 막을 수 있게 되었다. 그래서 강을 막는 댐공사를 시행하여 발전과 식수원으로 활용하고 있다. 우리나라에서는 1966년

착공하여 1974년에 완공한 팔당댐 건설이 대표적이다. 이로써 서울과 수도권의 상수도와 전력 공급 및 홍수 조절이 가능하게 되었다. 이처럼 댐 건설은 도시문제의 해결을 위해 중요하고 필수적이다. 그런데 1990년대 이후 지구 생태계가 이슈로 떠오르면서 댐을 생태계 파괴의 원인으로 보는 시각이 많아졌다. 인류의 생존과 번영을 위한 과학기술의 발달이 생태계 파괴를 일으켜 오히려 인류의 생존을 위협한다는 딜레마를 자각하게 된 것이다.

사람은 왜 끊임없이 고통을 받게 되는가? 고통을 느낄 때 어떻게 대처하는가? 우리는 질병이나 재난, 사고나 실패로 좌절을 겪고 고통을 당할 때 그 원인을 현상에 돌리는 수가 많다. 질병으로 고통스럽다, 또는 실패로 고통스럽다, 이렇게 흔히 외부적 요인으로 인한 고통이라고 생각한다. 그리고 고통 가운데 왜 나에게 이런 불행이 찾아왔는가 질문하는 수가 많다. 그래서 자기의 잘못이나 죄의 탓이라 하여 자책하기도 하고, 또는 운명이나 남의 탓으로 돌리며 원망하기도 한다. 그런데 기독교는 모든 고난을 하나님의 은혜로 보고 그로 인해 도래할 장차의 의미를 찾으라 한다. 또는 하나님의 뜻을 물으라고 한다. 우리의 정신을 일깨우려는 하나님의 사랑이 고난으로 나타났다는 것이다. 우리의 정신이 막히고 가려졌기 때문에 고통스러운 것인데 갇혀있는 영혼을 풀어주려고 껍데기를 망치로 깨뜨리는 사랑이 고통이라는 것이다. 그래서 갇혀 있고 막혀 있던 정신이 풀려 나오기만 하면 문제는 해결이 된다. 인간의 모든 문제는 정신이 해결할 수 있다는 것이다. 모든 육체의 문제는 결국 정신이 해결한다. 그래서 건강한 정신이 건강한 육체를 만들 수 있다는 것이다.

정신이 깬 사람에게는 고난이 험하면 험할수록 더욱 기쁘다. 협곡이 험할수록 더 좋은 댐을 만들 수 있기 때문이다. 문제가 험할수록 그것을 해결하면 더 큰 기쁨이 될 수 있다. 그래서 그런 낙천의 믿음으로 문제를 해결하는 사람이 군자가 아니겠냐고 묻는다.

본문에서 곧을 정貞은 정신으로 풀이한 것이다. 곧음은 정신이 곧다는 것이지 육체가 곧은 것이 아니다. 육체는 구부러지기 마련이다. 구부러지는 육체를 바로 세우는 것이 정신이다. 그래서 옛날 사람들은 정신이 곧다는 것을 증명하기 위해서 육체부터 곧게 했다. 그것이 이른바 참선이다. 정조貞操란 곧은 것을 붙잡는 것이다. 정신을 붙잡는 것이다. 그렇게 정신을 붙잡고 사는 사람이 대인이다.

그런데 정신이 깬 세계는 말을 가지고 하는 세계가 아니다. 실제의 행동을 가지고 하는 세계지 말을 가지고 하는 세계가 아니다. 실제의 행위와 능력이 있어야 곤困의 문제를 해결할 수 있지 생각이나 말만 가지고 해결할 수 있는 것이 아니다. 문제를 해결하는 것은 실천의 세계지 말의 세계는 아니다. 유언불신有言不信, 말만 있으면 신용을 얻을 수 없다. 그런 사람은 소인이지 대인이 아니다. 대인은 말보다 실천이 앞서는 사람이다. 대인은 먼저 실천하고 체득한 것을 전하는 사람이지 생각이나 말만 하는 사람이 아니다.

그런데 대인의 말을 소인은 깨닫지 못한다. 유언불신有言不信의 풀이를 다시 뒤집어본 것이다. 대인이 가르치는 말이 있는데 그 말을 소인들이 믿지 못한다. 그것이 소인들이 당하는 고난이요 불행의 원인이다. 비가 쏟아지지만 댐이 없어 해마다 가뭄의 고통을 겪는다. 샘물이 있어도 두레박이 없어서 목마름을 해결하지 못한다. 이런 괴로움을 겪는 이가 소인이다.

가뭄과 홍수를 해결할 수 있는 댐이 없으면 인생은 괴롭다. 인생은 고난을 극복할 댐을 가져야 한다. 인생에서 댐이란 무엇일까? 기독교에서 믿음으로 구원을 얻는다고 하는데 그 믿음이란 인생의 댐을 말하는 것이다. 인생의 댐이 무엇인가? 정신을 일깨우는 지혜의 댐을 가지면 인생은 행복한 것이고 그런 정신의 댐을 못 가지면 인생은 괴로운 것이다. 그래서 큰 사람은 생명을 바쳐서 정신의 댐을 만드는데 힘쓰는 것이다. 그러니까 육체가 죽는 한이 있어도 정신의 댐을 건설해야 한다. 치명수지致命遂志, 목숨을 바쳐서라도 나라를 살리고 인류를 살려낼 정신의 댐을 건설해야 한다. 그런 사람이 대인이다.

기독교에서는 십자가의 고난을 이야기한다. 십자가의 고난을 다른 말로 하면 댐을 막는 고난이다. 오늘 나는 어떤 댐을 만들고 있는가? 인간의 실존에서 오는 고난과 고통을 기쁨으로 만드는 것이 정신의 댐이다. 인간의 모든 노력은 바로 어떻게 하면 이처럼 인간이 갖는 여러 고통을 기쁨으로 바꿀 수 있을까를 궁리하며 애쓰는 것이다. 모든 문화라든가 과학이라든가 종교라 하는 일체가 그것이다. 댐을 만드는 활동이다. 바울 사도는 말한다. 우리가 환난 중에도 즐거워하노니 환난은 인내를, 인내는 연단을, 연단은 소망을 이루는 줄을 앎이로라. (롬5:1-4) 믿음으로 정신이 깬 사람은 고난의 의미를 알고 환난 가운데서도 소망을 바라보며 즐거워한다는 것이다.

원문 해석

◆ 수풍정水風井(48) (물==과 바람==)

정井이란 우물이다. 고을은 고칠 수 있으나 우물은 고칠 수 없다. 잃음도 없고 얻음도 없다. 가고 오는 이들이 우물물을 길어서 마신다. 거의 이르렀다. 또 두레박의 줄이 아직 우물에 닿지 않는다. 그 두레박이 깨졌다. 흉이다.

괘를 판단해 본다. 물속에 들어가서 물을 위로 올리는 것이 정井이다. 우물을 퍼서 기르는 데 다함이 없다. 고을은 고쳐도 우물은 고치지 못함은 강중剛中을 말하는 것이다.

괘상을 보며 말한다. 나무 두레박을 올려서 물을 긷는 것이 우물이다. 군자는 이를 보고 백성들을 위로하며 서로 돕고 살기를 권한다.

내용 풀이

위는 물(수水)이요 아래는 바람(풍風)이 정井괘다. 깊은 곳에 흐르는 지하수를 퍼내어 샘물을 얻으려면 땅을 파서 우물을 만들어야 한다. 우물은 예로부터 마을 주민들이 사는 삶의 중심이요 모두가 함께 지키는 신성한 공간이었다. 물은 인간의 삶과 생활에 필수적이다. 그래서 농경시대부터 마을 공동체의 중심에는 우물이 있었다.

신석기를 거쳐 청동기 이후 농경사회의 공동체를 중심으로 형성된 나라에서 정전법井田法이라는 토지제도가 나온 것은 자연스럽다고 하겠다. 땅을 우물 정井자 모양으로 나누면 9필지가 되는데 가운데 하나는 공동경작을 하고 나머지 주변의 8개는 각각의 농가가 농사를 짓는 것이다. 그래서 공동으로 경작해서 나온 소출은 세금으로 나라에 바치는 제도였다. 이때 토지의 가운데에 우물을 팠다고 한다. 그래서 우물이 기준이 되었다.

우물을 기준으로 땅의 구획이 정해지는 것이다. 그러니까 땅의 구획은 새로 변경될 수 있지만, 우물은 기준이라 변하지 않는다. 세상에는 변하는 것이 있고 또 변하지 않는 것이 있다. 그 변하지 않는 상징을 우물로 비유해 보는 것이다.

우물물은 없어지는 것도 아니고 더해지는 것도 아니다. 아무리 퍼도 마르지 않고 아무리 솟아나도 넘치지 않는다. 반야심경에서 '불생불멸不生不滅, 부증불감不增不減, 불구부정不垢不淨'이라는 말이 나온다. 이 말을 우주에 적용할 수도 있고 바다에 적용할 수도 있지만 여기서는 우물이라는 기준에 적용해 본다. 우물의 기준은 없어지는 것도 새로 나타나는 것도 아니다. 늘 있다는 말이다. 그리고 그 물은 아무리 퍼도 마르지 않고 아무리 솟아도 넘치지 않는다. 우리를 살리는 우물은 무궁무진無窮無盡하여 변함이 없다는 진리의 상징이다.

우리를 살리는 샘물을 얻으려면 우물이 있어야 한다. 우물에서 샘물을 길으려면 두레박줄이 있어야 하고 두레박도 있어야 한다.

이렇게 세 가지 조건이 있어야 샘물을 얻을 수 있다. 우물물이 있어야 하고 두레박이 있어야 하고 또 두레박줄이 있어야 한다. 만일 두레박이 깨졌거나 두레박줄이 모자라도 안 된다. 우선 우물을 찾아가서 우물을 만나야 한다. 가까이 가기만 해서는 부족하다. 흘지 汔至가 되면 안 된다. 흘지汔至란 다 온 것이 아니고 거의 가까이 온 것이다. 완전히 우물에까지 와야지 거의 가까이 와도 안 된다. 그리고 줄이 모자라도 안되고 두레박이 깨져도 안 된다. 이렇게 세 가지 조건이 맞아야 원하는 생수를 얻을 수가 있다.

생수의 근원은 어디 있는가? 하늘에서 내려주시는 비가 생수의 근원이다. 하늘에서 내려주시는 비의 양은 인간에게 필요한 양의 수십 배가 넘는다. 하나님의 은혜와 하나님의 사랑은 무한하다는 말이다. 그 무한한 사랑을 우리가 제대로 간직하고 쓰지 못해서 문제가 된다. 은혜를 받아서 쓰는 책임은 우리에게 있다. 세상 만물을 다 살리고도 남을 만큼 은혜의 물은 넉넉하다.

마을은 변하겠지만 우물은 변하지 않는다. 사람의 삶은 변하는 것이지만 삶의 진리는 불변이다. 사람의 삶은 계속 변하는 것이라 온전할 수가 없다. 매 순간 인간은 잘못될 수 있다. 그러나 하나님의 사랑은 변함이 없다. 우리는 그런 확신을 가져야 계속 발전할 수 있다. 진리는 영원한 법칙이다. 법은 변할 수 없다. 우리의 삶은 변함 없는 진리를 가지고 계속 변해가야 올바로 발전하게 된다. 다석 류영모는 이것을 능변여상能變如常이라 하였다. 계속해서 능동적으로, 즉 주체적인 변혁을 이뤄가야 발전하게 된다. 날마다 진리를 붙들고 올라가는 발전이 있어야 늘 그대로의 변함이 없는 영원한 생명이 유지된다는 말이다.

샘물을 얻기 위해서 우물에 거의 다다랐다. 이것은 부족하다. 우물에 도달해서 직접 만나야 한다. 논어 선진편을 보면 공자가 자로에 대해 말한 내용이 있다. 자로는 마루까지 올라왔으나 아직 방으로 들어오지는 못한 사람이라고 했다. 승당미입실升堂未入室이다. 공자를 따라다닌 제자들이 많아도 공자를 만난 사람은 얼마나 될까. 대부분 집안에 들어왔지만 보지 못하고, 또 자로처럼 뛰어난 제자도 마루에 올라왔으나 아직 방 안으로 들지 못했다고 했으니 방 안에 들어간 제자들은 얼마나 될까? 아마 안회 정도나 되지 않을까? 공자가 안회에 대해 말하길 그는 화를 옮기지 않는 사람이요 또 두 번 다시 잘못을 범하지 않는 사람이라 했다. 그리고 가난 속에서도 도를 즐기는 기쁨을 잊지 않았다고 하여 안빈낙도安貧樂道의 대표적 인물이다. 하여튼 선생님을 찾아왔으면 안회처럼 방으로 들어가 선생님을 만나서 도를 체득해야 한다.

우물물에 도달했어도 또한 두레박 줄이 부족하면 아직 생수를 얻을 수 없고, 두레박이 깨지면 모든 것이 수포가 된다. 그러니까 두레박이 있어야 하고 또 줄이 있어야 한다. 우물에서 생수를 얻으려면 두레박과 두레박 줄이 있어야 한다. 우리에게 두레박과 두레박 줄은 무엇일까? 한마디로 정성으로 모든 준비가 있어야 한다. 모든 준비와 필요한 장비를 갖추고 우물을 찾아야지 준비가 부족하면 아무것도 할 수가 없다. 선생님을 찾아갈 때도 정성과 목적이 있어야 한다. 유교에서는 예를 가지고 선생님을 찾으라 한다. 스승에 대한 존경과 신뢰, 그리고 만남의 목적이 있어야지 그냥 찾으면 아무엇도 얻을 수 없다.

우물물은 진리의 상징이다. 진리는 우주에 가득 차 있다. 그 진리를 꺼낼 수 있는 우물이 부족할 뿐이다. 물은 땅속 어디에나 있는데 우물이 없어서 물을 얻지 못하는 것이다. 우리에게 필요한 일은 우물을 파는 일이요 또 두레박으로 우물물을 긷는 일이다. 다석 류영모(1890-1981)의 일생도 이것이다. 날마다 우물을 파서 샘물을 길어다 저장해 놓은 것이 〈다석일지〉로 남았다. 앞으로 우리나라의 정신적 빈곤과 영적 해갈을 위한 생명의 물을 가득 담아 놓은 저수지가 〈다석일지〉라 하겠다.

수풍정 괘에서 위에는 감坎, 아래는 손巽이다. 손巽을 여기서는 나무(목木)라 해서 생명의 상징으로 썼다. 메마른 저수지의 나무처럼 나무가 사방으로 막혀 생명이 고사 되는 형상을 곤困 괘라 했다. 그런데 나무가 물을 만나서 생명이 피어나고 진리의 물을 나눠주는 사랑의 모습을 수풍 정井 괘라 했다. 정井 괘에서 나무는 두레박을 가리킨다. 두레박에 물을 채워 올려야 우물이다. 그럼 우물물은 퍼다가 무엇할 것인가? 백성들을 위로해주고 또 백성들이 서로서로 도울 수 있게 해준다. 목마른 사람에게 물을 주어서 살게 하고 또 이웃 사람과 함께 그 물을 나눠 마셔서 같이 살게 하는 것이다. 그래서 자기만 아니라 이웃과 함께 다 같이 자유롭고 행복하게 살자는 것이다. 메마른 저수지 같은 황량한 세상을 어떻게 하면 기쁨과 풍요의 우물 공동체로 만들 수 있을까? 이것이 택수곤과 수풍정 괘의 뜻이 아닐까?

27. 혁명과 국가

택화혁革(49) 화풍정鼎(50)

개요: 혁명이라는 사건의 의미

택화혁澤火革 괘는 바닷속에 불이 있다는 것인데 여기에 왜 혁革이란 이름을 붙였는지 알기 어렵다. 고요하던 바다에서 갑자기 용암의 불길이 솟아올라 새로운 섬이나 땅이 만들어지는 그런 경험을 반영한 것일까? 혁은 가죽을 뜻하기도 하고 바꾼다. 고친다는 뜻도 있다. 호랑이나 표범 등 가죽에 털을 가진 동물은 때가 되면 묶은 털을 벗고 새로운 털로 털갈이를 한다. 특히 가을철에 동물들은 추운 겨울을 나기 위해서 털갈이를 한다. 나무도 가을철이면 묶은 잎을 다 떨어내고 봄이면 새로운 잎으로 옷을 입는다. 이처럼 옛것을 버리고 새것으로 탈바꿈하는 것을 혁革이라 한다. 자연이나 인간 사회에서 묶은 것과 새것의 교체가 일어나는 변화를 혁革이라 한다. 가을에서 겨울로, 겨울에서 봄으로 변화하는 것도 하나의 변혁이다. 지진이나 화산폭발도 변혁이다. 바다에서 갑자기 용암의 불이 솟아나 새로운 땅이 나타나듯 일어나는 돌발적인 사건도 하나의 변혁이다.

이렇게 변혁에는 갑자기 일어나는 사건을 말하는데 어찌 보면 세상의 모든 일이 사건이 아닌 것은 없다. 태풍이 발생하는 것도 사건이요 꽃이 피는 것도 일종의 사건이다. 세상에서 일어나는 현상을 모두 에너지의 파동이요 과정(process)으로 볼 때 어떤 특이점이 나타나는 것도 순식간에 일어난 사건이요, 또 태풍처럼 특정 현상이 갑자기 일어나는 것도 확률적 사건이다. 태양열과 바닷물과 대기가 서로 작용하여 변화를 진행하다가 어느 순간 거대한 회오리 바람을 일으키는 태풍이 발생한다. 이렇듯 과정의 진행 속에서 일어나는 모든 돌발사건을 혁革이라 한다. 달리 말하여 이처럼 뜻하지 않게 터지는 사건(occurrence, incident)을 혁革이라 보는 것이다. 최근에 겪은 사건으로 코로나19 팬데믹이 있다.

택화혁은 이런 사건의 의미를 말해보자는 것이다. 역사적으로는 무엇보다 권력이 바뀌고 사회가 변혁되는 왕조 교체의 사건을 되새겨 보자는 것이다. 즉 3천 년 전 일어났던 상商 나라가 무너지고 새로운 주周 왕조로 교체된 역사적 경험을 성찰해보자는 뜻이 있다. 그래서 국가의 이상을 찾아보자는 것이다.

택화혁을 뒤집으면 화풍정火風鼎이다. 바람을 타고 나무에 불이 붙어 불타는 것인데 여기에 가마솥 정鼎이라는 이름을 붙였다. 가마솥은 함께 밥을 나누는 공동체의 핵심이다. 부족공동체에서 국가공동체로 발전하면서 가마솥이 공동체의 상징으로 남았을 것이다. 전설에 의하면 우禹 임금이 가마솥을 아홉 개나 만들었다고 한다. 말하자면 천하를 아홉 개의 나라로 다스렸다는 뜻이다. 국가의 이상을 형상화한 물건이 가마솥이다. 그러니까 화풍정은 나라의 이상적인 모습을 그려보는 것이다. 혁명이라는 사건을 통해 국가는 새롭게 되는데 이상적인 나라의 모습은 무엇일지 생각해 보자는 것이다.

원문 해석

◆ 택화혁澤火革(49) (바다≡≡와 불≡≡)

혁이란 변혁의 순간이다. 지난날을 끝내고 새날이 되어 마침내 진실하게 된다. 그래서 원형이정이 되고 회한이 없어진다.

괘를 판단해 본다. 혁革이란 변혁이다. 물과 불이 서로 쉬는 것이다. 두 여자가 같이 사는데 그 뜻이 서로 다르다. 말하자면 변혁의 순간이다. 지난날을 그치고 새날이 되어 진실해진다. 변혁을 통해 믿을 수 있게 되었다는 말이다. 진리의 빛으로 기뻐하며 크게 형통해서 바르게 된다. 하늘 땅의 변혁으로 사계절이 이뤄진다. 변혁은 마땅하게 되니 그 회한이 이내 없어진다. 탕과 무의 혁명은 하늘의 뜻에 따르고 백성의 뜻에 응한 것이다. 혁명의 때가 위대하구나.

괘상을 보며 말한다. 바닷속에 불이 있음이 혁이다. 군자는 이것을 보고 지나간 역사를 바로잡고 오는 때를 밝혀야 한다.

내용 풀이

혁革이란 사건이 터지는 것이다. 8·15나 6·25, 4·19, 또는 코로나 19와 같이 어떤 역사적 순간이 있다. 사건이 일어나기 전까지 아무도 짐작하지 못하는 그런 특별한 때가 있다. 그런 날을 이일己日 또는 기일己日이라고 한다. 과거가 끝나고 새로운 시대가 되는 그런 날이다. 새로운 시대가 되면 원형이정元亨利貞이 된다. 즉 모든 것이 바로잡혀 질서 있게 돌아간다. 그래서 후회가 없어진다.

혁革이란 물이 불로 변하고 불이 물로 변하는 것이다. 물에서 불이 나오고 불에서 물이 나온다. 달리 말하여 색즉시공色即是空이요 공즉시색空即是色이다. 색色에서 공空이 나오고 공空에서 색色이 나온다. 이런 것을 연기緣起라 한다. 모든 변화의 과정은 인연에 따라 일어나는 것이지 사람의 힘으로 되는 것이 아니다. 자연의 변화나 세상의 변화도 시절인연時節因緣으로 이뤄진다. 시절인연은 각기 다르다. 두 사람이 같이 있어도 인연이 다르다. 두 사람이 함께 살아도 그 운명은 전혀 다르다. 같은 차를 타고 가다 사고를 당해도 같은 운명이 되는 것은 아니다. 종교개혁자 마틴 루터(1483-1546)는 친구와 길을 가다가 벼락을 만났는데 동행하던 친구가 그 자리에서 죽었다고 한다. 그 순간 루터는 두려움에 떨며 수도사가 될 것을 서원하였다고 한다. 그래서 다니던 법학대학을 그만두고 신학을 공부했다고 한다. 그런 뜻하지 않은 변화를 사건이라 한다.

사람이 이런 사건을 겪으면 전혀 다른 인격으로 변화되는 것이다. 그리스도인의 소망은 변화로 거듭나서 믿음의 사람이 되는 것이다. 다른 사람들이 믿을 수 있는 큰 인격이 되어야 믿음의 사람이지 그저 하나님을 믿는다고 해서 믿을 수 있는 인격이 되는 것은 아니다. 그러기 위해서는 진리와 함께 기뻐하는 사람, 거듭난 사람이 되어야 한다. 진정으로 거듭나야 진리와 함께 기뻐하는 사람이 되지 그렇지 않으면 진리와 상관이 없게 된다. 그래서 바름으로 크게 형통한다는 대형이정大亨以正을 진리와 일치하여 크게 형통한다고 풀이했다. 올바름을 진리와 일치하는 것이라 풀어본 것이다. 왜냐면 크게 형통하여 발전할 수 있는 것은 진리와 일치할 때 가능하기 때문이다. 진리로 거듭난 사람이라야 정말 크게 발전할 수 있고 똑바로 살 수 있다. 큰 사건을 한 번 겪고 진리와 일치된 삶으로 새롭게 거듭나야 크게 형통한다. 개인 뿐만 아니라 국가도 마찬가지다. 우리나라 국민도 큰 사건을 겪으며 진리로 거듭나야 크게 발전할 수 있고 똑바로 살 수 있다.

사람이 새로 거듭나면 모든 근심과 걱정이 사라진다. 모든 문제가 거듭나지 못해서 발생한 것들이기 때문이다. 거듭나게 되면 모든 모순과 갈등이 사라지는 것이다. 천지天地도 묶은 갈등을 털어내는 변혁으로 새로운 세계를 열어간다. 그래서 천지의 변혁으로 춘하추동의 사계절이 진행된다. 천지의 변화를 일음일양一陰一陽이라 하고 일음일양을 도道라고 한다. 한번 음이 되었다가 한번 양이 되고, 이렇게 계속 음양이 번갈아 나아가는 것인데 그것을 도道라고 한다. 또 그렇게 한번 음이 되고 한번 양이 되게 하는 하나의 도, 그것을 일도一道라 한다. 그래서 사건을 달리 말하여 일도一道라고 해도 될 것이다. 일도一道라는 사건을 통해서 생사生死라는 모순을 벗어난 자유의 인격으로 거듭나자는 것이다.

예수가 세상에 나온 것도 하나의 역사적 사건이다. 세상이 가장 어두워졌을 때, 예수의 빛이 터져 나온 것이다. 그것을 성리학에서 말한 무극이태극無極而太極이라는 말로 표현할 수 있겠다. 죽음과 어둠이 극에 달했을 때 새로운 생명의 빛이 터져 나온 사건이 예수 사건이다. 그런 사건을 무극이태극이라 하는 것이다.

중국 역사로 말하자면 하나라의 악이 걸桀 왕에 이르러 극에 달했을 때 탕湯이라는 선善이 터져 나온 것이요, 상나라 때는 주紂왕이라고 하는 악이 극에 달했을 때 문왕文王이라는 선이 터져 나온 것이다. 이것을 불교에서는 연기緣起라 하고 과정철학에서는 현실 계기(actual occasion)이라 한다. 역사는 이런 사건을 혁명이라 한다. 우리말로는 물에서 불이 나왔다고 말할 수도 있고 죽음에서 생명이 나왔다고 말할 수도 있다. 조금이 지나면 사리가 나온다. 죽음에서 생명이 나온다. 그것이 혁명이다. 천명이 바뀌는 것이다. 사람은 바뀌는 그 천명에 응하여 새로운 천명을 받아들여야 한다. 천명이 바뀌는 이런 사건의 순간처럼 역사적으로 중대한 것은 없다. 이런 사건이라는 것 때문에 역사가 나아가는 것이다.

바다에서 화산이 폭발하여 산이 솟아나듯 민심이 폭발하여 새로운 세상을 만드는 그런 사회적 변화를 역사적 사건이라 한다. 군자는 이런 사건을 통해서 역사를 이해하고 천명을 밝히는 것이다. 군자는 역사적 사건을 통해 천명을 깨닫는 것이다. 천명을 알아야 역사를 이해하게 되고 역사를 알아야 우리는 시대의 흐름과 방향을 바르게 드러내고 밝힐 수 있는 것이다. 온난화와 지구적 생태위기 속에서 핵전쟁의 위기를 겪고 있는 우리 시대의 역사적 과제와 천명은 무엇일까? 과거의 사건들을 통해서 우리 시대의 나아갈 바를 밝히는 치력명시治歷明時의 지혜는 과연 무엇일까?

우리 민족은 8·15 해방사건을 맞아 남쪽의 자유 민주국가와 북쪽의 공산 인민국가를 세웠다. 한 민족이 둘로 갈려서 서로 다른 사상과 체제로 대결하여 6·25라는 비극을 겪었으나 분단의 모순은 해결되지 못하고 여전히 미완의 과제로 남았다. 그동안 남한은 4·19와 5·16, 5·18을 겪으며 민주와 자립의 힘을 길렀고 이북은 자주를 내세워 핵무장을 추진하였다. 우리 민족은 앞으로 언제 어떻게 어떤 모습으로 자주와 자립의 민주 통일국가를 이뤄낼 수 있을까?

원문 해석

◆ 화풍정火風鼎(50) (불☲과 바람☴)

정鼎은 국가의 상징이다. 나라는 근원이 있어야 행복하고 형통한다.

괘를 판단해 본다. 정鼎이란 나라를 상징하는 가마솥이다. 나무로 불을 넣어서 음식을 삶는다. 성인聖人은 음식을 삶아 하나님께 제사를 올리고 대인은 음식을 삶아 성현을 봉양한다. 겸손하고 이목이 총명하다. 온유함으로 나아가 위로 올라서 중中을 얻어 강剛

에 응한다. 이로써 근원에 통하게 되고 발전하게 된다.

패상을 보고 말한다. 나무에 불이 있는 것이 정鼎의 모습이니 군자는 이를 본받아 올바른 지위를 얻어 천명天命을 응집한다.

내용 풀이

위는 불(화火)이고 아래는 바람(풍風)이 화풍정火風鼎이다. 정鼎이란 가마솥인데 국가를 상징한다. 모든 혁명이 지향하는 국가의 이상은 무엇일까? 가마솥이라는 상징을 통해 국가의 이상을 찾아보자는 것이 화풍정이다. 화풍정火風鼎에서 불(화火)은 문명이요 바람 풍風은 교육과 풍조를 말한다. 국가에서 제일 중요한 것이 문명의 발달이다. 그리고 풍속을 교화하고 교육하는 일이 중요하다. 좋은 풍속을 위한 교육이 국가가 해야 하는 일이다. 즉 국가의 기능은 밝은 문명을 이루고 빛나는 문화를 창조해 내는 것이다.

그래서 나라에는 원元, 길吉, 형亨이라는 세 가지를 갖춰야 한다. 먼저 나라의 근본이 무엇인지 밝혀서 붙잡아야 하고, 둘째는 백성들이 행복해야 하고, 셋째는 문화가 발전해야 한다. 이 세 가지를 원元, 길吉, 형亨이라 한 것이다. 그래서 국가의 상징인 정鼎이라는 가마솥에 세 개의 발이 붙어 있다. 나라도 세 가지 기초 위에 세워야 흔들리지 않고 바로 설 수 있다는 뜻이다. 정립鼎立이라는 표현도 여기에서 나왔다. 그리고 솥귀는 두 개가 붙어 있다. 좌우가 하나가 되어 협력해야 한다는 것이다. 이렇게 정鼎이라는 가마솥을 만들 때 그저 만든 것이 아니라 아주 세밀한 법도에 따라서 만들었다. 즉 각각의 구성품의 위치와 크기 폭 높이 길이 등 상세한 설계와 제작 과정이 정해져 그대로 만들었다고 한다. 그래서 정鼎을 법상法象이라고 했다. 법상法象이란 법의 상징이라는 말인데 말하자면 국가에 대한 하나의 예술적 표현이라 하겠다.

나무를 불 속에 집어넣어서 화력으로 가마솥을 끓여서 음식을 만든다. 가마솥 아래 나무로 불을 피워 음식을 삶아 요리하는 것이다. 삶을 팽烹 자나 누릴 향享 자는 닮아있다. 가마솥에 음식을 삶아서(팽烹) 온 백성들이 즐긴다(향享)는 말이다. 이것은 무엇을 상징하는가? 가마솥으로 음식을 익히듯 나라는 사회를 성숙하게 익히는 것이 목적이다. 이렇게 잘 익어 성숙한 사회가 되면 고도의 문화와 문명을 이룬 안정된 나라가 된다는 뜻이다.

그래서 나라가 하는 일은 무엇인가? 성인이 음식을 잘 만들어서 하나님께 바친다. 제사를 바친다는 뜻도 있지만 제사의 목적이 하나님을 찬양하고 하나님의 뜻을 찾아 받드는 일이다. 달리 말하여 나라의 근본과 원천이 하나님께 있다는 것을 고백하고 찬양하는 것이다. 모든 문명의 근원이 하나님께 있다. 그것을 하나님께 제사를 올리는 예식으로 표현하는 것이다. 또 음식을 많이 만들어 성현들을 많이 길러내야 한다. 과학 기술과 문화 예술 활동이 모두 음식이라는 상징에 들어있다. 나라에서 문화가 발달하여 과학자 철학자 예술가 종교인 등 큰사람이 많이 나와야 한다. 그런 성현을 길러내지 못하는 나라는 나라라고 할 수도 없다.

요즘으로 말하자면 하나님께 제사한다는 이향상제以享上帝는 국민들을 먹여 살리는 경제발전의 문제요, 성현을 길러낸다는 이양 성현以養聖賢이란 어떻게 해서 좋은 학자들을 길러내는가 하는 교육과 문화문제다. 나라는 백성들이 고루 잘 살게 해야 하고 또한 뛰어난 학자나 예술가, 철인들을 많이 길러야 한다. 그래서 고도의 과학기술과 산업을 바탕으로 생명 존중의 민주적 사고와 시민의 사회 공동체 의식이 성숙하게 올라가서 인류의 문화 문명을 선도하는 선진국이 되자는 것이다.

문명을 선도하는 문화국이 되려면 국민은 총명하고 건강해야 하고 지도자는 넓고 온유한 마음으로 온 백성을 포용해야 한다. 대통령이 제자리를 바로잡고 기관장만 아니라 재야의 현인들과 협력해야 한다. 대통령과 지도자들이 하나가 되어 협력해야 나라가 발전한다. 대통령은 혼자 제멋대로 하면 안 된다. 재야의 문화 종교 과학 각 분야 전문가들의 말을 듣고 포용할 수 있는 대통령이 나와야 한다. 그래야 나라의 뿌리가 튼튼해지고 계속 발전할 수 있다.

나무에 불이 붙어 있는 것이 화풍정火風鼎 괘의 모습이다. 나라의 상징으로서 정鼎이라는 가마솥으로 보여준 것이다. 군자는 이를 본받아 자기의 자리를 지키고 모든 백성의 마음을 모아야 한다. 군자의 할 일은 자기의 자리를 올바르게 지키는 정위正位와 백성의 뜻을 하나로 모으는 응명應命이다. 자기의 자리를 바르게 지키고 백성의 뜻을 하늘의 뜻으로 모아서 나라를 발전시키는 사명을 가지고 사는 사람이 군자라는 말이다. 각자 자기의 자리를 바르게 지키는 정위正位, 그리고 천명에 순응하고 따르는 응명應命, 모든 구성원이 이 두 가지를 지킨다면 그런 사회나 국가는 이상적 사회요 이상적 국가가 될 것이다. 나의 자리를 바르게 지키고 있는가? 나의 사명을 올바로 따르고 있는가? 각 부분의 위치와 크기가 조화롭게 만들어진 가마솥이란 작품을 바라보면서 나라를 위하는 길, 나라 사랑의 길을 묵상하며 나온 말이 정위응명正位應命이다. 나라를 사랑하고 나라를 살리는 길이 정위응명正位應命이다. 무엇보다 먼저 자기를 알고 자기의 사명을 실천하자는 것이다. 나 없이는 나라도 없고 나라 없이는 나도 없기 때문이다.

28. 하늘의 아들과 땅의 아들

중뢰진震(51) 중산간艮(52)

개요: 지혜의 빛과 초월의 힘

진震에는 뇌성벽력의 번개라는 뜻이 있고 또 '맏아들'이라는 뜻이 있다. 번개는 하늘에서 떨어지는 번갯불이다. 하늘의 불이 땅에 떨어지면 새로운 생명과 만물이 시작된다. 태양 빛도 하늘에서 내려오는 불이요, 별똥별의 빛도 땅으로 내려오는 불이요, 번갯불도 땅에 떨어지는 하늘의 불이다. 그러니까 불이 하늘에서 내려와 땅에 떨어져 생명과 인간의 문화가 시작되었다고 보는 것이다. 그래서 하늘에서 내려온 번갯불을 만물의 으뜸으로 보고 맏아들이라 한 것이다.

하늘의 맏아들을 천자天子 즉 하늘의 아들이라 한다. 진震 괘를 뒤집으면 산을 뜻하는 간艮 괘가 된다. 산은 번개의 성질과 반대로 되어있다. 즉 번개는 하늘에서 땅으로 떨어지는데 산은 땅에서 하늘로 솟구친다. 번개는 순식간에 사방으로 이동하는데 땅은 딱 멈춰있다. 번개는 시작의 처음이요 땅은 마침의 끝이다. 땅에서 솟아 올라서 하늘에 멈춰있는 산을 막내아들이라 한다. 그래서 번갯불의 진震은 맏이로서 하늘의 빛이요 산의 간艮은 막내로서 땅의 힘이라 생각했다. 결국 우주의 아들인 사람이 무엇인가 할 때 인간은 하늘의 빛과 땅의 힘을 가지고 사는 존재라는 말이다.

세상에는 이처럼 진震과 간艮이라는 두 가지 성질이 있다. 나라의 지도자라 해도 두 가지 부류가 있다. 즉 하늘의 권능을 받아 땅에 내려온 지도자가 있고, 또 땅에서 올라가 땅을 초월하고 하늘의 지위를 얻은 지도자가 있다. 같은 대통령이라도 권력을 위에서 이어받은 사람이 있고 또 아래서부터 올라가 정권을 창출한 사람이 있다. 전자인 앞부분이 진震이라면 후자인 뒷부분은 간艮이다. 그래서 진震이 왕조시대로 위에서 주는 세습 권력을 물려받아 왕이 된 사람이라면 간艮이란 민주시대로 백성 가운데 지도자로 나타나서 민중의 힘으로 권력을 쟁취한 사람이다. 일본이나 영국은 이 두 가지를 묘하게 결합한 정치체제라 하겠다. 즉 명분뿐인 세습 왕조를 유지하면서 선거로 실제의 권력자인 총리를 선출하고 있다.

종교에도 하늘의 계시를 받는 계시의 신앙이 있고 인간의 수행으로 초월에 이르고자 하는 수행의 종교가 있다. 계시종교의 대표가 기독교요 수행종교의 대표는 불교라 하겠다. 하늘의 뜻을 받아 아래로 내려오느냐, 아니면 땅에서 위로 올라가느냐, 그 차이를 말하자는 것이 진震과 간艮이다. 진震이란 하늘에서 내려오는 불이요, 간艮이란 땅에서 하늘로 올라가는 힘이다. 우리에게는 빛도 필요하고 힘도 필요한 것이다. 그래서 성인의 말씀은 이 세상에서 우리는 빛과 힘을 가지고 살자는 것이다.

원문 해석

◆ 중뢰진重雷震(51) (우레==와 우레==)

진震은 형통한다. 우레가 나타나니 두려워 떤다. 웃음소리가 껄
껄한다. 천둥소리가 백 리를 놀라게 한다. 수저와 울창술을 잊지
말라.

괘를 판단하여 말한다. 우레가 나오니 형통한다. 우레가 나타나
면 두려워 떨지만 의로운 자에게는 오히려 복이다. 웃음소리가 껄
껄하다고 함은 이후에 법이 있다는 말이다. 우레가 백 리를 놀라게
한다. 멀리까지 놀라게 해서 두려움을 가깝게 여기도록 한다는 말
이다. 나가서 종묘와 사직을 지키게 되니 이로써 제주祭主가 된다.

괘상을 보며 말한다. 계속해서 우레가 울리는 것이 진震이다. 군
자는 이를 보고 두려워 떨며 자기 자신을 닦으며 성찰한다.

내용 풀이

진震은 맏아들이다. 왜 우레를 맏아들이라 했을까? 우레는 하늘
에서 번개를 번쩍 치면서 또한 온 천지를 울리며 땅에 벼락을 내리

친다. 벼락이 떨어지면 이내 비가 쏟아진다. 이렇게 우레는 번쩍하는 벼락불과 천지를 울리는 천둥소리와 더불어 비를 가져온다. 겨울이 끝나고 봄을 알리는 소리도 우레의 천둥소리다. 우레와 함께 봄이 시작되고 만물이 싹을 트는 것이다. 하늘의 봄소식을 맨 처음 전해주는 소리가 천둥소리다. 그러니까 우레는 하늘의 뜻을 받아서 땅으로 내려와 다스리는 하늘의 맏아들이라는 것이다.

우리나라 단군신화를 보면 하느님이 아들인 환웅桓雄을 땅으로 내려보내서 신단수에 신神의 나라, 하나님의 나라를 세웠는데 내려올 때 풍백風伯 우사雨師 운사雲師 3천 명을 이끌고 왔다고 한다. 풍백은 바람, 우사는 비, 운사는 구름이다. 환웅이란 이름에서 환은 빛을 말하고 웅은 하늘의 천둥소리, 울림을 말한다. 하느님의 아들 환웅이 비, 구름, 바람을 이끌고 하늘에서 내려와 신단수에 나라를 세우고 웅녀와 결혼하여 낳은 아들이 단군이라 한다. 한민족은 모두 단군의 자손이니까 하늘의 자손 즉, 천손 민족이라는 것이다.

비, 바람, 구름을 이끌고 하늘에서 떨어지는 벼락과 천둥소리가 우레요 환웅이다. 그래서 우레는 하늘의 맏아들이라는 상징이 된다. 하늘의 맏아들을 천자天子라 한다. 이런 천자天子가 되어야 땅을 다스리는 것이다. 기독교로 말하면 하나님의 아들이다. 하나님의 아들 그리스도가 나타나면 만물이 형통하게 된다. 봄바람을 몰고 와서 천둥 번개로 비를 내리면 만물이 깨어나고 일어서서 자라게 된다.

우레가 한 번 울리면 온 천하가 깜짝 놀라게 된다. 그때 사람이

해야 할 것은 무엇인가? '불상비창不喪匕鬯'이다. 비창匕鬯을 잊고 놓치거나 빠뜨리면 안 된다는 말이다. 숟가락 비匕, 울창주 창鬯이다. 울창주는 제사 때 신에게 바치는 향기로운 술을 말한다. 그러니까 제사를 지낼 때 밥을 떠서 바치는 숟가락을 놓는 것과, 울금향鬱金香의 술을 잊지 말고 빠뜨리지 말라는 말이다. 다시 말하여 정성을 다하여 밥과 술을 준비해서 바치라는 것이다. 밥은 몸이요 술은 정신이다. 제사는 정성이다. 깨끗한 몸과 정결한 맘을 다하여 정성을 바쳐야 하고 정성을 다하려면 정신을 차려야 한다.

하늘에서 우레가 울리면 모두 깜짝 놀라게 된다. 왜냐? 정신을 차리고 몸과 마음의 정성을 다하여 섬기라는 하늘의 소리를 듣기 때문이다. 하늘의 맏아들이 오신 이유가 무엇인가. 우리를 일깨우기 위해서다. 천명을 듣고 정신을 일깨워 정성으로 섬기며 성실하게 살라는 것이다. 이것이 하늘의 명령이요 천명이다.

그래서 천명을 받은 좋은 왕이 나타나면 세상의 어려움이 모두 풀리게 된다. 환자가 명의를 만나면 수술을 받고 건강을 회복하듯 하나님께서 보내신 맏아들을 만나면 세상이 바로잡히게 된다.

수술을 받으라는 말은 두려운 것이나 이내 건강을 회복하니 행복하게 된다. 하늘이 보내신 정의의 왕이 나타나면 사람들이 두려워 떨지만 이내 법이 지켜져서 좋은 세상이 된다. 이른바 이상세계요 법계가 된다는 말이다.

진리의 왕이 나타나서 그 호령하는 소리가 천둥처럼 천하를 울린다. 저 멀리까지 천둥이 울려서 듣지 못하는 사람이 없다. 모두가 천둥소리를 듣지만 남보다 먼저 들어야 할 사람은 가까이 있는 사람, 즉 나부터 듣고 반성해야 한다. 사방에 봄이 왔어도 내 뜰에 봄이 오지 않으면 봄을 볼 수가 없다. 깨어나라는 천둥소리가 땅끝까지 울려도 내 마음을 울리지 않으면 아무 소용이 없다. 무엇이나 가까운 데, 자기로부터, 자기 자신부터 깨야 하고 자기부터 지켜야 하고 자기부터 섬겨야 한다. 그래서 온 백성이 나와서 나라의 종묘 사직을 받들어야 한다. 새 마음, 깬 정신으로 나라를 다시 일으켜야 한다는 말이다. 그러기 위해서 제일 중요한 것은 하늘의 뜻, 천명을 받은 왕이 나와야 한다. 천명을 받고 자기부터 바로잡는 왕이 나타나서 제주祭主가 되어야 한다. 하나님께 지성으로 제사를 올리고 하늘의 뜻을 받들어 그것을 이 땅에서 올바로 실천해야 한다는 말이다.

괘상을 보면 우레와 우레가 중첩되어 있다. 우레가 계속해서 울리는 모습이다. 그것을 천뢰洊雷라 했다. 계속 우레가 울리고 번개가 치는 것을 말한다. 땅의 백성들을 일깨우기 위해서 하늘이 계속해서 우레와 번개를 내리치는 것이다. 이것을 우리 역사에 적용하면 일본과 청의 침략으로 조선이 망하고, 이어서 일제 강점시대, 8·15, 6·25, 4·19 등 계속되는 사건이 바로 천둥이 내려치는 사건이다.

이런 우레의 천둥과 벼락이 칠 때마다 군자는 어떻게 해야 할까? 공구수성恐懼脩省이라 했다. 두려워 떨며 스스로 반성하고 성찰해서 고쳐가라는 말이다. 우리가 왜 이렇게 하늘의 진노를 받는 것인지, 그것을 깊이 성찰해 보아야 한다. 그래서 우리 속에 있는 거짓과 부실이라는 죄악을 고쳐야 한다. 거짓과 부실을 버리고 정직과 진실을 가져야 나라가 바르게 되고 강하게 될 수 있지 그렇지 않으면 안 된다. 이런 병을 고치지 않으면 아무리 통일을 한다고 해도 무슨 소용이 있을 것인가. 나부터 스스로 반성하고 깨어서 정직하고 진실한 사람으로 거듭나고 온 국민이 다 함께 깨어야 하고 다 일어나서 함께 나라를 빛내고 세상을 비추는 그때가 오기를 소망하자.

원문 해석

◆ 중산간重山艮(52) (산==과 산==)

그 등에 멈춰 있으니 그 몸을 붙잡을 수 없다. 그 뜰을 지나가는데 그 사람을 볼 수 없다. 허물이 없다.

괘를 판단하여 말한다. 간艮은 그침이다. 그칠 때가 되면 그치고, 움직일 때가 되면 움직인다. 움직이고 그침에 마땅한 그때를 놓치지 않으니 그 도가 빛나고 환하다.

간艮의 그 멈음은 멈어야 할 곳에서 멈어 있는 것이다. 위와 아래가 맞서 응하여 서로 섞이지 않는다. 그래서 자기 자신을 잡을 수 없고 그 뜰을 지나가는데 그 사람을 볼 수 없으니 허물이 없다고 한다.

괘상을 보며 말한다. 산이 겹쳐 있는 것이 간艮이다. 군자는 이를 본받아 생각함이 그 자리를 벗어나지 않는다.

내용 풀이

산이 겹친 것을 간艮이라 한다. 산은 땅에서 솟아 하늘에 멈춰있다. 그래서 산은 땅을 떠나 하늘에 속한 아들이 되었다. 이에 비하여 호수는 하늘의 비를 땅이 붙잡아 놓은 것이다. 그러니까 하늘에서 내려와 땅에 붙잡혀 땅의 속한 호수는 막내딸이다. 산은 땅을 초월하여 하늘로 올라간 막내아들이다. 큰아들인 우레는 하늘의 불을 들고 땅으로 내려와 만물을 다스리는 존재라면 막내아들은 땅을 초월하여 하늘에 올라가서 버티고 서 있는 산 같은 존재다. 세상에 들어가 하늘의 뜻을 실천하며 일깨우는 모습을 우레요 번개라 하면, 자기를 초월하고 세상을 초월하는 모습을 산으로 비유한 것이다.

산이 나타내는 것은 땅을 초월하는 힘이 있는 존재다. 그런 산이 겹쳐 있다는 것은 자기라는 땅을 초월하는 산과 세상이라는 땅을 초월하는 산, 이 두 가지의 산이 겹친 것이다. 그래서 산이 겹친 것을 간 괘라 한다. 자기를 초월하고 세상을 초월한 사람이다. 그런 초월의 사람은 어떤 모습인가?

그 등에 가서 멎어 있다. 말하자면 산등성이를 타고 올라가 산꼭대기에 앉아 있는 것이다. 세상을 초월한 모습을 산꼭대기에 올라간 것으로 비유한 것이다. 그리고 자기 자신을 붙잡을 수 없다는 말은 자기 자신을 초월했다는 뜻이다. 자기 자신이 붙잡을 수 없는 존재임을 자각했다는 말은 자기가 초월의 존재임을 깨달았다는 말이다. 나는 붙잡을 수 없는 초월적 존재이지 붙잡을 수 있다면 그것은 나라고 할 수 없다는 말이다. 도무지 알 수도 없고 붙잡을 수도 없는 초월의 존재, 그 초월의 자리를 불획기신不獲其身이라 한 것이다. 자기 자신을 초월한 사람, 이른바 무아無我의 경지요 또는 무심의 경지에 올라간 사람이다. 그런 사람은 뜰을 지나가도 누구도 그를 보지 못한다. 뜰이란 세상을 말한다. 세상에서 같이 살아가는데 그 사람의 경지를 알아보는 사람은 없다. 예수님이 세상에 계실 때, 그가 메시아임을 알아보는 사람은 아무도 없었다. 같이 살던 제자들도 예수의 뜻이나 그리스도의 사명을 알아보는 사람이 아무도 없었다. 그런데 예수가 부활의 모습으로 나타났을 때, 제자들은 비로소 눈을 뜨게 되었다. 그래서 눈을 뜨면 무구無咎다. 아무런 허물이나 죄도 없이 다 사라진 것이다.

유교 경전인 〈대학〉에 보면 마음이 없으면 보아도 보이지 않고 들어도 들리지 않고 먹어도 먹는 것이 아니라 한다. 이렇게 욕심과 감정이 없는 경지를 정심正心과 수신修身이라 했다. 수신修身은 감정을 초월하는 자리에 오르는 것이요 정심正心은 욕심을 초월하는 것이다. 그렇게 감정을 초월하고 욕심을 초월하는 경지를 무아라 한다. 무아가 되어야 세상을 초월하게 된다. 무아가 되어 세상을 초월하는 이것이 지도자의 덕목이다. 즉 대통령이 되려면 자기를 초월해야 하고 세상을 초월할 수 있는 무아의 인격자가 되어야 한다는 말이다.

어떻게 해야 감정을 벗어나고 욕심이 사라지는 무아의 경지에 이를 수 있을까? 〈대학〉을 보면 격물格物, 치지致知, 성의誠意를 말한다. 다양한 해석이 가능하지만 여기서는 격물을 욕심을 벗어나는 일이요 치지는 감정을 초월하는 일, 그리고 성의는 세상을 초월하는 일이라 풀어본다. 다석 류영모의 수행으로 말하자면 격물은 일식一食이요 치지는 일언一言이요 성의는 일좌一坐라는 것이다. 이를 알기 쉽게 말하면 일식은 밥에 대한 욕심을 끊는 일이요, 일언은 남녀의 치정을 끊는 일이요, 일좌는 세상을 벗어나는 일이다. 인간의 기본 욕구는 식욕과 성욕이요 이를 두고 일어나는 한 바탕의 싸움이 세상이다. 탐욕과 싸움과 치정 이것을 탐진치라 한다. 탐진치를 삼독이라 하여 이 세 가지 독소를 가지고 살면 소인이요 이를 벗어나면 무아요 대인이라 한다. 기독교는 소인을 죄인이라 한다. 그러니까 무아가 된다는 말은 죄인이 의인이 된다는 말이나 같다고 하겠다. 동양에서는 탐진치의 나를 소인이나 소아라 하고, 소아가 사라지는 무아가 되어야 대인이 된다고 한다. 그러니까 소인이 어떻게 대인이 되느냐 하는 것을 가르치자는 것이 유교인데 기독교는 죄인이 어떻게 의인이 되느냐를 말한다고 하겠다. 어떻게 하면 대의를 위하여 밥 먹는 것도 잊어버릴 수 있을까? 진리의 탐구에 몰두하다 보면 배고픔도 잊을 수가 있다. 나아가 거룩한 진리의 영에 휩싸여 자기를 초월하는 경험을 가질 수 있다. 갑자기 위로부터 내려오는 성령의 이끌림으로 하늘에 올라가 무아가 되는 경험을 가질 수도 있다.

위에서 벼락처럼 내려와서 나를 불살라 사라지게 하는 성령의 불을 진震이라 하면 땅에서 끌려 올라가 초월의 높은 산이 되어 흔들리지 않게 멈춰 서 있는 것을 간艮이라 하겠다. 이렇게 진震이 있어서 간艮이 되는 길을 계시종교라 하고 간艮이 되어 진震을 맛보자는 것이 수행종교라는 것이다. 이렇게 볼 때 다석 류영모의 신앙은 52세에 성령의 벼락을 맞아 그 기운을 힘입어 계속 산이 되어 올라간 것으로 벼락불을 맞은 경험으로 하면 계시신앙이요 동시에 위에서 주신 빛을 힘으로 바꾸어 올라가는 도의 체득으로 말하면 수행의 신앙이라 할 것이다.

산은 언제나 흔들리지 않는다. 부동심不動心의 상징이 산이다. 가만히 있을 때도 흔들리지 않고 활동할 때도 흔들리지 않는다. 일이 있을 때나 일이 없을 때나 그 마음이 흔들리지 않는 것이 부동심이다. 다석은 그 부동심을 얻기 위해서 일식 일언 일좌 일인의 삶을 날마다 실천하며 살았다.

그 마음이 청정하기는 마치 허공과 같고, 움직이지 않는 그의 뜻은 마치 수미산과 같다는 화엄경의 말이 있다. 수미산은 세상에서 가장 높은 히말라야 봉우리를 말한다. 하늘의 허공처럼 맑은 마음은 욕심과 감정을 초월한 정심正心이요, 수미산처럼 움직이지 않는 뜻은 세상을 초월한 것으로 수신修身의 모습이라 하겠다.

또 마음이 흔들리지 않고 욕심이 없다는 말을 달리 말하면 때를 잃지 않는다는 것이다. 먹을 때에 먹고, 잘 시간에 자고, 일어날 때에 일어나는 것을 도道라고 한다. 봄이 되면 꽃을 피우고, 여름이면 무성하고 가을이면 무르익는다. 가야 할 때가 되면 가고, 멈춰야 할 때가 되면 멈춘다. 불교에서는 이런 것을 시절인연時節因緣이라 한다. 이렇게 때와 함께 가는 것을 말하여 때를 잃지 않는다고 한다. 성인은 언제나 때와 함께 때를 따르기 때문에 마음에 흔들림이 없고 또 그 가는 길이 빛나게 된다. 기도광명其道光明, 그 도가 빛나고 환하다는 말이다. 무아의 부동심이 되어야 기도광명其道光明, 그의 길이 환하고 밝게 빛난다.

이렇게 초월의 산이 되어 부동심의 자리에 올라서서, 그 자리를 지키며 머무는 것이다. 그렇게 하늘 위로 올라가 머물며 자리를 지키는 일은 세상 일에 맞서서 거역하는 것이다. 즉 속세의 모든 인연을 끊고 홀로 우뚝 서서 독립이 되는 것이다. 독좌대웅봉獨坐大雄峰, 홀로 자리를 잡고 독립하여 크고 높은 산처럼 웅장한 영봉이 되었다는 말이다. 히말라야 영봉처럼 하늘 위로 솟구쳐서 상하적응불상여上下敵應不相與, 즉 속세와의 인연이 끊어진 것이다.

이렇게 자기를 초월할 수 있고, 또 세상을 초월할 수 있는 무아가 되면 허물이 없다. 욕심과 감정을 초월하여 무엇에도 붙잡히지 않는 사람, 세상과 인연이 끊어져 세상에서는 그를 보아도 보지 못하는 무아의 인격, 그런 사람이라면 무슨 허물이 있겠는가. 무구无咎다. 아무런 죄나 허물도 없는 깨끗한 인격이 된 것이다.

괘상을 보면 겸산兼山, 산이 겹쳐 있다. 산은 땅을 초월한 초월의 상징이다. 그렇게 초월의 산이 겹쳐 있는 모습이 간艮이다. 그러니까 욕심과 감정을 초월하고 세상을 초월하는 것을 겸산兼山이라 한다. 군자는 이를 보고 땅을 초월하여 하늘 높이 솟아있는 영봉의 꼭대기 부동심의 자리에 머물게 된다. 거기에 머물러 자리를 떠나지 않고 지킨다는 것이다. 부동심의 자리를 지키며 머물러 있을 뿐 다른 생각이 없다는 것이다. 이렇듯 군자는 항상 욕심과 정욕을 끊고 세상을 초월한 무아의 자리를 지키는 것이다. 그런 군자는 어디서나 만족하고 불평이 없다. 이렇게 도道와 하나가 된 초월의 자리에 머물러서 항상 그 자리를 떠나지 않고 살면서 아무런 불평이나 불만이 없이 사는 사람이 곧 군자가 아니겠는가.

29. 혼례와 가족제도
풍산점漸(53) 뇌택귀매歸妹(54)

개요: 혼례와 결혼의 의미

　인간의 동물적 욕구는 식욕과 성욕인데 이들은 모두 인간의 마음을 움직이는 추동력이요 강력한 에너지다. 인간의 무의식에 잠재된 이런 추동력을 지그문트 프로이트(1856-1936)는 리비도Libido와 타나토스Thanatos로 설명하였다. 마음을 움직이는 추동력의 긍정적인 면을 리비도라 하면 부정적이고 파괴적인 면은 타나토스라는 것이다. 인간이 식욕을 해결하려고 먹이를 잡아먹게 되는데 이는 자기의 생명을 보존하기 위해서 남의 생명을 탈취하는 일이다. 이와 반대로 자기의 피를 흘려서 후손을 남기려는 욕구는 성적 충동이다. 이렇듯 개체보존을 위한 욕구인 식욕과 종족보존을 위한 욕구인 성욕은 서로 에너지 흐름의 방향은 다르다. 그러나 그 에너지의 추동력 속에 리비도와 타나토스, 즉 음양의 작용이 동시에 일어나고 있음을 볼 때 같은 에너지의 서로 다른 패턴이라 하겠다. 그

러니까 에너지의 흐름에 작용하는 음양을 보면서 일음一陰과 일양
一陽이라는 중도를 가지고 인간의 욕구를 바로 잡자는 것이 유교의
내용이다.

인간의 성욕을 어떻게 바로 잡을 것인가? 그에 관한 내용을 다루
는 것이 풍산점風山漸 괘요 뇌택귀매雷澤歸妹라는 것이다. 인간의 동
물적 충동을 어떻게 관리할 것인가? 법률과 도덕과 종교를 가지고
해결해온 것이 인류의 역사인데 유교는 그것을 예禮라고 말한다.
동물적 충동을 극복하여 사회적 인간으로 거듭나는 극기복례克己復
禮의 도를 가르치자는 것이 유교다. 그래서 유교는 관혼상제冠婚喪
祭를 중시한다. 풍산점이나 뇌택귀매는 관혼상제 중에서 혼례에 관
한 이야기다. 풍산점은 젊은 남자가 성숙한 여인에게 장가드는 이
야기인데, 뇌택귀매는 젊은 여인이 늙은 남자에게 시집가는 이야
기이다. 즉 철든 여자가 시집가서 그 시집의 주인 노릇을 하며 잘
사는 것을 점漸이라 한다. 그리고 귀매歸妹는 풍산점과 반대로 철없
이 늙은 남자가 젊은 여인을 만나서 결혼하는 것이다. 오늘은 이런
인간의 혼인제도와 결혼의 의미에 대하여 생각해본다.

원문 해석

◆ 풍산점風山漸(53) (바람==과 산==)

산 위의 나무를 풍산 점漸이라 한다. 점漸은 여자가 시집가는 것

이니 행복하다. 바르게 함이 이롭다.

　괘를 판단해 말한다. 차츰차츰 점진적으로 나아가는 것을 점漸이라 한다. 여자가 차츰 자라고 성숙해서 시집을 가야 행복하다. 시집에 나아가 자리를 바로 잡고 열심히 노력하여 일을 이루게 된다. 힘써 발전하여 나아갈 때 집안을 바르게 하면 나라도 바로잡을 수 있다. 그런 자리는 강한 것이 중中을 얻은 것이다. 바른 자리에 머물러 공손하니 움직여 나아감에 다함이 없다.

　괘상을 보며 말한다. 산 위에서 나무가 자라듯 조금씩 자라나는 것이 점漸이다. 군자는 이를 보아 어진 덕에 거하여 좋은 풍속을 길러가야 한다.

내용 풀이

　풍산風山의 풍風은 바람이 아니라 나무를 말한다. 산에서 나무가 점점 자라나는 것처럼 인격도 점점 자란다는 것이다. 사람이 되는 것도 나무처럼 조금씩 조금씩 발전해 가는 것이다. 날마다 보이지 않게 발전하는 것을 밀이일보密移日步라 한다. 또 산의 나무들이 자라듯 집에서는 어린이들이 날마다 자란다. 어린이들이 점점 자라나는 것을 점漸이라 한다. 아이들이 자라서 성인이 되면 결혼을 하는데 결혼의 과정도 육례六禮를 따라 점차 이뤄져야 된다. 육례는 옛날 혼인의 여섯 가지 의식을 말하는데 납채納采, 문명問名, 납길納吉, 납폐納幣, 청기請期, 친영親迎이라는 여섯 단계가 있었다. 즉 신랑

집에서 신부집에 혼인을 청하는 납채로부터 시작하여 어머니의 이름을 물어보고 혼인 날짜를 정하여 예물을 보낸 후 날짜의 가부를 묻고 신부를 맞아들이는 여섯 단계의 절차를 육례라 하였다.

풍산점은 인간의 성욕을 관리하는 결혼제도에 대해서 말하는 것이다. 여자가 시집가는 것을 돌아갈 귀歸라고 하는데 그 이유는 무엇인가? 그것은 여자가 남의 집으로 떠나가는 것이 아니라 자기 집으로 돌아가는 것이기 때문이다. 본래의 제집으로 돌아간다고 돌아갈 귀歸 자를 썼다. 동양의 이런 사상이 독특한 것이다. 여자의 본향은 부모의 집이 아니라 신랑의 집이 본가라는 사상이다. 본가로 돌아왔으니 이제 그 집의 주인이 된다는 말이다.

이렇듯 여자가 시집가는 것은 자기의 집으로 돌아가는 것이다. 실상은 시집이 제집이고 친정이 남의 집이다. 그러니까 귀歸는 고향으로 돌아가는 것이다. 자기의 뿌리로 돌아가는 것이다. 그래서 시집가는 일이 가장 행복하다고 한다. 자기의 본향을 찾아가는 일이기 때문이다.

여자가 자기의 집으로 돌아가는 혼례의 과정은 순서를 따라 순조롭게 이뤄져야 한다. 혼인의 과정을 육례라는 여섯 단계로 두었던 것은 무엇이나 순리에 따라 차츰차츰 이뤄져야 된다는 것이다. 사람이 되는 것도 하루아침에 되는 것이 아니라 많은 세월을 두고 점차 이뤄진다. 그래서 공자는 사람이 되는 과정을 여섯 단계로 두었다. 15세에 학문에 뜻을 두고 30에 일어서고 40이면 불혹이 되어 50이면 지천명, 60에 이순, 70이 되어야 종심소욕불유구라는 자유의 경지에 도달한다.

혼인을 준비하기 위해서도 날마다 실력을 쌓아 발전해야 한다. 결혼의 조건도 무엇보다 성숙한 인격이기 때문이다. 남녀의 만남이 인격적 만남이라야 행복하지 그렇지 않으면 행복할 수가 없다. 그래서 남녀가 모두 덕德을 쌓고 또 자기를 수양해야 한다. 이렇게 혼인을 위해 준비하고 노력하여 점차 성숙해지는 과정이 필요하다. 산에 나무가 자라듯 점차 인격이 자라서 성숙한 사람이 되어야 결혼에 이르게 된다고 풍산점風山漸이라 했다.

시집가는 것은 대통령이 되는 것과 마찬가지다. 여자가 시집에 가서 주인이 되는 것이다. 그래서 진득위進得位라 했다. 그 집에 나가서 주인의 지위를 얻어야 한다. 그리고 '왕유공야往有功也', 즉 시집을 가면 집안의 모든 문제를 해결하는 그런 공을 세워야 한다. 실력과 인격을 가지고 집안을 다스리는 일이 여인의 공이라는 말이다.

옛날부터 여자는 위位와 덕德과 사事가 있어야 한다고 했다. 집안에서 주인의 지위를 얻어야 하고 덕을 얻어야 한다. 덕이란 인격을 수련하고 기술을 넓히고 학식을 높여서 실력을 갖추는 것이다. 이런 후덕함이 있어야 한다. 그리고 집에서 지위를 얻어야 한다. 시집에 가서 왕의 자리를 얻어야 한다. 시집가면 그 집의 주인이 되는 것이니까 주인의 자리를 얻어야 한다. 그것을 자리 위位라고 한다. 다음에는 그 집에서 해야 될 일이 무엇인지 알아서 집을 일으켜야 한다. 그것을 일 사事라 한다. 이렇게 세 가지, 위位와 덕德과 사事를 가지고 공功을 이루어야 한다.

그렇게 집을 바로잡는 실력이면 나라도 바로잡을 수 있다. 이상

국가에서 필요한 것이 모성이요 여성성이다. 백성을 살리는 살림
은 역시 어머니 같은 여자가 잘한다. 어머니는 자기라는 것이 없고
희생정신이 강하기 때문이다. 어머니 같은 대통령이 나와서 욕심
없이 희생정신을 가지고 나라를 다스려야 이상국가가 된다.

그리고 사람은 자리가 있어야 힘을 쓰게 된다. 받침점이 있어야
지렛대가 힘을 쓸 수 있듯 지위라는 자리가 있어야 힘을 쓴다. 그
래서 자리를 잡는다는 것이 중요하다. 받침점을 얻듯 자리를 잡아
야 강해진다. 그리고 자기의 자리를 잡아야 '득중得中'이다. 아주 지
혜로울 수가 있다. 자기의 자리를 잡고 바로 앉아 있으면 전체를
보는 지혜가 나온다. 그래서 바로잡을 수 있다.

자리를 바로 잡았으면 자기 자리를 잘 지켜야지 함부로 움직이면
안 된다. 그리고 자기 자리에서는 늘 겸손해야 한다. 겸손해야 모
든 사람의 마음을 움직일 수 있다. 그래서 모든 일이 되지 않은 게
없다. 이것이 바람 풍風과 뫼 산山의 뜻이다. 바람은 겸손하다는 뜻
이고 산은 자기의 자리를 떠나지 않고 움직이지 않는다는 뜻이다.
지이손止而巽이다. 산처럼 자기의 자리를 지켜야 나무들이 무럭무
럭 자라게 된다. 그래서 '동이불궁動而不窮'이다. 나무들이 자라듯
집안이 무궁하게 발전하는 것이다.

산 위의 나무가 자라나듯 점점 자라는 것을 점漸이라 한다. 나무
는 날마다 성장하고 발전한다. 그런데 산 위에 있는 나무라야 높은
나무가 되지 산 밑에 있으면 높을 수가 없다. 나무가 크려면 산 위에
있어야 한다. 나무가 산 위에 있어야 큰 나무가 되듯이 사람은 훌륭

한 선생님, 큰 선생님을 붙잡아야 큰 사람이 된다. 스승이라는 거인의 어깨에 올라탈 수 있어야 큰 사람이 되지 그렇지 않으면 안 된다.

스승을 따를 때는 욕심을 가지고 좇으면 안 된다. 인간이 가진 추동력의 에너지를 식색의 일에 쏟으면 스승을 만나기 어렵다는 말이다. 공자는 말하길 색을 좋아하듯 도를 좋아하는 사람을 만나기 어렵다 했다. 사람이 되려면 성욕을 가지고 이성을 좇을 것이 아니요, 천성을 가지고 스승을 좇아가야 한다. 성욕을 다스리는 길은 산같이 어진 선생님, 즉 현덕賢德을 모시고 사는 것이다. 산처럼 높고 바다처럼 깊은 어진 선생님을 모시고 사는 것을 거현덕居賢德이라 한다. 그렇게 되어야 선속善俗, 인간의 속된 욕망을 잘 다스릴 수 있다. 큰 산에 나무가 자라듯 인격적으로 크신 스승을 모시고 살아야 인격이 자라게 된다. 그래서 큰 나무들이 자라면 물이 흐르고 새들이 날아와 낙원이 되는 것처럼 큰 인격들이 자라서 황폐한 세속의 풍속을 정화하여 점차 선하고 좋은 세상으로 인도할 수 있다는 말이다. 이것이 또한 군자의 할 일이다. 군자의 일이 거현덕居賢德과 선속善俗이라는 것이다.

원문 해석

◆ 뇌택귀매歸妹(54) (우레==와 호수==)

귀매歸妹는 음란에 빠지는 것이다. 가면 죽는다. 이로움이 없다.

괘를 판단해서 말한다. 귀매歸妹는 천지의 큰 뜻이다. 하늘과 땅이 서로 사귀지 않으면 만물이 나올 수 없다. 귀매歸妹는 인생의 끝과 시작이다. 기뻐서 움직인다. 음란에 빠질 수 있다. 음란에 빠지면 죽는다. 자리가 부당하기 때문이다. 이로울 것이 없다. 유약한 것이 강한 것에 올라탔기 때문이다.

괘상을 보며 말한다. 호수 위에 번개가 번쩍 내리침이 귀매다. 군자는 그것을 보아 마침을 오래 끌려는 욕망이 폐단임을 깨닫는다.

내용 풀이

귀매歸妹에는 두 가지 뜻이 있다. 누이를 시집보낸다는 뜻도 있고 누이에게 빠진다는 뜻도 있다. 즉 남녀의 결혼을 의미하는 뜻도 있지만, 또 하나는 음란과 성욕에 빠진다는 뜻도 있다. 사람이 음란에 빠지면 죽고 만다. 흉凶이란 글자는 구덩이 속에 사람이 빠져 있는 모습을 나타낸다. 사람이 정욕에 붙잡혀 음란에 빠지면 그만 죽고 만다. 이것은 그저 병든 상태를 넘어 죽게 되는 문제다. 그러니까 귀매歸妹는 결혼한다는 뜻과 음란에 빠진다는 뜻이 있는데 결혼의 의미는 풍산점에서 말했으니까 여기서는 음란에 빠진다는 뜻을 다룬다. 인간이 음란에 빠지면 멸망하고 마는 것이라 전혀 이로울 것이 없다.

귀매의 첫 번째 의미를 생각해 보자. 누이를 시집보낸다는 귀매歸妹의 본래 의미는 결혼을 뜻한다. 결혼이란 자연의 법이기에 그 자체로 신성한 것이다. 남녀가 서로 만나 혼인하지 않는다면 어떻게 종족을 이어갈 수 있겠는가. 결혼을 통해 자식을 낳아야 종족이 계승되고 사회가 유지될 수 있다. 그런데 남녀가 만나 출산하지 않으면 결국 그 사회도 소멸이다. 졸업생이 있으면 입학생이 이어서 들어와야 하는데 입학생이 없으면 학교는 문을 닫게 되는 것이다.

그런데 우리나라는 지금 결혼하는 남녀도 줄어들고 출산율도 줄어서 인구소멸을 걱정하며 출산장려 정책을 쓰고 있다. 1970년대까지는 출산율이 너무 높아서 산아제한정책을 썼는데 이제는 OECD국가 중 출산율 최저를 기록하여 어떻게 하면 출산율을 높일 수 있을까 고심하는 형편이 되었다. 우리나라에서 이처럼 출산율이 저조한 이유는 무엇일까? 그만큼 아이를 낳아 기르기가 힘들다는 뜻이다. 출산율 저조의 원인을 밝히려면 경제사회 문화적 요인들을 복합적으로 분석해야 하겠지만 단순히 말하면 결혼과 육아의 인생이 행복하지 않다는 것이다. 남녀가 만나서 결혼을 해도 출산해서 육아의 책임과 부담을 지고 싶지 않다는 것이다. 또 성욕을 해결할 다양한 방법이 있는데 굳이 결혼할 이유도 찾지 못하겠다는 것이다. 한마디로 이기주의와 자본주의 풍조에 휩쓸려 전통적인 가족제도와 가치관과 사회구조가 무너진 것이다. 그럼 새로운 가족제도와 사회구조는 어떤 형태가 되어야 할까. 출산율 제고와 인구소멸을 예방하기 위해서 적극적인 이민정책을 쓰자는 제안이 나오고 있다. 그것도 하나의 방법이겠지만 근본적으로는 새로운 사회구조 속에서 가족제도와 결혼문화도 바뀌어야 할 것이다. 더욱 급진적인 생각으로 말하자면 지구촌의 인류를 생각할 때 과연 우리가 인구소멸을 걱정할 일인가 싶다. 하나를 낳아도 정말 잘 길러서 훌륭한 사람들이 나온다면 무엇이 걱정일까. 지금 남북한 7천만이 살아가는 이 땅에 1백 년 후에 인구가 줄어서 3천만이 산다고 한들 무엇이 걱정인가. 7천만이 다투며 사는 것보다 3천만이 모여서 서로 돕고 화합하며 높은 문화강국을 만들어 평화롭게 산다면 그게 더 좋지 않을까.

아무튼, 한 세대가 끝나면 다음 세대로 이어져야 하지만 그것이 꼭 혈통이나 숫자의 문제가 아니라 정신적 영적 문화유산의 계승과 발전이 중요할 것이다. 이렇게 이어지는 것을 종시終始라 한다. 아버지가 끝이 나면 아들이 또 시작하는 것이고 스승이 떠나면 제자들이 나와서 다시 이어가는 것이다. 이렇게 볼 때 생식生殖은 종시終始라는 자연의 법이고 신성한 것이다. 혈통적으로나 정신적으로나 문화적으로나 새로 낳아서 번식하는 생식의 문제가 중요하다. 그것을 본문에서 인간의 종시終始라고 하였다.

이제 귀매의 두 번째 의미인 인간의 음란에 대해 말해본다. 남녀의 만남은 자연이고 아름다운 것이지만 거기에는 항상 위험이 따른다는 것이다. 남녀가 만나서 황홀해지는 것은 사랑이 주는 묘약 때문이다. 그 묘약 때문에 청춘의 남녀가 자꾸 매력을 느끼고 찾아다니는데 그렇게 하다 성적 욕구를 절제하지 못하면 그만 정욕에 빠지게 된다. 이렇게 음란에 빠져 정욕의 노예가 되는 것을 또한 귀매라 하였다. 다시 말하여 귀매가 갖는 첫 번째 의미인 결혼과 달리 두 번째 의미는 남녀가 음란에 빠진다는 뜻이다. 정신이 유약하여 강한 욕정을 이기지 못하고 끌려다니는 것이다. 부드러운 육체적 감각에 정신이 그만 빠져버린 것이다. 그것을 유승강柔乘剛이라 하였다. 육체의 부드러움이 주는 쾌락이 정신을 압도하여 얼이 빠지게 된 것이다.

결혼이란 종족본능을 위한 신성한 것이다. 그런데 그 속에는 정욕이라는 위험이 들어 있다. 그래서 자칫하면 정욕의 노예가 되어 음란에 빠지게 되는데, 그렇게 되면 그 인생은 죽고 사회는 멸망하게 된다는 경고이다. 이처럼 남녀의 성 문제는 세상을 움직이는 강력한 동인이지만 그것이 갖는 위험성 때문에 사회적 관리가 필요하다는 것이다. 우리가 날마다 불을 사용해야 하지만 아이들의 불장난을 막기 위해서 관리하는 것처럼 남녀의 성욕을 관리하기 위해서 만든 사회적 제도가 결혼과 가정이다. 먼 옛날부터 남녀가 음란에 빠지는 문제를 해결하기 위해서 사회적 문화적 제도로 만든 것이 혼례의식과 가족제도라는 말이다.

괘상을 보면 호수 위에 번개가 번쩍하는 모습이다. 번개는 하늘의 에너지다. 하늘에 가득 찬 에너지의 기운이 바닷물에 떨어져 반짝하는 순간 다 사라진다. 전기의 플러스 극과 마이너스 극이 마주치는 순간 모든 에너지가 사라지고 만다. 남녀관계도 마찬가지다. 남녀가 한 번 만나서 교접하는 순간 생명력이 빠져나가는 것이다. 소중한 생명력을 생식을 위해 바치는 일은 자연의 이치요 선한 일이나 쾌락을 위하여 낭비함은 어리석은 짓인데 그런 면에서 인간은 어떤 동물보다 어리석다는 것이다.

그래서 인간의 과제는 대대로 남녀의 성욕을 어떻게 해결하느냐는 것이다. 동물들은 자연적 본능으로써 이 문제를 해결한다. 동물들에게는 자연과 본능이 있을 뿐 치정과 음란이라는 것이 없다. 그런데 사람은 언제부터인지 본능을 상실해서 생식과 상관없는 음란에 빠지게 되었다. 그래서 섹스에 중독된 사람, 마약에 중독된 사람, 어리석은 치정에 빠져 지내는 사람들이 너무 많다. 이런 음란의 문제는 저절로, 또는 자연적 본능으로 해결하는 일은 불가능이다. 유교는 이런 남녀의 문제를 제도적으로 해결하려고 혼례제도를 만들었다. 혼례의식과 부부유별이라는 제도를 만들어 인간의 욕망을 조절하고자 했던 것이 유교이다.

유교만이 아니라 모든 종교의 근본은 인간의 남녀문제가 주는 고통에서 벗어나는 길을 제시하자는 것이다. 그런데 이제 대부분의 전통 종교가 힘을 잃게 되었다. 그만큼 세상은 음란의 위험과 도덕과 윤리상실의 위기에 처하게 되었다. 군자는 이 같은 귀매의 뜻을 알고 음란과 치정이 얼마나 세상에 해악을 주는지 그 폐단을 아는 사람이다. 음란에 빠져서 그 쾌락을 오래 끌려고 하는 어리석은 욕망이 인간을 결국 죽음의 고통으로 이끄는 폐단임을 아는 사람이 군자다. 성적 쾌락을 위해서 로봇을 만들고 마약을 만들고 가상세계에 빠져드는 인간의 어리석음을 세상의 현자와 군자는 앞으로 어떻게 깨우쳐 인도할 것인가.

30. 비상한 나그네 인생
뇌화풍豐(55) 화산려旅(56)

개요: 인생은 나그네 길

　나라나 기업이나 단체나 생성과 소멸의 과정을 거친다. 우주 내에서 영원한 것은 없다. 수많은 별이 태어나고 자라서 성장하다가 흩어진다. 우주 자체도 138억 년 전에 빅뱅으로 태어나 확장되고 있지만 언젠가 소멸할 것이라 한다. 무엇이나 커지다 보면 사느냐 죽느냐 위기를 맞게 된다. 국가나 기업의 운명도 마찬가지다. 계속 발전할 수 없고 계속 성장할 수도 없다. 왜 그럴까. 발전과 성장에 따라 내적 모순도 그만큼 커지기 때문이다. 내적 모순으로 말미암아 발전과 성장의 한계에 부딪히면 비상시국이 되는데 이런 비상시를 말하자는 것이 뇌화풍이다.

　위에서는 벼락이 떨어지고 아래에서는 불길이 타오르는 모습을 뇌화풍雷火豐이라 한다. 사람이 도저히 견딜 수 없는 위기의 비상시국이다. 조선 시대 이율곡 선생은 나라의 위기를 느끼고 선조에게 시무 6조라는 글을 올렸다. 율곡은 당시 병조판서였다. 요새로 말하면 국방장관으로서 군사를 기르고 모든 국경의 방비를 견고하게 할 책임이 있어서 왜군의 침입에 대한 방책을 건의했으나 선조는 평화로운 시절에 무슨 국방비를 쓰느냐고 하면서 못하게 했다. 그리고 얼마 지나지 않아서 임진왜란이 터져 그야말로 나라는 위기에 빠졌다. 말하자면 위에서는 벼락이 떨어지고 땅에서는 불이 치솟는 큰 재난을 당한 것이다.

생존이냐 멸망이냐, 이런 위기에서 어떻게 해야 다시 살아날 수 있을까? 위기가 닥쳤을 때 가장 중요한 것이 지도자다. 우레같은 힘과 불같은 지혜를 가진 지도자가 나타나면 위기를 모면할 수 있다. 그런 뛰어난 지도자가 나오면 고난과 위기를 역전시켜 새로운 풍요의 시대를 열어갈 수도 있다. 왜군이 침략해 와서 국가의 존망이라는 위기에 빠졌을 때 누구보다 뛰어난 이순신 장군이 나타나서 나라를 구할 수 있었다.

세상에는 뜻하지 않는 위기 상황이 발생할 수 있다. 갑자기 천재지변이나 재난을 당할 수 있다. 그럴 때면 수많은 이재민과 난민이 발생한다. 이재민과 난민이 되어 겪는 고통이야 이루 다 말할 수 없을 것이다. 뇌화풍이 위험한 상황에 관한 것이라면 화산려는 재난을 당하여 난민처럼 떠도는 백성들의 고통을 말한다.

어찌 보면 세상은 언제나 비상시국이고 인생은 누구나 나그네다. 험난한 세상에 태어나 온갖 풍파를 겪으며 살아가는 고난의 여정이 인생길이다. 누구라도 고난의 여정을 피할 수는 없다. 왕자로 태어난 석가모니가 깨달은 것도 이것이다. 왕자로 태어나도 고난의 여정을 피할 수 없는 것이 인생이다. 인간에게 왜 이런 고난을 피할 수 없는 것일까? 인간은 이런 고난을 겪으며 철이 들고 철이 들어야 생사를 넘을 수 있다는 것이다. 그래서 다시 한번 고난의 의미를 살펴보자는 것이다.

원문 해석

◆ 뇌화풍雷火豐(55) (번개==와 불==)

위에서 벼락이 떨어지고 땅에서 불길이 치솟는 위기 상황이다. 이처럼 풍豐은 위험한 때이지만 결국 형통하게 된다. 왕이 나타나 바로잡기 때문이다. 그러니 근심하지 말라. 마땅히 해가 중천에 오를 것이다. 괘를 판단해 말한다. 풍豐은 풍성하고 크다는 것이다. 밝은 철인이 나타나 움직이니 풍성하게 된다. 철인 왕이 나타나면 높고 위대한 나라가 된다. 근심하지 말라, 마땅히 해가 중천에서 빛난다. 해 같은 의인이 나타나서 천하에 빛을 비춘다는 말이다. 해가 복판에 들면 이내 기울어지고 달이 차면 곧 이지러진다. 천지의 차고 빔은 때와 더불어 변하는 것이다. 하물며 사람이 그렇지 않겠는가, 귀신이 그렇지 않겠는가.

괘상을 보며 하는 말이다. 우레와 번개가 불과 함께 이르는 것을 풍이라 한다. 군자는 이를 본받아 옥사를 판결하고 형벌을 바로잡는다.

내용 풀이

뇌화풍은 위험한 시국이다. 위험한 때일수록 지혜롭고 용감한 지도자나 왕이 나오면 난국을 헤쳐갈 수 있다. 그러니 너무 걱정하지 말라는 말이다. 태풍이 불면 위험하지만 우수한 뱃사공은 태풍을 이용하여 천 리 길을 하루에 갈 수도 있다. 바람이 없이 노를 저어서 천 리를 가려면 한 달이 걸리는데 태풍을 만나서 이용하면 천 리 길도 하루에 갈 수가 있다. 그러니까 위험한 것도 잘 활용만 하면 더 큰 유익이 될 수 있다는 말이다.

임진왜란의 위기에서 뛰어난 지략을 가진 이순신 장군이 나와서 국난을 극복할 수 있었다. 그런 의인은 의일중宜日中이다. 하늘이 낸 의인이요 하늘의 뜻과 일치된 사람이다.

이렇듯 아무리 위기라 해도 용감하고 지혜로운 지도자가 나타나면 아주 풍성하고 위대한 시대를 열어갈 수 있다는 것이다. 어떻게 해서 그렇게 되는가? 명철한 지혜와 뛰어난 실력이면 어떤 위기라도 극복할 수 있기 때문이다. 그래서 그런 지도자만 나오면 나라의 문화는 자꾸 높아지고 국력은 커지게 된다. 용감하고 지혜로운 지도자가 나오면 시대는 걱정할 필요가 없다는 것이다. 그래서 그런 지도자를 기다리는 메시아 신앙이 어디나 늘 있다. 우리나라가 일제의 침략과 강점으로 백성들이 신음할 때 정도령이 나타나 우리나라를 구원할 것이라는 민간신앙이 있었다. 정도령은 어떤 사람일까. 그는 하나님 앞에서 정직고 진실하다는 것이다. 정직하고 진실한 정도正道를 걷는 지도자라는 말이요 그래서 정도령正道領이다.

정직하고 지혜로운 대통령, 그런 정도령이 나오면 모든 백성도 그런 지도자를 따라서 정직하고 진실하게 될 것이 아닌가. 그래서 정의롭고 빛나는 세상이 열리게 될 것이다.

뇌화풍, 위에서는 벼락이 떨어지고 땅에서는 불길이 솟아오르는 그런 재난 상황 속에서 백성들이 어떻게 살아남을까. 임진왜란으로 수백만의 백성이 목숨을 잃었으며 10여만 명은 일본에 포로로 잡혀갔다고 한다. 또 경작지가 3분의 1로 줄어들어 식량부족에 시달리게 되었다. 이순신 장군과 백성들이 필사즉생이라는 각오로 함께 싸우고 또 곳곳에서 의병들이 활약하여 마침내 7년여 전쟁도 끝나게 되었다. 조선 백성들이 왜군과 끝까지 싸워서 물리치게 된 것이다. 이렇듯 험난한 시절도 끝까지 견디고 버티다 보면 살길이 열리게 된다. 무엇이나 때를 따라 상황은 변하기 때문이다. 밤이 깊으면 새벽이 찾아오고 겨울이 깊으면 이내 봄이 찾아온다. 그러니 때를 참고 인내하며 기다림이 비상시국에 요구되는 또 하나의 덕목이다. 때가 오면 정도령이 나타나고 새로운 역사의 봄을 맞게 될 것이다.

지혜는 하늘과 땅의 도道를 아는 데서 비롯된다. 하늘 땅의 도는 채워지면 다시 비워지는 법이다. 올라갔다가 내려가고 내려가면 다시 올라가는 때가 있다. 이것이 시간의 흐름에 따른 변화이다. 하늘땅의 법도가 그러한데 사람들이 사는 세상의 법도가 어찌 그렇지 않겠는가. 하늘의 달처럼 때가 되면 차게 되고 때가 되면 기우는 법이다. 이처럼 시절이 변하고 시절에 따라 차고 기우는 것이 자연의 법이요 세상의 이치인데 이런 것을 보면서 우리는 어떻게 해야 할까? 다시 말하여 우리는 어떻게 때에 맞춰 알맞게 사는 중용中庸을 지킬 수 있을까? 가을이면 가을에 맞게 겨울이면 겨울에 맞게 봄이면 봄에 맞게 살아야 하는데 그것을 일중日中이라 한다. 날마다 일중의 도를 따라 사는 것이 중용이다.

그럼 어떻게 일중日中이 될 수 있을까? 하늘의 구름과 바람의 방향을 보며 일기를 분별하듯이 시대의 징조를 보고 시대의 뜻을 분별하는 지혜를 어떻게 얻을 수 있을까? 역사와 시절이 주는 의미를 계속 탐구하고 연구하고 사색하고 성찰하며 자기 자신을 닦아서 발전해야 할 것이다. 능변여상能變如常이다. 그러기 위해서는 사람과 세상 눈치 보는 일에 힘쓰지 말고 하나님의 뜻을 바라보며 올라가야 한다. 그렇게 천지와 세상과 역사를 이끌어가시는 하나님의 뜻을 찾아 구하며 때를 따라서 때에 맞춰 발전하는 시중時中과 일중日中을 따라 노력해 가다 보면 마침내 중용中庸을 이루어 성인聖人의 경지에 이르게 될 것이다. 성신聖神과 더불어 시중時中이 되어 중용을 잃지 않는 사람이 성인이 아니겠는가.

◆ 능변여상能變如常

능동적으로 변화를 가져야 항상 그러할 수가 있다. 변화에는 능동적 변화와 수동적 변화가 있을 뿐 변화를 피할 수 없다. 계란이 어미닭 품에서 병아리로 부화되는 것을 능동적 변화라 하면 부엌의 프라이팬에서 깨어져 계란요리로 되는 것은 수동적 변화이다.

계란이 생명을 얻으면 병아리가 된다. 계란이 어미닭을 만나서 병아리가 되면 항상성을 유지하면서 계속 발전한다. 그런데 그렇게 어미닭을 만나지 못하고 요리사를 만나서 깨어지면 죽임을 당하여 먹히고 만다. 그러니까 인생도 여상如常이라는 생명의 세계로 올라가려면 진리의 성령을 만나서 능변能變이 되어야 한다. 능변能變을 달리 말하여 시간성時間性이라 한다. 능동적 변화를 갖게 되면 시간이 멈춰지게 된다. 빛의 속도로 달리게 되면 시간이 멈춰지듯이 능동적인 변화로 시간을 초월하게 된다. 이런 시간성을 가질 때 그것을 또한 시중時中이라 한다. 그래서 시중이 되었다는 말은 시간을 초월한 영원한 생명이 되었다는 뜻이다.

원문 해석

◆ 화산려火山旅(56) (불==과 산==)

산 위에 해가 솟아올라 지나가는 것을 화산려라 한다. 여旅는 나그네가 길을 떠남이다. 여행객은 짐이 작을수록 형통한다. 나그네는 바름을 지켜야 행복하다.

괘를 판단해 본다. 여행할 때는 짐을 줄이고 마음을 줄여서 겸손해야 형통하게 된다. 밖에 나갈 때는 겸손하고 유연한 마음으로 정신을 차리고 중용을 얻어서 왕의 법을 따르며 순종해야 한다. 그리고 머무를 때는 밝음에 붙어 있어야 한다. 그래서 나그네는 겸손할

수록 형통하고 항상 바름을 지켜야 행복한 것이다. 나그네로 사는 시절의 의미가 위대하구나.

괘상을 풀어본다. 산 위에 해가 높이 떠서 지나가는 것이 화산려 火山旅의 모습이다. 이를 본받아 군자는 형벌의 의미를 밝게 밝히고 그 활용을 신중하게 해서 감옥에 오래 머물지 않도록 송사를 지체하지 말라.

내용 풀이

비상시의 군자는 천지를 흔드는 우레 같은 힘과 번개처럼 밝은 지혜를 가져야 한다. 난국에서 군자는 밝은 지혜로 판단을 똑바로 하고 바르고 신속하게 결단해야 한다. 송사를 판단할 때도 명철함과 지혜로 밝고 빠르게 판결하여 합당한 형벌로써 법질서를 이루어야 법계法界라는 이상세계가 될 것이다.

판검사가 누구의 뇌물을 받아먹고 올바름에서 벗어나 한쪽에 치우치면 법이 제대로 설 수가 없다. 사법 입법 행정이 다 마찬가지다. 각 부처의 관리들이 정직하고 정의롭게 바로 서서 일해야 나라가 일어서고 발전하는 것이지 어느 한 부서만 부실해도 나라가 제대로 되지 않는다. 식물이 성장하려면 각 영양소가 골고루 있어야지 어느 한 성분만 부족해도 자라지 않는다. 그래서 식물의 성장에 결정적인 것은 넘치는 성분이 아니라 가장 부족한 요소에 좌우된다는 리비히(1803-1873)의 최소량의 법칙(Law of the Minimum)이 있는데 나라나 기업의 조직도 마찬가지다. 나라의 위기는 전체가 부실해서 나타나기보다는 어느 한 부서의 작은 부패와 부실에서부터 비롯되는 것이다. 그래서 나라를 무너뜨리려는 세력들도 늘 그런 약한 고리를 찾아 공격하는 것이다. 따라서 나라의 지도자는 늘 그렇게 가장 취약한 부분이 무엇인지 찾아서 보완하도록 힘써야지 잘 되는 것만 찾아 스스로 도취하여 자만하는 순간 위기는 발생한다.

화산려火山旅, 위는 밝은 불이요 아래는 움직이지 않는 산이 려旅괘이다. 밝은 불은 태양이다. 해는 아침부터 저녁까지 하늘을 여행한다. 그래서 괘의 이름이 여행한다는 여旅, 또는 나그네 여旅라 한다. 태양의 여행은 결국 변화하는 일이요 시간의 흐름을 말한다. 변화를 달리 말하면 시간의 흐름이라는 것이다. 변화가 없다면 시간도 없는 것이다. 우주 안에서 모든 만물은 변하기 마련이다. 그러니까 스스로 변하지 않으면 봉변逢變을 당한다. 봉변이라는 피동적 변화를 받게 되는 것이다. 이런 봉변을 당하지 않으려면 주체적으로 변화하는 능변能變이 되어야 한다. 능변이란 능동적 주체로 시간을 만나서 시간이 되는 것이다. 물리학에서 시간을 만나는 방법은 빛이 되는 것이라 한다. 빛처럼 달리면 시간이 멈추게 되고 시간을 붙잡게 되는 것이다. 이처럼 의식의 빛이 빅뱅처럼 폭발하여 시간과 하나가 되는 근본경험을 가질 때 능변이 된다.

따라서 여旅괘의 핵심은 시간이다. 사람들 가운데는 시간을 피하는 사람도 있고, 시간과 싸우는 사람도 있고 시간이 되는 사람도 있다. 시간이란 결국 생사요 죽음의 문제다. 죽음을 피하려는 사람이 있고 죽음과 싸우는 사람도 있고 죽음을 넘어선 사람도 있다. 죽음을 이기고 생사를 넘어서는 길을 주야지도晝夜之道라고 한다. 주야지도란 무엇인가? 낮에는 깨어 있고 밤에는 쉬는 것이다. 낮에는 깨어서 해처럼 빛나고 밤에는 쉬면서 달처럼 달리는 것이다. 낮에 깨고 밤에 쉬는 그것도 못 하는 사람이 있느냐고 질문하는 제자에게 양명은 말한다. 낮에는 먹을 것을 찾아서 꿈틀거리다가 먹고 나선 꾸벅꾸벅 졸고 있는데 어찌 깨어있다 하겠는가? 주야에 통하는 방법으로 공자는 궁리窮理 진성盡性 지명知命이라는 말을 했다. 시간을 만나는 것을 궁리, 시간을 붙잡는 것을 진성, 그래서 시간이 되면 지명이라 할 것이다. 궁리窮理하고 진성盡性하여 지명知命이 되자는 것이 인생이다. 철을 만나서 철이 들고 철인이 되자는 것이다.

우리 속담에 아이들이 사랑스럽거든 여행을 시키라는 말이 있다. 여행을 보내라는 말은 결국 고생시키라는 말이다. 사람은 고생을 겪으며 철이 든다. 집을 떠나면 날마다 커다란 변화를 겪게 된다. 변화를 겪는 것은 자극 곧 스트레스를 받는 것이다. 다양한 자극과 스트레스 속에서 우리 몸이 단련되고 마음이 깨어나고 정신이 새롭게 열리게 된다. 석가모니는 29세에 출가하여 수행자가 되었고, 공자는 50대에 나라를 떠나 천하를 주유周遊하며 나그네로서 온갖 고생과 풍파를 겪으며 살았다. 50대 중년에 집을 떠난 나그네로서 14년 동안이나 받아주는 나라가 없이 이곳저곳을 떠돌며 살았던 공자의 삶은 얼마나 고달팠을까. 그런 고생을 겪었기에 말년에 논어라는 밝은 지혜의 말씀으로 세상을 비추게 된 것이 아닐까 싶다.

이렇게 볼 때 화산려 괘는 공자의 삶과 밀접한 내용이다. 화산, 산에서 불이 나오는 것, 그것은 다름이 아니라 활화산이요 대장간의 용광로라는 말이다. 순금이 나오려면 금광석이 용광로에 들어가 뜨거운 불로 고생을 거쳐야 한다. 장자는 이런 비유의 의미를 참만고參萬古 일성순一成純이라 하였다. 순수한 금덩어리, 정금이 되어 나오려면 뜨거운 불길의 용광로에 들어가서 불순물이 다 빠져나가야 한다. 순수한 인격이 되려면 온갖 고난을 겪으며 사사로운 욕망과 감정이 다 빠져나가야 한다. 사사로운 욕망과 감정이라는 불순물이 빠지려면 뜨거운 용광로 같은 고생을 겪어야 한다는 말이다. 그래서 고생을 통해야 철이 들고 철이 들어야 사람이 된다는 것이다. 그러니까 사람이 고생을 싫어하면 철이 들 수가 없다. 넉넉한 집안에서 호의호식하고 안락하며 사는 삶에서 무슨 지혜가 나오고 인격이 나오겠는가. 이렇게 볼 때 화산여火山旅 괘는 한 마디로 고난의 인생길이요 고난이 없이는 의미 있는 인생도 될 수가 없다는 말이다. 고된 고난의 여정을 가는 지친 영혼들을 위로하며 용기와 희망을 주는 메시지가 아닐 수 없다.

인생은 나그네 살이라는 것을 누구나 공감한다. 당나라 시인으로 유명한 사람이 두보(712-770)와 이백(701-762)이 있는데 그들도 나그네 인생을 노래했다. 이백을 이태백이라 하기도 하는데 그는 만물을 여행객이라 하여 하늘과 땅을 만물이 잠시 머물다 쉬어가는 여관이라 했다. 천지자天地者는 만물지역여萬物之逆旅라. 그리고 두보는 전란을 피해서 떠도는 나그네로서 일생을 살았는데 낯선 타향에서 겪는 외로운 나그네의 설움을 강둑에 서서 다음과 같이 노래하였다.

명기문장저名豈文章著 관응노병휴官應老病休
표표하소사飄飄何所似 천지일사구天地一沙鷗
이름은 문장으로 벌써 높아졌지만
늙고 병들어 벼슬에서 이미 물러난 몸
나그네로 떠도는 이 신세를 무엇에 비할꼬?
광막한 우주에서 모래처럼 작은 한 점 갈매기로다.

인생은 나그네라고 하는데 나그네가 길을 떠날 때 자기라고 하는 것이 없어야 한다. 자기라고 하는 것이 있으면 남에게 걸리게 되고 자기에게도 걸리게 된다. 그래서 자기라는 것이 없어야 한다. 쉽게 말해서 겸손해야 한다. 겸손하면 여정의 인생살이가 쉬우나 교만하면 세상살이가 어렵다. 뒤집어 말하면 여행을 하면서 나그네로서 풍파를 겪어야 겸손해지고 자기를 비우게 된다. 자기를 비우고 겸손해지는 길이 나그네로 사는 것이다. 왜냐면 여행할 때는 겸손하고 진실해야 살아남기 때문이다. 인생을 살아가는 비결도 마찬가지다. 소小와 정貞이다. 자기라는 것이 자꾸 작아지고 작아져서 우주에서 없어질 만큼 겸손하게 되어야 한다. 그리고 또한 정직과 진실이 있어야 한다. 머나먼 인생길을 나그네로서 무사히 마치려면 무아의 겸손과 대아의 진실을 겸비하자는 말이다. 공자의 제자는 겸손과 진실이라 하지 않고 넓고 어진 마음(홍弘)과 정의롭고 굳센 기운(의毅)이라 하였지만 서로 통하는 말이다.

우리가 외국으로 여행을 떠날 때도 겸손하고 정신을 차려 그 나라의 문화와 법을 따르고 존중해야 대접받지 제멋대로 행동하다간 큰일이다. 그리고 어디에 가든지 가서 머물게 되면 그곳을 잘 아는 안내인을 만나서 배우고 그 사람의 가르침을 따라야 한다. 유학생이라면 우선 좋은 교수를 만나서 지도를 잘 받들어야 한다. 어디서나 겸손한 사람은 환영을 받지만 교만하면 배척을 받기 일쑤다.

인생은 나그네다. 달리 말하여 이 세상은 우리의 영원한 터전이 아니라는 말이다. 이태백의 말처럼 하늘과 땅도 잠시 머물다 가는 객사(여관旅館)일 뿐이지 영원한 안식처가 될 수 없다. 하늘과 땅으로 이뤄진 것이 또 우리 몸이요 마음이다. 우리 몸과 마음도 잠시 머물다 떠나는 여관 같은 것이지 안식처가 아니다. 달리 말하면 천지나 우리의 심신은 나그네에게 감옥이나 마찬가지라는 깨달음을 주자는 것이 화산려 괘의 뜻이다. 옛날 형벌로 귀양을 보내면 어떤 객사에서 머물러 그곳을 떠나지 못하게 했다. 자유롭게 떠날 수 있으면 쉼터의 객사요 떠날 수 없으면 답답한 감옥인 것이다. 따라서 우리가 심신에 붙잡혀 있다면 우리는 감옥살이를 하는 중이다. 심신이라는 감옥을 달리 말하면 생사라는 감옥이다. 생사의 감옥에 붙잡혀 사는 것이 인생이다.

그래서 괘상에서 말하길 '군자는 형벌을 해처럼 밝혀서 감옥에 오래 머물지 않도록 하라'고 한다. 나그네 인생이라는 것을 알면 시간이라는 생사의 감옥에 머물러 있으면 안 된다. 그래서 형벌의 뜻을 밝히 알고 생사의 감옥에서 벗어나야 한다. 머무름과 집착이 형벌이요 감옥이다. 나그네 여정은 시간의 형벌과 공간의 감옥을 벗어나는 길이다. 몸의 공간과 마음의 시간에 갇힌 인생에서 벗어나자는 것이다. 군자는 이것을 깨달은 사람이다. 산을 벗어난 태양이 하늘에서 빛나는 것을 보면서 자신의 인생이 옥살이라는 것을 깨닫자는 것이다. 그래서 생사의 감옥을 벗어나 태양처럼 자유로운 여정의 길을 떠나는 사람이 군자다. 생사를 벗어나서 자유를 얻는 길, 그것을 말하자는 것이 화산려라는 말이다.

31. 말숨과 우숨 바다

중풍손巽(57) 중택태兌(58)

개요: 기쁨과 생명이 충만한 삶

중풍손重風巽의 상징은 바람이고 중택태重澤兌는 바다 또는 호수이다. 바람을 풍風 또는 기氣라고 한다. 풍風이란 글자는 본래 상상의 동물인 봉황의 그림에서 비롯되었다고 한다. 하늘의 봉황새가 날개를 움직이면 바람이 일어난다. 임금의 상징이 봉황이다. 임금의 말은 세상을 교화하여 풍속을 바로잡는 것이다. 그래서 바람 풍風으로부터 교화나 풍속 또는 풍조를 뜻하는 말이 나왔다.

성인의 입에서 나오는 말로 세상을 교화하여 바로잡는 것을 왕도정치라 한다. 공자는 정치의 원리를 묻는 제자에게 대답하길 "군자의 덕은 바람이요 소인은 풀"이라 하였다. 군자의 덕은 바람과 같아서 덕이 베풀어지면 백성들은 모두 그 바람에 따르게 된다는 것이다. 따뜻한 봄바람이 불면 만물이 소생하여 일어나고 서늘한 가을바람이 불면 만물이 스러져 고요함으로 돌아간다. 바람에도 이런 음양의 기운이 있다. 천지가 음양의 기를 가지고 만물을 다스리듯이 성인은 덕의 바람으로 만물을 다스린다는 것이다.

신라시대 최치원(857-?)은 우리나라에 풍류風流라는 현묘한 도가 있다고 하였다. 그 도道는 유불선 삼교를 포함한 가르침으로써 접화군생接化群生 한다고 하였다. 접화군생接化群生의 의미에 대하여 여러 해석이 가능하지만 서로 사귀고 영접한다는 접接, 교화하고 변화된다는 화化, 그리고 뭇 생명이 모여 함께 사는 군생群生이다. 서로 영접하고 만나서 교화가 되고 변화가 되어 이상적인 생명의 공동체를 이루며 사는 길을 접화군생이라 한다.

풍류의 도가 무엇인가? 그것은 바로 삼교를 포함한 가르침인데 그 풍류를 만나야 교화가 되고 변화가 되어 뭇 생명이 함께 모여 이상세계를 이루고 산다는 말이다. 그러니까 가장 중요한 것이 봉황의 날개와 울음소리에서 비롯되는 하늘의 풍류를 만나는 일이다. 풍류에 접해야 성인聖人으로 변화가 되고 성인이 되어야 교화를 할 수 있고 교화된 사람들이 모여야 이상적인 생명공동체를 이루게 된다. 이처럼 삼국시대 이전부터 한민족이 이어온 이런 이상理想은 조선 말기 수운水雲 최제우(1824-1864)의 동학사상으로 표출되고 이어서 다석 류영모(1890-1981)의 '한' 사상 또는 '귀일歸一' 사상으로 계승되었다고 본다.

바람은 보이지 않게 우주에 가득 찬 것, 어디에나 있는 것, 무소부재無所不在한 것, 어디나 들어갈 수 있는 것이다. 바람은 하나지 둘이 아니다. 또 바람의 특징은 어디나 스며들고 어디나 들어간다고 하여 손입巽入이라 한다. 겸손한 사람의 말은 다른 사람의 마음

속에도 스며든다. 손巽에는 들어간다, 유순하고 겸손하다는 뜻이 있다.

우주에 가득 차 있는 것이 바람인데 바람이 불어야 바람을 느낀다. 바람이 불지 않으면 바람이 있는지 없는지 알 수가 없다. 어떻게 하면 바람을 느낄 수 있을까. 우리의 숨을 느끼면 된다. 숨이 곧 바람의 흐름이다. 들숨과 날숨을 느끼며 우주의 기운을 느껴보는 것이다.

바람을 우주의 기운이라 하여 기氣라고 한다. 우주는 온통 기氣로 채워져 있다. 바람보다 더 근원적인 기운이 있다는 것이다. 기운이 있어서 바람이 나타난다는 것이다. 우주도 기氣로 가득 차 있고 우리의 몸에도 기氣로 가득 차 있다. 그래서 이런 기氣에 대해 사색하는 것을 기철학氣哲學이라 한다.

조선시대 서화담徐花潭(1489-1546)이 대표적인 기철학자다. 온 우주가 기氣로 되어 있다는 것이다. 이에 비하여 이퇴계李退溪(1501-1570)는 우주와 자연보다는 인간의 마음과 주체성에 관심을 가지고 이理와 기氣의 관계를 사색하였다. 기철학에서는 이理를 만물 변화의 원리로서 기氣의 속성으로 보는데 퇴계는 도덕의 주체로서 천리天理로 파악하였다. 성리학에서 이처럼 기철학과 이기철학이라는 두 갈래의 흐름이 있다. 그런데 다석 류영모(1890-1981)의 한 사상 또는 귀일사상은 이런 흐름을 무극이태극無極而太極이라는 '없이계신 하나님' 신앙 안에서 과학과 윤리와 영성을 종합한다.

바람이라는 우리말의 발음은 범어의 브라만Brahman과 닮았다. 브라만도 바람을 뜻하는 말이다. 우주의 바람 또는 우주의 원리를 브라만이라 한다. 그리고 개개의 생명인 숨을 아트만이라 한다. 인도에서 가장 특징적인 것이 범아일여梵我一如라는 사상이다. 범梵이란 브라만Brahman이요 아我는 아트만Atman으로 숨을 뜻한다. 밖에 있으면 바람이고 안에 들어오면 숨이 된다. 하나가 되는 바람과 숨의 관계를 깨닫자는 것이다.

기독교에서도 숨을 프뉴마Pneuma라 하여 성령으로 상징한다. 프뉴마에는 바람이라는 뜻과 성령이라는 뜻이 있다. 인도에서 브라만과 아트만이라 하여 그 하나됨을 강조하는데 기독교에서는 성령과 기도의 일치를 말한다. 오순절 사건이 중요한 것은 성령과 기도가 하나가 되었기 때문이다. 다석 류영모는 성령을 우숨이라 하였다. 위에서 주시는 숨이 진리의 성령인데 성령을 받으면 법열의 기쁨으로 웃음이 저절로 터지게 된다는 것이다. 그래서 목숨 쉬는 것을 넘어 말숨을 쉬어야 하고 말숨의 말씀 사색을 넘어 성령과 통하는 우숨을 쉬고 법열의 기쁨으로 살자는 것이다. 이렇게 하나님이 주시는 성령의 숨을 쉬며 진리와 하나가 되어 사는 것이 우숨이다.

인간이 우주의 원리인 브라만과 어떻게 합치되어 사느냐는 것을 추구하는 힌두교나 하나님께서 주시는 성령을 만나서 진리와 하나가 되자는 기독교만이 아니라 인간이라면 어느 문화 속에서나 이처럼 개별적 자아를 넘어 우주와 하나가 되려는 영적 갈망이 있다. 동양에서는 그것을 천인합일이라 하는데 유교의 경전인 중용에서는 천명天命과 성性이 하나가 되는 것이라 한다. 인도에서는 바람과 숨이라 하는데 유교는 천명과 성이라 한 것이다.

중용에서 천명지위성天命之謂性이라 한다. 쉽게 말하자면 우리가 진리를 깨닫는 사건이다. 진리를 깨닫는 순간만큼 행복한 것은 없다. 그리고 그 기쁨을 전해주는 것만큼 가치 있는 것도 없다. 주역의 목적도 그 법열의 기쁨을 전하여 모두가 기쁨이 충만한 생명으로 살자는 것이다. 그러니까 중풍손은 진리를 깨닫는 법열을 말하는 것이고 중택태는 기쁨이 충만한 생명의 세계를 말하자는 것이다.

원문 해석

◆ 중풍손重風巽(57) (바람☴과 바람☴)

바람 위에 바람이 있다. 손巽은 겸손하고 순종함이니 작을수록 형통한다. 가는 바가 있어야 이롭고 큰 사람을 만남이 이롭다.

괘를 판단하여 말한다. 손巽과 손巽이 겹쳐 신명申命이라는 천인합일이 되니 강한 정신으로 중정에 들어가야 뜻이 이루어진다. 부드러운 마음이 되어 모두가 강한 정신에 따라야 한다. 그래서 작을수록 형통하는 것이다. 가는 바가 있으니 이롭고 대인을 만남이 이롭다.

중풍손 괘상을 보며 말한다. 바람을 따르는 것이 손巽의 모습이니 군자는 이를 본받아 거듭 말씀을 내려 사명을 수행한다.

내용 풀이

  바람 위의 바람이 손巽이다. 위에 있는 바람은 바람이고 아래 바람은 숨이라 하여 바람과 숨의 관계가 손이다. 중용으로 말하면 바람은 천명天命이요 숨은 성性이라 한다. 천명은 하나님의 명령이요 말씀이다. 성性은 인간에게 주신 하나님의 형상이다. 천명은 초월적 진리요 성은 내재적 생명이다. 초월적 진리와 내재적 생명이 하나됨을 '천명지위성天命之謂性'이라 한다. 그 하나 되는 경험을 지적인 사람은 진리를 깨닫는다고 하는데 정적인 사람은 믿음에 들어간다고 한다. 어떻게 하나가 되는가? 소형小亨이다. 내가 작아지는 만큼, 내가 없어지는 만큼 형통하게 된다. 예수님은 "마음이 가난한 자는 복이 있나니 천국이 저희들 것임이라." 했다. 마음이 텅 비어 있을 때 빛이 가득 차게 된다. 그리고 노자는 치허극致虛極 수정독守靜篤이라 했다. 한 마디로 말하여 텅 빈 충만이 되라는 것이다. 내 안의 욕망이 비워져야 진리의 빛으로 충만하게 된다. 그것을 여기서 소형小亨이라 했다. 마음을 한없이 비워야 무엇이 와서 가득 차지 그렇지 않으면 가득 차지 않는다. 종교의 핵심이 이것이다.

  그런데 어떻게 해야 내 마음을 텅 비울 수 있을까? 아무리 해도 내 마음이라는 것이 비워지지 않는다는 것이 문제다. 근심과 걱정 염려와 불안으로 늘 가득 차 있다. 또 아무리 마음을 빛으로 채우려 해도 채워지지 않는다. 시기 질투 원망 분노 탐욕 등이 맑고 밝은 빛을 가리고 있다. 이런 어려운 과제를 해결하자는 것이 종교의 목적이라 하겠다.

땅속 탱크 안에 샘물이 차 있는데 어쩌다가 한 방울의 독약이 떨어져 오염이 되고 말았다. 이 오염을 어떻게 제거할 것인가. 계속 맑은 물을 부어 넣어서 씻어내거나 해독제를 넣어서 정화해야 한다.

또 우리는 어리석은 마음을 제거하고 지혜로운 생각으로 가득 채우고자 하지만 깨진 물동이 같아서 채울 수 없다고 느낀다. 아무리 좋은 말씀을 들어도 그때 그순간이 지나면 흔적도 없이 사라진 느낌이다. 그래서 어느 영화에 어떻게 해야 깨진 물동이를 채울 수 있느냐는 과제를 놓고 팀이 모여 게임을 한다. 한 팀에서 열띤 토론 끝에 해답이라고 제시하길 "모든 것은 마음이 만드는 것이다. 항아리가 깨졌다는 것도 마음이요 채워지지 않았다는 것도 마음이다. 그러니 이제 우리는 마음을 바꾸기로 했다. 항아리는 깨어지지 않았고 항아리는 물로 채워진 것이다." 이 말을 들은 다른 팀에서는 자기들의 해법을 보여주겠다며 깨어진 항아리를 들고 따라오라고 했다. 그들을 따라가자 강으로 가서 깨진 항아리를 강물에 집어던졌다. 던져진 항아리는 강물에 잠겨 아예 보이지도 않게 되었다.

나라고 하는 것이 없어져야 한다. 내가 없어지기까지 노력해야 한다. 내가 독약이다. 해독이 되기까지 맑은 물을 부어야 한다. 이 유유왕利有攸往, 즉 가는 바가 있어야 이롭다는 말은 열심히 노력해야 한다는 말이다. 진리를 깨치기 위해서 열심히 자기를 비우는 노력을 실천해야 한다는 말이다. 보통 우리는 진리를 깨닫는다고 하기도 하고 생명을 얻는다고 하기도 하는데 결국은 같은 말이다. 견성見性이라 할 때는 진리를 깨닫는 것이고 천명天命이라 하면 생명을 얻는 것이 된다.

그런데 생명을 얻는 것이 먼저이다. 항아리를 채우려면 먼저 강물을 만나야 한다. 강물을 만나 생명을 얻어야 진리를 깨닫게 되지 생명을 얻지 못하면 진리를 깨달을 수 없다. 중정의 스승을 찾아다니기 위해서는 의지가 강해야 한다. 상신실명喪身失命, 자기 목숨을 잃어도 진리를 깨닫고야 말겠다고 하는 굳은 의지가 필요하다. 하여튼 노력해야 한다. 강과 바다를 찾아서 가는 데까지 가 보아야 한다. 가다 그만둘 수는 없다. 그러니까 진리 앞에서 항상 겸손해야 한다. 부드러운 마음을 가지고 일체 진리에 순종하는 겸손이다. 예수님도 "나를 따르라"고 했다. 선생님을 따라가야 한다. 그렇게 자기를 부인하고 스승을 따라야 진리를 만나게 된다. 시이소형是以小亨, 이렇게 나라고 하는 아만과 자만이 없어져야 진리를 깨달을 수 있지 그렇지 않으면 깨닫기가 어렵다. 그러니까 진리를 찾는 길은 그저 가면 안 된다. 반드시 이견대인利見大人이다. 세상에는 먼저 진리를 깨달은 사람이 있기 마련이고 그런 사람이 있으니까 공부가 되는 것이다. 우리보다 앞서 생명을 얻은 사람이 있기 마련이다. 생명을 얻은 사람을 만나야 무엇이 되지 만나지 못하면 안 된다.

병에 걸렸으면 병을 고치기 위해서 열심히 찾아다녀야 한다. 찾아다니다가 정말 명의를 만나야 독을 제거할 수 있고 독을 제거해야 생명을 얻게 되지 돌팔이를 만나서는 안 된다. 찾는 것은 확실히 찾아야 한다. 또 찾아다니다가 병을 잘 고치는 명의를 만나야 한다. 이유유왕利有攸往과 이견대인利見大人이라는 이 두 가지 조건이 있어야 한다.

◆ 천인합일과 신명申命

위에 있는 바람과 아래 있는 바람 둘을 신명申命이라 한다. 위에서 아래로 내려오는 바람과 위로 올라가는 바람이 하나가 된 것이 신명이다. 신명申命, 즉 하나님과 사람이 하나가 된 것이다. 명命이란 천명天命이요, 신申이란 아래에서 신고申告하는 것이다. 하늘에서는 하나님의 명령이 내려오고 땅에서는 사람들의 기도가 올라가 하나가 되는 것을 신명申命이라고 한다. 위에 있는 바람은 천명天命이요 아래 있는 바람은 본성本性으로 보면 천명과 본성이 일치하는 것이 신명申命이다.

◆ 신명申命과 행사行事

바람이 불면 풀처럼 바람을 따르는 것이 순리다. 새들이 큰 산을 넘을 때 바람을 타고 날아야 넘어갈 수 있지 바람이 없으면 넘어갈 수가 없다. 혼자 힘으로 안 되는 것도 바람이라는 외부의 큰 힘을 얻으면 가능하게 된다. 새들이 혼자 힘으로 히말라야 높은 산을 넘겠다고 덤비다간 도중에 쓰러져 죽고 만다. 그런데 때에 따라 불어오는 계절풍을 타고 바람을 따라서 새들이 날아가면 순식간에 높은 산맥을 넘어갈 수 있다. 그래서 철새들은 철마다 달라지는 바람을 타고 이동하는 것이다. 이처럼 새들도 때를 기다리는 지혜와 바람을 기다리는 지혜를 가지고 산다.

인생도 마찬가지다. 스승을 만나서 올라가야 하고 때를 따라서 때에 맞게 발전해야지 혼자 힘으로 하면 안 된다. 새들이 바람을 따르듯 스승을 찾아 스승을 따르는 지혜를 손巽이라 한다. 겸손의 지혜요 순종의 지혜다. 스승에게 겸손히 나가서 배우고 익혀서 스승의 어깨 위로 올라서게 되어야 참된 제자가 된다. 인간의 문화와 학문이 계속 발전하게 되는 이유가 이처럼 스승에게 순종하고 따르는 제자들이 계속 이어져 나오기 때문이다.

제자의 덕목은 스승에게 순종하는 겸손과 스승의 어깨에 올라가는 용기라 하겠다. 그래서 공자는 말하길 스승에게 배우기만 하고 자기 것으로 소화하지 못하면 답답한 학생이 되고(학이불사즉망學而不思則罔) 스승이 없이 혼자 길을 찾겠다는 것은 위험하다(사이불학즉태思而不學則殆)고 하였다. 선생님을 만나면 학문의 길과 요령을 배울 수 있다. 학문의 요령을 공자는 박문약례博文約禮라 한다. 넓고 광활한 학문의 세계를 탐구하려면 길을 알아야 하고 또 배운 것을 실천하려면 요령을 잡아야 한다. 무엇이나 요령을 잡지 못하면 길을 잃고 헤매다가 쓰러지고 만다. 그래서 선생은 학생에게 차근차근 길과 요령을 잘 가르쳐서 실천할 수 있게 해야 한다. 그것을 여기서는 신명행사申命行事라 하였다. 학생에게 거듭해서 가르치는 것을 신명申命이라 하고 실천하는 일을 행사行事라 했다.

이렇게 신명申命에는 이른바 천인합일이라는 뜻과 계속 가르치고 훈련한다는 뜻이 있다. 군자이신명君子以申命, 군자는 거듭 가르쳐야 한다. 정치적으로 말하면 대통령은 백성들에게 재난을 극복하거나 과제를 해결하기 위해서, 또는 좋은 나라를 만들기 위해서 이렇게 해야 한다고 자꾸 가르쳐야 한다. 국민들이 실제로 어떻게 해야 하는지 구체적으로 가르치고 실천하도록 교육하지 않으면 안 된다. 이렇게 거듭 가르치는 것을 신명申命이라 한다. 그리고 행사行事는 실천할 수 있게 구체적인 요령을 지도하는 것이다.

기독교의 구약성서를 보면 신명기申命記가 있는데 여기 나오는 거듭 가르친다는 뜻의 신명申命이다. 하나님이 모세를 통해서 백성들에게 가르치고 또 가르친다는 내용이다. 거듭 가르쳐서 백성들이 가나안 복지를 향하여 나아가도록 훈련을 시킨다는 뜻이다. 이처럼 신명申命에는 범아일여梵我一如라는 뜻과 아울러 또 하나는 계속 가르치고 훈련해서 가나안 복지에 들어가게 한다는 뜻도 있다.

원문 해석

◆ 중택태重澤兌(58) (호수═와 호수═)

위에도 연못이 있고 아래도 연못이 있는 것을 태兌라고 한다. 태는 기쁨이다. 진리의 기쁨이 있으면 형통하게 된다. 진리와 일치하는 것이 이롭다.

괘를 판단해 말한다. 태는 기쁨을 주는 것이다. 강한 것이 안에 있어 밖으로 부드럽다. 모두에게 이로운 기쁨이 되려면 진리와 하나 되는 기쁨이라야 한다. 이 기쁨으로써 하늘에 순종하고 사람들을 사랑하게 된다.

진리의 기쁨으로써 백성들의 앞장을 서면 백성들은 그 수고로움을 잊게 되고 기쁨으로써 어려움에 뛰어들면 백성들은 그 죽음을 잊게 된다. 진리의 기쁨이야말로 위대한 것이다. 그래서 백성들에게 이 기쁨을 권하는 것 아닌가.

괘상을 보며 말한다. 연못과 연못이 붙어 있는 것이 태兌의 모습이다. 이를 본받아 군자는 벗들을 모아 학문을 가르치고 배우며 진리를 익힌다.

내용 풀이

호수와 호수가 겹쳐 있는 것을 중택태重澤兌괘라 한다. 위에 있는 호수는 백두산의 천지처럼 산 위에서 솟아나는 연못이고 아래 있는 호수는 소양강 댐처럼 물을 가둬두는 호수라고 생각해본다. 산 위에 있는 호수는 샘물이 솟아나는 것으로 종교적이고 창조적인 영감을 주는 영성(spirituality)이라면 아래 호수는 강물을 댐으로 막아 이뤄낸 인공 호수처럼 역사적으로 축적된 학문적 지식을 모아서 이루는 집단지성(collective intelligence)이다. 집단지성이란 여러 사람이 경쟁과 협력 또는 협동으로 이뤄내는 능력을 말한다. 요새는 집단지성이 인공지능이라는 이름으로 나타나 위력을 떨치고 있다.

방대한 개개의 정보들을 학습하고 취합하여 그 속에서 새로운 패턴을 발견하고 그에 따라 문제를 해결하는 인공지능은 확실히 뛰어난 지능을 갖게 되었지만 그래도 창조적 영성을 발휘할 수는 없다. 그래서 인간의 영성이 중요하게 되었다.

영성이 무엇인가? 그것은 바로 인간의 지적 능력 가운데 인공지능이 대신할 수 없는 고도의 창조력을 말한다. 즉 인공지능이 수행할 수 있는 기능을 제외하고 인간만이 고유하게 발휘할 수 있는 창조적 능력을 영성이라 정의해 본다. 인공지능으로 대체할 수 없고 인간만이 가지고 있는 고유의 능력을 영성이라 하는 것이다. 앞으로 그 영성을 찾고 개발하고 가르치는 일이 인류의 과제가 될 것이다.

세상에는 이런 영성의 종교가 있어야 영감을 얻어서 새로운 세계를 창조적으로 열어가는 기쁨을 가질 수 있고 또 역사적으로 축적된 집단지성의 학문이 있어야 지식이 주는 기쁨과 지혜를 가지고 사회를 유지할 수 있다. 그래서 국가와 사회가 발전하려면 영감을 얻는 창조적 소수자도 필요하고 협동하고 협력하는 민주적 집단도 필요하다.

그런데 현실에서 이 두 가지를 함께 살려서 조화롭게 되기가 쉽지가 않다. 그 이유는 창조적 소수자의 의견이 민주라는 명분으로 외면받기가 십상인 때문이다. 그러나 의사결정에서 민주적 방식으로 결정해야 할 때도 있고 전문가들이나 창조적 지성의 의견에 따라야 할 때도 있는데 대부분 민주적 방식을 선호하는 경우가 많아서 흔히 잘못된 길을 택하곤 한다. 그래서 민주정의 결함으로 고대아리스토텔레스로부터 우민정치가 되는 것을 염려했다. 그래서 바람직한 정치는 소수의 창조적 엘리트와 일반 시민집단이 함께 어울려 조화를 이루는 것으로 생각했다. 미국은 상원과 하원을 두는데 상원이 소수의 엘리트 집단이라면 하원은 일반 시민의 대표라 할 것이다. 그런데 우리나라는 국민대표라는 의원들만 있고 소수의 엘리트 집단이 영향력을 발휘할 수 없는 구조이기 때문에 자꾸 정치가 쇠퇴하는 것은 아닌가 싶다.

사회에 필요한 창조적 소수자를 길러내기 위해서는 특수학교 영재학교 등이 필요한데 대부분은 영재가 아니라서 평준화를 희망하고 영재학급 신설을 반대한다. 극심한 경쟁사회 속에서 나보다 특출난 다른 사람을 견디지 못하기 때문이다. 그러나 이런 경쟁사회의 병폐를 고치지 않으면 사회가 발전하기 힘들다. 맹자가 말하길 뛰어난 영재를 만나 가르칠 수 있다면 그것이 인생의 가장 큰 행복의 하나라 할 만큼 옛날부터 영재교육을 소중히 여겼다. 왜냐면 그런 특별히 뛰어난 인재가 나와서 그를 창조적 소수자로 잘 교육하고 지도하면 장차 사회 발전에 크게 쓰일 수 있기 때문이다. 그래서 나라마다 영재교육 프로그램이 있는데 우리나라는 그런 교육에 대한 저항이 심한 듯하다. 그래서 누구나 똑같은 과정을 밟게 하여 평준화를 하다 보니 창조적 소수자가 나오기 힘든 환경인 것이다.

태는 기쁨이다. 그 기쁨은 어디에서 나오는가에 따라 모두에게 도움이 되는 기쁨도 있고 해악을 주는 기쁨도 있다. 우리는 널리 이롭게 하는 사람이 되자는 홍익인간弘益人間의 이상을 가지고 있는데 누구에게나 도움이 되는 그런 기쁨은 진리에서 나오는 기쁨이다. 진리에서 나오는 기쁨이라야 참 기쁨이지 사사로운 욕망을 충족하려는 기쁨은 거짓이다.

참 진리는 분야와 층위에 따라 여러 가지다. 종교적 진리, 과학적 진리, 예술적 진리, 이런 모든 진리가 기쁨의 원천이다. 그 진리의 기쁨을 법열法悅이라 한다. 임금이 진리의 소식을 전하면 온 백성이 기쁨을 갖게 된다. 그것이 왕도정치라는 것이다. 세종대왕이 언어의 진리를 발견하여 한글을 창제하여 발표함으로 온 백성이 자유롭게 한글로 소통하는 기쁨을 누리고 있다. 우리나라 사람들은 한글 덕분에 글자를 모르는 사람이 거의 없는데 만일 아직도 한문을 써서 소통해야 한다면 얼마나 힘들겠는가. 이렇게 볼 때 세종대왕처럼 온 백성을 널리 사랑한 사람도 없을 것이다. 한글 창제 당시 한문에 젖은 관료들이 볼 때는 28글자가 아무것도 아닌 것처럼 보였겠지만 그 속에 언어의 진리가 들어있어서 무궁한 작용으로 온 백성에게 이처럼 무한히 큰 자유와 행복한 삶을 누리게 만든 것이다.

물은 진리와 생명의 상징이다. 물의 특징이 속으로는 강하고 겉으로는 부드러운 것이다. 물은 1미터만 쌓여도 그 흐름이 대단하다. 홍수가 나서 강물이 불어나면 10미터 20미터만 되어도 어마어마한 힘이 느껴진다. 수압 때문에 물속으로 20미터만 들어가도 견디기 힘들다. 부드럽고 유약한 물이지만 그것들이 모이고 쌓이면 그 속에서 엄청난 힘을 가진다. 그래서 가장 유연한 물이 가장 강한 바위들을 뚫기도 하고 움직이게 만든다. 물이 무엇보다 유연한 것이지만 또한 무엇보다 강한 힘이 있다. 그것을 외유내강外柔內剛이라 한다. 겉으로는 부드럽고 속에는 강한 힘이 있다는 말이다. 진리를 깨달은 군자도 이처럼 외유내강이 된다.

안에서 샘물처럼 솟아나는 진리는 무엇보다 강한 것이다. 진리를 가지고 밖으로 표현하는 사랑의 기쁨은 물처럼 부드럽다. 진리에서 나오는 기쁨이 법열이다. 법에서 나오는 기쁨이다. 과학, 철학, 종교, 예술에서 나오는 창조의 기쁨이다. 이런 진리의 기쁨을 가지고 사는 것을 순천응인順天應人이라 했다. 기독교식으로 말하면 하나님을 사랑하고 이웃을 사랑한다는 말이다. 천리에 순종하고 사람들의 형편에 응하는 것이다. 하늘의 진리 따르는 것은 종교요 세상 사람의 편의를 위해 일하는 것은 과학이다. 이렇게 볼 때 종교의 기쁨과 과학의 지혜를 가지고 사는 것이 순천응인이다.

왕이라면 이런 진리의 기쁨을 가지고 백성들을 이끌어야 한다. 왕도정치가 그것이다. 천리를 깨달은 철인이 백성들의 지도자로 나서야 한다. 그런 철인이 백성들 앞에 서서 법열의 기쁨으로 일할 때 백성들도 고생을 고생으로 느끼지 않게 된다. 만일 전쟁이 났을 경우 지도자는 기꺼이 앞장서서 백성들과 함께 싸워야 한다. 알렉산더나 징기스칸 등 위인들은 모두 전쟁마다 가장 앞장서서 싸웠다고 한다. 그래서 세계를 정복할 수 있었다. 이렇게 왕이 앞장서야 백성들도 죽음을 두려워하지 않고 용감히 나선다. 이런 왕을 위해서라면 죽어도 좋다 하고 죽음을 잊고 싸운다는 것이다. 그래서 진리의 기쁨처럼 위대한 것은 없다는 것이다.

지도자가 법열의 기쁨을 가지고 있다는 것, 그래서 오늘 죽는 한이 있어도 여유를 가질 수 있다는 것, 그것이 참 중요하다. 성경에는 항상 기뻐하라고 한다. 지도자는 언제나 기쁨을 가져야 한다. 그래야 백성들도 함께 기뻐하는 여민동락與民同樂이 된다. 법열을 가지고 백성들과 기쁨을 함께 나눌 수 있는 지도자가 나와야 한다. 설교도 마찬가지다. 설교하는 사람은 기쁨을 가지고 설교를 해야 한다. 설교란 단순히 말을 하는 것도 아니고 연구를 많이 해야 할 수 있는 것도 아니다. 기쁨을 가지고 말하는 것이 설교다. 그때 그 말은 다 잊히고 기쁨만 남아 전해진다. 그것이 진짜 설교다.

세상에는 영성의 종교가도 있어야 하고 지성의 과학자도 있어야 된다. 다목적댐도 필요하고 샘물이 솟아나는 백두산의 천지天池 같은 호수도 있어야 한다. 그것이 여택麗澤이다. 천지의 호수에서 물이 내려와 강물이 되고 강물을 막아 댐이 된다. 군자는 이것을 보고 법열의 기쁨을 모아 벗들에게 진리의 기쁨을 전해야 한다. 그것이 강습이다. 천지의 호수 덕분에 강물의 호수가 만들어지듯이 스승의 기쁨이 학생의 기쁨을 낳는 것인데 그것을 여택麗澤이라 하고 붕우강습朋友講習이라 했다. 이렇게 두 호수가 상징하는 것은 종교의 영성과 과학의 지성을 상징하는 것으로 보기도 하고, 또 지도자의 법열과 백성의 기쁨으로 보기도 하고, 가르치는 스승의 기쁨과 배우는 제자의 기쁨으로 보기도 한다. 인간과 세상은 이 두 가지 호수가 함께 필요하다는 것이다. 이 두 가지를 잘 조화시켜야 인생이나 사회나 나라나 인류가 발전하게 된다는 말이다.

32. 매듭짓는 삶

풍수환渙(59) 수택절節(60)

개요: 삶의 의미를 통합하는 길

주역은 하늘과 땅, 즉 천지로부터 시작했다. 하늘이 열리고 땅이 드러나서 물과 불이 나타나 조화를 부리니 바람이 불고 우레가 울고 산이 솟고 물이 모여 호수가 되었다. 물은 천지에 가득하여 만물을 이루고 만물을 살려준다. 노자는 말하길 가장 잘 사는 길은 물처럼 사는 것이라 하였다. 물은 만물을 이롭게 하면서 누구와도 다투지 않고 사람들이 싫어하는 것들을 모두 처리한다. 집안으로 말하자면 설거지와 화장실을 처리하는 일이다. 물은 쓰레기를 치워주고 깨끗하게 청소하고 씻어주는데 이처럼 만물을 깨끗하게 씻어주는 것은 물의 청정염담淸靜恬淡 덕분이다. 물은 본래가 청정하니까 남의 더러움을 다 씻어주고 깨끗하게 만들 수 있다는 말이다. 물을 만나면 무엇이나 깨끗해지는 그 이유가 물의 청정염담 때문이다. 또 물은 아이들의 똥을 치워주면서도 내가 했다거나 억지로 하는 것이 아니라 저절로 그렇게 사랑 때문에 하기에 그것을 무위자연無爲自然이라 한다. 그리고 겸하부쟁謙下不爭이다. 자기를 비우고 낮아질 뿐 아무런 다툼이 없다는 것은 대립의 이원성이 없이 만물과 하나가 되었다는 뜻이다. 생명의 근원으로서 만물에 들어가 만물과 하나가 되어 있는 물처럼 다른 사람들과 하나가 되어 산다면 어찌 세상에 다툼이 있겠는가.

이런 덕을 가진 물의 사랑은 무궁하고 영원하여 장생불사長生不死라 한다. 땅속에 들어가 바닥에서 모든 만물을 받들어 섬기고 살려주는 사랑, 바다처럼 깊은 속알을 가지고 만물을 감싸주고 살려주는 사랑, 비가 내리면 선한 자나 악한 자를 구별하지 않고 차별이 없이 나눠주고 더불어 하나가 되는 사랑, 말과 삶과 뜻과 행위가 모두 하나가 된 사랑, 가뭄에 시들어 비틀어진 초목들이 물을 만나 파릇파릇 살아나듯이 지친 영혼들을 기쁨으로 일어서게 만드는 다스림의 사랑, 씻어주고 닦아주고 살려주고 일으키고 날려주고 도와주는 일을 더없이 잘하는 사랑, 때에 알맞게 모든 살림과 섬김의 활동을 하여 지나침도 없고 모자람도 없이 꼭 맞게 움직이는 사랑, 이런 사랑은 곧 천지天地의 사랑이요, 선하시고 좋으신 하나님의 사랑이 아니겠는가.

이런 사랑을 알고 사랑이 되어 사랑으로 살자는 것이 주역의 뜻이다. 이런 주역의 뜻을 여러 가지로 살폈지만 이제 마무리할 때가 되었다. 64괘를 둘씩 짝지어 뜻을 살펴 왔는데 풍수환風水渙은 59번째 괘, 수택절水澤節은 60번째 괘이다. 환渙은 흩어진다는 뜻이요 절節은 마디를 말한다. 대나무를 보면 매듭을 짓고 마디를 형성한다. 인생도 대나무처럼 매듭을 짓고 성장해 간다. 공자는 15세에 학문에 뜻을 두었고 30에 입장을 가졌으며 40에 불혹不惑이 되었으며 50에 지천명知天命 하고 60에 이순耳順이 되어 70에 종심소욕불유구從心所欲不逾矩라 하였다. 이렇게 6단계로 매듭을 짓고 올라간 사람이 공자다. 우리는 매일 매듭을 짓기도 하고, 주간 단위로 매듭을 짓기도 하고, 해마다 매듭을 짓기도 하고 10년마다 매듭을 지을 수도 있다. 이렇게 자기의 일생을 매듭짓는 삶이 지혜로운 것이다.

우리의 삶을 어떻게 매듭을 짓느냐에 따라 진실이 되기도 하고 또는 허망한 삶이 되기도 한다. 식물이 꽃을 피우는 것도 열매를 맺는 것도 매듭짓다. 그래서 매듭짓기를 하지 않으면 꽃을 피울 수도 없고 열매를 맺을 수도 없다. 그러니까 인생도 매듭짓기를 잘하면 모든 근심과 눈물이 흩어지는 기쁨의 풍수환이 될 수도 있지만 매듭짓기를 하지 못하면 모든 생명의 기운이 흩어져 허망하게 끝날 수도 있다는 말이다. 알곡의 인생이 되느냐 쭉정이 인생이 되느냐는 매듭짓기에 따라 좌우될 것이다.

심리학자 에릭슨(1902-1994)은 인간의 심리 사회적 발달을 8단계로 나누어 설명하는데 단계마다 매듭짓기를 해서 계속 성장해야 하고 그중 마지막 노년기의 과업인 자아통합이 중요하다고 한다. 즉 인생 전체를 어떻게 매듭짓느냐에 따라 성패가 갈리므로 알곡이 되는 자아통합의 과업이 가장 중요하다는 것이다. 씨알이 땅에 들어갔다가 나무로 자라나서 자아라는 꽃을 피우고 다시 씨알의 열매를 맺어 무아로 돌아감이 동양적 의미의 자기통합(self integrity)

이라 할 것이다.

원문 해석

◆ 풍수환風水渙(59) (바람==과 물==)

위에서 바람이 있어 물이 흩어진다. 그것을 환渙이라 한다. 형통
하는 것이다. 왕이 종묘에 이르렀다. 큰 강을 건넘이 이롭다. 올바
름이 이롭다.

괘를 판단하는 말이다. 환이 형통한 것은 강한 것이 와서 궁함이
없고 밖에서 부드럽고 유연한 것이 찾아와 자리를 얻고 위와 동행
하기 때문이다. 왕이 이르러 종묘에 있다. 왕이 마침내 중심에 서
게 되었다. 큰 강을 건너감이 이롭다. 나무를 타고 건너가니 성공
하게 된다.

괘상을 보며 말한다. 바람이 물 위로 불어감이 환渙이다. 선왕은
이를 보아서 하나님께 제사를 올리고 종묘를 세웠다.

내용 풀이

바람과 물, 풍수風水를 주역괘로 환渙이라 하는데 환이란 흩어진
다는 뜻도 있고 빛난다는 뜻도 있다. 물은 험난과 죽음의 상징도

되고 동시에 생명의 상징도 있다. 바람은 성령의 바람이라 할 수도 있고 풍조라 할 수도 있고 식물의 나무라 볼 수도 있다.

기독교에서는 바람을 프뉴마Pneuma, 또는 루아흐Ruah라고 한다. 프뉴마는 바람, 숨, 성령이라는 뜻이 있다. 물은 보통 험난하다는 뜻으로 해석하는데 인생의 가장 험난한 것으로 죽음이라고 풀어볼 수 있다. 그러니까 바람이라는 성령이 물이라는 죽음을 흩어버렸다고 풀어보는 것이다. 물이라는 죽음을 잡아먹고 새로운 생명으로 부활한 생명의 나무가 풍수환이다. 생명을 상징하는 나무는 땅속의 물을 끌어 올려서 하늘로 흩어주는 힘이 있다. 그리고 하늘의 기운을 담아 가지마다 주렁주렁 생명의 열매를 맺는 것이 나무다.

물이 바람을 만나면 흩어진다. 그 의미를 이렇게 전혀 다른 두 가지로 풀어볼 수 있다. 즉 물이라는 생기를 흩어버리고 죽음을 맞게 되었다는 뜻으로 볼 수도 있고, 거꾸로 죽음의 힘을 흩어버리고 생명으로 거듭났다는 뜻으로 볼 수도 있다. 풍수를 나무와 물의 관계로 보아도 이런 두 가지의 해석이 가능하다. 물을 공중으로 흩어서 올려주고 하늘의 기운을 받아 열매를 맺는 생명나무로 볼 수도 있고, 반대로 물에 빠져 생명의 기운이 흩어짐으로 죽음을 맞게 되는 상황이라 볼 수도 있다.

우리 인생도 허무하게 죽음으로 끝나는 삶이 되기도 하고 또는 거듭난 생명으로 열매를 맺어 영생으로 들어갈 수도 있다. 이처럼 우리도 실존의 알곡이 되느냐 아니면 허무의 쭉정이가 되느냐 갈림길이 있다는 것이다. 그런데 그 갈림길에서 어떤 길을 택할 것인가. 그 갈림길을 이번에는 매듭짓기로 설명해 보는 것이다. 매듭짓기가 없으면 허무요 매듭짓기를 잘하면 실존이 된다는 말이다. 그래서 실존이 되느냐 허무가 되느냐는 매듭짓기에 따라 달라진다는 말이다. 매듭짓기는 곧 열매를 맺는 삶이다. 우리가 열매를 맺는 실존의 삶이 되려면 어떻게 해야 할까?

주역에서 말하는 그 방법은 종묘라는 것이다. 기독교로 말하면 예배라는 말이다. 예배의 의미는 하나님 앞에 바로 서는 것이다. 왕이 종묘에 이르렀다는 말도 왕이 하나님 앞에 선다는 말이다. 또는 왕이 모든 백성의 마음자리에 선다는 뜻이다. 하나님 앞에 서서 백성들의 마음에 응하는 사람이 될 때 왕이다. 왕이라는 글자는 하늘과 땅 사이에 십자가를 그린 것이다. 임금 왕王이라는 글자의 모양을 보자. 위의 한 금이 하늘이고 아래 한 금이 땅이고 중간에 십자가가 있다. 그러니까 왕은 하늘과 땅을 이어서 하나로 통일한 사람이라고 보는 것이다. 나무 십자가에 달린 사람이 예수다. 그래서 예수를 인류의 구세주요 그리스도라 한다. 하늘과 땅을 이어주는 생명의 상징이 나무다. 땅에 있는 물을 이끌어 올려주고 하늘에서 빛을 받아 열매를 맺는 것이 나무다. 땅의 물과 하늘이 불로 거듭난 것이 나무요 열매다. 모든 사람이 그 생명의 열매를 먹고 살아간다. 그 생명의 힘으로 인생이라는 큰 강을 건너가는 것이다. 즉 죽음의 강을 건너가서 부활하여 영원한 생명을 얻자는 것이 인생이다.

이 세상은 하나의 큰 강이라 볼 수 있다. 세상이라는 험하고 큰 강을 건너가는 데 필요한 것이 나무에 올라타는 승목乘木이다. 즉 강을 건너려면 나무로 만든 배가 필요한 것이다. 불교에서는 큰 배를 타느냐 작은 배를 타느냐에 따라 대승大乘 또는 소승小乘이라 한다. 대승은 큰 배를 타고 모두가 함께 가는 것이요 소승은 홀로 배를 타고 건너가는 것이다. 기독교에서는 믿음으로 구원을 얻는다고 한다. 믿음으로 구원을 얻는다는 말은 결국 모두가 그리스도라는 배를 타고 건너간다는 말이다. 그리스도라는 말이 세상을 구원하는 분이라는 뜻인데 결국 온 인류를 구원할 수 있는 큰 배라는 말이다. 그러니까 누구나 그 배에 올라타기만 하면 이 세상을 건너갈 수가 있다. 기독교에서는 그것을 믿음이라고 한다.

믿음이란 결국 내 문제가 아니라 배의 문제다. 내가 믿음이 있느냐 없느냐 하는 문제가 아니다. 배가 크면 누구나 믿지 않을 수 없다. 큰 배를 보게 되면 저절로 믿음이 생기지 않을 수가 없다. 그러니까 문제는 지도자요 선생이다. 엔진으로 움직이는 기관선機關船이 되면 큰 배라서 누구나 믿고 타서 함께 가는 것이요 배가 작으면 홀로 힘써서 노를 저어 가야만 한다. 그러니까 믿음으로 건너가느냐 아니면 자기 노력으로 강을 건너느냐는 것은 배로 말미암아 결정되는 것이지 각자의 문제가 아니다. 큰 배를 만나면 우리는 모두 구원을 받을 수 있다. 큰 배를 만나야 한다. 그래서 승목유공乘木有功이라 했다. 큰 배를 타면 누구나 건너갈 수가 있다는 말이다.

바람이 물 위를 불어간다. 물을 건너가려면 바람이 있어야 한다. 돛단배는 바람이 있어야 움직인다. 그래서 강을 건너는 문제는 바람이 해결한다. 바람이 무엇인가. 바람은 성령을 가리킨다. 물의 문제는 결국 죽음이라는 것이다. 이런 죽음의 문제를 해결하는 것은 성령의 힘이지 내 힘으로 되는 것이 아니라는 뜻이다. 물은 바람을 만나면 흩어진다. 성령을 만나면 죽음이 흩어져 없어지고 만다. 어떻게 해야 성령을 만날 수 있을까?

하나님께 제사를 지내고 하나님 앞에 똑바로 서야 한다. 왜 그렇게 하는가? 하나님의 힘을 얻기 위해서 그렇게 한다. 성령을 만나기 위해서 하나님 앞에 서는 것이다. 핵심은 거기에 있다. 죽음을 이기는 일은 내 힘으로 하는 것이 아니다. 하나님께서 하시는 일이다. 예수의 부활도 사람의 힘으로 된 것이 아니다. 하나님의 성령으로 그리스도가 부활하는 것이지 사람의 힘으로 부활하는 것이 아니다. 그래서 항상 코람데오(Coram Deo), 하나님 앞에 서야 성령을 받고 성령의 힘으로 허무와 죽음을 이기고 생명나무로 거듭나게 되는 것이다.

원문 해석

◆ 수택절水澤節(60) (물==과 호수==)

연못에 물이 가득하다. 저수지의 물을 잘 조절해서 써야 한다. 조절調節이 되면 형통하지만 고절苦節이 되면 바르게 될 수 없다.

괘를 판단하여 말한다. 절節이 형통한 것은 강한 것과 부드러운 것이 서로 나뉘어 강한 것이 중을 얻었기 때문이다. 고절苦節이 바르게 될 수 없는 것은 그 도道가 막히기 때문이다. 기쁘게 절약해 가면 마땅한 자리가 된다. 그래서 댐에 물이 가득하게 되고 물길이 바르게 열리게 되니 중정中正이 된다. 하늘 땅이 절도를 지키니 사계절이 이뤄진다. 이것을 본받아 제도를 만들어야 한다. 그래서 모두 절도가 있게 되면 재물은 상하지 않게 되고 백성은 해를 입지 않게 된다.

괘상을 보며 말한다. 연못에 물이 가득함이 수택절이다. 군자는 이를 본받아 법도를 헤아려 제정하고 덕행을 도모한다.

내용 풀이

수택절水澤節이다. 위는 물(水)이고 아래는 못(澤)이 있는 것을 수택절이라 하는데 호수에 물이 가득 차 있는 것이다. 절節의 의미는 마디요 매듭이요 조절이다. 때를 매듭짓게 되면 시절, 또는 계절이 되고 노랫가락을 매듭짓는 것은 박자다. 또 절節이란 잘 조절하는 힘이다. 절약, 절도, 예절 등 모든 것을 알맞게 조절하는 것이다.

위에 있는 물은 어디서 오는가? 물은 산에서 내려온다. 산에 있는 물은 또 하늘에서 내려온 비다. 하늘에서 내려주신 비를 잘 간직하고 있는 것을 호수라 한다. 우리나라는 강수량이 여름에 집중된다. 그래서 댐을 만들어 강수량이 많을 때 가둬 두었다가 필요할 때 알맞게 조절하여 쓸 수 있는 지혜가 필요하다. 지혜는 다름 아니고 중정中正이다. 중中이란 댐에다가 물을 가득 채우는 것이고, 정正이란 필요한 만큼씩 알맞게 뽑아 쓰는 것이다. 이것이 주역의 지혜이다. 비가 지나칠 때 호수에다 물을 가둬서 홍수를 조절하고 비가 오지 않을 때면 수문을 열어서 가뭄을 극복하는 것이 중절의 지혜다. 중절이 되면 홍수나 가뭄 걱정에서 벗어나서 세상이 모두 평화롭게 된다. 중절이 없으면 희로애락에 시달리게 되어 평화로울 수가 없다. 비가 오지 않으면 가뭄이라고 걱정하며 말라가는 곡식들을 슬퍼하다가 비가 오면 좋다고 기뻐한다. 그러다 비가 또 너무 오면 홍수라고 걱정이다. 그러니까 희로애락을 벗어나는 길이 호수라는 댐을 갖는 일이다. 호수에 물이 가득 차면 그것을 가운데 중中이라 한다. 사람으로 말하면 속알이 실력으로 가득 차 있는 것이다. 인간이 가진 희로애락의 문제를 해결하려면 속알의 실력이 가득 차야 한다. 그래서 그 속알의 실력을 적절하게 사용하여 세상 문제를 해결하고 평화를 가져오는 사람을 중정, 또는 중용이라 한다. 그래서 중이란 천하를 살리는 큰 뿌리가 되고 평화는 모두가 행복하게 살아가는 길이다.

성인들은 비를 댐에 가둬놓았다가 필요할 때 적절히 풀어서 생명을 살리는 사람이다. 성인들은 하늘에서 내려주시는 성령을 받아서 그것을 속알에 가둬놓았다가 사람들을 살려주는데 알맞게 사용하여 세상의 평화를 가져온다.

야스퍼스는 B.C. 6세기를 축의 시대라 했다. 인류의 정신문화에 있어서 석가 공자 노자 이사야 등이 나오는 B.C. 6세기는 아주 특별한 시기라고 했다. 당시에 성령이 쏟아져 내려오는 것을 댐에다가 받아 놓은 것이 인류의 경經이라는 것이다. 그래서 쏟아지는 빗물을 댐에 받아두는 것이 성인들의 일이다. 성인들이 그것을 받아서 경전이나 예법이나 제도로 마련해서 이른바 문화라는 것이 남아 있는 것이다. 경經이 문화의 원천이다. 비처럼 내려오는 말씀을 문자로 담아 놓은 경전이 수택절이다. 물을 받아 조절해야 형亨이다.

이 세상에는 좋은 왕이 나올 때도 있고 나쁜 왕이 나올 때도 있다. 좋은 왕이 나오면 강득중剛得中이다. 좋은 왕이 한 일은 무엇인가? 공자의 이상은 백성들이 삼 년 먹을 양식을 저축해 두는 것이었다. 문왕은 6년 먹을 것을 저축해 둘 수 있는 정치를 바랐다. 그런데 요임금은 모든 백성이 12년 먹을 만큼 저축해 두었다고 한다. 이것이 이른바 왕도정치이다. 왕도정치란 다름이 아니라 창고에 비축했다가 가뭄 때 나눠주는 것이다. 그것이 중정이다.

그런데 세상에 나쁜 왕이 나오면 다 백성을 뜯어먹고 낭비하여 사람들이 살 수가 없게 된다. 좋은 왕이 나오면 모두가 평화롭게 살지만 나쁜 왕이 나오면 모두 굶어 죽게 된다. 그래서 감절甘節도 있고 고절苦節도 있다. 좋은 지도자가 나오면 감절이요 나쁜 사람이 왕이 되면 고절이다. 감절甘節은 저축을 많이 하고 또 남아서 남을 도와주는 것인데 그렇게 되면 모든 것이 형亨이다. 그런데 나쁜 왕이 나오면 고절苦節이 되어 굶주리며 고생만 한다는 말이다. 고절이 되면 백성들이 평화롭게 살 수가 없다.

그래서 나라의 지도자는 이런 정신을 가지고 많은 물을 모아놓고 알맞게 분배하는 중정中正이 되어야 한다. 중정中正이란 모든 사람이 평화롭게 살도록 평등하게 나눠주는 것이다. 화평和平이 되려면 중中이 있어야 한다. 중中이란 하늘과 직통하는 것이다. 하늘과 직통해서 하늘이 주신 비를 가득 쌓아두었다가 사람들에게 골고루 나눠주는 것이 정正이다. 이런 중中이 되는 것을 또 매듭짓기라 한다. 하늘이 비를 댐에 가둬주는 일이 매듭짓는 일이다.

하늘 땅도 매듭을 지어 춘하추동을 이룬다. 성인들은 이것을 본받아 모든 분야에 알맞은 제도를 정해서 백성들이 살아가는 길을 마련해야 한다. 나라의 지도자가 할 일이 그것이다. 백성의 생명과 재산을 지키기 위해서 알맞게 제도를 만들어야 한다. 그래서 경제나 정치나 전혀 문제가 되지 않게 해야 된다. 그러니까 정말 좋은 지도자가 나와서 제도를 잘 만들고 올바로 시행하지 않으면 안 된다.

호수에 물이 가득 채울 댐을 만들 때 최소한 물이 얼마나 있어야 하는지 그리고 최대로 얼마나 가둘 수 있는지 알아야 한다. 그 계수를 정해서 다른 사람을 도와주는 데 힘을 쏟아야 한다. 우리가 살 수 있는 정도를 제외하고 나머지는 남을 도와주는 데 써야 한다. 이것을 왕도정치라 한다. 최근 본받을 만한 국가지도자로 독일의 메르켈 총리가 있다. 그분은 실용주의 노선으로 연금제도 등 여러 정책과 법을 정비하여 나라를 발전시켰고 또 검소하고 겸손한 삶으로 덕행을 보여준 품위 있는 지도자로서 평판이 있다. 이처럼 나라의 지도자도 중절이 되어야 평화를 가져오고 개인도 중절이 되어야 알곡의 씨알이 된다. 알곡이 되려면 시절에 따라 매듭짓기를 잘 해야 된다. 동양의 스승은 공자다. 공자는 춘하추동이라는 시절을 따라 매듭짓기를 하며 살았다. 봄이라는 30대에 싹을 피웠고, 50대에 지천명이라는 꽃을 피웠고, 70대에 열매를 맺어 사후에는 논어라는 말씀으로 남았다. 우리도 성인들이 남겨놓은 말씀을 먹으며 속알을 채워 중정이라는 매듭짓기를 잘하면 누구나 알곡이요 씨알이 될 것이다.

33. 알과 독수리

풍택중부中孚(61) 뇌산소과小過(62)

개요: 알에서 부화하는 새

바람과 호수를 주역에서 중부中孚라 했다. 바람과 호수를 생각할 때 먼저 영국 시인 윌리암 워드워즈(1770-1850)의 수선화라는 시, 그리고 소강절邵康節(1011-1077)의 청야음淸夜吟이 떠오른다. 널리 알려진 것이라 간단히 요절만 소개해본다.

은하수에 수없이 반짝이는 별들처럼
물가를 따라 끝없이 피어 있는 수선화 …
마음속에 피어나는 수선화는 고독의 축복
기쁨에 겨워 더불어 춤을 추노라
— 워드워즈 수선화 중에서

달은 하늘 복판에 이르고 바람은 수면에 불어오니

어디나 맑고 깨끗한 이 뜻을 아는 이 얼마나 될까

— 소강절의 청야음

고요한 호수에 바람이 불면 잔잔한 물결이 수없이 일어난다. 밤하늘 높이 솟은 보름달, 그리고 바람을 따라 별들처럼 반짝이는 물결, 이는 마음이 열리고 진리를 깨달을 때 느끼는 천인합일天人合一, 또는 해인삼매海印三昧의 고요와 기쁨의 경지를 드러내는 것이다. 호수의 물결을 따라 부서져 빛나는 달빛과 더불어 바람 따라 춤추는 수선화, 그리고 하늘에서 빛나는 별들을 바라보며 느끼는 시인의 감성은 이렇듯 동서고금을 막론하고 생각과 표현을 넘어 누구나 통할 수 있을 것이다.

성경의 창세기를 보면 텅 비어 공허하고 흑암이 깊은 가운데 하나님의 신이 물 위로 운행하신다고 하였다. 바람 또는 숨이라는 히브리 말 루아흐(ruah)를 '하나님의 신'으로 번역했다. 쉽게 말하여 하나님의 숨이 바다의 수면 위로 불어가자 물결이 일어나듯 만물이 우주에 가득 차게 되었다는 것으로 자연과 우주에 대한 형상적 환원이다.

가운데 중中, 진실 부孚, 중부中孚라는 뜻도 속이 진실하다, 속이 찼다는 말이다. 우주에 가득 찬 것이 진실이다. 옛날 에어컨이 없던 시절에 시골에서 한여름 무더위가 심할 때면 마당에 모닥불을 피워놓고 대나무 침상에 누워 밤하늘을 바라보며 지냈다. 캄캄하고 공허한 밤하늘을 들여다보고 있노라면 어느새 반짝거리는 수억만 별들의 속삭임에 빨려 들어갈 것만 같았다. 밤하늘은 그야말로 진공묘유眞空妙有다. 텅 비어 있는데 무한한 별들이 가득 차 있다. 텅 빈 우주에 에너지와 빛이 가득 차 있다. 텅 빈 충만이다. 우리 마음에도 빛과 에너지로 가득 차 있다. 마음을 심心, 별을 성性, 빛을 리理, 에너지를 기氣라고 한다. 그래서 동양철학은 심성心性과 이기理氣를 찾는 철학이다. 마음속에서 빛나는 별을 찾아보자는 것이 철학이요 학문이다.

중부中孚 괘의 형상을 보면 알이다. 속은 부드럽고 연약한 음으로 되어있는데 겉은 강하고 딱딱한 양이다. 물처럼 무른 속을 강한 껍데기로 둘러쌓고 있는 것이 알이다. 알을 깨보면 속은 그냥 물이지 아무 형상도 없다. 그런데 알을 부화하면 공룡도 나오고 개구리도 나오고 병아리도 나오고 독수리도 나온다. 그래서 알 속에 진실이 들어있다고 중부라 한다.

중부中孚 괘와 반대로 소과小過 괘는 속이 강하고 겉은 약하다. 그래서 소과小過 괘의 형상은 날개를 펴고 날아가는 새의 모습이다. 강한 몸통을 부드러운 날개를 펼쳐 바람을 타고 날아가는 새의 모습이다. 우리가 하늘을 타고 다니는 비행기의 모습도 마찬가지이다. 모든 새는 알에서 깨어난다. 중부中孚라는 알이 부화하여 소과小過라는 새가 되어 날아가는 것이다. 주역의 결론이 이것이다. 알로 태어난 우리 모두 부화하여 새가 되어 하늘로 날아가자는 것이다. 진리는 알로 상징이 되고 생명은 새가 상징이다. 알이 깨어나듯 진리를 깨치고 새가 되어 날아가듯 자유로운 생명을 얻자는 것이다. 그래서 풍택중부는 진리를 깨치자는 것을 말하고 날개의 형상인 뇌산소과는 자유의 생명을 얻자는 것이다. 지금까지 주역의 모든 내용을 다시 또 진리와 생명으로 완결해 보자는 것이다.

원문 해석

◆ 풍택중부風澤中孚(61) (바람☴과 호수☱)

중부中孚는 알차고 진실한 믿음이다. 돼지와 물고기도 행복하다. 큰 강을 건넘이 이롭다. 바른 것이 이롭다.

괘를 판단하는 말이다. 중부中孚는 부드러운 것이 안에 있고 강한 것이 중中을 얻어서 기뻐하고 겸손한 진실이다. 이런 진실이 마침내 온 나라를 교화한다. 돼지와 물고기가 행복하다는 것은 그 진실의 믿음이 미물에게까지 미치게 된다는 말이다. 큰 강을 건너감이 이롭다 함은 나무를 타고 가는 것인데 배는 텅 비어 있어야 한다. 진실한 믿음을 갖고 바르게 되어야 이롭다 함은 그래야 마침내 하늘에 응하기 때문이다.

괘상의 뜻이다. 연못 위에 바람이 있는 것이 중부다. 군자는 이를 보아 송사를 의논하고 사형을 완화시킨다.

내용 풀이

◆ 풍택중부風澤中孚: 텅빈 충만

중부는 가운데 중, 진실 부孚, 즉 속이 아주 진실하다는 것, 속알이 꽉 찼다는 것이다. 진실을 중용에서는 성誠이라 하고 기독교는 믿음이라 한다. 유교는 명덕明德이 되자는 것인데 기독교는 영원한 생명을 얻자고 한다. 명덕이 되려면 성의誠意와 정심正心이라야 한다. 정성을 다하는 성의는 학생이요 진리와 일치하는 마음을 지키는 정심은 선생이다. 학생이 선생을 만나서 깨어나면 명덕이 된다. 그래서 학생을 일깨우는 성인의 일을 중용에서 자명성自明誠이라 하고 학생이 알에서 깨나는 일을 자성명自誠明이라 한다. 스승의 명덕으로 말미암아 성誠이라는 알이 깨어 병아리로 나오는 것이다. 알이 깨나는 일은 학생의 일이요 알을 낳고 알을 품어 깨나도록 부화시키는 것은 선생의 일이다. 그러니까 자명성自明誠이 있어야 자성명自誠明이 되는 것이다. 어미닭도 있어야 하고 알도 있어야 하고 둘이 만나는 것도 있어야 한다.

그러니까 자명성自明誠과 자성명自誠明이 둘이 아니다. 중부中孚란 계란이 어미닭 품에서 병아리로 깨나는 것인데 기독교식으로 말하면 그리스도 안에 거하는 믿음이요 그리스도의 사랑으로 품어주는 하나님의 믿음이다. 두 믿음이 일치할 때 진실한 믿음이 된다. 이런 믿음을 중부中孚라 한다. 두 믿음이 적중하여 하나로 일치된 것을 일러 중부中孚라 한다. 성인의 이런 믿음은 돈어에까지 미쳐서 감화를 주게 된다. 기독교식으로 말하면 진실로 믿음이 있으면 돼지나 물고기도 움직일 수 있다는 뜻이다.

중부中孚는 괘卦의 모습이 알이라 했지만 또 달리 보면 속이 비어 있는 배의 형상이다. 풍風을 나무로 보고 택澤을 바다라 하면 풍택風澤은 바다에 떠 있는 나무다. 나무의 속을 파내서 속이 비어 있는 배의 모습이 중부라는 괘상이다. 배를 타고 험한 바다를 건너가는데 나라의 지도자는 구오九五가 되어 득중得中이다. 백성들도 구이九二가 되어 득중이다. 말하자면 왕도 좋은 왕이요 백성도 좋은 백성이다. 백성을 지도하는 사람과 천하를 다스리는 사람이 모두 한마음이 되는 진실한 믿음, 그것을 중부中孚라 하고 그런 믿음이라야 험한 세상을 건너갈 수 있다는 것이다.

그래서 온 백성이 기뻐서 순종한다. 그렇게 서로 진실한 믿음이 되면 온 나라를 이상적인 세계로 바꾸어 놓을 수 있다. 부내화방야孚乃化邦也요 화피초목化被草木이다. 진실한 믿음이 온 나라를 감화시켜 사람만이 아니라 초목까지도 미치게 된다. 석가성불釋迦成佛에 산천초목山川草木 동시성불同時成佛이라 한다. 석가가 부처가 되니 산천초목이 동시에 부처가 되었다. 심청전에 따르면 심봉사가 눈을 뜨게 되니 온 나라의 맹인이 다 눈을 뜨게 되었다 한다. 이것이 이른바 일파만파一波萬波라는 것이다. 파도 하나가 온 바다에 영향을 주는 것이다. 한 사람이 깨어나면 모두가 깨어나게 된다는 말이다.

그래서 성인의 믿음, 성인의 사랑은 돼지와 물고기까지 미치게 된다. 나무를 타고 큰 강을 건너가는데 배가 텅 비어 있다. 배가 비어 있으니 모든 사람이 타고 갈 수 있다는 말이다. 이 배를 타고 모두가 하늘나라로, 피안의 세계로, 또는 이상세계까지 도달하자는 것이다. 하늘이나 피안이나 질적 변화의 공간적 상징이지 실제의 공간이 아니다. 모두가 진실한 믿음이 되면 지금 여기가 천국이요 피안이요 이상세계가 실현되는 것이지 도달하지 못할 미래의 머나먼 어떤 시간이나 장소가 아니다.

괘상의 뜻을 보면 연못 위에 바람이 부는 것이 중부인데 군자는 이것을 본받아 진실하고 바르게 재판한다. 법과 질서가 바로잡힌 코스모스의 우주처럼 이 땅에서 정의가 실현되도록 재판에 대해 잘 살피고 심의를 거쳐 올바로 처리해야 한다. 그리고 누구나 진실한 믿음으로 감화 회개시켜서 새로운 삶을 살도록 도와야 한다. 악행을 저지른 사람이라 해도 그 속알의 생명을 믿고 사랑으로 감화하여 어떻게든 생명을 해치는 일이 없이 올바로 알에서 깨나도록 돕자는 게 괘상의 뜻이다.

원문 해석

◆ 뇌산소과雷山小過(62) (우레＝＝와 산＝＝)

소과小過는 형통하게 된다. 진리와 하나가 되어야 이롭다. 조금씩 해야 된다. 한꺼번에 큰일을 할 수는 없기 때문이다. 날아가는 새가 소리를 남긴다. 높이 올라감은 마땅하지 않고 아래로 내려감이 마땅하다. 그래야 크게 길하다.

괘를 판단하는 말이다. 소과小過는 조금씩 조금씩 변해가야 형통한다는 말이다. 변할 때는 법에 따라 변해야 하고 때와 더불어 변해야 한다. 부드러운 속에 생명의 신비가 들어있다. 그래서 어린애의 세계는 행복하다. 강한 것이 지위를 잃고 생명을 잃으면 큰일을 할 수가 없다. 날아가는 새의 형상이 있다. 날아가는 새는 소리를 남긴다. 날아서 올라가기만 하면 안 된다. 마땅히 내려와야 한다. 그래야 크게 길하다. 올라가면 진리에 어긋나는 것이고 내려와야 진리에 순종하는 것이다.

괘상의 뜻이다. 산 위에 우레가 있는 것을 소과小過라 한다. 군자는 이를 본받아 지나치리만큼 행동에는 공손하고, 상을 당해서는 슬퍼하고, 쓸 때는 검소해야 한다.

내용 풀이

◆ 뇌산소과雷山小過: 날아가는 새

소과는 위에 우레와 번개가 있고, 아래는 산이다. 이것을 뇌산 소과小過라고 한다. 소과는 날아가는 새의 모습이라 했다. 알에서 깨어난 독수리가 되면 멀리서 바라볼 수 있는 눈이 있고 절벽 위에 우뚝 서서 버틸 수 있는 다리가 있고 하늘을 날 수 있는 자유의 날개가 있다. 산처럼 우뚝 서서 번개처럼 날쌔게 날아갈 수 있는 새가 독수리다. 독수리는 전체를 조감하고 조망하여 꿰뚫어 볼 수 있는 지혜와 강한 생명력으로 하늘을 날아가는 자유의 상징이다. 과학의 발달로 이제 하늘을 날아가는 인류의 꿈은 우주선이 되어 우주를 탐험하고 있다.

인류 최초로 태양계를 벗어난 우주 탐사선 보이저 1호는 1977년에 발사되어 지금도 우주 공간을 날아가고 있다. 지구에서 태양까지 거리가 약 1억 5천만 킬로미터라 하는데 보이저 1호는 태양계 행성들을 탐험하고 마침내 태양계를 벗어나 성간 임무를 수행하는 중이라 한다. 그 탐사선이 지구에서 약 61억 킬로미터 떨어져 날아갈 때 그 먼 우주에서 지구는 어떻게 보일까 궁금하여 사진을 촬영했는데 사진에 찍힌 지구는 보일락말락 희미한 푸른 점으로 나타났다. 그래서 사진 촬영을 주도한 천문학자 칼 세이건(1934-1996)이 창백한 푸른 점(Pale blue dot)이라는 이름을 붙였다. 지구를 조감鳥瞰하는 사진 중에서 이보다 먼 거리에서 촬영된 것은 없다. 정말 상상할 수 없는 먼 거리에서 촬영한 지구의 사진이다. 우리가 서울의 남산타워에만 올라가서 보아도 집들이 조막만 한데 우주에서 촬영된 지구의 모습은 머리털로 점을 하나 찍은 듯 너무나 미미하다. 그런데 그 속에서 무려 70억 인구가 모여 아웅다웅 다투며 산다. 우주에서 오직 유일한 생명체가 있는 한없이 소중한 곳, 그러나 그것은 우주에서 조감해 보면 너무나 창백한 하나의 푸른 점에 불과하다. 그래서 칼 세이건은 말한다.

제게 이 사진은 우리가 서로를 더 배려해야 하고, 우리가 아는 유일한 삶의 터전인 저 창백한 푸른 점을 아끼고 보존해야 한다는 책임감에 대한 강조입니다.

— 칼 세이건, 위키피디아 참조

중부中孚가 진리에 관한 것이라면, 62번 소과小過는 생명에 대해 생각해 보자는 것이다. 일단 생명의 특징은 살아있다는 것이다. 살아있다는 말은 끊임이 없이 발전하는 것이다. 소과小過라는 글자를 보면 작을 소小는 새가 날개를 펴고 위로 날아가는 모습이다. 새가 날개를 펴고 올라가듯 올라가는 것이 생명의 특징이다. 그런데 생명의 발전은 보이지 않게 조금씩 진행되는 것이다. 보이지 않게 조금씩 조금씩 발전해 가는 생명이라야 형통하게 된다. 자연의 생명처럼 그 변화가 눈에 잘 보이지는 않지만 그침이 없이 계속 발전하며 하루가 지나고 이틀이 지나면 어느새 변화된 모습을 볼 수가 있다. 그런 미미한 그러나 흐르는 냇물처럼 중단 없이 흘러가며 변화하는 덕을 성실과 정성의 성誠이라 한다. 그런 정성이라야 큰 성공을 이루게 된다. 그렇게 성공하기 위해서 또 이정利貞, 진리와 하나가 되는 것이 필요하다. 붓글씨를 쓰는 데도 필법筆法으로 써야 발전한다. 필법을 가지고 연습하는 그것이 이정利貞이다. 이렇게 생명의 발전에 대해 두 가지의 특징을 말한다.

또 날아가는 새는 소리를 남긴다. 새는 사라져도 소리는 남는다. 말하자면 사라지는 변變과 사라지지 않는 불변不變이다. 뇌산소과에서 우레와 번개는 변화의 상징이요 움직이지 않는 산은 불변의 상징이다. 생명은 변하는 것이요 진리는 불변하는 것이다. 그런데 변變 속에 불변不變이 있고 불변不變 속에 변變이 있다. 산이 솟아날 때 우레가 울리고 우레의 힘으로 산이 솟아난다. 생명과 진리는 분리될 수 없다는 말이요, 생명은 진리와 함께 있다는 것이다. 중용으로 말하면 성즉명誠卽明이요 명즉성明卽誠이다. 불교식으로 말하면 색즉시공色卽是空 공즉시색空卽是色이다. 붓글씨로 말하면 공空을 볼 수 있는 눈, 공관空觀을 가지고 필법을 따라 붓을 움직이며 노력해야 발전하게 되지 공관空觀이 없어도 안 되고 필법을 무시해도 안 된다.

어미닭과 병아리가 하나가 되는 줄탁동시啐啄同時라야 병아리가 깨어난다. 깨어난 병아리는 눈을 뜨고 뛰어갈 힘을 얻어 마침내 나래를 펴고 날아간다. 자유롭게 날아가는 것이 생명이다. 이제 병아리가 자라서 새가 되었으면 그저 하늘에 오르기만 할 수는 없다. 그것은 마땅하지 않다. 다시 땅으로 내려와서 알을 낳고 알을 품어야 한다. 그것이 어미닭의 일이요 대인의 행복이다. 대길大吉의 뜻이 그것이다.

생명의 발전이란 무엇인가? 부자유한 상태에서 자유를 얻는 과정이다. 마침내 자유를 얻게 되면 그것이 생명의 완성이다. 그래서 진리는 깨닫는다고 하고 생명은 얻는다고 한다. 이른바 지知의 세계에서 행行의 세계로 넘어가는 것이 깨달음이요 또 행의 세계에서 높이 날아가는 자유의 나라에 도달해야 생명이다. 이렇게 생명을 얻는 과정을 소과小過라 한다.

그래서 또 생명의 특징은 부드럽고 유연하다는 것이다. 어린애는 한없이 부드럽다. 막 태어난 어린애처럼 부드러운 것이 없는데 그 속에 부드럽지 않은 것이 하나 있다. 노자는 그것을 포일抱一이라고 했다. 하나를 감싸고 있다. 부드럽게 자기 맘대로 하는 자유로움, 그 속에 신이 통하는 것이다. 공자가 말하길 자기 맘대로 하는데 조금도 법도를 어긋나지 않게 되었다고 한다. 자기 맘대로 해도 신이 통해서 법도를 벗어나지 않는 것이다. 그런 신통의 경지에서 자유를 누리는 것이 생명이다. 누구나 이런 생명을 얻고 살아야 한다.

노자는 또 부드러운 생명이 모든 강한 것을 이긴다고 했다. 한없이 부드러운 물이 강한 바위를 뚫는 것처럼 유승강柔勝强이다. 그래서 강剛을 가지고 세계를 구원할 수는 없다. 그러니까 강한 군사력으로 세계를 다스리겠다는 대사大事를 도모해서는 안 된다. 대사大事란 전쟁을 말한다. 전쟁으로 세계를 통일하겠다는 생각을 가지면 안 된다. 그런 군사력으로 세계를 하나 되게 하겠다는 통일統一을 생각하면 안 된다. 하나가 되는 것은 하나님께 순종하는 귀일歸一이라야 된다. 모두 하나님께 돌아가야지 내가 남을 지배하겠다는 생각은 잘못이다. 귀일歸一이란 내가 없어지고 하나님께로 돌아가는 것이다. 하나님 안에서 서로 다른 모두가 그대로 하나가 되는 그것이 생명의 세계다. 생명의 세계는 물고기는 물고기대로 뛰어놀고 솔개는 솔개대로 날아다니는 연비어약鳶飛魚躍의 기쁨이요 자유의 세계다. 이처럼 하나님의 사랑은 물과 공기처럼 부드럽지만 모든 강한 것을 이기고 감싸는 생명의 힘이 있다.

괘상의 뜻을 본다. 여기서는 소과小過를 조금 지나쳐도 좋다는 뜻으로 풀었다. 무엇이 조금 지나쳐도 좋은가? 사람은 다른 사람을 섬기는 공손함과 생명의 상실에 대한 비탄과 물건의 쓸모를 아끼는 절약함을 지녀야 한다. 어른이 될수록 남을 섬기는 겸손함, 생명의 사랑, 검소한 습관은 좀 지나치리만큼 되어야 한다. 인생의 비결이 이 세 가지에 있다. 노자도 세 가지 보배를 가지고 산다고 했다. 생명에 대한 자비심과 물질에 대한 검소함과 스스로에 대한 겸손함이라 했다. 글자와 표현은 조금 다르지만 같은 뜻이다. 아끼고 살리고 배우는 것이다. 겸손의 특징이 배움이다. 겸손이란 다른 사람을 자기보다 낮게 여기고 늘 존경하며 배우는 것이다. 배우고, 살리고, 아끼는 것, 이 세 가지가 인생의 비밀이다. 우리는 물 한 방울도 아끼고 조그만 미물이나 동물이라도 생명을 아끼고 살려야 한다. 그리고 날마다 배워야 한다. 누구에게나 겸손하게 머리를 숙이고 배워야 한다. 그래야 계속 발전하게 된다. 살아있다는 말은 곧 배운다는 말이다. 밤낮을 가리지 않고 흘러가는 시냇물처럼 계속 배우며 올라가는 것이다.

34. 인생은 죽음으로부터
수화기제旣濟(63) 화수미제未濟(64)

개요: 길 진리 생명

중부中孚에서는 계란이 병아리로 깨어나는 것을 말했고 소과小過에서는 병아리가 깨어나서 독수리로 자라는 생명을 말했다. 그리고 생명의 특징으로 계속 발전하는 것이라 했다. 계속 발전하는 것을 향상일로向上一路라 한다. 향상일로의 궁극이 도道라는 것이다. 그래서 동양에서 가장 중요한 가치로 생각하고 추구하는 일은 도道에 이르자는 것이다. 계속 발전하여 자유의 경지에 오르자는 것인데 그것을 주역은 형이상形而上이라 했다. 형이상이란 물질을 초월한 정신의 주체요 주체가 활동하는 영성의 세계를 말한다. 내 맘대로 해도 법도에 어긋나지 않는 자유의 세계를 열어가는 그 주체적 행위를 도라고 한다. 안식일의 주인으로서 나는 안빈낙도安貧樂道, 나눔과 비움의 가난함 속에서 평안을 누리고 진리와 함께 기쁨으로 살아간다.

어떻게 그런 안빈낙도의 경지에 도달하는가? 주역에서 그 방법을 일음일양—陰—陽이라 했다. 한번 죽었다가 다시 살아나는 방법으로 계속 발전하여 음양을 벗어나고 자유를 얻는 것이다. 그래서 그런 자유의 경지에 이르면 무엇이나 하나의 진리로 꿰뚫는 일이 관지—以貫之의 도인道人이 된다. 동양은 이처럼 진리나 생명보다도 도를 최고의 경지로 생각하는 것이다. 그래서 주역의 내용도 모두 그 도를 추구하는 길을 말하자는 것이다.

주역은 수화기제旣濟와 화수미제未濟로 끝맺는다. 기제는 이미 건너갔다는 뜻이요 미제는 아직 건너지 못했다는 말이다. 그러니까 순차적으로 볼 때 미제가 먼저 있고 기제가 나중에 결말이 되어야 하는데 주역은 거꾸로 기제가 앞에 나오고 미제로 끝이다. 주역은 왜 이렇게 미제로 끝났을까? 범인을 찾을 수 없어 사건이 종결되지 못하면 미제사건이라 한다. 미제사건이 되면 10년이고 20년이고 계속 수사를 이어가야 한다. 그럼 주역에서도 인생은 미제사건이라는 뜻일까?

기제와 미제, 이미 건너갔는데 아직 건너지 못했다. 이런 모순되는 메시지를 통해 주는 의미를 다음과 같이 서너 가지로 정리해 본다.

첫째, 인생은 죽음으로부터
둘째, 우주는 미정고
셋째, 종말적 시간관
넷째, 나선형 발전 과정
현대의 우주관은 빅뱅으로 출현한 우주가 계속 팽창하고 있다는 것이다. 우주 알이라는 한 점이 상상할 수 없는 에너지로 농축되어 있다가 폭발하여 시간과 공간의 우주가 출현했는데 지금도 우주는 어마어마한 속도로 팽창한다는 것이다. 우주가 계속 팽창하고 커지는 것처럼 인류가 가진 지식과 정보의 양도 계속 폭발적으로 늘어나고 있다. 하나의 알에서 생명이 태어나는 과정도 세포분열의 폭발로 이뤄진다. 이처럼 우주와 인류의 역사가 계속 발전 진보한다는 사상이 있는데 그것을 직선적 시간관이라 한다.

그런데 우주 진화 과정을 살펴보면 빛이 나타나고 소립자의 우주 먼지에서 별이 탄생하여 수많은 원소들이 태어나는 물리화학적 진화의 과정이 있고, 또 태양계와 지구의 출현으로 생명이 태어나는 생명진화의 과정이 있고, 이어서 호모사피엔스라는 인류의 출현과 의식의 진화라는 과정이 진행되고 있다. 이처럼 우주의 진화는 중층적이고 단계적이며 진동하는 지속적 과정이다.

우주의 나이가 138억 년쯤 된다는데 태양계와 지구가 나타난 것은 46억 년 전이고 지구 생명 가운데 인류가 나타난 것은 4만 년 전이고 의식의 출현과 함께 호모사피엔스의 문화가 시작된 것은 4천 년 전이라 한다. 우주 내 별들이 탄생하는 은하계의 모습을 보면 모두 나선형이요 천체의 움직임들은 모두가 원운동과 회전운동이다. 지구는 자전을 하면서 태양 주위를 공전하고 있는데 그로 말미암아 춘하추동이라는 4계절이 나타난다. 그래서 지구 생명체들은 이런 춘하추동의 주기에 맞춰 살아가면서 진화하고 발전한다. 그러니까 생명은 주기적인 활동으로 발전하는 것인데 이는 곧 원운동과 직선운동이 결합된 나선형 발전을 뜻한다. 즉 모든 생명활동은 원운동의 주기를 가지면서 동시에 직선적 발전과 역동적 진화를 한다는 것이다.

생명이 춘하추동이라는 하나의 주기를 돌게 되면 매듭이 하나 지어지고 이어서 다시 또 새로운 춘하추동을 살게 된다. 그러니까 매듭을 짓는 순간에 새로운 시작이 된다는 뜻이다. 하루를 매듭짓고 나서 새로운 하루를 살게 되고, 한 달을 매듭짓고서 새로운 달을 맞이한다. 한 해를 매듭짓고 새해를 맞이하듯 일생을 매듭짓게 되면 새로운 삶을 살게 된다. 인생은 죽음으로 끝나는 것이라 하면 직선적 시간관인데 나선형 시간관으로 보면 인생은 죽음으로 끝나는 것이 아니라 새로운 차원의 생명이 시작되는 것이다.

다석 류영모는 말하길 '인생은 죽음으로부터'라 했는데 이 말씀도 인생이 죽음으로 끝나는 것이 아니고, 죽음은 곧 새로운 시작임을 뜻하는 말이다. 사람은 죽음을 먹고 산다. 우리의 생명을 유지하기 위해서 동식물의 사체를 먹고 있기 때문이다. 그래서 다석은 식사는 곧 제사라 하였다. 입안에서 동식물의 제물로 희생제를 치름으로써 우리가 살아간다는 말이다. 이와 마찬가지로 나를 제물로 바쳐 죽게 되면 나보다 더 큰 생명 안에서 나는 다시 살게 될 것이라는 말이다.

모든 성인은 죽음을 인생의 끝이 아니라 시작이라 하였다. 소크라테스도 죽으면서 새로운 삶에 대한 기대와 희망을 말하였고 예수는 십자가에 죽었다가 사흘 만에 다시 살아났다고 하며 노자는 죽어도 죽지 않는 것이 있다고 하였다. 죽음을 묻는 제자에게 공자는 말하길 삶도 모르는데 어찌 죽음을 알겠느냐고 하였다. 이때 제자가 삶이란 무엇이냐고 물었더라면 아마도 죽음을 알면 삶을 알게 된다고 했을 것이다. 왜냐면 죽음을 모르면 삶도 모르고 삶을 모르면 죽음도 모르기 때문이다. 주역에서 공자가 강조하는 말도 사생지설死生之說, 즉 죽어야 살아나는 그 이치를 알아야 한다고 했다. 그러니까 수화기제는 죽음이요 화수미제는 새로운 삶이라고 풀어도 될 것이다. 우리가 인생의 강을 다 건너간 것이 죽음이기 때문이다. 우리가 죽으면 끝이 아니라 우리 앞에 새로운 하늘과 땅이 나타나는 것이다. 그래서 기제 다음에 새로운 미제가 기다린다. 이제 다시 새로운 역사가 시작됨을 의미하는 것이다.

인생이 끝나면 어떻게 될까? 새로운 인생을 살게 될 것이다. 지구 생명이 끝나면 어떻게 될까? 새로운 생명이 나타날 것이다. 우주가 끝나면 어떻게 될까? 새로운 우주가 나타날 것이다. 이처럼 인생과 생명과 우주는 끝없이 진화하는 것이지 멈춘다는 일이 일어날 수 없다. 왜냐면 창조주 하나님께서 계속 일하시기 때문이다. 우주가 활동을 멈춘다는 것은 곧 신의 죽음이다. 우주와 세계 안에서 인생이나 생명의 활동이 모두 멈추는 일은 곧 절대의 죽음이다. 그런데 하나님과 우주가 살아있는 한 그런 절대의 죽음은 일어날 수 없다. 살아있는 우주는 새로운 생명을 출현시킬 것이요 새로운 의식을 출현시킬 것이다. 그래서 다석은 인생도 미정고未定稿요 진리도 미정고요 우주도 미정고요 하나님도 미정고라 하였다. 인생과 역사와 우주가 하나님의 작품이지만 아직 완성품이 아니라는 것이다. 작품을 완성하는 순간 예술가는 새로운 작품을 구상하며 새로운 창작을 시작한다. 창조적 예술가에게 완성품이란 없기 때문이다. 하나님의 형상으로 지어졌기 때문에 인간도 창조적 예술가의 소질과 능력으로 문화와 역사와 세계를 창조하는 신의 사역에 동참하게 된 것이다.

기독교에서는 우주의 종말론을 말한다. 인생과 마찬가지로 우주와 세계도 끝날이 있다는 직선적 시간관이다. 세상이 끝나는 그때 하나님의 심판이 있고 의인들은 그리스도와 함께 새로운 낙원에서 살게 된다는 것으로 의인들에게 주는 희망이다. 그런데 2천 년 전에 구세주로 오신 예수 그리스도께서 세상이 끝나기 전에 재림한다는 믿음을 두고 온갖 설이 분분하다. 그러나 핵심은 종말이 미래적이며 동시에 현재적이라는 것이다. 왜냐면 예수께서는 때가 오려니와 지금이 바로 그때라고 하셨기 때문이다.

예수의 시간관은 순환적 시간관이지 직선적 시간이 아니다. 심판이 곧 구원이요 그때가 오는데 지금이 곧 그때라는 것이다. 하나님의 나라가 도래하는데 지금 여기에 있다는 말이다. 그리스도가 이미 오셨고, 또다시 오실 것이다. 과거의 현재성이요 미래의 현재성이다. 미래의 현재성과 과거의 현재성이 일치하는 이런 동시성이 순환적 시간관이다. 그러니까 이미 구원을 받았으니 이제 구원을 이루기 위해서 계속 노력해야 한다는 것이다. 이제라는 때는 과거와 미래와 현재가 동시에 한 점을 이루는 순간으로 그 한 점을 깨닫는 것을 다석은 가온찍기라 한다. 우리가 미래로 가고 가는 중이라 하지만 지금 여기서 만나는 별빛은 수억만 년 전의 과거가 도래하는 순간이다. 본질직관의 체험도 별빛처럼 도래하는 장래의 현존이다.

그래서 이런 가온찍기의 믿음으로 사는 생명은 매 순간 죽고 매 순간 다시 사는 향상일로의 길을 멈출 수가 없다. 우리에게 필요한 것이 이처럼 깨어 기도하는 신앙이다. 사도 바울처럼 날마다 죽고 날마다 다시 사는 하루살이, 여수 애양원에서 활동하다 순교하신 손양원(1902-1950) 목사처럼 오늘이 나의 마지막 날이요 심판의 날이라 믿고 날마다 거듭나는 신앙이다. 그것이 오늘 하루 속에서 영원을 사는 영생이다.

오늘 하루를 매듭짓고 죽었다가 다시 맞이하는 새로운 빛 가운데 새 하루를 힘차게 계속 올라가고 영원히 발전하는 영적 생명이 곧 영생이다. 이런 영생의 길을 보여주자는 것이 주역의 기제旣濟와 미제未濟라 보고 풀어본다. 다시 말해 기제는 이미 구원을 받았다는 것이요 미제는 아직 구원에 이르지 못했으니 힘써 노력하는 세계로 기제와 미제는 이제라는 지금 여기서 둘이 아니라 하나라는 것이다. 이런 하나를 얻어야 죽는 것이 사는 것이요 사는 것이 죽는 것이다. 그래서 인생은 죽음으로부터. 십자가의 죽음은 곧 새로운 삶을 사는 부활이다.

원문 해석

◆ 수화기제水火旣濟(63) (물==과 불==)

기제는 이미 건넜으니 형통한 것이다. 어린이는 모두 이롭고 올바르다. 처음엔 행복하나 마침내 어지럽게 된다.

  괘를 판단하는 말이다. 기제가 형통하다는 것은 어린이는 행복하다는 말이다. 이롭고 바르다 함은 강유剛柔가 다 바르고 지위가 적당한 것이다. 처음이 길한 것은 유柔한 것이 중中을 얻었기 때문이다. 마침내 어지럽게 됨은 그 도道가 막혔기 때문이다.

  괘상의 뜻을 본다. 물이 불 위에 있음이 기제다. 군자는 이를 보아 환난을 생각하고 미리 예방한다.

내용 풀이

  불(☲) 위에 물(☵)이 있는 것을 기제旣濟라 한다. 기제旣濟는 이미 건너갔다는 뜻이다. 강을 건너가는데 이미 다 건너왔다는 말이다. 할 일을 마친 것이요 일을 완성한 것이다. 병아리가 자라서 독수리가 된 것도 기제旣濟다. 어린이가 자라서 어른이 된 것이다. 어른이 되면 불교에서는 부처가 되었다고 한다. 유교에서는 성인成仁이라 한다. 사람의 인격이 완성되었다는 말이다. 인생의 할 일이라면 바로 성불이요 성인이다. 인격의 완성 그것을 주역에서 수화기제라고 한다. 사랑의 불은 위에서 내려오고 지혜의 물은 위로 올라가서 사랑과 지혜가 일치된 사람을 수화기제요 철인이라 한다. 물이 올라가고 불이 내려오는 것을 또 수승화강水昇火降이라 하는데 건강한 몸의 특징이 수승화강이다. 그러니까 수승화강은 몸과 마음이 건강한 사람이다.

수승화강은 또 대우주의 세계를 말한다. 대우주를 보면 땅에서 물이 올라가고 하늘에서 불이 내려오는 모습이다. 대우주를 사는 생명의 상징이 나무다. 사람도 본래 수승화강이다. 머리는 원래 물이고, 발은 불이다. 머리는 물이 되어 차갑고, 발은 불이 되어 뜨거운 것이 건강한 모습이다. 대우주는 질서정연한 코스모스의 세계이다. 모두가 적재적소에 바른 지위에 있다는 것이다. 그것을 중정이라 한다. 수화기제 괘를 보면 음양이 모두 제 자리를 차지하고 있다. 사람이 태어날 때는 이처럼 건강한 모습으로 태어난다. 그런데 아이들이 자라면서 이런 균형이 깨지기 쉽다. 따라서 어린이를 돌보는 어른이 있어야 한다. 균형이 깨지지 않도록 아이들을 잘 돌보는 책임이 어른에게 있다. 본문에서 강剛이란 어른이요 유柔는 철부지 아이들이다. 아이들이 처음에는 정신을 차리는가 싶다가도 어느새 그만 정신이 나가고 만다. 세상에 나와서 잘 해보겠다고 하다가 얼마 못 가서 곧 유혹에 무너지고 만다. 도를 찾는 마음은 미약한데 유혹은 강하기 때문이다. 어떻게 해야 할까?

어른은 아이에게 닥쳐오는 모든 우환이나 재난을 미리 알고 사전에 막아야 한다. 그렇듯 군자는 자기 자신을 돌보는 사람이다. 즉 건강한 정신으로 육체를 돌보듯 계속 깨어서 모든 환난 재난을 막고 늘 그대로 제 자리를 지키고 있다. 그렇지 않으면 그만 무너지고 만다. 이렇게 하나님 앞에서 정신을 일깨우고 세상의 모든 환난을 예방하는 사람이 군자다. 깬 정신을 주역에서 중中이라 한다. 다석은 알마지, 또는 가온찍기라 했다. 알은 진리를 뜻하니까 알마지는 진리와 일치한다는 것이다. 가온찍기로 알마지를 붙잡고 살아야 환난을 피할 수 있다. 수승화강이라는 중도를 붙잡고, 능변여상의 지혜로 살아야 멸망을 피할 수 있다.

물은 지혜의 상징이고 불은 사랑의 상징이다. 나라를 사랑하는 불같은 사랑은 내려와서 국민의 마음이 되고 물처럼 냉철한 지혜는 올라가서 지도자의 머리가 되어 물과 불이 하나가 되어 생명나무라는 나라의 국격과 문화를 길러야 한다. 이것이 중용의 뜻이다. 중中이란 지혜요, 화和는 사랑인데, 지혜와 사랑이 하나가 된 것을 치중화致中和라 한다. 지혜와 사랑의 일치로 치중화致中和가 이루어지면 천지가 자리 잡히고, 만물이 자라게 되는 이상세계가 실현된다는 말이다.

원문 해석

◆ 화수미제火水未濟(64) (불==과 물==)

미제未濟는 아직 건너지 못했다. 형통하게 된다. 작은 여우가 강을 거의 건너다가 그만 꼬리가 물에 잠겼다. 이로운 바가 없다.

괘를 판단하는 말이다. 미제가 형통하게 되는 것은 온유함으로 철이 들었기 때문이다. 작은 여우가 강을 거의 건넜다는 말은 아직 강에서 나오지 못했다는 말이다. 그 꼬리를 물에 적셨으니 이로운 바가 없다. 끝을 마치지 못한 것이다. 비록 자리가 부당하지만 강유剛柔가 서로 응하고 있다.

괘상의 뜻이다. 불이 물 위에 있음이 미제未濟다. 군자는 이를 보아서 신중하게 사물을 판별하여 올바로 산다.

내용 풀이

물 위에 불이 있는 것을 미제未濟라 한다. 물은 아래로 내려가고 불은 위로 올라가 물과 불이 통하지 못하는 상극이다. 그러나 미제는 형통할 수 있다. 절망 속에서 희망을 보는 것이다. 작은 여우가 강을 거의 건너갔는데 그만 꼬리가 물에 빠졌다. 왜 그렇게 빠졌는가? 아직 지혜가 부족하고 준비가 완전하지 못했기 때문이다. 게다가 의심이 많아서 실패한 것이다.

수화기제가 수승화강이라면 화수미제는 염상누수炎上漏水이다. 촛불을 보면 화염의 불꽃은 위로 올라가고 촛물은 아래로 떨어진다. 분노는 위로 치솟아 머리가 뜨겁고 배는 소화가 되지 못해 설사를 계속하는 이런 질병의 상태를 염상누수라 한다. 나라로 말하면 내전이 일어나고 폭동이 일어나서 서로 죽이고 죽는 이런 혼란 상태를 염상누수요 화수미제火水未濟라 한다. 갈등과 분열이 해결되지 못하고 내전과 전쟁으로 치닫게 된 것이다. 자본의 물과 권력의 불이 상극으로 서로 대립하여 싸우는 것이다. 지금 이스라엘과 팔레스타인이 싸우고, 우크라이나와 러시아는 전쟁을 벌이고 있다. 이런 비극적 상황에서 벗어나 화해하는 길은 무엇일까?

미제未濟는 상극의 대결을 해결하지 못해서 염상누수가 된 것이다. 번뇌로 머리가 깨지고 가슴이 막혀서 눈물이 쏟아지는 비탄이다. 이런 비극과 절망 가운데 어떻게 희망이 있을 수 있겠는가. 그렇지만 번뇌즉보리煩惱卽菩提라고 한다. 번뇌가 곧 진리로 변하는 것이니까 번뇌가 없으면 진리도 없다는 말이다. 미제의 괘를 보면 각 효는 적재적소適材適所가 되지 못하고 음양의 자리가 거꾸로 되어 있다. 모두 제자리를 잃고 있는 가운데 그래도 구이九二와 육오六五는 서로 응하고 있다. 그래서 희망이 있다는 말이다. 비록 어려운 상황이지만 육오의 왕과 구이의 백성, 또는 부모와 자식이 서로 화합하고 마음이 통하면 머지않아 모든 어려움이 풀리게 될 것이다. 서로 상대를 이해하고 소통하는 법을 찾으면 상극이 변화되어 상생의 길과 평화의 길을 찾을 수 있게 된다.

작은 여우가 강을 건너가다가 그만 물에 빠졌다. 강을 건너는데 노련하지도 못하고 성숙하지도 못해서 그만 빠지게 된 것이다. 그렇게 물에 빠지면 이로울 것이 없다. 그래서 미제未濟로 번뇌가 크고 비탄에 잠겨 있지만 이내 형통할 것이라 한다. 왜 그런가? 유득중야柔得中, 유가 중도를 얻었기 때문이라는 것이다. 이는 육오六五를 말한다. 육오는 왕의 자리인데 음이니까 유柔요 가운데 왕의 자리라서 득중이다. 왕이 온유한 마음으로 오래 참고 견디면 철이 들어서 결국 문제를 해결할 수 있게 된다는 말이다. 서로 싸우는 양쪽 지도자들이 온유한 마음으로 참고 견디며 고통과 번뇌 가운데 철이 들면 서로 소통하여 평화의 길을 찾아 전쟁을 끝낼 수 있다.

조그만 여우가 물을 건너가다가 물에 빠져서 나오지 못한다. 이것은 구이九二를 말하는 것이다. 교만하고 지혜가 없어서 강을 건너지 못하고 물에 빠지면 이로울 것이 없다. 강을 끝까지 건너가야 하는데 끝을 내지 못한 것이다. 무슨 문제든지 중단 없이 계속해서 끝을 내야 하는데 끝을 보지 못한 것이다. 시작했으면 끝을 내야 하는데 하다가 도중에 그만두고 만다. 무슨 일이고 끝을 내지 못하면 이로운 바가 없다.

불이 물 위에 있는 상극이라 아무것도 되는 일이 없는 상태를 미제未濟라 한다. 군자는 이것을 보고 깊이 생각해서 불과 물의 상극과 상생을 확실히 구별할 줄 알아야 한다. 그래서 불은 아래로 내려가고 물은 위로 올라가는 상생으로 방향을 돌려야 한다. 물과 불의 모순을 보고 그것을 통일할 줄 알아야 군자다. 신변물거방愼辨物居方이다. 사건을 신중하게 판별하여 올바른 방향을 잡아야 한다. 사건 내의 모순을 파악하여 자기 안에서 그 모순을 통일하는 길을 찾는다는 말이다. 모순을 자기 안에서 통일하는 그런 지혜를 얻어야 한다. 그러면 염상누수의 비탄에서 벗어나 수승화강이라는 대우주의 건강한 생명으로 평화롭게 살아갈 수 있다.

수화기제는 완성이요 화수미제는 미완성이다. 완성의 모습이 수승화강인데 그것이 뒤집히면 화수미제가 되어 염상누수가 된다. 사람은 본래가 수승화강으로 온전한 것인데 어쩌다 그만 그 온전함을 잃어버렸다. 본래가 부처인데 그만 중생이 되고 말았다. 본래가 사람인데 그만 사람됨을 잃어버렸다. 과연 나는 무엇인가. 인간이란 본래 무엇인가. 나는 이미 온전함의 존재인 동시에 나는 아직 아니다. Already, but not yet. 색즉시공色卽是空, 공즉시색空卽是

色, 그것이 나라는 것이다. 나를 확대하면 나라가 된다. 하나님의 나라가 이미 여기 닥쳐와 있는데 아직 아니다. 그래서 하나님의 나라를 확충하자는 것이다. 나로부터, 태초부터 여기라는 예의 이제, 맨 꼭대기의 계가 만나는 제계로부터. 다 하나, 하나다.

· 부록 ·

주역 원문

1. 乾爲天

乾 元亨利貞

彖曰 大哉 乾元 萬物資始 乃統天 雲行雨時 品物流形 大明終始 六位時成 時乘六龍 以御天 乾道變化 各正性命 保合大和 乃利貞 首出庶物 萬國咸寧

象曰 天行健 君子以 自彊不息

潛龍勿用 陽在下 見龍在田 德施普也 終日乾乾 反復道也 或躍在淵 進无咎也 飛龍在天 大人造也 亢龍有悔 盈不可久也 用九 天德不可爲首也

初九 潛龍 勿用

九二 見龍在田 利見大人

九三 君子 終日乾乾 夕惕若 厲无咎

九四 或躍在淵 无咎

九五 飛龍在天 利見大人

上九 亢龍 有悔

用九 見羣龍 无首 吉

文言曰 元者 善之長也 亨者 嘉之會也 利者 義之和也 貞者 事之幹也 君子 體仁足以長人 嘉會足以合禮 利物足以和義 貞固足以幹事 君子行此四德者 故曰 乾 元亨利貞

初九曰 潛龍勿用 何謂也 子曰 龍德而隱者也 不易乎世 不成乎名 遯世无悶 不見是而无悶 樂則行之 憂則違之 確乎其不可拔 潛龍也

九二曰 見龍在田 利見大人 何謂也 子曰 龍德而正中者也 庸言之 信 庸行之謹 閑邪存其誠 善世而不伐 德博而化 易曰 見龍在田 利見 大人 君德也

九三曰 君子 終日乾乾 夕惕若 厲无咎 何謂也 子曰 君子 進德修業 忠信所以進德也 修辭立其誠 所以居業也 知至至之 可與幾也 知終 終之 可與存義也 是故 居上位而不驕 在下位而不憂 故 乾乾 因其時 而惕 雖危无咎矣

九四曰 或躍在淵 无咎 何謂也 子曰 上下无常 非爲邪也 進退無恒 非離羣也 君子進德修業 欲及時也 故 无咎

九五曰 飛龍在天 利見大人 何謂也 子曰 同聲相應 同氣相求 水流 濕 火就燥 雲從龍 風從虎 聖人作而 萬物覩 本乎天者親上 本乎地者 親下 則各從其類也

上九曰 亢龍有悔 何謂也 子曰 貴而无位 高而无民 賢人在下位而 无輔 是以動而有悔也

潛龍勿用 下也 見龍在田 時舍也
終日乾乾 行事也 或躍在淵 自試也
飛龍在天 上治也 亢龍有悔 窮之災也
乾元用九 天下治也

潛龍勿用 陽氣潛藏 見龍在田 天下文明
終日乾乾 與時偕行 或躍在淵 乾道乃革
飛龍在天 乃位乎天德 亢龍有悔 與時偕極
乾元用九 乃見天則

乾元者 始而亨者也 利貞者 性情也

乾始 能以美利 利天下 不言所利 大矣哉

大哉乾乎 剛建 中正 純粹 精也

六爻發揮 旁通情也 時乘六龍 以御天也 雲行雨施 天下平也

初九 君子以成德爲行 日可見之行也 潛之爲言也 隱而未見 行而
未成 是以君子 弗用也

九二 君子 學以聚之 問以辨之 寬以居之 仁以行之 易曰 見龍在田
利見大人 君德也

九三 重剛而不中 上不在天 下不在田 故 乾乾 因其時而惕 雖危 无
咎矣

九四 重剛而不中 上不在天 下不在田 中不在人 故 或之 或之者 疑
之也 故无咎

九五 夫大人者 與天地合其德 與日月合其明 與四時合其序 與鬼
神合其吉凶 先天而天弗違 後天而奉天時 天且弗違 而况於人乎 况
於鬼神乎

上九 亢之爲言也 知進而不知退 知存而不知亡 知得而不知喪

其唯聖人乎 知進退存亡而 不失其正者 其唯聖人乎

2. 坤爲地

坤 元亨利牝馬之貞 君子有攸往 先迷後得 主利 西南得朋 東北喪
朋 安貞吉

彖曰 至哉 坤元 萬物資生 乃順承天 坤厚載物 德合无疆 含弘光大

品物咸亨 牝馬地類 行地无疆 柔順利貞 君子攸行 先迷失道 後順得
常 西南得朋 乃與類行 東北喪朋 乃終有慶 安貞之吉 應地无疆 象曰
地勢坤 君子以厚德載物

初六 履霜 堅冰至

象曰 履霜堅冰 陰始凝也 馴致其道 至堅冰也

六二 直方大 不習 无不利

象曰 六二之動 直以方也 不習无不利 地道光也

六三 含章可貞 或從王事 无成有終

象曰 含章可貞 以時發也 或從王事 知光大也

六四 括囊 无咎无譽

象曰 括囊无咎 愼不害也

六五 黃裳 元吉

象曰 黃裳元吉 文在中也

上六 龍戰于野 其血玄黃

象曰 龍戰于野 其道窮也

用六 利永貞

象曰 用六永貞 以大終也

文言曰 坤至柔而動也剛 至靜而德方 後得主而有常 含萬物而化光
坤道其順乎 承天而時行

初六 積善之家 必有餘慶 積不善之家 必有餘殃 臣弑其君 子弑其
父 非一朝一夕之故 其所由來者漸矣 由辯之不早辯也 易曰 履霜堅
冰至 蓋言順也

六二 直 其正也 方 其義也 君子敬以直內 義以方外 敬義立而德不
孤 直方大 不習无不利 則不疑其所行也

六三 陰雖有美含之 以從王事 弗敢成也 地道也 妻道也 臣道也 地道 無成而代有終也

六四 天地變化 草木蕃 天地閉 賢人隱 易曰 括囊 无咎无譽 蓋言謹也

六五 君子 黃中通理 正位居體 美在其中而暢於四支 發於事業 美之至也

上六 陰疑於陽 必戰 爲其嫌於无陽也 故 稱龍焉 猶未離其類也 故 稱血焉 夫玄黃者 天地之雜也 天玄而地黃

3. 水雷屯

屯 元亨利貞 勿用有攸往 利建侯

彖曰 屯剛柔始交而難生 動乎險中 大亨貞 雷雨之動滿盈 天造草昧 宜建侯 而不寧

象曰 雲雷屯 君子以經綸

初九 磐桓 利居貞 利建侯

象曰 雖磐桓 志行正也 以貴下賤 大得民也

六二 屯如邅如 乘馬班如 匪寇婚媾 女子貞 不字十年 乃字.

象曰 六二之難 乘剛也 十年乃字 反常也

六三 卽鹿无虞 惟入于林中 君子幾 不如舍 往吝.

象曰 卽鹿无虞 以從禽也 君子舍之 往吝窮也

六四 乘馬班如 求婚媾 往吉 无不利

象曰 求而往 明也
九五 屯其膏 小貞吉 大貞凶
象曰 屯其膏 施未光也
上六 乘馬班如 泣血漣如.
象曰 泣血漣如 何可長也.

4. 山水蒙

蒙亨 匪我求童蒙 童蒙求我 初筮告 再三瀆 瀆則不告 利貞
象曰 蒙 山下有險 險而止 蒙. 蒙亨 以亨行 時中也. 匪我求童蒙 童
蒙求我 志應也 初筮告 以剛中也 再三 瀆 瀆則不告 瀆蒙也 蒙以養
正 聖功也
象曰 山下出泉 蒙 君子以 果行育德

初六 發蒙 利用刑人 用說桎梏 以往吝. 象曰 利用刑人 以正法也
九二 包蒙 吉 納婦 吉 子克家. 象曰 子克家 剛柔接也
六三 勿用取女 見金夫 不有躬 无攸利. 象曰 勿用取女 行不順也
六四 困蒙吝. 象曰 困蒙之吝 獨遠實也
六五 童蒙吉. 象曰 童蒙之吉 順以巽也
上九 擊蒙 不利爲寇 利禦寇. 象曰 利用禦寇 上下順也

5. 水天需

需 有孚 光亨 貞吉 利涉大川

象曰 需 須也 險在前也 剛健而不陷 其義不困窮矣 需 有孚 光亨貞吉 位乎天位 以正中也 利涉大川 往有功也

象曰 雲上於天 需 君子以飲食宴樂

初九 需于郊 利用恒 无咎

象曰 需于郊 不犯難行也 利用恒 无咎 未失常也

九二 需于沙 小有言終吉

象曰 需于沙 衍 在中也 雖小有言 以吉終也

九三 需于泥 致寇至

象曰 需于泥 災在外也 自我致寇 敬慎 不敗也

六四 需于血 出自穴 象曰 需于血 順以聽也

九五 需于酒食 貞吉 象曰 酒食貞吉 以中正也

上六 入于穴 有不速之客 三人來 敬之 終吉

象曰 不速之客來 敬之 終吉 雖不當位 未大失也

6. 天水訟

訟 有孚 窒惕 中吉 終凶 利見大人 不利涉大川

象曰 訟 上剛下險 險而健訟 訟 有孚窒惕中吉 剛來而得中也 終凶
訟不可成也 利見大人 尙中正也 不利涉大川 入于淵也

象曰 天與水 違行訟 君子 以作事謀始

初六 不永所事 小有言終吉
象曰 不永所事 訟不可長也 雖小言 其辯明也
九二 不克訟 歸而逋 其邑人三百戶 無眚
象曰 不克訟 歸而逋竄也 自下訟上 患至掇也
六三 食舊德 貞厲終吉 或從王事无成 象曰 食舊德 從上吉也
九四 不克訟 復卽命渝安貞吉 象曰 復卽命 渝安貞 不失也
九五 訟 元吉 象曰 訟元吉 以中正也
上九 惑錫之鞶帶 終朝三褫之 象曰 以訟受服 亦不足敬也

7. 地水師

師 貞 丈人 吉 无咎 象曰 師 衆也 貞 正也 能以衆正 可以王矣 剛中
而應 行險而順 以此毒天下 而民從之 吉 又何咎矣 象曰 地中有水
師 君子 以容民 畜衆

初六 師出以律 否臧凶 象曰 師出以律 失律凶也
九二 在師中吉 无咎 王三錫命
象曰 在師中吉 承天寵也 王三錫命 懷萬邦也
六三 師或輿尸凶 象曰 師或輿尸 大无功也

六四 師左次 无咎 象曰 師左次无咎 未失常也

六五 田有禽 利執言 无咎 長子帥師 弟子輿尸 貞 凶

象曰 長子帥師 以中行也 弟子輿尸 使不當也

上六 大君 有命 開國承家 小人勿用

象曰 大君有命 以正功也 小人勿用 必亂邦也

8. 水地比

比吉 原筮 元永貞 无咎 不寧方來 後夫 凶

彖曰 比吉也 比輔也 下順從也 原筮 元永貞 无咎 以剛中也 不寧方
來 上下應也 後夫凶 其道 窮也

象曰 地上有水比 先王以建萬國親諸侯

初六 有孚 比之 无咎 有孚 盈缶 終來有他吉

象曰 比之初六 有他吉

六二 比之自內 貞吉 象曰 比之自內 不自失也

六三 比之匪人 象曰 比之匪人 不亦傷乎

六四 外比之 貞 吉 象曰 外比於賢 以從上也

九五 顯比 王用三驅 失前禽 邑人不誡 吉

象曰 顯比之吉 位正中也 舍逆取順 失前禽也 邑人不誡 上使中也

上六 比之无首 凶 象曰 比之无首 无所終也

9. 風天小畜

小畜 亨 密雲不雨 自我西郊

彖曰 小畜 柔得位而上下應之 曰小畜 健而巽 剛中而志行 乃亨 密雲不雨 尙往也 自我西郊 施未行也

象曰 風行天上 小畜 君子以懿文德

初九 復 自道 何其咎 吉 象曰 復自道 其義吉也

九二 牽復 吉 象曰 牽復 在中 亦不自失也

九三 輿說輻 夫妻反目 象曰 夫妻反目 不能正室也

六四 有孚 血去 惕出 无咎 象曰 有孚惕出 上合志也

九五 有孚 攣如 富以其隣 象曰 有孚攣如 不獨富也

上九 旣雨旣處 尙德載 婦貞厲 月旣望 君子 征凶

象曰 旣雨旣處 德積載也 君子征凶 有所疑也

10. 天澤履

履虎尾 不咥人 亨

彖曰 履 柔履剛也 說而應乎乾 是以履虎尾 不咥人 亨 剛中正 履帝位 而不疚 光明也

象曰 上天下澤 履 君子以 辯上下 定民志

初九 素履往 无咎 象曰 素履之往 獨行願也

九二 履道坦坦 幽人貞吉 象曰 幽人貞吉 中不自亂也

六三 眇能視 跛能履 履虎尾 咥人 凶 武人爲于大君

象曰 眇能視 不足以有明也 跛能履 不足以與行也 咥人之凶 位不
當也 武人爲于大君 志剛也

九四 履虎尾 愬愬 終吉 象曰 愬愬 終吉 志行也

九五 夬履 貞 厲 象曰 夬履貞厲 位正當也

上九 視履 考祥其旋 元吉 象曰 元吉 在上大有慶也

11. 地天泰

泰小往大來吉亨

象曰 泰小往大來吉亨 則是天地交而萬物通也 上下交而其志同也
內陽而外陰 內健而外順 內君子而外小人 君子道長 小人道消也

象曰 天地交 泰 后以 財成 天地之道 輔相 天地之宜 以左右民

初九 拔茅茹 以其彙 征吉 象曰 拔茅征吉 志在外也

九二 包荒 用馮河 不遐遺 朋亡 得尙于中行

象曰 包荒 得尙于中行 以光大也

九三 无平不陂 无往不復 艱貞 无咎 勿恤 其孚 于食有福

象曰 无往不復 天地際也

六四 翩翩 不富以其鄰 不戒以孚

象曰 翩翩不富 皆失實也 不戒以孚 中心願也
六五 帝乙歸妹 以祉元吉 象曰 以祉元吉 中以行願也
上六 城復于隍 勿用師 自邑告命 貞吝
象曰 城復于隍 其命亂也

12. 天地否

否之匪人 不利君子貞 大往小來
象曰 否之匪人 不利君子貞 大往小來 則是天地不交而 萬物不通
也 上下不交而 天下无邦也 內陰而外陽 內柔而外剛 內小人而外君
子 小人道長君子道消也
象曰 天地不交 否 君子以儉德辟難 不可榮以祿

初六 拔茅茹 以其彙 貞吉亨 象曰 拔茅貞吉 志在君也
六二 包承 小人吉 大人否 亨 象曰 大人否 亨 不亂羣也
六三 包羞 象曰 包羞 位不當也
九四 有命 无咎 疇離祉 象曰 有命无咎 志行也
九五 休否 大人吉 其亡其亡 繫于苞桑 象曰 大人之吉 位正當也
上九 傾否 先否後喜 象曰 否終則傾 何可長也

13. 天火同人

同人于野 亨 利涉大川 利君子 貞

象曰 同人 柔得位得中而 應乎乾 曰同人 同人于野 亨 利涉大川 乾
行也 文明以健 中正而應 君子正也

象曰 天與火 同人 君子以 類族辨物

初九 同人于門 无咎 象曰 出門同人 又誰咎也

六二 同人于宗 吝 象曰 同人于宗 吝道也

九三 伏戎于莽 升其高陵 三歲不興

象曰 伏戎于莽 敵剛也 三歲不興 安行也

九四 乘其墉 弗克攻 吉

象曰 乘其墉 義弗克也 其吉 則困而反則也

九五 同人 先號咷而後笑 大師克 相遇

象曰 同人之先 以中直也 大師相遇 言相克也

上九 同人于郊 无悔 象曰 同人于郊 志未得也

14. 火天大有

大有元亨

象曰 大有 柔 得尊位 大中而上下應之 曰大有 其德 剛建而文明 應

乎天而時行 是以元亨
　象曰 火在天上 大有 君子以 遏惡揚善 順天休命

　初九 无交害匪咎 艱則无咎 象曰 大有初九 无交害也
　九二 大車以載 有攸往 无咎 象曰 大車以載 積中不敗也
　九三 公用亨于天子 小人弗克 象曰 公用亨于天子 小人害也
　九四 匪其彭 无咎 象曰 匪其彭 无咎 明辨晢也
　六五 厥孚 交如 威如 吉
　象曰 厥孚交如 信以發志也 威如之吉 易而无備也
　上九 自天祐之 吉無不利 象曰 大有上吉 自天祐也

15. 지산겸(地山謙)

　謙亨 君子 有終
　象曰 謙亨 天道 下濟而光明 地道 卑而上行 天道虧盈而益謙 地道
変盈而流謙 鬼神害盈而福謙 人道惡盈而好謙 謙尊而光 卑而不可
踰 君子之終也.
　象曰 地中有山謙 君子以裒多益寡 稱物平施

　初六 謙謙君子 用涉大川 吉 象曰 謙謙君子 卑以自牧也
　六二 鳴謙貞吉 象曰 鳴謙貞吉 中心得也
　九三 勞謙君子 有終 吉 象曰 勞謙君子 萬民服也
　六四 無不利 撝謙 象曰 无不利撝謙 不違則也

六五 不富以其隣 利用侵伐 无不利 象曰 利用侵伐 征不服也
上六 鳴謙 利用行師 征邑國 象曰 鳴謙志未得也 可用行師 征邑國
也

16. 雷地豫

豫 利建侯 行師
象曰 豫 剛應而志行 順以動 豫 豫順以動故 天地如之 而況建侯行
師乎 天地以順動 故 日月 不過而 四時不忒 聖人 以順動 則刑罰 清
而民 服 豫之時義 大矣哉
象曰 雷出地奮豫 先王 以作樂崇德 殷薦之上帝 以配祖考

初六 鳴豫 凶 象曰 初六鳴豫 志窮 凶也
六二 介于石 不終日 貞吉 象曰 不終日貞吉 以中正也
六三 盱豫 悔遲 有悔 象曰 盱豫有悔 位不當也
九四 由豫 大有得 勿疑 朋 盍簪 象曰 由豫大有得 志大行也
六五 貞疾 恒不死 象曰 六五貞疾 乘剛也 恒不死 中未亡也
上六 冥豫 成 有渝 无咎 象曰 冥豫在上 何可長也

17. 澤雷隨

隨 元亨利貞无咎

象曰 隨 剛來而下柔 動而說 隨 大亨貞无咎而天下隨時 隨時之義
大矣哉

象曰 澤中有雷 隨 君子以 嚮晦入宴息

初九 官有渝 貞吉 出門交 有功

象曰 官有渝 從正吉也 出門交有功 不失也

六二 係小子 失丈夫 象曰 係小子 弗兼與也

六三 係丈夫失小子 隨有求得利居貞 象曰 係丈夫 志舍下也

九四 隨 有獲 貞凶 有孚在道 以明何咎

象曰 隨有獲 其義凶也 有孚在道 明功也

九五 孚于嘉 吉 象曰 孚于嘉吉 位中正也

上六 拘係之 乃從維之 王用亨于西山 象曰 拘係之 上窮也

18. 山風蠱

蠱 元亨 利涉大川 先甲三日 後甲三日

象曰 蠱 剛上而柔下 巽而止. 蠱 元亨而天下治也 利涉大川 往
有事也 先甲三日 後甲三日 終則有始 天行也

象曰 山下有風 蠱 君子以 振民育德

初六 幹父之蠱 有子 考 无咎 厲終吉 象曰 幹父之蠱 意承考也

九二 幹母之蠱 不可貞 象曰 幹母之蠱 得中道也

九三 幹父之蠱 小有悔 无大咎 象曰 幹父之蠱 終无咎也

六四 裕父之蠱 往見吝 象曰 裕父之蠱 往未得也

六五 幹父之蠱 用譽 象曰 幹父用譽 承以德也

上九 不事王侯 高尙其事 象曰 不事王侯 志可則也

19. 地澤臨

臨 元亨利貞 至于八月 有凶

象曰 臨 剛浸而長 說而順 剛中而應 大亨以正 天之道也 至于八月
有凶 消不久也

象曰 澤上有地 臨 君子以敎思 无窮 容保民 无疆

初九 咸臨 貞吉 象曰 咸臨貞吉 志行正也

九二 咸臨 吉无不利 象曰 咸臨吉无不利 未順命也

六三 甘臨 无攸利 旣憂之 无咎

象曰 甘臨 位不當也 旣憂之咎不長也

六四 至臨 无咎 象曰 至臨无咎 位當也

六五 知臨 大君之宜 吉 象曰 大君之宜 行中之謂也

上六 敦臨 吉 无咎 象曰 敦臨之吉 志在內也

20. 風地觀

觀 盥而不薦 有孚 顒若

象曰 大觀在上 順而巽 中正 以觀天下 觀盥而不薦 有孚顒若 下觀
而化也 觀天之神道而 四時不忒 聖人 以神道設敎而天下服矣

象曰 風行地上 觀 先王以 省方觀民設敎

初六 童觀 小人 无咎 君子吝 象曰 初六童觀 小人道也

六二 闚觀 利女貞 象曰 闚觀女貞 亦可醜也

六三 觀我生 進退 象曰 觀我生進退 未失道也

六四 觀國之光 利用賓于王 象曰 觀國之光 尙賓也

九五 觀我生 君子无咎 象曰 觀我生 觀民也

上九 觀其生 君子无咎 象曰 觀其生 志未平也

21. 火雷噬嗑

噬嗑 亨 利用獄

象曰 頤中有物 曰噬嗑 噬嗑而亨 剛柔分 動而明 雷電合而章 柔得
中而上行 雖不當位 利用獄也

象曰 雷電 噬嗑 先王 以明罰勅法

初九 屢校 滅趾 无咎 象曰 屢校滅趾 不行也

六二 噬膚 滅鼻无咎 象曰 噬膚滅鼻 乘剛也

六三 噬腊肉 遇毒 小吝无咎 象曰 遇毒 位不當也

九四 噬乾肺 得金矢 利艱貞 吉 象曰 利艱貞吉 未光也

六五 噬乾肉 得黃金 貞厲无咎 象曰 貞厲无咎 得當也

上九 何校 滅耳 凶 象曰 何校滅耳 聰不明也

22. 山火賁

賁 亨 小利有攸往

　象曰 賁亨 柔來而文剛 故亨 分剛上而文柔故 小利有攸往 天文也
文明以止 人文也 觀乎天文 以察時變 觀乎人文 以化成天下

　象曰 山下有火賁 君子以明庶政 无敢折獄

初九 賁其趾 舍車而徒

象曰 舍車而徒 義弗乘也

六二 賁其須

象曰 賁其須 與上興也

九三 賁如 濡如 永貞吉

象曰 永貞之吉 終莫之陵也

六四 賁如 皤如 白馬翰如 匪寇婚媾

象曰 六四 當位疑也 匪寇婚媾 終无尤也

六五 賁于丘園 束帛戔戔 吝 終吉

象曰 六五之吉 有喜也

上九 白賁无咎

象曰 白賁无咎 上得志也

23. 山地剝

剝 不利有攸往

彖曰 剝 剝也 柔 變剛也 不利有攸往 小人長也 順而止之 觀象也
君子尙消息盈虛 天行也

象曰 山附於地 剝 上以厚下 安宅

初六 剝牀以足 蔑貞 凶 象曰 剝牀以足 以滅下也

六二 剝牀以辨 蔑貞 凶 象曰 剝牀以辨 未有與也

六三 剝之无咎 象曰 剝之无咎 失上下也

六四 剝牀以膚 凶 象曰 剝牀以膚 切近災也

六五 貫魚 以宮人寵 无不利 象曰 以宮人寵 終无尤也

上九 碩果不食 君子得輿 小人剝廬

象曰 君子得輿 民所載也 小人剝廬 終不可用也

24. 地雷復

復亨 出入无疾 朋來无咎 反復其道 七日來復 利有攸往

彖曰 復亨 剛反 動而以順行 是以出入无疾 朋來无咎 反復其道七日來復 天行也 利有攸往 剛長也 復其見天地之心乎

象曰 雷在地中 復 先王 以 至日 閉關 商旅不行 后不省方

初九 不遠復 无祗悔 元吉 象曰 不遠之復 以脩身也

六二 休復吉 象曰 休復之吉 以下仁也

六三 頻復 厲无咎 象曰 頻復之厲 義无咎也

六四 中行獨復 象曰 中行獨復 以從道也

六五 敦復无悔 象曰 敦復无悔 中以自考也

上六 迷復凶 有災眚 用行師 終有大敗 以其國君凶 至于十年 不克征

象曰 迷復之凶 反君道也

25. 天雷无妄

无妄 元亨利貞 其匪正有眚 不利有攸往

彖曰 无妄 剛自外來而爲主於內 動而健 剛中而應 大亨以正 天之命也 其匪正有眚 不利有攸往 无妄之往 何之矣 天命不祐 行矣哉

象曰 天下雷行 物與无妄 先王以 茂對時 育萬物

初九 无妄往吉

象曰 无妄之往 得志也

六二 不耕穫 不菑畬 則利有攸往

象曰 不耕穫 未富也

六三 无妄之災 或繫之牛 行人之得 邑人之災

象曰 行人得牛 邑人災也

九四 可貞无咎

象曰 可貞无咎 固有之也

九五 无妄之疾 勿藥 有喜

象曰 无妄之藥 不可試也

上九 无妄行 有眚 无攸利

象曰 无妄之行 窮之災也

26. 山天大畜

大畜 利貞 不家食 吉 利涉大川

彖曰 大畜 剛健 篤實 輝光 日新其德 剛上而尙賢 能止健 大正也
不家食 吉 養賢也 利涉大川 應乎天也

象曰 天在山中 大畜 君子以 多識前言往行 以畜其德

初九 有厲利已 象曰 有厲利已 不犯災也

九二 輿說輹 象曰 輿說輹 中无尤也

九三 良馬逐 利艱貞 曰閑輿衛 利有攸往 象曰 利有攸往 上合志也

六四 童牛之牿 元吉 象曰 六四元吉 有喜也

六五 豶豕之牙 吉 象曰 六五之吉 有慶也
上九 何天之衢 亨 象曰 何天之衢 道大行也

27. 山雷頤

頤貞吉 觀頤 自求口實
象曰 頤貞吉 養正則吉也 觀頤 觀其所養也 自求口實 觀其自養也
天地 養萬物 聖人養賢 以及萬民 頤之時 大矣哉
象曰 山下有雷頤 君子以 愼言語 節飮食

初九 舍爾靈龜 觀我朵頤 凶 象曰 觀我朵頤 亦不足貴也
六二 顚頤 拂經 于丘頤 征凶 象曰 六二征凶 行失類也
六三 拂頤貞凶 十年勿用 无攸利 象曰 十年勿用 道大悖也
六四 顚頤 吉 虎視耽耽 其欲逐逐 无咎 象曰 顚頤之吉 上施光也
六五 拂經 居貞吉 不可涉大川 象曰 居貞之吉 順以從上也
上九 由頤 厲吉 利涉大川 象曰 由頤厲吉 大有慶也

28. 澤風大過

大過 棟橈 利有攸往 亨

象曰 大過 大者過也 棟橈 本末弱也 剛過而中 巽而說行 利有攸往
乃亨 大過之時 大矣哉
象曰 澤滅木 大過 君子以 獨立不懼 遯世无悶

初六 藉用白茅 无咎
象曰 藉用白茅 柔在下也
九二 枯楊生稊 老夫得其女妻 无不利
象曰 老夫女妻 過以相與也
九三 棟橈 凶
象曰 棟橈之凶 不可以有輔也
九四 棟隆吉 有它吝
象曰 棟隆之吉 不橈乎下也
九五 枯楊生華 老婦 得其士夫 无咎无譽
象曰 枯楊生華 何可久也 老婦士夫 亦可醜也
上六 過涉滅頂凶 无咎
象曰 過涉之凶 不可咎也

29. 坎爲水

習坎 有孚 維心亨 行有尙
　象曰 習坎 重險也 水 流而不盈 行險而不失其信 維心亨 乃以剛中
也 行有尙 往有功也 天險不可升也 地險山川丘陵也 王公設險 以守
其國 險之時用 大矣哉 象曰 水洊至 習坎 君子以 常德行 習敎事

初六 習坎 入于坎窞凶 象曰 習坎入坎 失道凶也

九二 坎有險求小得 象曰 求小得 未出中也

六三 來之坎坎 險且枕 入于 坎窞 勿用 象曰 來之坎坎 終无功也

六四 樽酒簋貳用缶 納約自牖 終无咎 象曰 樽酒簋貳 剛柔際也

九五 坎不盈 祗旣平 无咎 象曰 坎不盈 中未大也

上六 係用徽纆 寘于叢棘 三歲不得凶 象曰 上六 失道凶三歲也

30. 離爲火

離 利貞亨 畜牝牛 吉 象曰 離麗也 日月麗乎天 百穀草木麗乎土 重明以麗乎正 乃化成天下 柔 麗乎中正故亨 是以畜牝牛吉也

象曰 明兩作離 大人以繼明 照于四方

初九 履 錯然 敬之 无咎 象曰 履錯之敬 以辟咎也

六二 黃離 元吉 象曰 黃離元吉 得中道也

九三 日昃之離 不鼓缶而歌 則大耋之嗟 凶 象曰 日昃之離 何可久也

九四 突如其來如 焚如 死如 棄如 象曰 突如其來如 无所容也

六五 出涕沱若 戚嗟若 吉 象曰 六五之吉 離王公也

上九 王用出征 有嘉 折首 獲匪其醜 无咎 象曰 王用出征 以正邦也

31. 澤山咸 -사랑-

咸 亨利貞取女吉

象曰 咸 感也 柔上而剛下 二氣感應 以相與 止而說 男下女 是以亨
利貞取女吉也 天地 感而 萬物化生 聖人 感人心而天下和平 觀其所
感而天地萬物之情 可見矣

象曰 山上有澤咸 君子以虛受人

初六 咸其拇

象曰 咸其拇 志在外也

六二 咸其腓凶 居吉

象曰 雖凶 居吉順不害也

九三 咸其股執其隨 往吝

象曰 咸其股 亦不處也 志在隨人 所執下也

九四 貞吉 悔亡 憧憧往來 朋從爾思

象曰 貞吉悔亡 未感害也 憧憧往來 未光大也

九五 咸其脢 无悔

象曰 咸其脢 志末也

上六 咸其輔頰舌

象曰 咸其輔頰舌 滕口說也

32. 雷風恒

恒 亨无咎 利貞 利有攸往

象曰 恒 久也 剛上而柔下 雷風相與 巽而動 剛柔皆應 恒 恒亨无咎
利貞 久於其道也 天地之道 恒久而不已也 利有攸往 終則有始也 日
月得天而能久照 四時變化而能久成 聖人 久於其道而 天下化成 觀
其所恒而 天地萬物之情 可見矣 象曰 雷風 恒 君子以立不易方

初六 浚恒 貞凶 无攸利 象曰 浚恒之凶 始求深也

九二 悔亡 象曰 九二悔亡 能久中也

九三 不恒其德 或承之羞 貞吝 象曰 不恒其德 无所容也

九四 田无禽 象曰 久非其位 安得禽也

六五 恒其德 貞婦人吉 夫子凶

象曰 婦人 貞吉 從一而終也 夫子 制義 從婦凶也

上六 振恒凶 象曰 振恒在上 大无功也

33. 天山遯

遯 亨 小利貞

象曰 遯亨 遯而亨也 剛當位而應 與時行也 小利貞 浸而長也 遯之
時義 大矣哉 象曰 天下有山 遯 君子以 遠小人 不惡而嚴

初六 遯尾厲 勿用有攸往 象曰 遯尾之厲 不往 何災也

六二 執之用黃牛之革 莫之勝說 象曰 執用黃牛 固志也

九三 係遯有疾 厲 畜臣妾 吉 象曰 係遯之厲 有疾 憊也 畜臣妾吉
不可大事也

九四 好遯 君子吉 小人否 象曰 君子 好遯 小人否也

九五 嘉遯 貞吉 象曰 嘉遯貞吉 以正志也

上九 肥遯 无不利 象曰 肥遯无不利 无所疑也

34. 雷天大壯

大壯 利貞

象曰 大壯 大者 壯也 剛以動故壯 大壯利貞 大者正也 正大而天地
之情 可見矣 象曰 雷在天上 大壯 君子以非禮弗履

初九 壯于趾 征凶 有孚 象曰 壯于趾 其孚窮也

九二 貞吉 象曰 九二貞吉 以中也

九三 小人用壯 君子用罔 貞厲 羝羊觸藩 羸其角

象曰 小人用壯 君子罔也

九四 貞吉 悔亡 藩決不羸 壯于大輿之輹 象曰 藩決不羸 尚往也

六五 喪羊于易 无悔 象曰 喪羊于易 位不當也

上六 羝羊觸藩 不能退 不能遂 无有利 艱則吉

象曰 不能退不能遂 不詳也 艱則吉 咎不長也

35. 火地晉

晉 康侯 用錫馬蕃庶 晝日三接

象曰 晉 進也 明出地上 順而麗乎大明 柔進而上行 是以 康侯用錫
馬蕃庶 晝日三接也 象曰 明出地上 晉 君子以 自昭明德

初六 晉如摧如 貞 吉 罔孚 裕 无咎

象曰 晉如摧如 獨行正也 裕无咎 未受命也

六二 晉如愁如 貞 吉 受茲介福于其王母 象曰 受茲介福 以中正也

六三 衆允 悔亡 象曰 衆允之志 上行也

九四 晉如鼫鼠 貞 厲 象曰 鼫鼠貞厲 位不當也

六五 悔亡 失得勿恤 往 吉 无不利 象曰 失得勿恤 往有慶也

上九 晉其角 維用伐邑 厲 吉 无咎 貞 吝 象曰 維用伐邑 道未光也

36. 地火明夷

明夷 利艱貞

象曰 明入地中 明夷 內文明而外柔順 以蒙大難 文王以之 利艱貞
晦其明也 內難而能正其志 箕子以之

象曰 明入地中 明夷 君子以 莅衆 用晦而明

初九 明夷于飛 垂其翼 君子于行 三日不食 有攸往 主人有言

象曰 君子于行 義不食也

六二 明夷 夷于左股 用拯馬壯 吉 象曰 六二之吉 順以則也

九三 明夷于南狩 得其大首 不可疾貞 象曰 南狩之志 乃大得也

六四 入于左腹 獲明夷之心 于出門庭 象曰 入于左腹 獲心意也

六五 箕子之明夷 利貞 象曰 箕子之貞 明不可息也

上六 不明晦 初登于天 後入于地

象曰 初登于天 照四國也 後入于地 失則也

37. 風火家人

家人 利女貞 象曰 家人 女正位乎內 男正位乎外 男女正 天地之大
義也 家人有嚴君焉 父母之謂也 父父 子子 兄兄 弟弟 夫夫 婦婦 而
家道正 正家而天下定矣 象曰 風自火出 家人 君子以 言有物而行有
恒

初九 閑有家 悔亡 象曰 閑有家 志未變也

六二 无攸遂 在中饋 貞吉 象曰 六二之吉 順以巽也

九三 家人嗃嗃 悔厲 吉 婦子嘻嘻 終吝

象曰 家人嗃嗃 未失也 婦子嘻嘻 失家節也

六四 富家 大吉 象曰 富家大吉 順在位也

九五 王假有家 勿恤 吉 象曰 王假有家 交相愛也

上九 有孚 威如 終吉 象曰 威如之吉 反身之謂也

38. 火澤睽

睽 小事 吉

象曰 睽 火動而上 澤動而下 二女同居 其志不同行 說而麗乎明 柔
進而上行 得中而應乎剛 是以小事吉 天地睽而其事同也 男女睽而
其志通也 萬物睽而其事類也 睽之時用大矣哉

象曰 上火下澤 睽 君子以 同而異

初九 悔亡 喪馬勿逐 自復 見惡人 无咎 象曰 見惡人 以辟咎也

九二 遇主于巷 无咎 象曰 遇主于巷 未失道也

六三 見輿曳 其牛掣 其人天且劓 无初 有終

象曰 見輿曳 位不當也 无初有終 遇剛也

九四 睽孤 遇元夫 交孚 厲 无咎 象曰 交孚无咎 志行也

六五 悔亡 厥宗噬膚 往何咎 象曰 厥宗噬膚 往有慶也

上九 睽孤 見豕負塗 載鬼一車 先張之弧 後說之弧 匪寇婚媾 往遇
雨則吉 象曰 遇雨之吉 羣疑亡也

39. 水山蹇

蹇 利西南 不利東北 利見大人 貞吉

象曰 蹇 難也 險在前也 見險而能止 知矣哉 蹇利西南 往得中也 不

利東北 其道窮也 利見大人 往有功也 當位貞吉 以正邦也 蹇之時用
大矣哉 象曰 山上有水蹇 君子以 反身修德

초육 往蹇 來譽 象曰 往蹇來譽 宜待也
육이 王臣蹇蹇 匪躬之故 象曰 王臣蹇蹇 終无尤也
구삼 往蹇 來反 象曰 往蹇來反 內喜之也
육사 往蹇 來連 象曰 往蹇來連 當位實也
구오 大蹇 朋來 象曰 大蹇朋來 以中節也
상육 往蹇 來碩 吉 利見大人

40. 雷水解

解 利西南 无所往 其來復 吉 有攸往 夙吉
彖曰 解險以動 動而免乎險解 解利西南 往得衆也 其來復吉 乃得
中也 有攸往夙吉 往有功也 天地解而雷雨作 雷雨作而百果草木 皆
甲坼 解之時 大矣哉 象曰 雷雨作 解 君子以 赦過宥罪

초육 无咎 象曰 剛柔之際 義无咎也
구이 田獲三狐 得黃矢貞吉 象曰 九二貞吉 得中道也
육삼 負且乘 致寇至 貞吝
象曰 負且乘 亦可醜也 自我致戎 又誰咎也
구사 解而拇 朋至 斯孚 象曰 解而拇 未當位也
육오 君子 維有解 吉 有孚于小人 象曰 君子有解 小人退也

上六 公用射隼于高墉之上 獲之 无不利 象曰 公用射隼 以解悖也

41. 山澤損

損 有孚 元吉 无咎 可貞 利有攸往 曷之用 二簋可用享
象曰 損 損下益上 其道上行 損而有孚 元吉无咎 可貞利有攸往 曷
之用 二簋 可用享 二簋應 有時 損剛益柔 有時 損益盈虛 與時偕行
象曰 山下有澤 損 君子以 懲忿窒欲

初九 已事 遄往 无咎 酌損之 象曰 已事遄往 尙合志也
九二 利貞 征凶 弗損益之 象曰 九二利貞 中以爲志也
六三 三人行 則損一人 一人行 則得其友 象曰 一人行 三則疑也
六四 損其疾 使遄 有喜无咎 象曰 損其疾 亦可喜也
六五 或益之 十朋之龜 弗克違 元吉 象曰 六五元吉 自上祐也
上九 弗損益之 无咎 貞吉 利有攸往 得臣无家

42. 風雷益

益 利有攸往 利涉大川 象曰 益 損上益下 民說无疆 自上下下 其道
大光 利有攸往 中正有慶 利涉大川 木道乃行 益 動而巽 日進无疆

天施地生 其益无方 凡益之道 與時偕行
　象曰 風雷益 君子以 見善則遷 有過則改

　初九 利用爲大作 元吉无咎 象曰 元吉无咎 下不厚事也
　六二 或益之 十朋之龜 弗克違 永貞吉 王用享于帝 吉
　象曰 或益之 自外來也
　六三 益之用凶事 无咎 有孚中行 告公用圭
　象曰 益用凶事 固有之也
　六四 中行 告公從 利用爲依遷國 象曰 告公從 以益志也
　九五 有孚惠心 勿問元吉 有孚惠我德
　象曰 有孚惠心 勿問之矣 惠我德 大得志也
　上九 莫益之 或擊之 立心勿恒 凶
　象曰 莫益之 偏辭也 或擊之 自外來也

43. 澤天夬

　夬 揚于王庭 孚號有厲 告自邑 不利卽戎 利有攸往
　象曰 夬 決也 剛決柔也 健而說 決而和 揚于王庭 柔乘五剛也 孚號有厲 其危乃光也 告自邑不利卽戎 所尙乃窮也 利有攸往 剛長乃終也
　象曰 澤上於天 夬 君子以 施祿及下 居德則忌

　初九 壯于前趾 往不勝 爲咎 象曰 不勝而往 咎也

九二 惕號 莫夜 有戎 勿恤 象曰 有戎勿恤 得中道也

九三 壯于頄 有凶 獨行遇雨 君子夬夬 若濡有慍 无咎

象曰 君子夬夬 終無咎也

九四 臀无膚 其行次且 牽羊悔亡 聞言不信

象曰 其行次且 位不當也 聞言不信 聰不明也

九五 莧陸夬夬 中行无咎 象曰 中行无咎 中未光也

上六 无號 終有凶 象曰 无號之凶 終不可長也

44. 天風姤

姤 女壯勿用取女

象曰 姤 遇也 柔遇剛也 勿用取女 不可與長也 天地相遇 品物咸章
也 剛遇中正 天下大行也 姤之時義 大矣哉

象曰 天下有風姤 后以施命誥四方

初六 繫于金柅 貞吉 有攸往 見凶 羸豕 孚蹢躅

象曰 繫于金柅 柔道牽也

九二 包有魚 无咎 不利賓 象曰 包有魚 義不及賓也

九三 臀无膚 其行次且 厲无大咎 象曰 其行次且 行未牽也

九四 包无魚 起凶 象曰 无魚之凶 遠民也

九五 以杞包瓜 含章 有隕自天

象曰 九五含章 中正也 有隕自天 志不舍命也

上九 姤其角 吝 无咎 象曰 姤其角 上窮吝也

45. 澤地萃

萃 亨王假有廟 利見大人 亨利貞 用大牲 吉 利有攸往

彖曰 萃 聚也 順以說 剛中而應 故聚也 王假有廟 致孝享也 利見大人 亨 聚以正也 用大牲吉 利有攸往 順天命也 觀其所聚而 天地萬物之情 可見矣 象曰 澤上於地 萃 君子以 除戎器 戒不虞

初六 有孚 不終 乃亂乃萃 若號一握爲笑 勿恤 往 无咎

象曰 乃亂乃萃 其志亂也

六二 引吉 无咎 孚乃利用禴 象曰 引吉无咎 中未變也

六三 萃如嗟如 无攸利 往无咎 小吝 象曰 往无咎 上巽也

九四 大吉 无咎 象曰 大吉无咎 位不當也

九五 萃有位 无咎 匪孚 元永貞 悔亡 象曰 萃有位 志未光也

上六 齎咨涕洟 无咎 象曰 齎咨涕洟 未安上也

46. 地風升

升 元亨 用見大人 勿恤 南征吉

彖曰 柔以時升 巽而順 剛中而應 是以大亨 用見大人 勿恤 有慶也 南征吉 志行也 象曰 地中生木 升 君子以 順德 積小以高大

初六 允升 大吉 象曰 允升大吉 上合志也

九二 孚乃利用禴 无咎 象曰 九二之孚 有喜也

九三 升虛邑 象曰 升虛邑 无所疑也

六四 王用亨于岐山 吉 无咎 象曰 王用亨于岐山 順事也

六五 貞吉 升階 象曰 貞吉升階 大得志也

上六 冥升 利于不息之貞 象曰 冥升在上 消不富也

47. 澤水困

困亨貞 大人吉 无咎 有言不信

象曰 困 剛揜也 險以說 困而不失其所亨 其唯君子乎 貞大人吉 以剛中也 有言不信 尚口乃窮也 象曰 澤无水困 君子以 致命遂志

初六 臀困于株木 入于幽谷 三歲不覿 象曰 入于幽谷 幽不明也

九二 困于酒食 朱紱方來 利用亨祀 征凶 无咎

象曰 困于酒食 中 有慶也

六三 困于石 據于蒺藜 入于其宮 不見其妻 凶

象曰 據于蒺藜 乘剛也 入于其宮 不見其妻 不祥也

九四 來徐徐 困于金車 吝 有終

象曰 來徐徐 志在下也 雖不當位 有與也

九五 劓刖 困于赤紱 乃徐有說 利用祭祀

象曰 劓刖 志未得也 乃徐有說 以中直也 利用祭祀受福也

上六 困于葛藟 于臲卼 曰動悔 有悔征吉

象曰 困于葛藟 未當也 動悔有悔 吉行也

48. 水風井

井 改邑 不改井 无喪无得 往來井井 汔至 亦未繘井 羸其瓶 凶
象曰 巽乎水而上水井 井養而不窮也 改邑不改井 乃以剛中也 汔
至亦未繘井 未有功也 羸其瓶 是以凶也
象曰 木上有水 井 君子以 勞民勸相

初六 井泥不食 舊井无禽 象曰 井泥不食 下也 舊井无禽 時舍也
九二 井谷 射鮒 甕敝漏 象曰 井谷射鮒 无與也
九三 井渫不食 爲我心惻 可用汲 王明 並受其福
象曰 井渫不食 行惻也 求王明 受福也
六四 井甃 无咎 象曰 井甃无咎 脩井也
九五 井洌寒泉食 象曰 寒泉之食 中正也
上六 井收勿幕 有孚元吉 象曰 元吉在上 大成也

49. 澤火革

革 已日 乃孚 元亨利貞 悔亡

象曰 革 水火相息 二女同居 其志不相得 曰革 己日乃孚 革而信之
文明以說 大亨以正 革而當 其悔乃亡 天地革而四時成 湯武革命 順
乎天而 應乎人 革之時 大矣哉 象曰 澤中有火 革 君子以 治歷明時

初九 鞏用黃牛之革 象曰 鞏用黃牛 不可以有爲也

六二 己日乃革之 征吉 无咎 象曰 己日革之 行有嘉也

九三 征凶 貞厲 革言三就 有孚 象曰 革言三就 又何之矣

九四 悔亡 有孚 改命吉 象曰 改命之吉 信志也

九五 大人 虎變 未占有孚 象曰 大人虎變 其文炳也

上六 君子 豹變 小人 革面 征凶 居貞吉

象曰 君子豹變 其文 蔚也 小人革面 順以從君也

50. 火風鼎

鼎 元吉亨

象曰 鼎 象也 以木巽火 亨飪也 聖人亨以享上帝 而大亨以養聖賢
巽而耳目聰明 柔進而上行 得中而應乎剛 是以元亨

象曰 木上有火 鼎 君子以 正位 凝命

初六 鼎 顚趾 利出否 得妾 以其子 无咎

象曰 鼎顚趾 未悖也 利出否 以從貴也

九二 鼎有實 我仇有疾 不我能卽 吉

象曰 鼎有實 愼所之也 我仇有疾 終无尤也

九三 鼎耳革 其行塞 雉膏不食 方雨虧悔 終吉

象曰 鼎耳革 失其義也

九四 鼎折足 覆公餗 其形渥凶 象曰 覆公餗 信如何也

六五 鼎黃耳金鉉 利貞 象曰 鼎黃耳 中以爲實也

上九 鼎玉鉉 大吉 无不利 象曰 玉鉉在上 剛柔節也

51. 重雷震

震 亨 震來虩虩 笑言啞啞 震驚百里 不喪匕鬯

象曰 震 亨 震來虩虩 恐致福也 笑言啞啞 後有則也 震驚百里 驚遠
而懼邇也 出可以守宗廟社稷 以爲祭主也

象曰 洊雷 震 君子以 恐懼脩省

初九 震來虩虩 後 笑言啞啞 吉

象曰 震來虩虩 恐致福也 笑言啞啞 後有則也

六二 震來厲 億喪貝 躋于九陵 勿逐 七日得 象曰 震來厲 乘剛也

六三 震蘇蘇 震行 无眚 象曰 震蘇蘇 位不當也

九四 震遂泥 象曰 震遂泥 未光也

六五 震往來厲 億无喪有事

象曰 震往來厲 危行也 其事在中 大无喪也

上六 震索索 視矍矍 征凶 震不于其躬 于其鄰 无咎 婚媾有言

象曰 震索索 中未得也 雖凶无咎 畏鄰戒也

52. 重山艮

艮其背 不獲其身 行其庭 不見其人 无咎

象曰 艮 止也 時止則止 時行則行 動靜不失其時 其道光明 艮其止
止其所也 上下敵應 不相與也 是以 不獲其身 行其庭不見其人 无咎
也 象曰 兼山 艮 君子以 思不出其位

初六 艮其趾 无咎 利永貞 象曰 艮其趾 未失正也
六二 艮其腓 不拯其隨 其心不快 象曰 不拯其隨 未退聽也
九三 艮其限 列其夤 厲 薰心 象曰 艮其限 危薰心也
六四 艮其身 无咎 象曰 艮其身 止諸躬也
六五 艮其輔 言有序 悔亡 象曰 艮其輔 以中正也
上九 敦艮 吉 象曰 敦艮之吉 以厚終也

53. 風山漸

漸 女歸 吉 利貞

象曰 漸之進也 女歸吉也 進得位 往有功也 進以正 可以正邦也 其
位 剛得中也 止而巽 動不窮也

象曰 山上有木漸 君子以 居賢德 善俗

初六 鴻漸于干 小子厲 有言无咎 象曰 小子之厲 義无咎也

六二 鴻漸于磐 飲食衎衎 吉 象曰 飲食衎衎 不素飽也

九三 鴻漸于陸 夫征不復 婦孕不育 凶 利禦寇

象曰 夫征不復 離羣 醜也 婦孕不育 失其道也 利用禦寇 順相保也

六四 鴻漸于木 或得其桷 无咎 象曰 或得其桷 順以巽也

九五 鴻漸于陵 婦三歲 不孕 終莫之勝 吉

象曰 終莫之勝吉 得所願也

上九 鴻漸于逵 其羽可用爲儀吉 象曰 其羽可用爲儀吉 不可亂也

54. 雷澤歸妹

歸妹 征凶 无有利

彖曰 歸妹 天地之大義也 天地不交而萬物不興 歸妹 人之終始也
說以動 所歸妹也 征凶 位不當也 无攸利 柔乘剛也

象曰 澤上有雷 歸妹 君子以 永終知敝

初九 歸妹以娣 跛能履 征吉

象曰 歸妹以娣 以恒也 跛能履吉 相承也

九二 眇能視 利幽人之貞 象曰 利幽人之貞 未變常也

六三 歸妹以須 反歸以娣 象曰 歸妹以須 未當也

九四 歸妹愆期 遲歸有時 象曰 愆期之志 有待而行也

六五 帝乙歸妹 其君之袂 不如其娣之袂良 月幾望 吉

象曰 帝乙歸妹 不如其娣之袂良也 其位在中 以貴行也

上六 女承筐无實 士刲羊无血 无攸利 象曰 上六无實 承虚筐也

55. 雷火豐

豊 亨 王假之 勿憂 宜日中

象曰 豐大也 明以動 故豐 王假之 尚大也 勿憂宜日中 宜照天下也

日中則昃 月盈則食 天地盈虛 與時消息 而況於人乎 況於鬼神乎

象曰 雷電皆至 豐 君子以 折獄致刑

初九 遇其配主 雖旬无咎 往有尙 象曰 雖旬无咎 過旬災也

六二 豐其蔀 日中見斗 往得疑疾 有孚發若 吉

象曰 有孚發若 信以發志也

九三 豐其沛 日中見沫 折其右肱 无咎

象曰 豐其沛 不可大事也 折其右肱 終不可用也

九四 豐其蔀 日中見斗 遇其夷主 吉

象曰 豐其蔀 位不當也 日中見斗 幽不明也 遇其夷主 吉行也

六五 來章 有慶譽 吉 象曰 六五之吉 有慶也

上六 豐其屋 蔀其家 闚其戶 闃其无人 三歲不覿 凶

象曰 豐其屋 天際翔也 闚其戶闃其无人 自藏也

56. 火山旅

旅 小亨旅貞吉

彖曰 旅小亨 柔得中乎外而順乎剛 止而麗乎明 是以 小亨旅貞吉也 旅之時義大矣哉

象曰 山上有火旅 君子以 明愼用刑 而不留獄

初六 旅瑣瑣　斯其所取災

象曰 旅瑣瑣　志窮災也

六二 旅卽次 懷其資 得童僕貞

象曰 得童僕貞 終无尤也

九三 旅焚其次 喪其童僕 貞厲

象曰 旅焚其次 亦以傷矣 以旅與下 其義 喪也

九四 旅于處 得其資斧 我心 不快

象曰 旅于處 未得位也 得其資斧 心未快也

六五 射雉一矢亡 終以譽命 象曰 終以譽命 上逮也

上九 鳥焚其巢 旅人 先笑後號咷 喪牛于易 凶

象曰 以旅在上 其義焚也 喪牛于易 終莫之聞也

57. 重風巽

巽 小亨 利有攸往 利見大人

象曰 重巽以申命 剛 巽乎中正而志行 柔 皆順乎剛 是以小亨 利有
攸往 利見大人 象曰 隨風 巽 君子以 申命行事

初六 進退 利武人之貞 象曰 進退 志疑也 利武人之貞 志治也

九二 巽在牀下 用史巫紛若 吉 无咎 象曰 紛若之吉 得中也

九三 頻巽 吝 象曰 頻巽之吝 志窮也

六四 悔亡 田獲三品 象曰 田獲三品 有功也

九五 貞吉 悔亡 无不利 无初有終 先庚三日 後庚三日 吉

象曰 九五之吉 位正中也

上九 巽在牀下 喪其資斧貞凶

象曰 巽在牀下 上窮也 喪其資斧 正乎 凶也

58. 重澤兌

兌 亨 利貞

象曰 兌 說也 剛中而柔外 說以利貞 是以順乎天而 應乎人 說以先
民 民忘其勞 說以犯難 民忘其死 說之大 民勸矣哉

象曰 麗澤 兌 君子以 朋友講習

初九 和兌 吉 象曰 和兌之吉 行未疑也

九二 孚兌 吉 悔亡 象曰 孚兌之吉 信志也

六三 來兌 凶 象曰 來兌之凶 位不當也

九四 商兌 未寧 介疾 有喜 象曰 九四之喜 有慶也

九五 孚于剝 有厲 象曰 孚于剝 位正當也

上六 引兌 象曰 上六引兌 未光也

59. 風水渙

渙 亨 王假有廟 利涉大川 利貞

象曰 渙亨 剛來而不窮 柔得位乎外而上同 王假有廟 王乃在中也
利涉大川 乘木 有功也

象曰 風行水上 渙 先王以 享于帝 立廟

初六 用拯馬壯 吉 象曰 初六之吉 順也

九二 渙奔其机 悔亡 象曰 渙奔其机 得願也

六三 渙其躬 无悔 象曰 渙其躬 志在外也

六四 渙其羣 元吉 渙有丘 匪夷所思 象曰 渙其羣元吉 光大也

九五 渙汗其大號 渙王居 无咎 象曰 王居无咎 正位也

上九 渙其血去逖出 无咎 象曰 渙其血 遠害也

60. 水澤節

節亨 苦節 不可貞

象曰 節亨 剛柔 分而剛得中 苦節不可貞 其道窮也 說而行險 當位
以節 中正以通 天地節而 四時成 節以制度 不傷財 不害民

象曰 澤上有水節 君子以 制數度 議德行

初九 不出戶庭 无咎 象曰 不出戶庭 知通塞也

九二 不出門庭凶 象曰 不出門庭凶 失時極也

六三 不節若 則嗟若 无咎 象曰 不節之嗟 又誰咎也

六四 安節 亨 象曰 安節之亨 承上道也

九五 甘節 吉 往有尙 象曰 甘節之吉 居位中也

上六 苦節 貞凶 悔亡 象曰 苦節貞凶 其道窮也

61. 風澤中孚

中孚 豚魚吉 利涉大川 利貞

象曰 中孚 柔在內而剛得中 說而巽 孚乃化邦也 豚魚吉 信及豚魚
也 利涉大川 乘木 舟虛也 中孚以利貞 乃應乎天也

象曰 澤上有風 中孚 君子以 議獄緩死

初九 虞 吉 有他 不燕 象曰 初九虞吉 志未變也

九二 鳴鶴 在陰 其子和之 我有好爵 吾與爾靡之

象曰 其子和之 中心願也

六三 得敵 或鼓或罷或泣或歌 象曰 或鼓或罷 位不當也

六四 月幾望 馬匹亡 无咎 象曰 馬匹亡 絶類上也

九五 有孚攣如 无咎 象曰 有孚攣如 位正當也

上九 翰音 登于天 貞凶 象曰 翰音登于天 何可長也

62. 雷山小過

小過 亨 利貞 可小事 不可大事 飛鳥遺之音 不宜上 宜下 大吉

象曰 小過 小者過而亨也 過以利貞 與時行也 柔得中 是以小事吉
也 剛失位而不中 是以 不可大事也 有飛鳥之象焉 飛鳥遺之音 不宜
上 宜下 大吉 上逆而下順也

象曰 山上有雷 小過 君子以 行過乎恭 喪過乎哀 用過乎儉

初六 飛鳥以凶 象曰 飛鳥以凶 不可如何也

六二 過其祖 遇其妣 不及其君 遇其臣 无咎

象曰 不及其君 臣不可過也

九三 弗過防之 從或戕之 凶 象曰 從或戕之 凶如何也

九四 无咎 弗過 遇之 往 厲 必戒 勿用永貞

象曰 弗過遇之 位不當也 往厲必戒 終不可長也

六五 密雲不雨 自我西郊 公弋取彼在穴 象曰 密雲不雨 已上也

上六 弗遇 過之 飛鳥離之凶 是謂災眚

象曰 弗遇過之 已亢也

63. 水火旣濟

旣濟 亨 小 利貞 初吉 終亂

象曰 旣濟亨 小者亨也 利貞 剛柔正而位當也 初吉 柔得中也 終止
則亂 其道窮也 象曰 水在火上 旣濟 君子以 思患而豫防之

初九 曳其輪 濡其尾 无咎 象曰 曳其輪 義无咎也

六二 婦喪其茀 勿逐 七日得 象曰 七日得 以中道也

九三 高宗 伐鬼方 三年克之 小人勿用 象曰 三年克之 憊也

六四 繻 有衣袽 終日戒 象曰 終日戒 有所疑也

九五 東鄰殺牛 不如西鄰之禴祭 實受其福

象曰 東鄰殺牛 不如西鄰之時也 實受其福 吉大來也

上六 濡其首 厲 象曰 濡其首厲 何可久也

64. 火水未濟

未濟 亨 小狐汔濟 濡其尾 无攸利

象曰 未濟亨 柔得中也 小狐汔濟 未出中也 濡其尾 无攸利 不續終也 雖不當位 剛柔應也

象曰 火在水上 未濟 君子以 愼辨物 居方

初六 濡其尾 吝

象曰 濡其尾亦不知極也

九二 曳其輪 貞 吉

象曰 九二貞吉 中以行正也

三 未濟 征 凶 利涉大川

象曰 未濟征凶 位不當也

九四 貞吉 悔亡 震用伐鬼方 三年 有賞于大國

象曰 貞吉悔亡 志行也

六五 貞吉 无悔 君子之光 有孚 吉

象曰 君子之光 其暉吉也

上九 有孚于飮酒 无咎 濡其首 有孚 失是

象曰 飮酒濡首 亦不知節也